Foto: © Isabelle O'Connor

Harriet Reuter Hapgood lebt in Brighton, England. Als Modejournalistin schrieb sie unter anderem für die Zeitschriften ›InStyle‹ und ›Marie-Claire‹. Ihr Großvater war ein deutscher Mathematiker und hat sie zu diesem Roman inspiriert. ›Ein bisschen wie Unendlichkeit‹ ist ihr Debüt.

Weitere Informationen zum Kinder- und Jugendbuchprogramm der S. Fischer Verlage finden sich auf *www.fischerverlage.de*

Harriet Reuter Hapgood

Ein bisschen wie Unendlichkeit

∞

Aus dem Englischen
von Susanne Hornfeck

FISCHER Taschenbuch

Erschienen bei FISCHER Kinder- und Jugendtaschenbuch
Frankfurt am Main, August 2019

Die englische Originalausgabe erschien 2016 unter dem Titel
›The Square Root of Summer‹ bei Macmillan Children's Books, London

Published by arrangement with Peppermint Frog Ltd

Dieses Werk wurde vermittelt durch die
Literarische Agentur Thomas Schlück GmbH, Garbsen

Satz: Dörlemann Satz, Lemförde
Druck und Bindung: CPI books GmbH, Leck
Printed in Germany
ISBN 978-3-7335-0211-9

Für meine Eltern, für alles

{1}

Teilchen

*Die Unschärferelation besagt, dass man entweder
wissen kann, wo sich ein Teilchen befindet oder
wohin es sich bewegt, nie aber beides zugleich.
Dasselbe gilt, wie sich herausstellt, für Menschen.*

*Versucht man es dennoch und schaut ganz genau hin,
so tritt der Beobachtereffekt ein. Wer herausfinden will,
was vor sich geht, greift in sein Schicksal ein.*

*Ein Teilchen kann an zwei Orten gleichzeitig sein.
Ein Teilchen kann die eigene Vergangenheit beeinflussen.
Es kann mehrere Zukünfte und Vergangenheiten haben.*

Das Universum ist kompliziert.

Samstag, 3. Juli

{minus dreihundertfünf}

Meine Unterwäsche hängt im Apfelbaum.

Ich liege im Gras und starre in die Zweige. Es ist später Nachmittag, der übrige Garten ist in limonadigen Sonnenschein getaucht, doch hier unten ist es kühl und dunkel und voller Krabbeltiere. Mit einer Neigung des Kopfes kann ich den Garten kippen lassen – und die aufgereihte Wäsche, die traurigste Girlande der Welt.

Ein Déjà-vu haut mich fast um, und mir kommt der törichte Gedanke: Hey, Grey ist zurück.

Als vor ein paar Jahren unsere Wäscheleine riss, stand mein Großvater Grey gerade darunter. »Potz Blitz und Pestilenz!«, brüllte er und schleuderte die nassen Klamotten zum Trocknen in den Baum. Weil ihm das so gut gefiel, bestand er darauf, dass wir sie von da an immer so aufhängten.

Aber Grey ist vergangenen September gestorben, und eigentlich machen wir solche Sachen nicht mehr.

Ich schließe die Augen und murmle Pi bis in die hundertste Dezimalstelle vor mich hin. Als ich sie wieder öffne, blüht meine Unterwäsche noch immer im Apfelbaum. Ein Rückfall in die Vergangenheit – und ich weiß auch, wer dafür verantwortlich ist.

Dann höre ich ihn meinen Namen sagen, seine Stimme schwebt über die Büsche hinweg zu mir.

»Gottie? Ja, unser Superhirn ist immer noch total durch den Wind.«

Ich drehe mich auf den Bauch und spähe zwischen den Bäumen hindurch. Am anderen Ende des Gartens tritt mein Bruder Ned aus der Hintertür. Ein Meter achtzig, Drei-Tage-Bart, Schlangenmusterleggings, an seinem T-Shirt baumelt eine Wäscheklammer. Seit er vor ein paar Wochen von der Kunstakademie zurückkam, inszeniert er die Sommer mit Grey: Er zerrt die Sachen unseres Großvaters aus dem Schuppen, stellt Möbel um, spielt dessen Platten. Nun lässt er sich, eine Bierdose in der einen Hand, im Gras nieder, mit der anderen spielt er Luftgitarre. Er ist ständig in Bewegung.

Als ich sehe, wer ihm folgt, ducke ich mich instinktiv. Jason. Neds bester Freund und der Bassist ihrer Band. In aller Ruhe setzt er sich ebenfalls hin, während ich ein Loch in den Rücken seiner Lederjacke starre.

»Ist schon nach sieben«, bemerkt Ned. »Grots wird bald heimkommen, falls du hallo sagen willst.«

Ich rümpfe die Nase über den Spitznamen. *Klane Grott* – kleine Kröte. Also bitte, ich bin siebzehn!

»So spät schon?« Jasons Stimme ist ein tiefes Raunen. »Wir könnten die anderen anrufen, eine Bandprobe ansetzen.«

Nein, bloß nicht, denke ich. Verpisst euch. Es reicht schon, dass Ned seit ein paar Wochen das Haus mit Musik und Krach und Chaos füllt. Da brauche ich nicht auch noch die »Fingerband«: abendelanges Gitarrenquieken und endloses Gequatsche. Nicht, wo ich mich letzten September entschlossen habe zu schweigen.

Und dann ist da Jason. Blond, blauäugig, Elvis-Haartolle. Schön. Und zugegebenermaßen mein Ex-Freund.

Mein *heimlicher* Ex-Freund.

Würg.

Abgesehen von der Beerdigung ist es das erste Mal, dass ich ihn seit Ende des letzten Sommers wiedersehe. Das erste Mal, seit wir Sex im Sonnenschein hatten.

Ich wusste nicht mal, dass er zurück ist. Ist mir schleierhaft, wie mir das entgehen konnte – Holksea, unser Dorf, hat ungefähr die Größe einer Briefmarke. Es hat weniger Häuser als ein Monopoly-Spiel.

Ich könnte kotzen. Als Jason damals auf die Uni ging, habe ich mir unser Wiedersehen anders vorgestellt. Jedenfalls nicht so, dass ich im Gebüsch lauere wie Greys riesiger Steinbuddha. Erstarrt und wie festgefroren kann ich den Blick nicht von Jasons Hinterkopf wenden. Es ist zu viel für mein armes Herz. Und gleichzeitig nicht genug.

Dann taucht aus dem Nichts unser Kater Umlaut auf.

Wie ein orangefarbener Blitz schießt er durch den Garten und landet mit einem »Miau« neben Neds Cowboystiefeln.

»He, Winzling«, sagt Jason. »Du bist neu.«

»Gehört Gottie«, sagt Ned anstelle einer Erklärung. Der Kater war nicht meine Idee. Eines Tages im April war er plötzlich da, mit besten Empfehlungen von Papa.

Ned steht auf und sieht sich im Garten um. Ich versuche, mit dem Hintergrund zu verschmelzen, mich in ein Blatt von einem Meter fünfundsiebzig zu verwandeln, doch er kommt bereits auf mich zu.

»Grotbag.« Er hebt cool eine Augenbraue. »Spielst du Verstecken?«

»Hallo«, erwidere ich, drehe mich auf den Rücken und blicke zu ihm hoch. Das Gesicht meines Bruders ist das Spiegelbild meines eigenen: olivenfarbene Haut, dunkle Augen, Hakennase. Doch während ihm das braune Haar ungekämmt auf die Schultern fällt, ist meines seit fünf Jahren nicht mehr geschnitten worden, ich trage es zu einem Dutt aufgesteckt. Und nur einer von uns trägt Eyeliner. (Tipp: nicht ich.)

»Erwischt.« Ned zwinkert. Dann zieht er blitzschnell sein Telefon aus der Tasche und macht einen Schnappschuss.

»Ehhh«, beschwere ich mich und verberge mein Gesicht. Eines habe ich während seiner einjährigen Abwesenheit nicht vermisst: Neds Paparazzo-Gehabe.

»Komm mit«, ruft er über die Schulter. »Ich mache Frikadellen.«

Die Aussicht darauf genügt, um mich wider Willen aus meinem Versteck zu locken. Ich stehe auf und folge ihm durchs Gebüsch. Auf dem Rasen lümmelt Jason noch immer zwischen den Gänseblümchen herum. Offenbar hat er sich an der Uni ein neues Hobby zugelegt – in der Hand, die er zu einem halbherzigen Winken hebt, hält er eine Zigarette, ein schwaches Grinsen spielt um seinen Mund.

»Grots«, sagt er, ohne mich richtig anzusehen.

Das ist Neds Spitzname für mich, denke ich. Du hast immer Margot zu mir gesagt.

Ich möchte hallo sagen, möchte noch viel mehr sagen, doch die Worte verschwinden, bevor sie meinen Mund erreichen. Vieles ist ungesagt geblieben zwischen uns. Meine Füße schlagen Wurzeln, während ich warte, dass er sich erhebt. Um mit mir zu reden. Um mich wieder heil zu machen.

Mein Handy wiegt schwer in meiner Tasche, ohne jegliche Nachrichten. Er hat mir nicht gesagt, dass er zurück ist.

Jason schaut weg und zieht an seiner Zigarette.

Nach einer peinlichen Pause klatscht Ned in die Hände. »Tja«, sagt er fröhlich, »dann wollen wir euch Laberbacken mal in die Küche verfrachten. Ran an die Buletten!«

Er stapft auf das Haus zu, Jason und ich hinter ihm her. An der Tür will ich ihnen eigentlich in die Küche folgen, aber etwas hält mich zurück. Als riefe jemand meinen Namen. Als bliebe meine Seele an einem Nagel hängen. Ich verharre auf der Schwelle und schaue zurück in den Garten. Betrachte den Apfelbaum mit seinen Wäscheblüten.

Hinter uns verdichtet sich das Abendlicht, die Luft ist angefüllt von Schnaken und dem Duft der Heckenkirsche. Mich schaudert. Der Sommer hat gerade erst begonnen, aber es fühlt sich an wie ein Ende, nicht wie ein Anfang.

Vielleicht, weil Grey tot ist. Es kommt mir immer noch so vor, als wäre der Mond vom Himmel gefallen.

Sonntag, 4. Juli

{minus dreihundertsechs}

Am nächsten Morgen bin ich schon früh in der Küche. Während ich mir Bircher-Müesli in eine Schale löffle, bemerke ich es. Ned hat die Fotos auf den Kühlschrank zurückgestellt, eine von Greys Dekorationsideen, die ich immer gehasst habe. Man kann nämlich die Lücke sehen, wo eigentlich Mum sein sollte.

Sie war neunzehn, als Ned zur Welt kam und sie zu ihren Eltern nach Norfolk zurückkehrte, mit Papa im Schlepptau. Mit einundzwanzig bekam sie mich und ist dabei gestorben. Auf dem ersten Foto, das mich zeigt, bin ich vier, und wir sind auf einer Hochzeit. Papa, Ned und ich eng zusammengedrängt, im Hintergrund überragt von Grey. Er besteht nur aus Haaren, Bart und Pfeife – ein gigantischer Gandalf in Jeans und einem Rolling-Stones-T-Shirt. Ich grinse zahnlos in die Kamera mit Gefängnishaarschnitt, Hemd und Krawatte, Schnallenschuhen, und Hosen, die in schmuddeligen Socken stecken. (Ned trägt ein rosa Häschenkostüm.)

Vor ein paar Jahren habe ich Grey gefragt, warum ich wie ein Junge angezogen bin, und er hat kichernd gesagt: »Mann, Grots, niemand hat dich jemals irgendwie angezogen. Das warst du selbst. Bis zu den in die Socken gestopften Hosenbeinen. Deine Eltern wollen, dass du und Ned euer eigenes Ding macht.« Dann wandte er sich wieder dem zweifelhaften Eintopf zu, der auf dem Herd köchelte.

Trotz meiner kindlichen Vorliebe, mich wie Mr Darcy zu kleiden, ist an mir kein Junge verlorengegangen. Meine BHs mögen zwar in den Bäumen hängen, aber sie sind rosa. Als ich gestern Abend nicht einschlafen konnte, habe ich mir die Zehennägel kirschrot lackiert. In meinem Schrank – wenn auch unter Hunderten von Turnschuhdoppelgängern verborgen – versteckt sich ein Paar schwarzer Highheels. Und ich glaube an Liebe von der Intensität des Urknalls.

So wie bei Jason und mir.

Bevor ich die Küche verlasse, drehe ich das Foto um und befestige es mit einem Magnet.

Draußen herrscht englische Cottage-Garten-Idylle. Rittersporn bohrt sich in den wolkenlosen Himmel. Mürrisch starre ich in den Sonnenschein und gehe in mein Zimmer, ein quadratischer Anbau aus roten Ziegelsteinen gleich hinterm Apfelbaum. Doch mein Fuß stößt gegen etwas Hartes und ich falle hin.

Als ich mich wieder aufrapple und zurückschaue, setzt Ned sich gerade auf. Er reibt sich das Gesicht.

»Machst dich gut als Löwenzahn«, sage ich.

»Machst dich gut als Wecker«, erwidert er.

Vom Haus her höre ich das Klingeln des Telefons. Ned streckt sich wie eine Katze in der Sonne. Im Gegensatz zu seinem Samthemd ist er erstaunlich unzerknautscht.

»Bist du eben erst nach Hause gekommen?«

»So ähnlich«, feixt er. »Jason und ich sind nach dem Abendessen los – Bandprobe. Es gab Tequila. Ist Papa da?«

Wie auf Anweisung eines Regisseurs kommt Papa, einen Becher in jeder Hand, aus der Küche gesegelt. In diesem Haus voller stampfender Riesen ist er ein Heinzelmännchen, ein elfenblasser Kobold aus Grimms Märchen entsprungen. Trüge er nicht seine roten Turnschuhe, wäre er unsichtbar.

Er hat etwa so viel Bodenhaftung wie ein Ballon und zuckt nicht mit der Wimper, als er uns am Boden verstreut findet. Zwischen meiner umgekippten Müslischale und mir geht er in die Hocke. Er reicht Ned einen Becher. »Hier, Saft. Ich möchte euch einen Vorschlag machen.«

Stöhnend stürzt Ned den Saft hinunter und taucht etwas weniger grün hinter dem Becher auf.

»Was für einen Vorschlag?«, frage ich. Es ist immer ein wenig beunruhigend, wenn Papa genug Realitätsbezug aufbringt, um Ideen zu entwickeln. Ihm fehlt dieses Vorsprung-durch-Technik-Gen – nichts von wegen deutscher Präzision und Effizienz. Er hat den Kopf nicht nur in den Wolken, er trudelt durchs Universum.

»Nun«, beginnt Papa. »Ihr erinnert euch doch an die Nachbarn von nebenan, die Althorpes?«

Automatisch wandern unsere Blicke zu dem Haus jenseits der Hecke. Vor fast fünf Jahren sind unsere Nachbarn nach Kanada gezogen. Sie haben das Haus nicht verkauft, und daher gab es – neben dem Zu-Vermieten-Schild und dem ewigen Strom von Touristen, Feriengästen, Familien – die Hoffnung auf Rückkehr. In den letzten Monaten stand das Haus leer.

Selbst nach all den Jahren sehe ich den kleinen, schmuddeligen Jungen mit den dicken Brillengläsern vor mir, wie er sich durch das Loch in der Hecke quetscht und mit einer Handvoll Regenwürmern winkt.

Thomas Althorpe.

Bester Freund ist ein lahmer Ausdruck für das, was wir einander bedeutet haben.

Wir sind in derselben Woche geboren und praktisch zusammen aufgewachsen. Thomas-und-Gottie: Wir waren unzertrennlich, Ärger hoch zwei, ein Spinner-Verein mit nur zwei Mitgliedern.

Bis er wegzog.

Ich starre auf die Narbe in meiner linken Handfläche. Alles, woran ich mich erinnere, ist ein Blutsbrüderschwur und das Versprechen, in Kontakt zu bleiben. Daran sollten auch dreitausend Meilen nichts ändern. Ich erwachte in der Notaufnahme mit einem Verband an der Hand und einem Schwarzen Loch im Gedächtnis. Als ich wieder nach Hause durfte, waren Thomas und seine Eltern weg.

Ich wartete und wartete, aber er hat mir nie geschrieben oder eine Mail geschickt, oder eine Botschaft in Morsezeichen oder sonstwie sein Versprechen gehalten.

Meine Hand heilte, meine Haare wuchsen. Mit der Zeit wurde ich erwachsen. Mit der Zeit vergaß ich den Jungen, der mich zuerst vergessen hatte.

»Die Althorpes?«, unterbricht Papa meine Gedanken. »Ihr erinnert euch? Sie lassen sich scheiden.«

»Erstaunlich«, krächzt Ned. Und obwohl Thomas mich verlassen hat, setzt mein Herz kurz für ihn aus.

»In der Tat. Thomas' Mutter hat mir am Telefon gesagt, dass sie im September zurück nach England ziehen will. Thomas kommt mit.«

Diese Ankündigung hat etwas Unausweichliches. So als hätte ich die ganze Zeit darauf gewartet, dass Thomas zurückkommt. Wie kann er es wagen, mir das nicht selbst zu sagen! Wieso lässt er seine Mum bei Papa anrufen! Feigling.

»Jedenfalls möchte sie, dass Thomas sich vor Schulbeginn noch etwas eingewöhnt, was ich natürlich ähnlich sehe«, sagt er und schließt mit einem Räuspern, bei Papa ein untrügliches Zeichen, dass mehr hinter der Sache steckt. »Das Ganze kommt ein bisschen plötzlich, aber ich habe angeboten, dass er den Sommer bei uns verbringen kann. Das … Das ist mein Vorschlag.«

Unglaublich. Nicht genug, dass er zurückkommt, er wird auf meiner Seite der Hecke aufschlagen. Unbehagen wuchert in mir wie Algen.

»Thomas Althorpe«, wiederhole ich. Von Grey weiß ich, dass Worte, die man laut ausspricht, Wirklichkeit werden. »… zieht bei uns ein.«

»Wann?«, fragt Ned.

»Hmm.« Papa nippt an seinem Becher. »Dienstag.«

»Dienstag – du meinst *in zwei Tagen*?«, kreische ich wie ein Teekessel, während jegliche Gelassenheit verdampft.

»Da bin ich raus«, sagt Ned. Seine Gesichtsfarbe ist wieder Katergrün. »Das Stockbett kommt in *dein* Zimmer, Grots.«

Noch einmal räuspert sich Papa, bevor er die Götterdämmerung einläutet. »Ich habe ihm Greys Zimmer angeboten.«

Die vier apokalyptischen Reiter. Frösche, die vom Himmel regnen. In Flammen stehende Gewässer. Ich bin zwar nicht bibelfest, aber die Entweihung unseres Großvaterschreins kommt dem Weltuntergang gleich.

Neben mir kotzt Ned lautlos ins Gras.

Montag, 5. Juli

{minus dreihundertsieben}

»Raumzeit!«, schreibt Ms Adewunmi mit schwungvoller Marker-Schrift ans Whiteboard. »Der vierdimensionale mathematische Raum, mit dem wir … was beschreiben?«

Physik ist mein Lieblingsfach, doch meine Lehrerin hat eindeutig zu viel Energie für neun Uhr an einem Montagmorgen. Eigentlich für jeden Morgen nach einer schlaflosen Nacht; und das ist in meinem Fall praktisch jeder Tag seit Oktober. *Raumzeit*, notiere ich mir, und schreibe dann aus unerfindlichen Gründen daneben: *Thomas Althorpe*.

»E ist gleich McQuadrat«, murmelt Nick Choi von der anderen Seite des Klassenzimmers.

»Vielen Dank, Einstein«, sagt Ms Adewunmi unter dem Gelächter der anderen. »Das ist die Formel für das spezielle Relativitätsprinzip. Aber hier geht es um Raumzeit. Raum ist dreidimensional, Zeit ist linear, aber wenn man beides kombiniert, schafft man sich Spielraum für alle Arten von physikalischen Späßen. Und wer hat uns diesen Raum eröffnet?«

Hermann Minkowski, denke ich, doch anstatt die Hand zu heben, unterdrücke ich damit ein Gähnen.

»Dieser Typ, Mike Wazowski«, schreit jemand.

»Was? Der von der *Monster AG*?«

»Die reisen doch zwischen den Welten hin und her, oder? McQuadrat«, höre ich von weiter hinten.

»Minkowski.« Ms Adewunmi versucht sich über dem allgemeinen Gebrüll Gehör zu verschaffen. »Lasst uns auf dem Boden der Tatsachen bleiben …«

Na dann, viel Erfolg. Es ist die letzte Schulwoche, und die Stimmung prickelt wie Kohlensäure. Vermutlich ist das der Grund, warum Ms Adewunmi sich vom Lehrplan verabschiedet hat und selbst ein bisschen Spaß haben will.

»Noch jemand was zu den intergalaktischen Dimensionen? Wie können wir einen Raumzeit-Tunnel beschreiben?« Ein Wurmloch, überlege ich. Ein Raumzeit-Tunnel ist ein Gruß aus der Vergangenheit. So würde meine Antwort lauten. Zum Beispiel Ned, der Greys Buddhas wieder aufstellt, Kristalle im Waschbecken hinterlässt, mit viel zu viel Chili kocht. Jason, der mich nach fast einem Jahr im Garten anlächelt.

Thomas Althorpe.

Doch ich habe mich in Ms Adewunmis Unterricht nie gemeldet. Nicht dass ich die Antworten nicht wüsste. Und früher, in meiner alten Schule, hat es mir auch nichts ausgemacht, sie zu sagen und mich damit als Mathegenie-Wunderkind-Meganerd zu outen. Dort kannten wir uns alle schon seit ewigen Zeiten. Doch wie so viele kleine Dörfer entlang der Küste ist Holksea zu klein, um eine eigene Schule mit Oberstufe zu unterhalten. Mit sechzehn muss man in die riesige Schule in der Stadt. Hier sind die Klassen doppelt so groß und voll fremder Leute. Aber vor allem fühle ich mich seit Greys Tod irgendwie entblößt, wenn ich spreche. Als ob mich jeder sofort durchschauen könnte, sobald ich den Mund aufmache.

Als Ms Adewunmis Blick auf mich fällt, zucken ihre Augenbrauen nach oben unter den Afro. Sie weiß, dass ich die Antworten parat habe, aber ich presse die Lippen zusammen, bis sie sich wieder zum Whiteboard gedreht hat.

»Na gut«, sagt sie. »Ich weiß, dass ihr im nächsten Schuljahr Fraktale durchnehmen werdet. Also können wir jetzt schon mal damit anfangen.«

Fraktale, notiere ich mir, *sind in der Natur vorkommende, unendliche Muster, die aus mehreren verkleinerten Kopien ihrer selbst bestehen. Das große Bild, die ganze Geschichte, setzt sich aus Tausenden kleiner Geschichten zusammen, wie bei einem Kaleidoskop.*

Thomas war ein Kaleidoskop. Er hat Farbe in die Welt gebracht. Ich könnte Hunderte Geschichten über Thomas erzählen, und es wäre nicht annähernd die ganze Geschichte: Er hat einen Lehrer ins Bein gebissen. Er hat lebenslanges Besuchsverbot auf dem Jahrmarkt von Holksea. Er hat eine Qualle in Megumi Yamazakis Brotdose gelegt, weil sie sagte, ich hätte eine tote Mum. Und er konnte sich Lakritzschnüre durch die Nase fädeln.

Aber es war mehr als das. Grey behauptete, wir seien »Wolfsjunge, die im selben Revier aufgewachsen sind.« Thomas gehörte nicht auf seine Seite der Hecke, wo der

Rasen ordentlich geschnitten und die Regeln seines fürchterlichen Vaters praktisch in Erz gegossen waren. Und ich gehörte nicht so richtig auf meine Seite, wo wir tun durften, was wir wollten. Es hatte nichts mit Zuneigung oder Liebe zu tun – wir waren einfach ständig zusammen. Wir teilten uns ein Gehirn. Und jetzt kommt er zurück …

Es ist dasselbe Gefühl, wie wenn man im Garten einen großen Stein wegrollt und darunter die Käfer krabbeln sieht.

Die Glocke läutet, viel zu früh. Womöglich ein Probe-Feueralarm, denke ich, bis ich feststelle, dass alle um mich herum Arbeitsblätter hochhalten. Das Whiteboard ist vollgeschrieben, aber Fraktale werden nicht erwähnt. Die Uhr behauptet, es sei Mittag. Eins nach dem anderen sammelt Ms Adewunmi die Blätter ein und legt sie auf einen wachsenden Stapel.

Erschrocken blicke ich auf den Tisch vor mir. Da liegt ein Arbeitsblatt, aber ich habe nichts draufgeschrieben. Ich kann mich nicht mal erinnern, es entgegengenommen zu haben.

Neben mir gibt Jake Halpern sein Blatt ab und latscht los, sein Rucksack streift mich, als er ihn sich überwirft. Ms Adewunmi schnalzt mit den Fingern.

»Ich –« Ich starre sie an, dann auf mein leeres Arbeitsblatt. »Die Zeit war zu knapp«, sage ich lahm.

»Tja dann«, sagt sie mit einem kleinen Stirnrunzeln. »Nachsitzen.«

Ich musste noch nie nachsitzen. Als ich nach der letzten Stunde meinen Zettel dem Aufsichtslehrer vorzeige, winkt er mich gelangweilt durch. »Such dir einen Platz und lies. Oder mach Hausaufgaben«, sagt er und korrigiert weiter Hefte.

Ich gehe durch das heiße, halbleere Klassenzimmer zu einem Platz am Fenster. In meiner Mappe sind die Anmeldeformulare für die Universitäten, die wir heute Morgen von unserer Klassenlehrerin bekommen haben. Ich schiebe sie möglichst weit nach hinten, um sie *nie mehr* sehen zu müssen, und widme mich stattdessen Ms Adewunmis Arbeitsblatt. Und weil ich nichts Besseres zu tun habe, beginne ich zu schreiben.

DAS GROSSE RAUMZEIT-QUIZ!

Nenne drei Eigenschaften der speziellen Relativität.
1. Die Lichtgeschwindigkeit ändert sich NIEMALS.
2. Nichts bewegt sich schneller als das Licht. Das bedeutet
3., dass, je nach Betrachter, die Zeit unterschiedlich schnell verläuft. Uhren sind ein Mittel, um die Zeit zu messen, wie sie auf der Erde existiert. Würde die Erde sich schneller drehen, dann bräuchten wir eine neue Minuteneinheit.

Was versteht man unter der allgemeinen Relativitätstheorie?
Sie erklärt die Gravitation im Kontext von Raum und Zeit. Ein Objekt – zum Beispiel Newtons Apfelbaum – zwingt

die Raumzeit in eine Krümmung, wegen der Gravitation. Aus diesem Grund gibt es Schwarze Löcher.

Beschreibe die Gödel-Metrik.
Sie ist eine weitere Lösung für die Gleichung $E=MC^2$. Sie »beweist«, dass die Vergangenheit weiterhin existiert. Denn wenn man die Raumzeit als gekrümmt annimmt, kann man durch sie in die Vergangenheit gelangen.

Was ist das wichtigste Charakteristikum der Möbiusschleife?
Sie ist endlos. Man kann ein Modell herstellen, indem man die Enden eines Papierstreifens nach einer 180-Grad-Drehung mit Klebeband zusammenklebt. Eine Ameise könnte die gesamte Oberfläche überqueren, ohne jemals an eine Kante zu gelangen.

Was ist ein Ereignishorizont?
Eine Grenze der Raumzeit – der Punkt ohne Wiederkehr. In ein Schwarzes Loch, das man beobachtet, kann man nicht hineinsehen. Jenseits des Ereignishorizonts kann man die Geheimnisse des Universums sehen – aber aus dem Schwarzen Loch kommt man nicht heraus.

Zusatzpunkt: Entwickle eine Gleichung für die Weltschmerz-Ausnahme.
?!

Obwohl ich die letzte Frage für gefühlte Jahrhunderte anstarre, bevor ich aufgebe, ist es erst 16.16 Uhr. Noch vierundvierzig Minuten, bevor ich hier abhauen kann.

Gegen den Schlaf ankämpfend kritzle ich vor mich hin: die Milchstraße, Sternbilder aus Fragezeichen. Geometriewitze, Raumschiffe, Jasons Namen, den ich hinschreibe und wieder durchstreiche, wieder und wieder. Dann dasselbe mit Thomas' Namen.

Als ich wieder auf das Arbeitsblatt schaue, ist es total vollgeschmiert.

16.21 Uhr. Gähnend schlage ich meinen Collegeblock auf, um meine Antworten auf ein sauberes Blatt zu übertragen.

$E=MC^2$, beginne ich.

Genau in dem Moment, wo ich die hochgestellte Zwei schreibe, fängt die Gleichung zu flirren an.

Uahhhh … Ich gähne und blinzle, doch meine Handschrift hält nicht still: Kein Zweifel, sie *flirrt*. Jetzt fehlen bloß noch Plateauschuhe und eine Diskokugel.

Ich klappe meinen Collegeblock zu. Auf dem Deckblatt steht: DIN A4, liniert. Mit bebendem Herzen blättere ich ihn von hinten her durch. Die Linien auf dem Papier kräuseln sich wie Schallwellen.

Ich habe mal gelesen, dass Schlafentzug zu Halluzinationen führt. Aber ich dachte, das seien dann eher schwarze Punkte mit Aura, wie man sie bei einer Migräne sieht, nicht Schreibblöcke, die animiert sind wie Cartoons. Wie um genau das zu widerlegen, beginnt die Gleichung zu kreiseln.

Vage wird mir bewusst, dass ich eigentlich in Panik geraten sollte. Aber es ist, wie wenn man aus einem Traum erwachen will – man gibt sich den Befehl dazu, aber nichts passiert.

Stattdessen wende ich gähnend den Blick ab, schaue aus dem Fenster und zähle dabei in Primzahlen von tausend rückwärts: 997, 991 ... Bei 97 überkommt mich die Neugier, und mein Blick wandert zurück zum Collegeblock. Nichts rührt sich. Meine Handschrift auf dem linierten Papier, sonst nichts.

Tja dann, wie Ms Adewunmi sagen würde. Wird wohl eine Sommergrippe sein oder die Hitze hier drin oder das Seit-gestern-wach-Sein. Ich straffe die Schultern, greife zum Stift.

Ich schreibe noch einmal Jasons Namen, und diesmal verschwindet der Collegeblock.

Wirklich.

Der Stift bleibt in der Luft hängen, wo eigentlich Papier sein sollte, aber keines ist. Es ist so absurd, dass ich nicht anders kann: Ich muss einfach lachen.

»Jetzt ist keine Kicher-Zeit, Miss Oppenheimer«, warnt der Lehrer.

Ms Oppenheimer, korrigiere ich ihn insgeheim. Kicher-Zeit? Wo sind wir denn, bitte? Bin ich etwa sieben? Ich hatte schon Sex! Ich habe Entscheidungen getroffen, die nicht mehr rückgängig zu machen sind, schreckliche Entscheidungen, gigantische Entscheidungen. Ich bin alt genug, um *Auto zu fahren*.

Er sieht mich finster an. Ich grinse blöd und tue so, als

schriebe ich in den unsichtbaren Block, bis er zufrieden ist und sich abwendet.

Dann blicke ich wieder auf den nicht-existenten Collegeblock und muss ein weiteres Kichern unterdrücken. Ich habe mich nämlich geirrt, er ist gar nicht unsichtbar. Wäre er das, dann müsste ich ja die Tischplatte darunter sehen können. Doch stattdessen ist da ein Rechteck aus Nichts. Eine Abwesenheit. Es sieht ein bisschen so aus wie das Testbild von alten Schwarzweißfernsehern, oder so, wie ich mir die unbeschreibliche Pampe jenseits der Grenzen des Universums vorstelle, das Zeug, zu dem sich der Urknall ausgedehnt hat.

Bin ich jetzt total gaga?

Ich beuge mich hinunter und schaue unter den Tisch. Kaugummiknödel, ein Fingerband-Sticker und Graffiti auf solidem Holz.

Doch als ich mich wieder aufsetze, ist das Rechteck aus Fernsehflimmern immer noch da.

Es wächst nicht und verändert sich nicht und bewegt sich nicht. Ich sinke auf meinem Platz zusammen und starre es wie hypnotisiert an. Ich drifte fünf Jahre in die Vergangenheit. Zu einem Jungen.

Einem Dachboden.

Und einem ersten Kuss, der keiner war.

»Gack, gack, gack«, sagt Thomas von der anderen Seite des Dachbodens. »Du Weichei. In den Händen gibt's gar keine Arterien.«

»Hmmm.« Ich blicke nicht von dem Anatomiebuch auf. Wie alles andere in Greys Buchladen ist es secondhand, auf den Abbildungen sind Schmierereien. »Ich sehe sicherheitshalber noch mal nach.«

Er hat unrecht. Man hat sehr wohl Arterien in den Händen. Aber ich werde den Blutsbrüderschwur trotzdem durchziehen. Ich will mir einfach nur vorher dieses Buch anschauen. Besonders die Seiten mit nackten Jungs drauf. Ich lege das Buch zur Seite, neige den Kopf. Wie kann das nur –?

»Was machst du?« Thomas schaut mir über die Schulter.

Ich knalle das Buch zu.

»Nichts! Du hast recht. Keine Arterien«, lüge ich mit hochrotem Kopf. »Los, tun wir's.«

»Gib mir deine Hand«, sagt er und schwenkt das Messer. »Ups.«

Das Messer fliegt durch die Luft. Als Thomas sich umdreht, um es aufzuheben, wirft er einen Stapel Bücher um.

»Was treibt ihr Kinder da oben?«, brüllt Grey aus dem unteren Stockwerk.

Ich brülle zurück. »Nichts. Thomas stellt nur ein paar Bücher um. Wir dachten, wir sollten's mal mit diesem abgedrehten neuen System versuchen, das sich Al-pha-bet nennt.«

Es folgt ein ersticktes Murmeln, dann eine gewaltige

Lachsalve. Ich wende mich Thomas zu, der das Messer aufgehoben hat und damit unsere Initialen in eines der Bücherregale schnitzt. Morgen wird er nicht mehr hier sein. Wir werden uns nie mehr wiedersehen. In welcher bekloppten Welt ist so was möglich?

Und das heißt, dass uns noch etwa vier Stunden bleiben, um etwas zu tun, worüber ich schon seit Wochen nachdenke.

»Thomas, niemand wird dich jemals küssen«, verkünde ich. Er blickt auf und blinzelt eulenhaft hinter seinen Brillengläsern. »Und mich wird auch niemand küssen.«

»Okay«, erwidert er und nimmt einen tiefen Zug aus dem Inhalator. »Dann sollten wir das wohl am besten jetzt tun.«

Wir stehen auf, was nicht so einfach ist, denn ich bin diesen Sommer fast zwölf Zentimeter gewachsen. Die Dachschräge ist niedrig, und ich muss mich bücken, bin aber immer noch fünfzehn Zentimeter größer als er. Thomas steigt auf einen Bücherstapel, jetzt haben wir die richtige Mund-zu-Mund-Höhe. Er beugt sich vor, ich lutsche Erdnussbutter von meiner Zahnspange. Los geht's …

»Aua!«

Sein Kopf knallt gegen mein Kinn. Die Bücher rutschen unter seinen Füßen weg. Wir fuchteln wild mit den Händen, suchen Halt beim anderen und krachen dann gemeinsam in die Bücheregale. Wir sind noch dabei, uns zu entwirren, als Grey brüllend hereinstürzt und uns mit Händen wie große, haarige Schmetterlinge die Treppe hinunter- und zur Tür hinausscheucht.

»Draußen regnet's«, jammere ich. Wir wohnen am Meer,

und es macht mir nichts aus, nass zu werden, aber ich möchte hören, was er sagen wird …

»Du bist ein zwölf Jahre altes Mädchen und nicht die Böse Hexe des Westens«, röhrt Grey und knallt die Tür hinter uns zu. Ich muss kichern.

Thomas und ich drücken uns auf der Veranda herum, die Luft trieft vor Nässe. Als er mich ansieht, beschlagen seine Brillengläser und sein Haar kräuselt sich in der Feuchtigkeit. Seine Hand ist zur Faust geballt. Mit dem kleinen Finger deutet er auf mich.

Ein Gruß, ein Zeichen, ein Versprechen.

»Treffen wir uns bei dir?«, fragt er. Ich weiß nicht, ob er den Kuss meint oder den Blutsbrüderschwur. Oder beides.

»Ich weiß nicht, wie ich ohne dich sein kann«, sage ich.

»Ich auch nicht«, sagt er.

Ich hebe die Hand und hake meinen Finger in seinen. Dann springen wir die Stufe hinunter. In den Regen.

Ein farbverschmierter Finger tippt auf das Geflimmer vor mir, und augenblicklich verwandelt es sich in einen Collegeblock. Zwinkernd sehe ich mich um.

»Was machst du da?« An meinem Tisch steht Sof.

Vor dem hellen Fenster ist sie nur ein Umriss – Haartentakel, das Dreieck ihres Kleids, staksige Beine. Ein lichtumfluteter Racheengel, der mich aus der Verbannung errettet!

Ich bin verwirrt und schläfrig. Sof und ich haben uns in diesem Schuljahr allenfalls mal im Korridor zugenickt, und trotzdem ist sie jetzt da, lässt ihre Kunstmappe auf den Boden fallen und sich selbst auf den Stuhl neben mir.

Ich blinzle mir die Sonne aus den Augen und bemerke, dass sie ihr lockiges Haar aufgetürmt hat wie Softeis, dazu trägt sie roten Lippenstift und eine Strassbrille. Irgendwann, als ich wohl mal kurz nicht hingeschaut habe, muss sich meine einstmals beste Freundin neu erfunden haben, und zwar im Stil eines Fünfziger-Jahre-Musicals.

»Oh, hi«, flüstere ich, weil ich nicht weiß, ob wir reden dürfen. Nicht wegen des Nachsitzens, sondern weil wir in letzter Zeit kaum noch miteinander reden. Wir nicken und lächeln uns in der Mensa oder der Bücherei zu, sind aber nicht mehr so vertraut wie damals in unserer alten Schule.

Sie beugt sich herüber und linst in meinen Block.

»Hmm«, sagt sie und tippt auf das Gekritzel, mit dem ich Jasons und Thomas' Namen bis zur Unkenntlichkeit übermalt habe. Vermutlich erklärt das meinen Traum. »Dein künstlerisches Comeback?«

Das ist eine Spitze gegen mich. Damals in der Neunten hat Sof Kunst, Erdkunde und Deutsch gewählt. Ich habe mich dem angeschlossen, um keine eigene Entscheidung treffen zu müssen, so eng waren wir damals. Ich habe ihr nie erzählt, dass ich eigentlich andere Pläne hatte, als wir vor der Elften in die neue Schule wechselten – es war einfacher, sie selbst herausfinden zu lassen, dass ich in Kunst nicht mehr an der Staffelei neben ihr saß.

»Physik-Quiz«, erkläre ich.

»Was hast du verbrochen, dass man dich in den Gulag geschickt hat?«, krächzt sie. Dafür, dass sie so ein Müsli-Tigerbalm-Superhippie ist, klingt sie, als hätte sie vor dem Frühstück mit Zigaretten gegurgelt.

»Tagträume.« Ich fummle an meinem Stift herum. »Und du?«

»Nichts«, entgegnet sie. »Höchste Zeit, dich hier rauszuholen.«

Ein Blick auf die Uhr sagt mir, dass sie recht hat. Der Lehrer ist weg, das Klassenzimmer leer. Meine Nachspielzeit war vor einer Stunde zu Ende. Ich habe nicht das Gefühl, so lange geschlafen zu haben.

»Um fünf wird der Fahrradschuppen abgeschlossen.« Sie steht auf. »Nimmst du mit mir den Bus?«

»Okay …«, sage ich, nur halb bei der Sache. Ich starre meinen Collegeblock an: Da ist nur Papier. Trotzdem stopfe ich ihn so tief wie möglich in meine Tasche, als wäre er schuld an dem, was gerade passiert ist.

Habe ich wirklich geschlafen? Wie habe ich die vergangene Stunde verbracht? Ich denke zurück an letzten Samstag. Ein ganzer verlorener Nachmittag, bevor ich mich unter dem Apfelbaum wiederfand.

Vielleicht bin ich ja verrückt. Auch diesen Gedanken stopfe ich so weit nach hinten, wie es nur geht.

Sof wartet an der Tür auf mich. Das Schweigen, das zwischen uns nach Hause fährt, ist so gewichtig, dass es einen eigenen Fahrschein bräuchte.

Montag, 5. Juli (Abend)

{minus dreihundertsieben}

Schere. Stein. Papier.

Das Abendessen ist vorbei, und seit zwanzig Minuten stehen wir vor Greys Schlafzimmer und spielen Schere-Stein-Papier. Es gab eines der drei Gerichte aus meinem riesigen Repertoire, und wir haben es in schweigender Ungläubigkeit verzehrt, nachdem Papa Ned und mir nahelegte, Greys Zimmer auszuräumen.

»Na los, trau dich«, sagt Ned. Stein schlägt Schere.

»Du zuerst«, sage ich. Papier schlägt Stein.

»Wie viele Treffer von, sagen wir, fünfzig?«

Ich bin in dem ganzen Jahr nur einmal in seinem Zimmer gewesen. Gleich nach der Beerdigung. Ned hatte sich nach London zur Kunstakademie abgesetzt, und Papa war total fertig, was er nicht zugeben wollte, und verkroch sich im Antiquariat. Also musste ich es tun. Ohne rechts und links zu schauen, stürmte ich mit einer Mülltüte hinein und raffte alles zusammen, was hineingehörte – Deosticks, Bierflaschen, schmutzige Teller, halbgelesene Zeitungen. (Greys Aufräumphilosophie: Wer etwas anfasst, stirbt!)

Dann ging ich durchs Haus und sammelte all die Dinge ein, deren Anblick ich nicht ertragen konnte: die riesige orangefarbene Kasserolle und die japanische Glückskatze, seine karierte Lieblingsdecke und den klobigen Aschenbecher, den ich ihm getöpfert hatte, Dutzende von winzigen Buddhastatuen, die in Winkeln und auf Regalen standen. Ich brachte alles in die Scheune. Dasselbe machte ich mit seinem Auto. Papa schien es nicht zu bemerken, jedenfalls sagte er nichts. Nicht einmal als ich die Möbel umstellte, um die Buntstiftstriche zu verdecken, mit denen Grey unsere Größe dokumentiert hat, während wir heranwuchsen – Mum, Ned, ich.

Manchmal auch Thomas.

Dann schloss ich Greys Tür hinter mir und habe sie seither nicht mehr geöffnet.

Wieder schlägt das Papier den Stein. Ich habe gewonnen.

»Sei's drum.« Ned zuckt mit den Schultern, als wäre es keine große Sache. Aber seine Hand verharrt eine volle Minute auf dem Türknauf, bevor er ihn dreht. Seine Fingernägel sind rosa. Die Tür knarrt, als er sie endlich aufstößt. Ich halte den Atem an, aber es kommt uns kein Heuschreckenschwarm entgegen. Die Erde bebt nicht unter unseren Füßen. Alles ist genau, wie ich es hinterlassen habe.

Und das ist schlecht, denn überall liegen Bücher herum. In Doppelreihen füllen sie die Regale vom schiefen Boden bis zur durchhängenden Decke. Sie stapeln sich an der Wand und unter dem Bett. Stalagmiten aus Wörtern.

Ned drängt sich an mir vorbei und reißt die Vorhänge auf. Ich beobachte von der Tür aus, wie das Abendlicht den

Raum erobert, es beleuchtet ungefähr elf Millionen weitere Bücher und wirbelnde Staubtornados.

»Wow«, sagt Ned und dreht sich einmal im Kreis. »Papa hat gesagt, du hättest hier saubergemacht.«

»Das hab ich!« Du meine Güte. Ich bleibe an der Tür stehen, traue mich nicht weiter. »Siehst du irgendwo verschimmelte Kaffeetassen?«

»Nein, aber ...« Er dreht sich um und beginnt Schranktüren und Schubladen zu öffnen. In einer Kommode finden wir noch mehr Bücher. Ned stößt ein langes, leises Pfeifen aus, als er den Kleiderschrank aufmacht.

Er sagt nichts, steht nur da und starrt, als sähe er etwas ... Seltsames. Seltsam wie das Verschwinden eines Collegeblocks in einem Loch im Universum.

»Was ist los? Hast du Narnia entdeckt, oder was?«

»Grots.«

»Was denn?« Ich mache einen Schritt in den Raum, die Augen fest auf Ned und nichts anderes gerichtet – nicht auf die Fotografien von unserer Mutter, die überall rumstehen, nicht auf das große Gemälde an der Wand überm Bett.

»Grots«, sagt Ned, ohne vom Schrank aufzublicken. »Verdammt, Gottie. Seine Schuhe sind noch da.«

Oh. Das also ist der Heuschreckenschwarm.

»Ich weiß.«

»Hast es nicht über dich gebracht, was?« Ned wirft mir einen mitfühlenden Blick zu, dann setzt er sich auf den Klavierhocker. Wenn Grey der selbstgemachte Wein zu Kopf stieg, ließ er die Tür offen und hämmerte alte Schlager in die

Tasten. »Es kommt nicht auf die Melodie an, sondern auf die Lautstärke«, donnerte er, unsere gegenteiligen Beteuerungen missachtend.

Ned lässt die Hände über die Tasten gleiten. Gedämpftes Klimpern entsteigt dem Klavier, doch ich erkenne den Song.

Papa hat einen Stapel zusammengefalteter Umzugskartons aufs Bett gelegt. Ich stelle mich auf die andere Seite, um das Bild nicht anschauen zu müssen, und falte die Kartons. Dabei versuche ich, das Bett nicht zu berühren, obwohl es mit einem Überwurf abgedeckt ist. Hier hat Grey geschlafen. Und in vierundzwanzig Stunden wird Thomas kommen und seine Träume auslöschen.

»Mann, das dauert ja ewig«, bemerkt Ned, obwohl er noch keinen Handstrich getan hat. Nach einem finalen Zehn-Finger-Akkord kreiselt er untätig auf dem Klavierhocker. »Eigentlich ist das nicht deine Sache. Schließlich war es Papas großer Plan.«

»Willst du's ihm sagen, oder soll ich es tun?«

»Ha.« Er hechtet an mir vorbei zu einem der Bücherstapel, doch statt ihn wegzuräumen, ordnet er ihn nur anders an. Blättert hier und liest dort. Dann blickt er zu mir auf. »Grotbag. Was glaubst du, hat Thomas angestellt?«

»Wie meinst du das?« Ich mühe mich, die Bücher ordentlich in den Karton vor mir zu stapeln, aber eines hat wellige Seiten von einem Bad im Meer und widersetzt sich.

»Du weißt schon«, erwidert Ned. »Weil man ihn hierherschickt. In die Verbannung nach Holksea.«

»Verbannung?«

»Ach, komm schon. Kein Mensch glaubt diese Geschichte vom Eingewöhnen über den Sommer«, fährt Ned fort und jongliert mit einem Buch. »Das ist alles so überstürzt. Der Flug muss ein Vermögen gekostet haben. Der wird bestimmt für irgendwas bestraft – oder er soll von etwas abgehalten werden. So wie damals die Nummer mit Mr Tuttle.«

Mr Tuttle war Thomas' Hamster. Ein Fellknäuel, das siebzehn Tage in Folge zur Schlafenszeit aus seinem Käfig ausgebrochen ist, bis Thomas' Vater durchschaute, was los war, und ein Vorhängeschloss besorgt hat. »Oje«, erklärte Thomas, der fünf Minuten zuvor die Käfigtür geöffnet hatte, betrübt, »jetzt ist er schon *wieder* abgehauen. Ich schlafe drüben bei Gottie, für den Fall, dass er dort ist.« Seine Tasche war bereits gepackt.

»Komm schon«, beharrt Ned. »Du weißt doch am besten, wie Thomas war.«

Hmmm. Ich habe mich bisher nicht gefragt, *wieso* man ihn Hals über Kopf nach Hause schickt.

Ein Hämmern an der Tür verscheucht meine Gedanken.

»Yo, Oppenheimer! Könntest du vielleicht mal auf dein Handy schauen? Hab dich überall gesucht. Weißt du, wie spät es ist?« Jason hält inne, als er mich sieht. Es entsteht eine Pause, in der er sich neu justiert; er macht einen Schritt rückwärts und lehnt sich an das Bücherregal bei der Tür. Dann sammelt er seine Gesichtszüge zu einem lässigen Lächeln und korrigiert sich: »Oppenheimer*s*.«

Mein Hals spielt Stein-Schere-Papier und entscheidet sich für Stein.

»Gottie.« Diesmal begegnet er meinem Blick, seine blauen Augen forschen in meinen, und er wägt jedes Wort ab.

»Also. Noch. Mal.«

Ich halte ein Buch in der einen Hand, die andere öffnet und schließt sich um leere Luft, während wir uns ansehen.

Ned kriegt von all dem nichts mit und legt das Buch, das er gerade in der Hand hat, auf den Stalagmit, der prompt umfällt. Mit einem Satz weicht er den fallenden Büchern aus und hält Jason die Faust zum Gruß hin.

»Scheiiiiße, Mann«, sagt Ned, sie vollführen ein kompliziertes Ritual mit viel Daumeneinsatz. »Geht Niall schon die Wände hoch?«

»Wie üblich.« Sobald der Gruß beendet ist, schaltet Jason wieder auf Zeitlupe. »Können wir los?«, fragt er.

»Grots.« Ned ist praktisch schon aus der Tür, als er sich noch mal nach mir umdreht. »Deal?«

Du darfst die Musik im Auto aussuchen, wenn ich diese Sendung im Fernsehen schauen darf. Wenn du meinen Brokkoli isst, mache ich den Abwasch. Schon unser ganzes Leben verhandeln wir Deals.

Ich konzentriere mich auf das Falten eines neuen Kartons, fummle an den Seitenteilen herum. »Was ist der Deal?«

»Hab völlig vergessen, dass wir ein Fingerband-Treffen haben. Wenn du die Bücher in sein Auto schaffst, erledige ich den Rest.« Als ich ihn fragend ansehe, fügt er leise hinzu: »Seine Klamotten.«

»Echt?« Ich kann mich nicht entscheiden, ob Ned sich vor dem Bücherräumen drücken oder mich vor Schlimmerem bewahren will. Greys Schuhen. Den Fotos. *The Wurst*.

Ich zwinge mich zu einem Blick auf das Bild. Mein letztjähriges Abschlusswerk im Kunstkurs. Es ist nicht leicht, die einzig Vernünftige zu sein in einem Haushalt mit Dumbledore, Peter Pan und Axl Rose. Aber ich habe mich bemüht, ich habe den Kanal gemalt. Bei der Schulausstellung hat Papa einen Blick auf mein Bild – eine riesige blaue Wurst – geworfen und es *The Wurst* getauft. Ned hat sich schlappgelacht. Ich habe so getan, als machte mir das nichts aus, und habe mitgelacht.

»Mann, Grots.« Grey hat mir seine Pranke auf die Schulter gelegt und mich festgehalten. »Du hast was Neues ausprobiert. Glaubst du vielleicht, dein Bruder würde jemals einen Versuch auf einem Gebiet wagen, in dem er nicht gut ist?« Wir betrachteten die Wurst eine Minute lang, dann sagte er: »Deine Mum hat Blau immer gemocht.«

Ich reiße mich von *The Wurst* los, Ned wartet im Türrahmen auf meine Entscheidung.

»Deal«, sage ich.

»Ein Hoch auf Grots«, schreit er und entschwindet durchs Wohnzimmer. »Jason, ich hol nur eben meine Sachen. Bin in fünf Minuten draußen.«

Dann bin ich zum ersten Mal seit Greys Tod mit Jason allein.

Er lächelt sanft wie ein Sonnenuntergang. »Margot.«

Er hat Schluss gemacht, indem er mir aus hundert Meilen Entfernung eine Kurznachricht schrieb. Ich hatte nie die Möglichkeit, ihn loszulassen. Stattdessen habe ich meinen ganzen Herzschmerz in einen Karton gepackt – ähnlich dem, den ich gerade fülle – und gewartet. Als er meinen Namen sagt, ergießt sich der Inhalt ins Zimmer.

Am liebsten würde ich mich an ihn schmiegen. Doch ich grinse mit zusammengebissenen Zähnen, versuche, etwas zu sagen und

…

…

…

…

Schließlich bricht Jason das peinliche Schweigen und murmelt: »Wie. Geht's. Dir?«

»Gut!«, sage ich zu laut und zu schnell. Dann piepsig: »Wie ist's in …« Scheiße. Mein Gedächtnis lässt mich hängen. Letzten Sommer haben wir jeden Tag miteinander geredet. Und im Herbst habe ich ihn im Internet gestalkt, trotzdem kann ich mich ums Verrecken nicht daran erinnern, auf welche Uni er geht.

»Nottingham Trent«, ergänzt er mit lässigem Schulterzucken, dabei lässt er mich nicht aus den Augen. »Passt schon.«

Im Zimmer ist keine Luft, in meinen Lungen ist keine Luft, als Jason sich vom Türrahmen pflückt und auf mich zukommt. Für einen Moment gestatte ich mir die Hoffnung, dass er mich um die Taille fassen und dieses ganze schreckliche Jahr vergessen machen wird, indem er endlich zu mir steht. Doch dann lässt er sich neben der halbvollen Kiste auf Greys Bett plumpsen. Ich zucke zusammen.

Es ist einfach zu viel: Die Kombination aus Greys Zimmer und Jason, so dicht neben mir. Letzten Oktober, allein in diesem leeren Haus, habe ich versucht herauszufinden, was wir einander bedeuten. Nach einigen Wochen habe ich ihn gefragt, und er hat zurückgeschrieben, dass er zurzeit nur zu einer Freundschaft bereit sei. *Zurzeit*. Ich habe mein Herz auf diesen Vorbehalt eingeschworen, und jetzt ist Jason hier.

Ich klammere mich an den Rand des Kartons und versuche zu atmen. Ich konzentriere mich darauf, Greys Tagebücher einzupacken. Ich meide den Blick auf *The Wurst*, versuche, nicht daran zu denken, wie auch Jason darüber gelacht hat, ein bisschen.

»He, Träumerin.« Er streckt die Hand aus und berührt mich am Arm. »Wie steht's mit dir? Ein gutes Jahr gehabt?«

In dem Moment, als er das sagt, beamt sich der Inhalt des Kartons weg. Er ist kein Bücherkarton mehr, sondern ein Karton voller Nichts. Fernsehflimmern. Genau wie heute Nachmittag beim Nachsitzen.

Aber auch wieder anders als beim Nachsitzen.

Diesmal bewegt sich das Geflimmer, es formt sich zu einem Bild, wirbelt herum, so wie, so wie … Rauch. Ich kann sogar das Lagerfeuer riechen. Sehe einen Lichtblitz.

Meine Finger zittern. Das darf nicht sein, nicht wenn Jason neben mir sitzt. Ich beuge mich vor, um zu sehen, ob er eine Zigarette hineingeworfen hat. Ich könnte schwören, dass ich das Karomuster unserer Picknickdecke erkenne, unsere mit Löwenzahn übersäte Wiese. Ich höre Musik. Ich strecke die Hand aus, berühre es fast …

»Margot? Gottie?«, sagt Jason. »Du bist …«

Seine Stimme kommt von weit her, ich werde

I t n
n r o i g n
d a n e e e
e K h n z g
n i o

Ich schließe die Augen, während sich das Universum dehnt und zusammenzieht.

»He, Träumerin. Bierchen?«, fragt Jason und hält mir eine Dose hin.

Ich nehme sie, obwohl ich eigentlich nichts mehr trinken will. Sof hat sich den ganzen Abend heimlich Wodka reingeschüttet, aber mir wurde schon nach einem Schluck ganz mulmig, irgendwie schwummerig. Partys sind sowieso nicht mein Ding. Wenn Grey sich in den Kopf gesetzt hat, die Existenz der Bäume zu feiern oder die Ankunft der Zugvögel oder den alljährlichen Sommerausklang, dann halte ich mich weitgehend raus. Heute ist Mittsommerfest, und ich habe mich unter dem Apfelbaum versteckt, wo ich alle sehen kann, aber mich niemand. Außer Jason.

Er hat es bereits geöffnet, das »Bierchen«. Die Fingerband hat diese dämliche Angewohnheit, Baseballkappen verkehrt herum zu tragen. Sie nennen sich gegenseitig allen Ernstes »Bro« – und dieser Faustgruß! Total idiotisch.

»Hier, Nachschub. Damit wir nicht ständig rennen müssen«, fügt Jason hinzu und lässt einen Sixpack vor uns auf die Decke fallen. Und dann sich selbst genau neben mir. Hm. Okay?

»Gut mitgedacht, Bro«, sage ich mit tiefer Stimme und nehme einen Schluck Bier – es ist lauwarm.

Er lacht. »Wir meinen das ironisch, kapiert?« Er schaut mich an. Ich blicke ihm in die Augen, in der Nacht sind sie dunkelblau. »Man kann sich nicht Fingerband nennen und voll einen auf Metal machen.«

»Voll auf Metal?« Ich nehme einen weiteren Schluck und wünsche, das Bier wäre kalt. Es ist ein warmer Abend, doch Grey hat auf einem riesigen Sonnwendfeuer bestanden. Vorhin ist er darüber gesprungen und hat was von Wikingern gebrüllt. Ich lächle in die Dunkelheit.

»Du weißt schon, geschminkt wie die von KISS, mit Sicherheitsnadeln in der Nase und satanischen Texten.« Jason deutet Teufelshörner an, was nicht so leicht ist, wenn man sich auf die Ellenbogen stützt.

»Ist das nicht eher Punk?«, frage ich.

Jason lacht, ein tiefes Rumpeln, als teilten wir einen Scherz, dabei war das überhaupt nicht komisch gemeint.

Ich habe schlichtweg keine Ahnung. Ned ist das wandelnde Musiklexikon. Ich höre mir alles an, was im Radio kommt, das Grey so gern auf Rauschen stellt. Das längste, was Jason in den zehn Jahren, die er Ned kennt, zu mir gesagt hat, war: »Wie steht's, Spinnerin?«

»Es kommt besser, wenn wir zwar Metal spielen, aber anders aussehen.« Er öffnet eine weitere Bierdose. In dem dunklen Garten ist das Krack-Zisch *laut wie ein Feuerwerk, aber niemand sieht zu uns her. Er schiebt sich näher an mich heran und flüstert: »Warum kommst du nie zu unseren Proben, Margot?«*

Weil du mich nie gefragt hast, ob ich kommen will. Weil ich lieber dem Gras beim Wachsen zusehe. Weil Sof total auf Ned steht, und wenn ich ihr erzähle, dass du mich gefragt hast, nervt sie mich so lange, bis wir zusammen hingehen – und weil die Fingerband klingt wie eine Ziege unter einem Rasenmäher.

Drüben, auf der anderen Seite des Rasens, sitzt Sof mit ihrer derzeitigen Freundin auf einer Decke. Die beiden lachen über Neds Luftgitarrensolo. Insgeheim speichere ich Jasons Einladung unter den Sachen ab, die ich ihr nie erzählen werde.

»Du solltest mal vorbeischauen«, sagt er noch einmal. »Schule zu Ende?«

»Ja. Freitag war die letzte Prüfung.« Meine Ellenbogen drohen einzuschlafen, sie fühlen sich an wie Nadelkissen. Redet er deshalb mit mir? Weil ich nach dem Schulabschluss alt genug bin, um zu den Coolen zu gehören?

Drüben brüllt Ned irgendwas und joggt in Richtung Haus. Als er außer Sicht ist, beugt Jason sich über meine Schulter und stupst mich mit dem Kinn. »Lass mich kosten.«

Ich wende mich ihm zu, will ihm sagen, dass er sein lauwarmes Bier behalten kann, als sich sein Mund plötzlich über meinen stülpt. Ich quieke vor Überraschung, in seine Zunge hinein, aber er lacht nicht. Seine Lippen sind fest auf meine gepresst, wie eine Frage. Ich küsse zurück, auch wenn ich nicht recht weiß, wie. Ich habe noch nie jemanden geküsst. Es fühlt sich warm an und schmeckt nach Beeren, nach Jason. Wieso küsst er mich? Und dann … ich bin … wir sind … Ich schließe die Augen und segle davon.

Als ich sie wieder öffne, stehe ich noch immer in Greys Zimmer. Nur dass es jetzt dunkel ist, und Jason ist verschwunden … und wir haben uns gerade zum ersten Mal geküsst.

So scheint es jedenfalls. Die Erinnerung ist so lebensecht, mit Bild und Ton, Geruchs- und Tastsinn. Ich konnte sogar die kratzige Wolle der Decke spüren, auf der wir lagen, und den Duft von Holzfeuer in der Luft riechen. Den Geschmack von Bier auf seiner Zunge schmecken, sein raues Gesicht an meinem spüren. Es war der erste geheime Kuss, dem in diesem Sommer noch viele folgten. Etwas, das nur mir allein gehörte.

Plötzlich empfinde ich seinen Verlust so wirklich und brutal, dass ich heulen könnte.

Ich hole einen großen, schluchzenden Schluck Luft, um

meine zusammengepressten Lungen zu füllen. Ich bin so überwältigt vom Ausmaß meines Schmerzes – Jason zu vermissen und ihn plötzlich zu sehen –, dass ich einen Moment brauche, um zu kapieren, was geschehen ist. Was zum Teufel war das?

Ich zerre den Gedanken, den ich heute im Anschluss an das Nachsitzen in mir vergraben habe, wieder ans Licht. Ein Tagtraum kann doch nicht länger als maximal eine Stunde dauern. Dieser Traum kann mich doch nicht einfach allein im Dunklen stehen lassen. Warum kann ich mich nicht daran erinnern, wie Jason sich verabschiedet hat, wie er gegangen ist? Und was *war* das da in dem Karton? Ich hatte das Gefühl, verkehrt herum durch ein Fernrohr zu schauen, in eine andere Zeit. Eine Zeit, in der Grey noch lebte.

Ein Vortex, ein Tunnel. Doch das würde bedeuten …

Ich stolpere zur Tür, knipse das Licht an, drehe mich um.

Alles ist gepackt. Die Bücher sind verschwunden, und auch die Kartons. Auf den Regalen sind nur Staubränder zurückgeblieben. Büchergeister. Jetzt, wo es leer ist, wirkt das Zimmer kleiner. Die Decke hängt tief, die Wände rücken näher.

Vielleicht ist meine Panik daran schuld. Ich kann mich nicht erinnern, alles aufgeräumt zu haben. Weil meine Beine vergessen haben, was »aufrecht« bedeutet, setze ich mich auf den Boden und versuche nachzudenken.

Ich habe das Fernsehflimmern berührt, und ich war mit Jason zusammen, ich bin im letzten Sommer gewesen. Ein optisches Trugbild? Ein Tagtraum? Komm schon, Gottie, willst du ernsthaft behaupten, dass es ein Wurmloch war?

Die Kisten sind gepackt. Das Zimmer ist leer. Das muss ich gewesen sein. In meiner Tasche piept es, und als ich mein Telefon herauszerre, ist da eine Nachricht von Jason: Schön, dich wiederzusehen … Nichts darüber, wie ich in den Karton hineingezogen wurde, aber vielleicht erwähnt man so etwas nicht in einer Kurznachricht. Einer, die sich in drei Punkten verliert, als sollte da eigentlich noch was kommen.

Gibt es so etwas wie einen Split-Screen-Vortex? Der letzte Sommer auf der einen Seite, und dieses Zimmer auf der anderen. Und man kann sich nur jeweils in eine Seite reinklicken.

Eigentlich ganz einleuchtend. Abgesehen davon, dass ich langsam durchdrehe!

Eine Kiste steht noch unter dem Bett. Ich raffe mich auf und wühle darin herum, meine Finger suchen nach etwas, das erklären könnte, was ich gesehen habe. Etwas, das mir bestätigt, dass ich nicht verrückt bin.

Aber da ist nur Krimskrams. Ein gerahmtes Foto von meiner Mum, auf dem sie nur wenige Monate älter ist als ich jetzt und auf dem sie mir so ähnlich sieht, dass es weh tut. Und ein Stapel von Greys Tagebüchern. Er hat alles schriftlich festgehalten: ein neues Rezept für Spaghetti mit Aprikosen (ungelogen), die Entdeckung eines Vogelnests im Garten oder die Tatsache, dass der Dorfladen kurzzeitig kein Marmite mehr verkauft hat. Er war der Einzige von uns, der das Zeug gegessen hat.

Als meine tastenden Fingerspitzen auf Pappe stoßen, gebe ich mich geschlagen und sage mir, das war alles bloß Einbildung. Ich habe ein paar Stunden verloren, mehr nicht. Habe im Stehen geschlafen, wie ein Pferd im Stall, und dabei von Jason geträumt. Ich knipse mit dem Kinn den Lichtschalter aus und trage den letzten Karton hinaus zu Greys VW-Käfer.

Das Auto steht auf einem Grasbuckel, halb in der Hecke geparkt, und ist so schwer beladen, dass Papa morgen Mühe haben wird, über die Temposchwellen bis zur Bücherscheune zu fahren. Ich muss mich seitwärts auf den kleinen Hügel stellen, um mit dem Karton auf den Knien den Griff des Kofferraums zu öffnen. Die Klappe springt auf, der Karton fällt um und ergießt einen Platzregen aus Münzen und Buchseiten auf den Rasen.

»Scheiße!« Ich taste im Halbdunkel, um alles wieder einzusammeln, und befördere die Tagebücher halbgeöffnet in den Karton zurück.

Brathuhn mit Kartoffelsalat

Im Licht des Küchenfensters fällt mein Blick auf Greys krakelige Handschrift: Buchenlaub auf dem Feuer. Habe geträumt, ich sei ein Wikinger.

Kartoffelsalat. Er meint die deutsche Art, die warm mit Senf und Essig angemacht wird, und nicht den mit Mayonnaise (also nicht total eklig). Dieser Eintrag ist vom letztjährigen Mittsommerfest: Der Abend meines ersten Kusses mit Jason. Mein allererster Kuss.

Mein Herz bekommt einen Stich. Vielleicht sind die

Tagebücher aber auch ein Teil der Erklärung: Ich habe mich den Nachmittag über mit Raumzeit beschäftigt und beim Packen in den Tagebüchern gelesen. Deshalb habe ich mich an alles so genau erinnert. Ned ist da, ich hänge mit Sof ab, Jason ist zurück und lächelt mich an ... Deshalb ist mein Geist in den letzten Sommer abgewandert. Ich habe nicht auf einer Picknickdecke im Gras gelegen und das Lagerfeuer gerochen. Ich habe mir das alles bloß eingebildet.

Denn anderenfalls müsste ich mir eingestehen, dass es Wurmlöcher tatsächlich gibt und dass ich heute schon zweien begegnet bin. Aber morgen kommt Thomas, und mehr kann ich im Moment eigentlich nicht verkraften.

Ich klappe das Tagebuch zu.

Dienstag, 6. Juli

{minus dreihundertacht}

Nachdem ich Jason ein lässiges Ebenso ☺ zurückgeschrieben habe, das mich zwei Stunden Überlegung gekostet hat, bleiben Umlaut und ich die ganze Nacht wach – wir lesen Greys Tagebücher und brechen uns das Herz. Ich habe es einfach nicht über mich gebracht, die Hefte im Auto zu lassen. Ein kleiner Teil von mir hofft, dass es Wurmlöcher wirklich gibt, und ich in die Zeit zurückverbannt werde, in der er noch da war.

Die Einträge sind ziemlich rätselhaft, aber dieser hier bringt mich zum Lachen, weil ich genau weiß, welchen Tag er meint:

Gottie verweigert Obst und Gemüse, seit sie Aufklärungsunterricht hatte.
Irgendwas mit einem Kondom über einer Banane.
(Vitamintabletten kaufen?)
Muss möglicherweise Daumenschrauben einsetzen.
Sie sieht Caro so ähnlich.

Caro – meine Mum. Grey hat ziemlich souverän reagiert, als seine einzige Tochter mit neunzehn von einem schmächtigen blonden deutschen Austauschstudenten schwanger wurde. Aber er wollte sichergehen, dass sich die Geschichte nicht wiederholt. An jenem Tag war ich vom Aufklärungsunterricht nach Hause gerannt, überzeugt, dass Grey sagen würde: »Mach Liebe im Meer, Gottie! Im sanften Rhythmus der Wellen! Lass Neptun deine fruchtbaren Eizellen bewachen!«

Doch stattdessen donnerte er: »Ich glaube vielleicht nicht an alles, was ich so sage, Kumpel, und ich bin mir nicht sicher, ob es kosmischen Beistand wirklich gibt, aber eines weiß ich bestimmt: Man kann auch im Kopfstand schwanger werden, beim ersten Mal, im Meer oder im Gras oder bei Vollmond – ganz besonders bei Vollmond. Vor lauter Verliebtheit vergisst du deinen eigenen Namen, ganz zu schweigen von dem Gummi in deiner Tasche. Also nimm in Gottes Namen die Pille. Schluck sämtliche Pillen, benutze ein Kondom, kauf dir ein Diaphragma.«

Als ich zu lesen aufhöre, dämmert bereits der Morgen. Die Sonne geht auf, hell wie eine Magnesiumflamme, und leider sind die Flughäfen nicht wegen Starkregens geschlossen. Das bedeutet, dass Thomas in T minus acht Stunden ankommt.

Möge der Sturm und Drang beginnen.

Doch zuvor muss ich noch diese Jahresabschlussveranstaltung hinter mich bringen. Kaum ist das Schuljahr zu Ende, schon will man uns loshaben – keine Woche vergeht ohne Studienberatung, Eignungstests, Stipendiensprechstunde …

»Dieser Sommer ist eure letzte Chance«, ermahnt uns Mr Carlton, der für die Studienberatung zuständig ist, mit dramatischem Bühnenflüstern. »Die Aufnahmeprüfungen beginnen im September, Leute! Lasst die Sommerferien nicht ungenutzt verstreichen!«, schärft er uns ein.

In der Reihe vor mir legt Jake, ungerührt von all der Panikmache, seinen Kopf auf Nicks Schulter. Das Mädchen neben mir ist mit ihrem Telefon beschäftigt und twittert darüber, wie *ungerecht* es ist, über die Sommerferien Hausaufgaben zu bekommen. Am anderen Ende der Aula sehe ich Sof, von Kopf bis Fuß in Rosa, wie sie hektisch mitschreibt, als Mr Carlton die Aufnahmebedingungen für die Kunstakademie erläutert. Ich sollte ihr eigentlich eine Nachricht schicken, dass sie sich das sparen kann: Ned hat vor einem Jahr dieselbe Prozedur durchlaufen.

Aber ich habe schon genug um die Ohren.

Und nicht nur wegen dem, was gestern Abend passiert ist: Die Erinnerungswurmlöcher oder was auch immer es war. Dieser große Batzen Zeit, der mir abhandengekommen ist. *Jason*. Dazu noch Thomas, der jetzt schon halb über den Atlantik ist. Ned, der das Küchenradio auf Rauschen stellt, Greys Art der Unterhaltung. (»Kosmisches Knistern, Mann, das ist nicht zu überbieten. Das Geräusch eines sich ausdehnenden Universums.«) Und Papa, der im Antiquariat herumschwebt – er füllt die Frühstücksflocken nach, zieht Überraschungskätzchen und Sommergäste aus dem Ärmel, ist aber im Grunde nicht *anwesend*.

Und obendrein erzählt mir dieser Mr Carlton, dass ich mich entscheiden muss, was ich für den Rest meines Lebens und die nächsten vier Jahre tun möchte, und wo. Jetzt sofort!

Man kann die Ausrufezeichen am Ende seiner Sätze praktisch hören. Und man erwartet von mir, dass ich mich darauf freue. Was die anderen offenbar alle tun. Glücklich, endlich aus diesen verschlafenen Nestern wegzukommen, die an der Küste aufgereiht sind. Wo wir unser gesamtes bisheriges Leben verbracht haben, und wo nie etwas passiert.

Aber ich finde verschlafen gut. Ich *mag es*, wenn nie was passiert. Ich kaufe jeden Tag den gleichen Schokoriegel im selben Laden, direkt neben unserem Dorfteich mit einer Entenpopulation von maximal drei Vögeln, und dann lese ich das Holksea-Mitteilungsblatt, das mir nie etwas mitzuteilen hat. Es ist so tröstlich. Und mein Leben ist ziemlich überschaubar.

Ich will nicht »über die Zukunft nachdenken«, wie Mr Carlton uns nahelegt. Es ist schwer genug, in der Gegenwart zu leben.

Während er in immer neuen und abschreckenden Varianten vom Rest-unseres-Lebens raunt, klinke ich mich aus und schreibe in meinen Block. Ich kann zwar das unerbittliche Näherrücken der Universitätseinschreibung nicht aufhalten oder Neds »Was-würde-Grey-tun«-Sommerprogramm oder Thomas' Flugzeug, aber eines habe ich unter Kontrolle.

Ich kann herausfinden, was gestern Abend wirklich passiert ist.

Am Ende der Veranstaltung ist der Block voller Gleichungen, die meine Split-Screen-trifft-Teleskop-Hypothese bestätigen sollen. Als alle ihre Stühle zurückschieben, winkt Sof mir halbherzig zu, ich soll sie beim Notausgang treffen. Ich schüttle den Kopf und deute auf meine Physiklehrerin. Sof antwortet mit einem schmallippigen Lächeln.

Ms Adiwunmi bleibt auf ihrem Platz sitzen und starrt konzentriert auf einen Stundenplan, trotzdem hoffe ich, dass sie ein offenes Ohr für Nachfragen außerhalb des Unterrichts hat, zum Beispiel …

»Wie funktioniert Raumzeit?«, platze ich heraus.

Streng blickt sie zu mir auf. »Ich *wusste*, dass du gestern nicht aufgepasst hast.«

»Nein, ich meine … ja, doch. Aber ich habe das Quiz gemacht. Beim Nachsitzen. Im Unterricht da …, tut mir leid.«

Meine Entschuldigung bleibt in der Luft hängen, und sie lacht. »War nur ein Scherz. Was genau willst du wissen?«

»Ich wollte fragen … Vortexe. Wurmlöcher. Wie sehen die aus?«

»Ist das eine Frage zum Unterrichtsstoff, oder muss ich Angst haben, dass Norfolk von der vierten Dimension geschluckt wird?«, fragt Ms Adiwunmi.

»Rein hypothetisch. Ich meine, theoretisch! Mich interessiert die mathematische Erklärung«, erläutere ich. »Ich weiß, dass man ohne dunkle Materie kein Wurmloch erschaffen und auch nicht durch eines reisen kann. Aber könnte man vielleicht hindurchsehen? So wie Fernsehen über eine große Entfernung?«

Meine Lehrerin sieht mich prüfend an, dann wandert ihr Blick durch die Aula. Nachzügler lungern an den Ausgängen herum. Sie wartet, bis alle draußen sind, dann beugt sie sich vor und flüstert eindringlich: »Wie lautet die tausendste Primzahl?«

»Ähm …« Ich weiß nicht, was sie von mir will, beginne aber trotzdem zu rechnen. »7919.«

Ihr Kopf ruckt in Richtung Tür. »Komm mit.«

Auf dem Weg durch die Korridore bleibt Ms Adiwunmi stumm. Jedes Mal, wenn ich zu einer Frage ansetze, schüttelt sie kaum merklich den Kopf. Ich frage mich, ob ich was ausgefressen habe. Als wir in ihr Büro kommen, setzt sie sich an den Schreibtisch und schiebt mir mit dem Fuß einen Stuhl hin. Eine stumme Aufforderung, mich zu setzen. Mit totalem Pokerface.

Ich lasse mich auf den Stuhl fallen. Muss ich wieder nachsitzen? Normalerweise hat sie immer ein Lächeln parat, selbst bei so langweiligen Themen wie Topologie, aber heute fixiert sie mich streng. Dann endlich macht sie den Mund auf.

»Willkommen«, sagt sie und fixiert mich mit den Augen, »im Club der Parallelwelten.«

Ich starre sie mit klopfendem Herzen an.

»Du meine Güte! War ein Scherz!«, kichert sie. »Ihr seid alle immer so gutgläubig.« Sie wischt sich die Lachtränen ab, offenbar findet sie es saukomisch.

»Gottie, in jedem Jahrgang gibt es einen Schüler, der glaubt, dass es Wurmlöcher wirklich gibt. Und, mal ehrlich, das ist der erste Piep, den ich in diesem Schuljahr von dir höre. Da musst du mir schon einen kleinen Spaß gönnen. Tja, rein theoretisch ... Was könntest du gesehen haben? Einen so stark gekrümmten Vortex, dass sein Ereignishorizont dich daran gehindert hat, um die Ecke zu schauen. Und, nehmen wir mal an, man könnte durch ein Wurmloch hindurchschauen, dann wäre die darin herrschende Schwerkraft so stark, dass die Lichtwellen abgelenkt würden – ähnlich wie bei einer Fischaugen-Linse.«

Mit anderen Worten: Man würde überhaupt nichts sehen, allenfalls verzerrte Bilder wie in einem Spiegelkabinett.

Aber Jasons Kuss gestern Abend war live und in Farbe, Geruchskino, 3-D, IMAX, einschließlich Popcorn.

»Ja, aber«, beharre ich, »mathematisch gesehen. Theoretisch. Sagen wir nach der Gödel-Metrik, da könnte die Vergangenheit doch noch irgendwo existieren, weil die Raumzeit gekrümmt ist. Und wenn man in die Vergangenheit blicken *könnte*, wie durch ein ...«, den Rest murmle ich, weil es total lächerlich ist, »Fernseh-Wurmloch-Teleskop, und die Bilder wären nicht verzerrt. Würde der Blick in die Vergangenheit dann Einfluss auf ... äh ... die reale Zeit haben? Wegen des veränderten Standpunkts?«

»Du meinst, wie eine Uhr, die im Hochgeschwindigkeitszug langsamer läuft als im Bahnhof?«

»Genau!« Ich strahle sie an. Die Sache mit der Uhr ist sowohl wahr als auch verblüffend. »Ich dachte nur, ... wenn man einen Zeitraum von zwanzig Minuten in der Vergangenheit durch das Wurmloch betrachtet, dann würde man im Hier und Jetzt mehrere Stunden verlieren.«

»Könnte stimmen.« Ms A. betrachtet mich einen Moment lang. Dann greift sie zum Stift und beginnt zu schreiben. »Wenn du dich auf der Uni mit Quantenmechanik beschäftigen möchtest, dann solltest du diese Bücher lesen. Außerdem solltest du –«, sie deutet mit ihrem Stift auf meinen Block, der auf der Seite mit dem Jason-Gekritzel aufgeschlagen ist, »dich auf deine Bewerbungen konzentrieren.«

Ich nicke und strecke die Hand nach der Bücherliste aus. Aber sie zieht sie weg. »Hast du dich schon für ein Fach entschieden? Reine Mathematik oder Theoretische Physik? Schließlich wollen wir dich nicht an die Biologen verlieren, ha, ha!«

»Ich bin mir noch nicht sicher ...« Der Gedanke, mich ein Leben lang an eine Fachrichtung zu binden, verursacht mir Gänsehaut. Ich kann mich ja kaum für fünf Minuten auf ein Gefühl festlegen.

»Warte nicht zu lange mit deiner Entscheidung. Ich brauche schließlich noch Zeit für dein Empfehlungsschreiben. Das hier«, sie wedelt mit dem Zettel, »gebe ich dir, wenn du mir deine Auffassung von Wurmlöchern aufschreibst.«

»Hausaufgaben?« Ich verziehe das Gesicht, obwohl ein

Sommer in der Bibliothek natürlich eine Möglichkeit wäre, Thomas aus dem Weg zu gehen.

»Betrachte es als eine persönliche Stellungnahme. Und ich möchte auch die dazugehörigen Gleichungen. Wenn du mir zu deiner Teleskop-Zeit-Theorie einen bahnbrechenden Aufsatz schreibst, bekommst du eine Empfehlung, die dich Millionen Lichtjahre von Holksea wegkatapultiert – Stipendien, Förderung, der ganze Zauber.«

Sie lässt das Blatt vor meiner Nase baumeln. Ich will aber nicht Millionen Lichtjahre von hier weg sein. Ich wüsste nicht, wo ich lieber sein wollte. Aber ich muss wissen, was vorgeht. Also greife ich danach.

Wie zu erwarten, gibt es kaum einen von Ms Adiwunmis Titeln in der Schulbibliothek. Ich checke es nach der letzten Stunde, aber zwischen den schätzungsweise neuntausend Lyrikanthologien findet sich lediglich eine abgegriffene Ausgabe von Stephen Hawkings *Eine kurze Geschichte der Zeit.* Ein paar der Bücher sind zwar vorhanden, aber ausgeliehen. Ich lasse sie vormerken, dann gehe ich zum Fahrradschuppen.

Ich weiß, wo ich finde, was ich brauche. In der Bücherscheune. Grey hatte zwar einen anderen Blickwinkel aufs Universum als ich, aber er hat ein ganzes Stockwerk voller naturwissenschaftlicher Bücher – von Fiktion bis Physik. Das einzige Problem ist, dass ich ein Jahr lang nicht mehr dort war. Wenn Papa zwischendurch mal auf der Erde landete und mich dazu aufforderte, habe ich Hausaufgaben vorgetäuscht, oder Schwimmen (selbst im frostigen November) oder die dringende Notwendigkeit, stundenlang auf dem Bett zu liegen und an die Decke zu starren.

Und wenn man die Leute oft genug abweist, geben sie es irgendwann auf.

Als ich zum Tor komme und in meiner Tasche nach dem Fahrradhelm wühle, entdecke ich stattdessen Greys Tagebuch. Ich habe es heute Morgen als eine Art Talisman eingesteckt. Jetzt blättere ich darin, um herauszufinden, was ich heute vor einem Jahr gemacht habe.

G. sollte in Neds Zimmer umziehen, wenn er zur Uni geht. Zurück in die reale Welt.

Darunter hat er eine kleine Katze gezeichnet. Ich kann mich genau an den Tag erinnern. Die Prüfungen waren längst vorbei, aber ich hatte mich im oberen Stock des Antiquariats vergraben und las. Bis Grey sich neben mich hinhockte und mir das Buch aus der Hand nahm.

»Schrödinger, wie?«

Ich beobachtete, wie er den Text überflog. Die berühmte Katzen-Theorie. Das war noch vor Umlaut.

»Man steckt eine Katze, Uran, einen Geigerzähler, einen Hammer und ein Gefäß mit Gift in einen Karton«, resümiert Grey. »Schleife drum, super Weihnachtsgeschenk. Was soll das?«

Lachend erklärte ich ihm, dass das Uran mit 50-prozentiger Wahrscheinlichkeit zerfällt. Falls es dies tut, aktiviert der Geigerzähler den Hammer, der wiederum das Gefäß mit dem Gift zerschlägt, so dass die Katze stirbt. Aber wenn das Uran nicht zerfällt, lebt die Katze weiter. Bevor man den Karton öffnet und nachschaut, ist beides gleichermaßen wahr. Damit ist die Katze gleichzeitig tot und lebendig.

»Soll ich dir was Lustiges über Schrödinger erzählen?«, fragte Grey. Er gab mir das Buch zurück und stand auf.

»Ja.«

»Er war der absolute Flachleger«, röhrte Grey. »Hat halb Österreich gevögelt!«

Ich hörte ihn noch lachen, als er längst die Treppe hinunter war und ich weiter zu durchschauen versuchte, wie zwei Gegensätze gleichzeitig wahr sein können. Jason war mein Schrödinger. Und in dem Karton waren wir: ein Geheimnis, etwas Besonderes, das niemand kaputtmachen oder uns nehmen konnte. Wir waren seit ein paar Wochen zusammen, und inzwischen hatte sich ein Gedanke in unseren Karton eingeschlichen: Ich wollte, dass wir offiziell ein Paar waren.

Bevor ich das Antiquariat verließ, sah ich in der Abteilung mit den Biographien nach – ich wollte herausfinden, ob das mit Schrödinger und dem Vögeln stimmte. Grey hatte recht.

Ich frage mich, wie Papa es schafft, jeden Tag dort zu arbeiten.

Doch während ich die Küstenstraße entlang Richtung Holksea radle, entspanne ich mich langsam. Die Luft ist wie Honig auf meiner Haut, und nach einer Weile besteht die Welt nur noch aus Sonne, Himmel und Meer. Aus dem Augenwinkel kann ich Pubs und Kirchhöfe ausmachen. Ich beschleunige, bis sie verschwimmen, Salzluft füllt meine Lunge. Ich atme tief ein und bin wieder ein Kind. Einen Moment lang ist nichts mehr wichtig – weder Thomas noch Grey noch Jason.

Nach ein paar Minuten kommt eine Ansammlung alter Gebäude in Sicht – die Umrisse von Holksea. Das Antiquariat liegt auf der Meerseite, und das Ladenschild ist selbst aus dem Weltall lesbar: Bücherscheune. Die riesigen Neonbuchstaben flimmern pink, und auch wenn sie im Sonnenschein verblassen, leuchten sie genauso wie Grey. Diese Buchstaben haben sich in meine Netzhaut eingebrannt.

Ich bin noch fünfzehn Meter entfernt und halte mein Tempo, als sie plötzlich verschwinden. Ein Zwinkern und weg sind sie.

Nein.

Mein Herz rast, meine Füße treten langsamer, aber nicht sehr viel. Die Geschwindigkeit zwingt mich weiter. Noch zehn Meter. Wo Buchstaben sein sollten, ist nichts als Raum. Und diesmal meine ich nicht einfach Leere, Nichts, die Quadratwurzel aus minus-verdammt-siebzehn. Ich meine den Weltraum. Im Himmel ist ein Loch.

Noch fünf Meter. Ich befinde mich eine halbe Meile vom Meer entfernt, auf 52,96 Grad nördlicher Breite, und zugleich eine Billion Lichtjahre weit weg von der Erde. Das ist kein Fernrohr, es ist das verdammte Hubble.

Und an den Rändern des Lochs, da wo der Himmel wieder blau wird, flirrt dasselbe Fernsehflimmern, das ich bereits gesehen habe, zweimal schon. Was hat Ms Adewunmi über Vortexe gesagt? Dass sie das Bild verzerren? Dieses hier ist kristallklar.

Mir wird übel vor Angst, aber ich kann meine Beine nicht davon abhalten, in die Pedale zu treten. Weil, o Scheiße, o Scheiße, o Scheiße. Greys Zimmer, Greys Tagebücher. Greys Antiquariat. Was immer das ist – gestern war es jedenfalls ein konkretes *Etwas*. Ich habe in den letzten Sommer geschaut, aber heute ist da ein Loch, gefüllt mit Milchstraße! Es muss etwas mit Grey zu tun haben. Und Grey ist tot. Also hat es etwas mit mir zu tun …

Als ich noch drei Meter entfernt bin, reiße ich instinktiv den Lenker herum und biege in den Fußweg zum Strand ein. Ich lege mich in eine Kurve, die ich schon millionenfach genommen habe und in schnellerem Tempo. Aber diesmal, wieso auch immer, klappt es nicht recht.

Ich nehme sie zu steil, komme ins Schleudern, und Adrenalin durchflutet mich. Das kann nicht gutgehen. Furcht packt mich, und ich versuche, meinen Kurs zu korrigieren, das Gleichgewicht zurückzugewinnen. Doch mein Vorderrad wird durch einen Stein in ein Schlagloch abgedrängt, ich falle – und es tut weh –, kann aber nicht anhalten, nicht mal nachdem ich auf dem Weg aufschlage. Mit dem Ellenbogen voraus, von wo der Schmerz durch meinen Arm schießt. In meinem Oberschenkel brennt Feuer, als ich ein paar Meter auf dem Boden entlangschlittere, und meine Haut dort zurücklasse. Die Hecke bremst mich schließlich, doch mein Rad rutscht weiter. Das Pedal, in das mein Fuß verhakt ist, verbiegt mir das Bein, verdreht mir den Knöchel, bevor es sich endgültig von mir löst. Das Rad trudelt scheppernd weg. Ich bin allein.

Dienstag, 6. Juli (später)

{minus dreihundertacht}

Eine Ewigkeit liege ich in der Hecke, den Blick nach oben gerichtet. Alles, was ich sehe, ist Himmel – der echte Himmel, dort, wo er hingehört. Er ist riesig und wolkenlos, blau und hell und sehr, sehr weit weg.

Ein gefühltes Jahrhundert später schaue ich auf meine Uhr – kaputt, die Leuchtzeiger irgendwo verstreut – und dann auf mein Telefon – leblos, egal wie fest ich auf die Power-Taste drücke. Trotzdem weiß ich, dass ich diesmal keine Zeit verloren habe. Ich habe jede Sekunde gespürt. Weil das

Gott

verdammt

aua

so weh tut.

Und mein Herz auch. Ich will Jason. Ich will die Mama, die ich nie hatte. Ich will Grey. Ich *will*.

»Hallo?«, versuche ich zaghaft, meine Stimme zittert. »Hallo?«

Ich warte und warte, aber niemand kommt, um mich zu finden. Ein Jahr lang habe ich mich klein und immer kleiner gemacht, so dass ich inzwischen kaum noch existiere.

Schließlich, endlich, stehe ich auf, teste meinen Knöchel. Ich glaube nicht, dass er gebrochen ist – sonst hätte ich es knacken gehört, so wie damals, als Thomas mich dazu brachte, vom Pier zu springen und ich drei Monate lang einen Gips hatte, den Thomas mit Schimpfwörtern dekoriert hat. Aber, *Shit*, es tut trotzdem weh. Ich mache ein paar hinkende Schritte, bis ich mich an die Hecke lehnen und umsehen kann.

Auf der anderen Straßenseite blinkt das Ladenschild in Neonpink, als wäre alles stinknormal. Mein Rad ragt aus dem Straßengraben, es scheint ein Schaumbad in weißen Wildblumen zu nehmen. Ich humple hinüber und finde es weitgehend unbeschädigt: Das Vorderrad hat einen Achter und die Kette ist rausgesprungen, aber das lässt sich beheben. Ich zerre es aus dem Graben, stütze mich darauf und schleppe mich stöhnend zum Antiquariat hinüber.

Nachdem ich es so lange gemieden habe, ist es jetzt der einzige Ort, an dem ich sein möchte.

Die Tür ist verschlossen, weil Papa Thomas vom Flughafen abholt. Ich brauche mehrere Anläufe, bis ich den Schlüssel ins Schloss bekomme. Drinnen ist es dunkel und still, ein ganz spezieller Geruch schlägt mir entgegen, nach Papier, altem Holz, Pfeifenrauch und staubigen Teppichen. Zuhause.

Ich lasse die Tür offen und das Licht aus. Ich kämpfe mich durch die eng stehenden Regale, bis ich in einer kleinen, von Büchern umschlossenen Höhle bin. Von dort führt ein Labyrinth aus Büchergängen in alle Richtungen. Die Kartons, die ich gestern Abend gepackt habe, sind in einer Ecke neben dem Schreibtisch gestapelt. Dahinter ragt Greys riesiger Lehnsessel auf.

Mein ganzer Körper schmerzt, als ich in den Sessel sinke und das viel zu laute, arrhythmische Ticken der Wanduhr auszublenden versuche, die Grey nie hat reparieren lassen. Ich inspiziere den Schreibtisch und spähe im Dämmerlicht nach dem Erste-Hilfe-Kasten. Die oberste Schublade quillt über vor Papieren – ihr Inhalt erinnert mich an die Wildblumen im Straßengraben. Ich taste mich durch Quittungen und Formulare, finde Schokoriegel, Duftöl, eine Dose Tabak, ein braunes Glasfläschchen. Ich schüttle es. Vermutlich eines von Greys alternativen Mittelchen. Er schwor auf Ginkgo-Extrakt, Johanniskraut und Nachtkerze. Ich schlucke zwei Tabletten, zwinge sie ohne Wasser an dem Kloß in meinem Hals vorbei.

Alles tut weh. Mein Bein ist aufgeschürft und sieht schrecklich aus. Es wird Tage brauchen, bis der Schorf sich löst. Wenn ich als Kind hingefallen bin, war mein Großvater da und hat gepustet und mir ein Pflaster gegeben.

Ich schmiege meinen Kopf an die samtene Sessellehne und atme Greys Geruch ein. Verzweiflung stürzt aufs Neue über mich herein. Papa hat hier im Laden alles genau so gelassen wie es war – staubig und chaotisch, ganz nach Greys Philosophie: »Ich bin Buchhändler, nicht Buchhalter!«. Sein gigantischer Stuhl, in dem ich mir winzig vorkomme, der Tisch, an dem er manchmal Tagebuch geführt hat, und diese dämliche, kaputte Uhr mit ihrem Tick-tick … ticktickticktick … -tock. Die Tränen nehmen mir die Sicht, so dass der abgewetzte Samt verschwimmt und wie das einfarbige Fernsehflimmern aussieht, das ich draußen kurz vor dem Sturz gesehen habe. Tick …

Tock.

Tick-tick.

»Mach es so, dass es gut aussieht, okay?«, sage ich. Wir sitzen im Apfelbaum, der voller schleimiger, nasser Blätter ist, und mir ist kalt am Po, aber Grey sagt immer, man muss die Erde unter sich spüren. »Damit sie nicht merken, dass wir es sind.«

Es ist Neds zehnter Geburtstag, und er hat mich und Thomas erklärtermaßen nicht eingeladen. Grey sagt zwar, dass wir trotzdem kommen können, und Ned das gar nicht darf, aber ich finde, wir sollten ihm lieber die Geburtstagstorte klauen. Es war Thomas' Idee, dass wir dazu unsere Gesichter bemalen wie Banditen.

»Ist doch logo«, entgegnet Thomas und verdreht die Augen. »Okay. Und ich werde dir noch einen Schnurrbart machen.«

»Ja«, sage ich wie immer, wenn es um uns beide geht, und schließe die Augen. Die Farbe kitzelt, als er anfängt zu malen. »Und merk dir das Signal: Wenn Grey ruft ›Ärger hoch zwei‹ –«

»– dann rennen wir«, beendet Thomas meinen Satz. »Mach die Augen auf, Gottie.«

Als ich es tue, hält Thomas lachend einen Permanentmarker in der Hand –

»Was ist passiert? Gottie? Gottie, mach die Augen auf.«

Papas Stimme bricht durch die Dunkelheit. Meine Lider sind dick und schwer, sie fühlen sich an wie eingerostet. Ich muss eingeschlafen sein. Ich habe von Thomas und mir im Baum geträumt, aber es war nicht der richtige Tag, nicht der Tag, an dem er weggegangen ist.

Als ich die Augen öffne, verblassen die Bilder. Ich blinzle. Papa steht vor mir.

»Bin eingeschlafen. Oh. Und vom Rad gefallen«, murmle ich in die samtigen Ohren des Sessels und drehe mich ein bisschen zur Seite, um ihm die Wunden zu zeigen.

Er zieht hörbar die Luft ein, lauter als es ein aufgeschürftes Bein verdient. Papa kann kein Blut sehen und jammert bei der kleinsten Schramme, die ich oder Ned nach Hause bringen. Ich frage mich, wie er Mums Sterben ertragen hat, falls es dabei blutig zuging. Ist er in Wurmlöchern verschwunden, um nach ihr zu suchen?

Aber ich kann dem Gedanken nicht folgen, keinem meiner Gedanken, sie wirbeln durcheinander wie welke Blätter im Herbst.

»Dann ist das dein Rad da draußen?«, fragt Papa. Mein Rad ist rosa und hat einen Korb, und ein Kartonstreifen von einer Cornflakes-Packung klackert an den Speichen entlang. Wessen Fahrrad sollte es sonst sein?

Ich rapple mich hoch und stöhne in Erwartung der mit

Jod getränkten Wattebäusche. Mein Körper erinnert sich an die Wunden meiner Kindheit und sagt mir, ich muss Papa mit einem Lächeln überzeugen, dass alles halb so schlimm ist.

»Gut«, Papa lächelt. »Das Auto steht unten am Strand. Ich gehe es holen, du wartest hier?«

»Okay.«

»Bleib du bei ihr«, höre ich, als Papa sich zum Gehen wendet. Heimlich lasse ich die Augen wieder zufallen und kuschle mich tiefer in den Samt. Er ist die Milchstraße. Wer ist »ihr«?, denke ich. Ich bin doch ich.

Schritte, dann die Ladentür, die in der Ferne hinter Papa zuschlägt. Aber vielleicht auch nicht, denn er ist ja noch da und hält meine Hand. Er wirkt ärgerlich, trommelt mit den Fingern.

»Lam'mich.« Ich versuche, seine Hand abzuschütteln, warme Finger schlingen sich um meine und drücken sie wach. »Nich, Papa.«

»Gottie?«, sagt jemand. Eine Jungenstimme, die aus den Sternen kommt. »Dein Dad ist draußen. Ich bin's.«

Dieser *Ich* hat einen seltsamen Akzent, es ist Englisch, aber auch wieder nicht. Ich öffne die Augen. Ein Junge in meinem Alter beugt sich über mich und hält meine Hand, sein Gesicht scheint nur aus Brille, Sommersprossen und Besorgnis zu bestehen.

Und er ist umgeben von Sternen, immer, überall. Im Laden tut sich eine ganze Galaxis auf, sie hängt einfach in der Luft.

»Du bist voller Sterne«, sage ich.

Sein Mund verzieht sich. So hat Thomas Althorpe immer gelächelt – so als könnte er nicht fassen, wie lachhaft die Welt ist. Das Lächeln schwappt in seine Grübchen. Dieser Typ hier hat spitze Zähne, die sich in seine Unterlippe bohren. Und eine Brille. Und Sommersprossen. Oh. Er ist es.

»Hallo, Gottie.« Thomas lächelt, während ein Komet an seinem Kopf vorbeirauscht. »Kennst du mich noch?«

»Ja, ich kenne dich. Du bist zurückgekommen. Wie du es versprochen hast. Aber ich habe dich nicht so umwerfend in Erinnerung.«

Das sind meine letzten Worte, bevor ich das Bewusstsein verliere.

Mittwoch, 7. Juli

{minus dreihundertneun}

Ich erwache schwitzend unter einem Patchworkquilt und sechs Decken, mit denen ich mich bestimmt nicht selbst zugedeckt habe. Ein Blick auf den Wecker sagt mir, dass ich zu spät zum Unterricht komme, was mich aber nicht stört. Ich kotze über den Rand des Bettes. Auf dem Boden steht eine Plastikwaschschüssel, die darauf nur gewartet hat. Das ganze Manöver bringe ich in flotten dreißig Sekunden hinter mich, dann lasse ich mich wieder in die Kissen sinken.

Ich gehe heute nicht in die Schule.

Die Sonne, vom Efeu gefiltert, färbt die Luft polarlichtgrün. Ich fühle mich schwer, mein Zimmer hat seine eigene Schwerkraft, die mich in die Matratze drückt. Der Schmerz des Sturzes pocht in meinem Bein, er klopft im Kopf und gesellt sich zu dem stets präsenten Jason-Grey-Herzweh.

Grey. Mein Blick wandert auf die andere Seite des Zimmers zu seinen Tagebüchern. Aber da ist noch etwas, es lauert am Rand meines Bewusstseins, und ich sollte mich daran erinnern.

Greys Zimmer. Und Thomas Althorpe, der jetzt dort am anderen Ende des Gartens schläft.

Oh.

»Ich habe dich nicht so umwerfend in Erinnerung.«

Wie peinlich. Vielleicht habe ich diese Decken mit Hilfe der Thermodynamik der Demütigung erschaffen, um etwas zu haben, worunter ich mich verstecken kann.

Das bringt mich zu meiner gestrigen Theorie zurück, kurz bevor ich vom Rad fiel: Dass diese seltsamen Vorkommnisse Manifestationen von Grey sind. Dass sie mit Schuld zu tun haben. Und mit mir.

Ich hätte seine Tagebücher nicht an mich nehmen, nicht darin lesen dürfen. Aber es ist nicht nur das: Dieses ganze Jahr, und was an dem Tag geschah, als er starb.

Halt. Ich zwinge meine Gedanken zu Thomas zurück – ein vergleichsweise harmloses Thema. Ich schnalze mit der Zunge, bis Umlaut auf mein verletztes Bein springt. Wieso ist er überhaupt hier? Thomas, meine ich, nicht der Kater. Ned redet von Verbannung, aber Thomas würde nie etwas tun, was so schlimm ist, dass man ihn des Landes verweisen müsste. Früher einmal hat er auf der Landwirtschaftsausstellung, dem alljährlichen Jahrmarkt mit Tombola und selbstgemachter Marmelade, die Schweine freigelassen. Er hat die ganze mehrschichtige Götterspeise aufgegessen, die Grey für meinen Geburtstag gemacht hatte, und anschließend Regenbögen gekotzt. Aber das macht ihn nicht zu einem *Kriminellen*.

Mir schmerzt der Kopf, wenn ich daran denke. Mein Kopf schmerzt, Punkt.

»Ich werde in die Küche gehen und mir ein Glas Wasser holen«, sage ich laut zu dem skeptisch dreinblickenden Umlaut. »Ich bin total dehydriert.«

Nicht, weil ich neugierig auf Thomas wäre. Nicht, weil ich herausfinden möchte, warum er zurück ist, oder warum er mir nie geschrieben hat. Ober warum mein gestriges Bild von ihm – Sommersprossen unter dunklem Haar – verschwommen und voller Sternschnuppen ist. Ich brauche Wasser, das ist alles.

Es kostet mich zehn Minuten, um durch den Garten zu humpeln. Umlaut trottet neben mir her und ist im zottigen Gras kaum auszumachen. Als ich in die Küche komme, ist Neds Zimmertür zu. An der Tafel in der Küche steht in Papas Schrift eine Botschaft für Thomas: Er soll seine Mum anrufen. Und auf dem Küchentisch liegt ein unförmiger Brotlaib. Im vergangenen Jahr haben wir uns hauptsächlich von Frühstücksflocken ernährt, die wir händeweise aus der Packung aßen. Kein gemeinsames Frühstück, es wären nur zwei Menschen an einem riesigen Tisch. Greys leerer Platz würde nur noch offensichtlicher machen, dass auch Ned fehlt, und Mum schon immer gefehlt hat.

Es ist, als hätte Grey ein Loch hinterlassen, das größer ist als er selbst.

»Seltsamerer und seltsamerer«, sage ich zu Umlaut und lasse mich dem Brot gegenüber nieder.

»Was ist seltsam, Alice?«

Ich fahre zusammen, als ich hinter mir Thomas' Stimme höre. Mein Herz pocht in meinen Ohren. Meine eine Hälfte versteinert. Die andere dreht sich um. Was dazu führt, dass ich fast vom Stuhl kippe, während er die Küche betritt. Dunkles Haar, nass vom Duschen, barfuß, eine zugeknöpfte Strickjacke über dem T-Shirt. Er sieht so *sauber* aus. Ich fahre mit der Zunge immer wieder durch meinen trockenen Mund, der nach Erbrochenem schmeckt.

Thomas winkt mir schüchtern zu und verschwindet dann hinter der Kühlschranktür, die Ned in ein Gesamtkunstwerk aus Fotos und Magneten verwandelt hat. So habe ich kurz Zeit, mein Bild des Jungen, der uns vor Jahren verlassen hat, auf den neusten Stand zu bringen. Damals war er etwa halb so groß wie ich, rundlich und trug eine Brille mit dicken Gläsern, die seine Augen verschwimmen ließen. Die jetzige Version ist um ein Vielfaches größer und hat *Arme*. Die hat er natürlich auch früher schon gehabt, aber nicht so, dass man es extra betonen müsste. Nicht so wie jetzt.

Als Thomas vollbeladen aus dem Kühlschrank auftaucht, bin ich wieder auf meinen Stuhl gerutscht. Wortlos stellt er Butter und Gläser mit Marmelade, Marmite und Erdnussbutter vor mich hin und schenkt mir ein winziges Lächeln.

»Tee?« Wieder lächelt er und seine Hand greift nach den Tassen, die am Küchenbüfett hängen. Eine Nacht, und er fühlt sich total zu Hause. Na ja, sage ich mir: Er hat ja praktisch hier gewohnt. Trotz Greys Ausbrüchen, und Neds Nedhaftigkeit und Papas improvisierter Erziehung – »Schokolade? Hier, nehmt gleich die ganze Tafel.« – verbrachte Thomas die meiste Zeit auf unserer Seite der Hecke.

Es war einfach interessanter (ganz zu schweigen von der Tatsache, dass sein Dad ständig rumgebrüllt hat).

Stille lastet in der Luft, während Thomas den Wasserkocher füllt. Es muss eine Aussprache geben – man kommt nicht einfach zurück und sagt: »Tee?«. Allerdings hat Jason das gemacht. Und Ned. Offenbar ist das typisch für Jungs. Sie verschwinden, und wenn sie wieder auftauchen, tun sie, als wäre nichts gewesen.

Bis das Wasser kocht, hat Thomas den unförmigen Brotlaib in Scheiben gehackt. Ich beobachte ihn, wenn er gerade nicht herschaut, und ergänze meine mentale Bestandsaufnahme: Thomas hat haarige Zehen! Thomas trägt eine Nerd-Brille! Thomas ist *cool.* Von seinem klassischen Haarschnitt (an den Seiten zu kurz und oben lockig) bis zu seinem Öko-Kaffeelabel-T-Shirt. Und dann diese Strickjacke. Das ist Verrat. Wie kann er es wagen, zu einem coolen Typen heranzuwachsen? Wie kann er es überhaupt wagen, erwachsen zu werden?

Schließlich knallt er einen Stapel Toast und eine Tasse vor mich hin. Er nimmt mir gegenüber Platz und nickt, als wollte er sagen: »Tja, so sieht's aus. Du und ich.« Als könnte man fünf Jahre einfach vergessen.

Meinen Tee hat er im genau richtigen Goldton hingekriegt. Den Toast hat er genau so anbrennen lassen, wie ich es mag. Es ist geradezu empörend, wie gut er das macht. Ich schiebe das Marmite aus meinem Blickfeld und schabe Locken von harter Butter auf den Toast. Beim ersten Bissen entfährt mir unweigerlich ein »Hmmm«.

Als ich aufblicke, sieht Thomas mich fragend an.

»Was?« Ich wische mir Krümel vom Kinn und bin mir plötzlich meiner verschwitzten Haare bewusst, meines schäbigen Schlafanzugs und der BH-Losigkeit darunter. In dem Moment, als ich das denke, funkt mein Hirn: Brüste, Brüste, Brüste. Und ich werde rot.

»Nichts.« Er schüttelt den Kopf und setzt erneut an: »Gestern. In der Bücherscheune.« Seine Stimme ist tiefer als früher, und er klingt gar nicht kanadisch. Offenbar ist mein Hirn gerade auf peinliche Gedanken aus, denn es funkt: Sein Mund muss nach Ahornsirup schmecken. Wie bitte?

»Dein Dad hat gesagt, du seist seit langer Zeit das erste Mal wieder dort gewesen. Im Antiquariat.« Ich versuche, mich auf das zu konzentrieren, was er sagt.

Ihm muss das komisch vorkommen, denn an Regentagen war die Bücherscheune unser Rückzugsort. Eine Zuflucht, wenn seine Eltern gestritten hatten, besonders, wenn sein Dad den Frust anschließend an ihm ausließ, oder wenn Ned sich weigerte, mit uns zu spielen. Dann radelten wir aus dem Dorf hinaus Richtung Meer, und Grey ließ uns dort spielen, bis wir zu laut wurden. Weil ich nicht weiß, was ich antworten soll, stopfe ich mir Toast in den Mund.

»Okay, tut mir leid. Wie –« Thomas unterbricht sich und hält den Finger in die Höhe. Er wühlt in seiner Tasche nach dem Inhalator und nimmt zwei Züge, bevor er weiterspricht: »Wie fühlst du dich heute Morgen?«

»Hä?« Ich bin abgelenkt – sein Asthma hatte ich ganz vergessen. Im Geiste wickle ich ihm ein Stück Klebeband um die Brille, und sofort verschieben und sortieren sich meine Erinnerungen. Der alte Thomas und der neue legen sich übereinander, bis sie allmählich ein Ganzes ergeben.

»Du bist vom Rad gefallen, weißt du das noch?«, soufffliert Thomas. »Häng einfach mit mir ab, Ned lässt ausrichten, du sollst krankfeiern. Er fälscht dir eine Entschuldigung.«

Das hat Ned gesagt?

»Mir geht's gut«, lüge ich automatisch, denn darin habe ich Übung. Das war im vergangenen Jahr mein Standardsatz.

»Du hast gereiert. Du hattest diese Pillen geschluckt, Morphium. Du hast behauptet, aus meinem Kopf kämen Sternschnuppen.« Thomas gestikuliert wild beim Sprechen, es sieht aus, als wollte er eine Fledermaus im Flug fangen.

Das hat er früher immer gemacht, wenn er aufgeregt war, oder ängstlich oder nervös. Ich weiß nicht, was es diesmal ist. Ich versuche, mein Hirn anzukurbeln: Morphium?

»Wir haben dich ins Auto gepackt, und dein Dad hat die ganze Zeit deutsch gebrabbelt, und dann – WUSCH – hast du über meine Hose gekotzt. Mit diesem blutigen Bein. Es war wie an dem Tag, als ich weggegangen bin. Erinnerst du dich? Der Tag mit der Zeitkapsel.«

Thomas hält in seinem absurden Monolog inne – er hat in einer Minute mehr Wörter benutzt als ich in zehn Monaten. Ich komme so schnell gar nicht nach. Welche Zeitkapsel? Er sieht mich an. Seine Augen sind lehmgrau, mit einem Punkt in der linken Iris, wie ein Tintenfleck. Wie konnte ich das vergessen?

»Damals hattest du kurze Haare«, sagt er, und es klingt, als rammte er einen Pfahl in die Oberfläche des Mondes und beanspruchte Wissenshoheit über mich.

Aber wenn mein früherer Haarschnitt und eine Narbe an der Hand alles ist, was er über mich weiß, habe ich mich getäuscht. Er kennt mich keineswegs.

»Gottie.« Thomas legt den Kopf schief. »Meinst du, diese E-Mail –«

Filmriss.

Ich kann, was jetzt passiert, nicht anders beschreiben. Eben hat Thomas mit schief gelegtem Kopf eine Tasse in der Hand gehalten und von einer E-Mail geredet. Dann war für ein paar Sekunden eine Wellenbewegung in der Luft. Wie wenn quer durch den Raum Frischhaltefolie abgezogen würde. Jetzt sieht man, was darunterliegt: Alles ist genau gleich, nur dass die Uhr um eine Minute weitergesprungen ist; Thomas hat jetzt seinen Toast in der Hand und lacht, dass Schultern und Locken beben.

»– Okay«, sagt er. »Was hast du diesen Sommer vor?«

Die Zeit hat einen Sprung gemacht. Keinen großen, eher wie bei einer DVD, die ins Stottern kommt. Offenbar bin ich die Einzige, die den Aussetzer bemerkt hat. Doch er scheint zu bestätigen, was gestern passiert ist: Dass das alles mit mir zu tun hat. Mit mir und Grey. Etwas, das ich getan habe, verursacht, dass mir Zeit abhandenkommt.

Thomas tut, als ob nichts wäre, und wartet auf eine Antwort. Ich weiß nicht, vielleicht hat er ja recht. Vielleicht existieren die Wurmlöcher und das alles nur in meinem Kopf. Vielleicht hat es mit dem »Morphium« zu tun, das ich angeblich geschluckt habe. Ist das kanadischer Slang für irgendwas? Grey verachtete die Schulmedizin. Einmal hat man ihn dabei erwischt, wie er Blutegel aus dem Dorfteich fischen wollte. Niemals habe ich ihn Medikamente nehmen sehen, nicht mal Aspirin. Ich vermute also eher, dass es eine legale Droge war, irgendein hochwirksames Kraut.

»Gottie«, setzt Thomas noch einmal an und stupst unter dem Tisch mein gesundes Bein. »Diesen Sommer – was ist unser Plan?«

»Unser Plan?«, wiederhole ich ungläubig. Die Irritation hilft mir, meine Stimme wiederzufinden. »Das ist ein Scherz, oder? Du kannst nicht einfach von diesem Planeten verschwinden und bei deiner Rückkehr einen *Plan* erwarten.«

»Kanada«, korrigiert er mich sanft und trinkt einen Schluck Tee.

»Was ist mit Kanada?«

»Es liegt auf der nördlichen Erdhalbkugel. Etwa dreitausend Meilen westlich von hier.«

»Und?«

»Es befindet sich auf diesem Planeten.«

Wer Thomas nicht kennt, würde ihn für ruhig und ausgeglichen halten. Mich aber bringt nichts mehr in Rage als jemand, der sich einem Streit verweigert, den ich vom Zaun brechen will. Und das weiß er genau. Und es nervt mich, dass er das weiß.

»Egal. Ich lege mich jetzt erst mal in die Badewanne.« Ich kann nicht einfach losstürmen, sondern humple mit zusammengebissenen Zähnen aus der Küche, so schnell ich kann. Im Bad verriegle ich die Tür und drehe die Hähne auf, das Wasser dröhnt. Ich setze mich auf den Rand der Wanne und starre das Waschbecken an. Vier Zahnbürsten in einem Becher, in dem das ganze Jahr nur zwei waren. Zahnpasta aus Backpulver. Neds Haarpflegeprodukte, Männerdeo und Räucherstäbchen machen sich den Platz streitig. Darüber nebelt der Spiegel allmählich ein und lässt die Umrisse von Neds Bandlogo erkennen.

Ich sehe zu, wie der Dampf sich in Pixeln niederschlägt. Auch wenn es noch keine Anzeichen dafür gibt, so weiß ich doch, wohin mich das führen wird, falls es wieder losgeht. Es ist Zeit, mir das einzugestehen.

Ganz gleich, was ich Ms Adiwunmi erzählt habe – hypothetisch das, theoretisch jenes, – der Spiegel, Jasons Kuss, die Milchstraße gestern am Himmel, ja sogar Thomas und ich in der Bücherscheune. Das alles sind Wurmlöcher. Es sind reale Tunnel, die in die Vergangenheit führen.

{2}

Wurmlöcher

Aus einer Entfernung von einer Milliarde Lichtjahren sieht ein von Schwarzschild beschriebenes Schwarzes Loch genauso aus wie ein Wurmloch. Die beiden sind identisch. Unser Universum könnte sich in einem Schwarzen Loch befinden, das sich wiederum in einem anderen Universum befindet, und dieses wieder in einem anderen, wie die Puppen in der Puppe.

Unendliche Welten, unendliche Universen, unendliche Möglichkeiten.

Donnerstag, 8. Juli

{minus dreihundertzehn}

Als ich aus dem Bad komme, liegt Thomas zusammengerollt auf dem Wohnzimmersofa und schläft. Umlaut hat sich in seine Strickjacke gekuschelt. Thomas' Brille liegt zusammengeklappt auf der Sofalehne – und ohne sie ist es noch schwieriger, diesen Unruhestifter mit den markanten Zügen in Verbindung zu bringen mit dem mondgesichtigen kleinen Jungen, der damals wegging.

Auf dem Tisch steht ein Laptop. Ich vermute mal, Papa hat ihm nicht erzählt, dass wir das letzte Haus ohne WLAN auf dem Planeten Erde sind. »Bleib mir weg mit Magnetkarten und Hoverboards, Mann«, bekam ich zur Antwort, wenn ich Grey um eine anständige Internetverbindung bat. »Reden wir lieber über den Kosmos. Was gibt's Neues in der Astrologie?« »Astronomie«, verbesserte ich, und schon diskutierten wir über den Planetenstatus des Pluto oder über die Vor- und Nachteile von Gaia und Galileo.

Ein Teil von mir möchte Thomas aufwecken und ihn fragen, warum er damals verschwunden ist. Stattdessen hinkschlurfe ich an ihm vorbei in die Küche, kralle mir eine Packung Frühstücksflocken und verbringe den Rest des Tages in meinem Zimmer.

Doch wenn ich die Sache mit den Wurmlöchern – und dem Filmriss! – klären möchte, darf ich mich nicht verkriechen. Am nächsten Morgen lauere ich, die Wunden unter Jeans und einem langärmeligen Flanellhemd verborgen, Papa in aller Frühe auf und bitte ihn, mich in die Schule zu fahren. Auf dem Weg eröffne ich ihm meinen Plan: Ferienschichten in der Bücherscheune.

»Gute Idee«, sagt Papa. »Machst du dieselben Tage wie Thomas?«

Ich verschlucke mich fast. Thomas will in der Bücherscheune arbeiten? »Äh, vielleicht sollten wir uns abwechseln. Dann hast du mehr davon«, schlage ich vor und bemerke beiläufig: »Sicher will Ned auch eine Schicht übernehmen.«

Deal: Du hast Fotos von Mum über das ganze Haus verteilt, dafür musst du an den Freitagen arbeiten.

Zum Glück ist Papa einverstanden, und ich biete an, den Dienstplan zu machen.

»Ruf an, wenn ich dich abholen soll«, sagt er, als er mich absetzt. Erst nachdem er weg ist, fällt mir ein: Mein Telefon ist ja kaputt.

Nach der Mathestunde hole ich die beiden Bücher, die ich vorbestellt habe. Ich verbringe die Mittagspause in der Bücherei mit dem Ausdrucken von Diagrammen und dem Googeln von Theoremen. Als meine Benutzerzeit am Computer vorbei ist, sammle ich die Seiten ein und verziehe mich in eine Ecke. Dann hole ich Greys Tagebuch aus meiner Schultasche und sehe mir noch mal den Eintrag vom Mittsommerfest an.

Ich werde über den vergangenen Sommer lesen. Ich werde mein Herz von neuem verlieren. Mein Sandwich hinterlässt Krümel auf der Seite – Kartoffelsalat wäre mir jetzt lieber als Cheddar auf fadem Weißbrot – und ich wische sie weg. Dann blättere ich einen Tag weiter, eine Woche, vierzehn Tage, und komme zu folgendem Eintrag:

*B.
Pfingstrosenrausch. Im ganzen Garten explodieren sie in Wolken.
Gottie ist verliebt.

Ich verschlucke mich fast an meinem Sandwich. Grey hat es gewusst?

Diesmal fühle ich das Wurmloch kommen, noch bevor ich es sehe. Ich spüre das Prickeln in der Luft, höre das Geräusch des sich ausdehnenden Universums. Ich ziehe mich hoch und humple, Halt an den Regalen suchend, durch die Gänge und inspiziere die Buchrücken. Latimer, Lee, L'Engle. Als ich *Die Zeitfalte* aus dem Regal ziehe, sehe ich einen Zipfel von Fernsehflimmern und rieche Salz, bevor ich –

Jason wartet auf mich, als ich aus dem Meer komme.

Die Sonne scheint, und seine Augen haben dasselbe Blau wie der Himmel. Dieser Abschnitt des Strands ist menschenleer. Nur Leute aus dem Dorf wagen sich so weit in die Dünen, außerdem ist Montag.

»He, Margot«, sagt er, als ich mich neben ihn in den Sand setze. »Und gern geschehen.«

»Wie?« Ich neige den Kopf zur Seite, um mir das Wasser aus den Ohren zu schütteln.

*»Ich habe dein Zeug bewacht«, erklärt er mit einer ausladenden Handbewegung. »*Du *machst dir vielleicht keine Sorgen wegen Dieben, aber …«*

Mein »Zeug«, das ist eine Biographie von Margaret Hamilton (die Wissenschaftlerin, nicht die Hexe). Ein Handtuch. Ein Haufen Klamotten. Und der Schlüssel für mein Fahrradschloss. Trotzdem ist es nett von ihm.

*»Wir sind in Holksea«, bemerke ich. »*Ich *bin der gefährlichste Mensch hier.«*

Er lacht. »Du bist *gefährlich. Dieser Bikini ist kriminell.«*

Darauf weiß ich nichts zu erwidern. Ich trage ihn seit ewigen Zeiten, aber die Brüste darin sind brandneu, vor ein paar Monaten über Nacht aufgetaucht. Seither versucht Sof, mich über den Unterschied zwischen einem T-Shirt-BH und einem Balconette-BH aufzuklären.

Die naheliegendste Antwort ist ein Kuss … Die Sonne brennt auf der Haut, und das Meer ist ein fernes Schimmern, als wir uns zueinanderbeugen. Meine Lippen schmecken salzig, mein Gesicht ist nass und kalt, unsere Münder sind warm. Am liebsten würde ich über ihn herfallen. Aber nach einer Sekunde zieht Jason sich zurück.

»Hör zu«, flüstert er und stopft nasse Strähnen zurück in meinen Haarknoten. »Vielleicht sollten wir das nicht hier machen … Jemand könnte uns sehen.«

»Wer denn zum Beispiel? Die kriminelle Unterwelt von Holksea?«

Jason grinst, dann streckt er sich mit einem Seufzer flach auf dem Sand aus. Bei ihm kann man nie sicher sein, ob man das Richtige tut, seine Launen kommen und gehen wie die Gezeiten.

»Hey.« Ich beuge mich zu ihm hinunter, bis mein Gesicht ganz dicht an seinem ist, und versuche, ihn noch einmal zu küssen.

»Pass auf, sonst haben wir Ned als Anstandsköter an den Hacken«, murmelt er. »Du bist jünger als ich, er würde uns bei keiner Party aus den Augen lassen und alles tun, damit wir nicht miteinander allein sind.«

Ich für meinen Teil bin ziemlich sicher, dass Sof mir dringend abraten würde: Jason ist zwei Jahre älter als ich. Er spielt in einer Band. Ich habe noch nie einen Freund gehabt, und Jason ist nicht gerade für Anfänger geeignet. Sie wäre mit Sicherheit dagegen, wenn ich ihr von dieser Unterhaltung erzählen würde. Weshalb ich ihr nichts sagen werde.

Obwohl die Schule zu Ende ist, und die Entscheidung näherrückt (wir haben sogar schon Infoblätter von den Unis bekommen), fühle ich, wie ich mich ausdehne und verwandle. Ich möchte mich wie ein Baum der Sonne entgegenrecken, die Welt steht mir offen. Die Freundschaft mit Sof hingegen beengt mich. Sie will, dass alles so bleibt wie es war.

Jason hakt seinen Finger in meinen Bikiniträger, seine

Hand streift meine Haut genau da, wo Bräune in Blässe übergeht. Was Ned betrifft, so muss ich ihm recht geben. Die Vorliebe meines Bruders für die 1970er Jahre betrifft nicht nur die Mode, sondern auch die Geschlechterrollen. Jedenfalls wenn es um mich geht. Und ich fühle mich wohl in unserem gemeinsamen Mikrokosmos, in dem wir uns befinden. In unserem kleinen Club.

»Es könnte ja unser süßes Geheimnis bleiben«, sage ich und lasse es klingen, als wäre es meine Idee. »Für eine Weile.«

Auf dem Versprechen unserer Zweisamkeit segle ich nach Hause.

– und dann sitze ich nicht mehr in der Bücherei auf dem Boden oder segle nach Hause, nachdem ich Jason am Strand getroffen habe. Ich gehe über den Schulparkplatz, direkt auf Sof zu. Ahhhh!

Meine Hand ist zum Winken erhoben, während ich völlig verblüfft auf sie zustolpere. Ich versuche, meine Überraschung in mein Hinken einzubauen. Im wirklichen Leben ist Zeit vergangen, wie neulich beim Nachsitzen und bei dem Wurmloch in Greys Zimmer. Das Gegenteil davon, wie es in Narnia lief.

Sof sitzt in einem Sommerkleid auf der Mauer und nippt an etwas, das grün und schaumig ist. Ein Bio-Öko-Fairtrade-Weizengras-Smoothie. Ihr Haar ist eine Wolke aus Locken. Als ich näherkomme, wippen sie. In bin mir nicht sicher, ob das eine Begrüßung ist.

Ich schüttle den Kopf, um in der Gegenwart anzukommen. Ich setze mich neben sie, mir ist heiß in meinen Jeans. Aber im Geist bin ich immer noch bei Jason, bei den Erinnerungen an die Gefühle jener ersten Zeit, als mein Herz sich mit einer Million Meilen pro Stunde bis zum Bersten mit neuen Empfindungen füllte. Ich brauche einen Moment, bis mir etwas einfällt, das ich sagen könnte, und entscheide mich schließlich für: »Hast du was dagegen, wenn ich mit dir im Bus heimfahre?«

»'türlich nicht«, sagt sie und lässt es misstrauisch und erfreut zugleich klingen. »Du fährst nicht mit dem Rad?«

»Das hab ich zu Schrott gefahren.«

»O Shit. Alles in Ordnung?« Sof wendet sich mir zu, und ich zeige ihr mein Fußgelenk. »Urg. Da gehört Arnikasalbe drauf.«

Typisch Sof. Bietet Ratschläge an, wo keine gefragt sind. Aber es war nett gemeint, außerdem ist es genau so eine Hippie-Medizin, wie Grey sie verordnen würde. Als sie sich erkundigt, wie das passiert ist, sage ich: »Hab die Burnham-Kurve zu scharf genommen. Sieht schlimmer aus, als es ist.«

»Du warst in der Bücherscheune?«, fragt sie beiläufig, keine große Sache. Dabei reißt sie eine Seite aus ihrem Block, die sie mit flinken Fingern zu einem Himmel-und-Hölle-Spiel faltet. Sie weiß nicht, dass ich seit September nicht mehr dort gewesen bin.

»Ja.«

Wir schweigen uns an, etwas, das früher undenkbar gewesen wäre. Da haben wir die ganze Zeit gequatscht, nonstopp, über alles: Jungs, Mädchen, Hausaufgaben, die unendlichen Möglichkeiten des Universums, welcher Milchshake sich am besten eignet, um Pommes reinzudippen, oder ob Sof mir einen Bob schneiden darf.

Ich wühle in meiner Schultasche nach einem der Bücher, die ich ausgeliehen habe – H. G. Wells' *Die Zeitmaschine* – und bemerke, dass sich nach dem Wurmloch dort ein Zimtmuffin materialisiert hat. Sof stupst mich an. Sie spielt mit dem Himmel-und-Hölle – ein Origami-Orakel.

»Wieso riecht deine Tasche nach Weihnachten?«, fragt sie. »Egal. Sag eine Farbe.«

»Gelb.«

»Alles klar!« Sof klappt hin und her und entfaltet das entsprechende Kästchen. Dann macht sie ihr Ist-das-zu-fassen-Gesicht. »Gottie kommt am Sonntag mit zum Strand.«

An diesem Wochenende beginnen die Sommerferien, und wir verbringen die Sonntage am Strand. Bei jedem Wetter. Egal, ob Ned mitkommt oder nicht. Es ist eine Tradition unserer Freundschaft, genau wie sich alberne Bandnamen auszudenken und die entsprechenden Songs dazu, oder den Namen auf die Schuhsohle der anderen zu schreiben, oder denselben Film anzuschauen und sich dabei ununterbrochen Nachrichten zu schreiben. Nicht dass wir dergleichen im letzten Jahr gemacht hätten. Offenbar sieht Sof die Busfahrt als Olivenzweig.

»Okay«, willige ich ein. Dann öffne ich meine Schultasche noch einmal, wegen des mysteriösen Muffins. Er ist leicht zerdätscht, trotzdem hole ich ihn als weiteres Friedensangebot heraus. »Hier. Ich glaube, Ned hat ihn gebacken.«

Sof verehrt meinen Bruder, weil er vor Publikum singt und sie das auch gern täte, sich aber nicht traut. Mit den Bandnamen, die sie sich ausdenkt, möchte sie vor allem Ned beeindrucken – als ihr »Fingerband« einfiel, hat Ned sie abgeklatscht, worauf Sof sich eine Woche lang nicht die Hände gewaschen hat.

»Du isst Weißmehl?«

Ich blicke auf. Vor uns steht, die perfekte Nase in Richtung Muffin gerümpft, Megumi Yamazaki. Die, der Ned eine Qualle in die Brotdose gelegt hat. Ihre Familie ist weiter die Küste hinauf nach Brancaster gezogen, deshalb sind wir auf unterschiedliche Schulen gegangen, aber ich bin ihr im Lauf des Jahres ein paarmal begegnet. Während Sof die Fünfzigerjahre favorisiert, steht Megumi auf die Sechziger, sie scheint einem dieser abgefahrenen französischen Filme entsprungen: geringeltes T-Shirt, kurze Haare – und noch kürzere Shorts.

»Meg, erinnerst du dich noch an Gottie? Wart ihr nicht im selben Kindergarten? Und jetzt«, Sof unterstreicht den Schnitt mit einer Handbewegung, den Muffin ignoriert sie, »sind wir zusammen in Kunst und Theater. Ich gestalte die Bühnenbilder, Meg ist der Star im Rampenlicht.«

Sie grinsen einander an. Sofs neuer Schwarm? Ihre Zuneigung wird offenbar erwidert. Und mir steht es nicht zu, geknickt zu sein, weil sie mir nichts davon erzählt hat. Dann sagt Meg: »Ich versuche, sie zu einem Auftritt zu bewegen, aber sie hat solches Lampenfieber. Kannst du dir das vorstellen?«

Hm, ja doch, schon. Das Äußerste, das sie sich getraut hat, war Schlafzimmerkaraoke mit mir als Publikum.

Der Bus kommt. Er bremst schon, aber Sof springt hektisch auf, um ihn heranzuwinken. Grey hat sich immer über sie lustig gemacht. »Du willst ein echter Hippie sein, Sofia? Dazu musst du dich viel, viel lockerer machen.«

Ich hinke hinter Meg und Sof her. Die beiden haben es sich längst auf einem Zweiersitz bequem gemacht – Füße aufs Polster gestützt –, bis ich mich auf der anderen Gangseite niedergelassen habe. Meg fischt ihren iPod aus der Tasche, und ich hoffe schon, dass sie sich einstöpselt und uns ignoriert, doch sie schiebt einen Knopf in ihr Ohr und einen in Sofs.

»Tut mir leid«, sagt Sof zu mir. »Bustradition.«

Ich nicke und versuche nicht hinzuhören, während sie miteinander tuscheln. Ich breche mir ein Stück von dem Muffin ab: Er schmeckt nach Herbst, obwohl die Sonne hoch am Himmel steht.

»Sof, geht das klar mit der Fingerband morgen?«, murmelt Meg.

»Ned ist Gotties Bruder«, erinnert sie Meg mit einem Seitenblick auf mich. Ich wusste nicht, dass die Band morgen spielt.

»Ach, ja.« Meg lehnt sich über Sof, sie mustert mein Outfit und scheint sich zu fragen, wie ich mit einem Jungen verwandt sein kann, für den Leopardenmuster eine zweite

Haut ist. »Gehst du auch zu der Probe? Diese Mittsommerparty muss der Hammer sein, oder? Stimmt es, dass Neds Großvater mal eine Ziege geopfert hat?«

Ihre Worte explodieren in meinem Ohr. Grey hat jeden August im Garten eine Orgie veranstaltet. Letztes Jahr – da trug er das Haar aufgesteckt – hat er Ned gebeten, das Klavier rauszuschaffen, damit er inmitten der Rhododendronbüsche »Chopsticks« klimpern konnte. Wie kann Ned für dieses Jahr eine Party planen?

»Dann kennst du sicher auch Jason?«, stellt Meg erneut eine Frage, auf die sie keine Antwort zu erwarten scheint. Am liebsten würde ich fragen, ob *sie* Jason kennt, und warum sie, wenn sie mit ihm gesprochen hat, nicht weiß, dass ich ihn kenne. Hat er mich denn nicht erwähnt? Ist das mit uns noch immer ein Geheimnis? »Stimmt es, dass ein Typ bei Ned einzieht?«

Scheiße. Thomas' mysteriöse Rückkehr hat für Sof nicht dieselbe Bedeutung wie für mich – sie ist erst hergezogen, als er schon weg war. Immerhin weiß sie, wer er ist, denn ich habe die ersten sechs Monate unserer Freundschaft ständig über sein seltsames Verschwinden geklagt. Obwohl unklar ist, ob sie und ich überhaupt noch befreundet sind, verdreht sie den Hals und starrt mich vorwurfsvoll an. Offensichtlich denkt sie, ich hätte ihr das längst erzählen sollen.

Zu spät. Ich werde knallrot und erwidere: »Uhm, Thomas Althorpe ist wieder hergezogen. Gestern.«

Meg zieht die Nase kraus. Sie redet und tippt Nachrichten und lässt Bomben platzen, alles gleichzeitig: »Thomas aus dem Kindergarten? Wird er tatsächlich im Zimmer von Neds Großvater wohnen?«

Und natürlich hätte ich *auf jeden Fall* erwähnen müssen, wo er untergebracht ist.

Sof bleibt eine Minute lang stumm, dann wendet sie sich demonstrativ zu Meg und sagt: »Dramatisch Grammatisch.«

Meg blickt nicht auf. Sie schreibt so schnell auf dem Handy, dass die Ringe an ihren Fingern in der Sonne blitzen.

»Eine Hip-Hop-Mädels-Gruppe.« Sof versucht es noch mal und stößt sie mit dem Ellenbogen an. »Wir könnten über romantische Dramen und Zeichensetzung rappen.«

Bei uns lief das immer so, dass ich mit einem Songtext antwortete oder mit der passenden Vorgruppe. Aber diesmal hat Sof anderes im Sinn. Indem sie unser Spiel mit Meg und nicht mit mir spielt, schickt sie mir eine Botschaft.

Meg runzelt anmutig die Stirn, während sie ihr Telefon in die unmöglich enge Tasche ihrer Shorts schiebt. »Wovon redest du?«

Sof sieht mich nicht an, aber ich spüre ihre Irritation, die durch den ganzen Bus wabert. Als ich die Spannung nicht mehr aushalte, sage ich zu dem Sitz vor mir: »Mich zu betrügen ist Verblendung, schieb sie ab wie eine Endung.« Stille. »Schon gut«, raunt Sof zu Meg hinüber, deren verständnislose Blicke zwischen Sof und mir hin- und herwandern. Sie ist verwirrt. »Aber ich war zuerst mit Sof befreundet«, möchte ich plärren wie eine Fünfjährige. »Nur ich darf wissen, dass sie Lampenfieber hat! Allen anderen erzählt sie, dass es wegen ihrer Polypen ist!«

Grey würde mich eine neidische Gans nennen.

Ich starre weiter zum Fenster hinaus. Draußen fliegt in verschwommenen Grün- und Goldtönen die Landschaft vorbei. Als wir uns ein paar Minuten später der Haltestelle Brancaster nähern, konkretisieren sich die Farben zu Bäumen und Feldern.

»Ich muss raus«, sagt Meg und steht auf. »Nett, dich wiedergetroffen zu haben, Gottie. Wir gehen am Sonntag an den Strand. Du kannst gerne mitkommen.«

Es ist eine Einladung für etwas, zu dem ich längst gehöre, trotzdem fühle ich mich ausgeschlossen.

Meg tänzelt den Gang entlang. Auch Sof ist aufgestanden und gestikuliert hinter ihr her. »Ich ... wir ... das Kunstprojekt«, brabbelt sie und lässt etwas in meinen Schoß fallen. »Für dich.«

Dann ist sie weg. Durchs Fenster sehe ich, wie sie Meg nachrennt, dass die Tupfen auf ihrem Kleid flirren. Als der Bus wieder anfährt, schaue ich nach, was sie mir da gegeben hat: das Origami-Orakel. Unter jeder Klappe steht in ihrer Schrift: Weißt du noch, als wir Freundinnen waren?

Als ich nach Hause komme, spielen Thomas und Ned im Garten eine ziemlich greyartige Partie Scrabble – ohne Brett, so dass die Hälfte der Wörter zwischen den Gänseblümchen verschwindet. Ich meine S-C-H-I-C-K-S-A-L erkennen zu können, könnte aber auch S-C-H-A-K-A-L heißen.

Thomas lächelt zu mir herauf.

»Gottie«, sagt er, »willst du –«

»Nö.« Mit schmerzendem Bein stapfe ich an ihnen vorbei. Plötzlich packt mich eine irrationale Wut. Ich möchte die Uhr zurückdrehen. Möchte dieses ganze Jahr ungeschehen machen. Denn ich bin mir ziemlich sicher, dass ich alles versaut habe.

Schon zum zweiten Mal habe ich Jason am Ende eines Wurmlochs gefunden – und mit ihm das Mädchen, das ich damals war.

Will die Welt mir damit etwas sagen?

Ich greife nach einem Stift und schreibe an die Wand über meinem Bett in fetten schwarzen Marker-Buchstaben:

$$\langle e_u, e_v \rangle = n_{uv}$$

Die Minkowski-Raumzeit-Gleichung. Es ist eine Herausforderung an das Universum. Ich warte auf den Filmriss, so wie gestern in der Küche, oder auf ein Wurmloch. Irgendwas, das mich aus dieser beschissenen Realität wegholt.

Aber nichts passiert.

Freitag, 9. Juli

{minus dreihundertelf}

Am Freitagabend essen wir im Garten Fish & Chips direkt aus der Verpackung und stoßen – Prost! – mit unseren Teetassen auf Thomas' Ankunft an.

Ich stochere an der Panade herum und sage, abgesehen von »Reich mal bitte das Ketchup rüber«, nicht viel. Bis Papa die Bombe platzen lässt, dass Thomas an Dienstagen und Donnerstagen in der Bücherscheune arbeiten wird. »Jedenfalls bis deine Mutter kommt. Ach, und Ned«, fügt er hinzu, »Gottie schlägt vor, dass du den Mittwoch und den Freitag übernimmst.«

Ned wirft mir einen giftigen Blick zu, und ich sage unschuldig: »Dafür mache ich die Samstage.«

Ich erwarte, dass Ned lacht und mir im Scherz ewige Rache schwört, aber Bruderherz ist derzeit nicht auf meiner Wellenlänge.

»Hmmm«, sagt er bloß, und bombardiert Thomas mit Fragen zur Musikszene in Toronto. Er rasselt etwa neuntausend kanadische Metalbands herunter und will wissen, ob Thomas von ihnen gehört hat. Fast immer kommt ein Nein, und ich habe das Gefühl, dass Thomas bei weitem nicht so ein Szenegänger ist, wie der Aufdruck auf seinem

T-Shirt uns glauben machen will. Die Party erwähnt Ned nicht.

Dann rauscht er in einer Wolke von Haarspray zur Bandprobe ab. Papa schickt ihm ein vages »Komm nicht so spät« hinterher und erinnert Thomas daran, dass er seine Mum anrufen soll.

Schließlich sind nur noch wir beide übrig. Es ist das erste Mal seit der Kabbelei in der Küche vor zwei Tagen, dass wir miteinander allein sind. Ich sehe nicht ein, warum ich mich entschuldigen soll.

Es wird dämmerig, und die Fledermäuse kommen aus den Bäumen geflitzt, auf der Jagd nach Insekten, die sich noch nicht zeigen.

Ich ziehe die Knie zum Kinn, schlinge die Arme um meine Beine und fühle mich zu groß geraten. Nach Neds ununterbrochenem Geplauder ist die Stille fast mit Händen zu greifen. Als Thomas und ich noch klein waren, konnten wir uns ganze Nachmittage anschweigen; Seite an Seite, die Finger ineinander verschränkt in einem Baumhaus, einer Kissenburg oder einer Höhle. So dehnten sich die Tage endlos. Das genaue Gegenteil, wie wenn ich mit Sof zusammen war. Und wir mussten nie fragen, was der andere gerade dachte, weil wir dessen Gedanken lesen konnten.

Ich spähe zu Thomas hinüber, der Fischstückchen in die Luft hält, damit Umlaut Hoppi-Hoppi macht. Diesmal ist die Stille unangenehm. Bestimmt ist ihm langweilig, und er wünscht sich, er wäre in Toronto und mit einem Mädchen zusammen, mit dem man reden kann. Jemand, der *cool* ist.

Einer wahnwitzig schönen, kanadischen Freundin, die er jetzt am liebsten anrufen würde, um ihr von dieser abgedrehten Sandkastenliebe zu erzählen.

Gerade als die Mücken zu stechen beginnen, beginnt Thomas zu niesen. Noch mal und noch mal. »Gottie«, schnüffelt er schließlich, nachdem er einen ordentlichen Zug an seinem Inhalator genommen hat. »Abendlicher Pollenflug. Können wir irgendwo drin abhängen?«

»Okay.« Ich stehe auf, ein Riesenweib, das bedrohlich über dem im Gras sitzenden Thomas aufragt. Heute ist seine Strickjacke moosgrün und fusselig. Dann faltet auch er sich auseinander, über den Jeans blitzt kurz sein flacher Bauch auf. Thomas wendet sich den Bäumen und nicht dem Haus zu. Offenbar will er in *meinem Zimmer* abhängen.

»Ich wollte dich schon die ganze Woche fragen«, sagt er auf dem Weg durch den Garten. »Seit wann wohnst du im Anbau?«

»Fünf Jahre?«, antworte ich, lasse es aber wie eine Frage klingen. Während ich eine Brombeerranke zur Seite biege, überlege ich, dass die Jahre, die er verpasst hat, die entscheidenden waren. Ich habe meine erste Periode und meinen ersten BH bekommen. Ich habe die Schule gewechselt und hatte Sex. Ich habe mich verliebt. Ich habe schlimme Entscheidungen getroffen.

Ich war bei einer Beerdigung.

»Etwa sechs Monate, nachdem du verschwunden bist«, erkläre ich spitz, »hatte Ned eine Furz-Phase. Daher hat

Sof – das ist meine Freundin Sofia Petrakis, die, kurz nachdem du weg warst, nach Holksea gezogen ist – mir dringend geraten, mit einem Protest-Poster in die Küche zu marschieren und meine Rechte einzufordern: Jedem sein eigenes Zimmer.«

Beim Apfelbaum, in dem jetzt zum Glück keine Unterwäsche hängt, bleibt Thomas stehen und versucht, eine frühe, noch unreife Frucht von einem knorrigen Ast zu drehen. Ich lehne mich ihm gegenüber an den Stamm, die Luft zwischen uns schwirrt vor Mücken.

»Oh, wow«, sagt er und späht hinauf in die Zweige. »Da ist …«

Thomas schreit auf, als der unreife Apfel sich plötzlich löst. Der Zweig schnellt zurück. Dürre, mit Flechten bewachsene Rindenstückchen regnen auf uns herab, und Thomas taumelt in meine Richtung. »Ups.«

Er stopft den Apfel in die Tasche seiner Strickjacke und blickt mich dann lachend an. Sein Gesicht ist voller Rindenkrümel. Meines vermutlich auch.

»Entschuldigung«, sagt er ohne Bedauern in der Stimme. »Ich hab dir Rindensommersprossen verpasst.«

Thomas' echte Sommersprossen, die unter denen aus Rinde, sind blass und durchsichtig wie Sterne in einer nebligen Nacht. Er zieht sich den Jackenärmel über die Hand und nähert sich damit meiner Wange. Ich halte den Atem an. Was ist vor fünf Jahren unter diesem Baum passiert, dass er mir gegenüber so schweigsam ist?

Alle Sterne am Himmel gehen aus.

Buchstäblich. Das einzige Licht im Garten kommt aus der Küche. Kein Mond, keine Sterne, keine Wirklichkeit.

Thomas bemerkt es nicht. Es ist, als befänden wir uns in unterschiedlichen Universen: Für ihn scheint alles normal. Für mich ist der Himmel leergefegt. Ein gigantischer Blackout.

Als er die Hand sinken lässt und einen Schritt zurück macht, flammen die Sterne wieder auf. Das Ganze hat nur einen Moment gedauert – das Flackern einer schwächelnden Neonröhre.

»Na bitte.« Verwirrt starrt Thomas mich an. Vielleicht *hat* er ja mitgekriegt, dass die Welt eben mit Strg+Alt+Entf neu gebootet wurde. Doch er sagt bloß: »Weißt du, ich hatte erwartet, dass du kurze Haare hast.«

Was auch immer gerade passiert ist: Es betraf nur mich. Oder vielleicht uns beide, aber nur ich habe es gesehen – wir befinden uns an den gegenüberliegenden Enden des Ereignishorizonts. Dem Punkt ohne Wiederkehr. Und ich möchte lieber nicht darüber nachdenken, auf welcher Seite ich mich befinde.

»Wow«, sagt Thomas, kaum dass wir mein Zimmer betreten. »Das ist, um es mit Greys Worten zu sagen, ein Trip.«

Ich schlurfe zum Bett. Ich habe völlig vergessen, wie leer es hier ist. Thomas äugt zu meiner Kommode hinüber – Haarbürste, Deo, Fernrohr. Sonst nichts.

»Minimalistisch«, sagt er und setzt seine Inspektion fort.

Es war nicht immer so spartanisch hier. Als ich einzog, hat Grey die Dielen gestrichen, das Bett zusammengebaut, mir eine Taschenlampe in die Hand gedrückt und den Rat gegeben, niemals mit Schuhen durch den Garten zu gehen. »Spür die Erde zwischen den Zehen, lass dich von ihr leiten, Gottie.« (Ich trage immer Turnschuhe.) Papa hat mir einen Zwanziger für die Deko gegeben, und Sof hat sofort das Geld und die Rolle der Innenarchitektin an sich gerissen. Ich konnte sie nicht davon abhalten, Kissen und Weihnachtsbeleuchtung zu kaufen, oder Sticker auf meinen Kleiderschrank zu kleben.

Als ich letzten Herbst im Haus ausmistete, habe ich auch fast alle Sachen aus meinem Zimmer weggeschmissen und es in eine Art negativen Raum verwandelt. Ein Akt der Reinigung. Doch jetzt, wo ich es durch Thomas' Augen sehe, kommt es mir ziemlich trist vor, dass an meiner Pinnwand nichts weiter hängt als ein handgeschriebener Stundenplan. Nichts deutet auf mich hin, darauf, dass ich existiere. Hier lebe ich, atme ich, schlafe nicht.

»Wo sind die Sterne?« Thomas geht im Kreis und blickt zur Decke, während ich ihn anschaue. Bei ihm passen alle Teile zusammen. *Arme* und Schultern und Brustkorb.

»Wie?«, sage ich, als ich merke, dass er eine Antwort erwartet.

»An der Decke.« Er verrenkt sich, um mich anzusehen. »Du hattest doch immer diese Klebesterne. Die im Dunkeln leuchten. Wie durch Zauberei.«

»Eher durch Zinksulfid«, verbessere ich.

»Das waren die Sterne, die ich gemeint habe. In meiner E-Mail. Du hast sie doch bekommen, oder?«

Das
        Zimmer
                        ist
                                weggewischt
                                                        und
                                                              ich
                                                                    bin
                                                                          verwirrt.

Er erwähnt jetzt schon zum zweiten Mal diese E-Mail – und jedes Mal ist daraufhin die Zeit ausgeklinkt. Ich verstehe es einfach nicht. Selbst wenn er eine Adresse von mir gehabt hätte, *ich* hatte jedenfalls keine. Ich habe alles gelöscht, nachdem mit Jason Schluss war. Und warum sollte Thomas mir jetzt, nach fünf Jahren, eine Mail schreiben? Eine Warnung vor seinem Überraschungsbesuch? Dann sollte ich ihm verzeihen. Aber ich möchte lieber an meiner Wut festhalten.

Ich kann mein Hirn nicht so einfach auf ein neues Gefühl programmieren.

Thomas sitzt jetzt am Bettrand und schaut sich weiter um, während er die Schuhe auszieht. Ich bin völlig baff, mit welcher Selbstverständlichkeit er sich in meinem Zimmer bewegt. Er nimmt meinen Wecker vom Fensterbrett und dreht daran herum.

»Was ist das?«, fragt er plötzlich und deutet mit dem Wecker auf die Gleichung an der Wand.

»Mathe«, erkläre ich und füge hinzu, was offensichtlich ist: »Eine Gleichung.«

»Hm.« Thomas legt den Wecker auf die Bettdecke. Dann drängt er sich an mir vorbei und kniet sich hin, um besser sehen zu können. In seiner Socke ist ein Loch, durch das ich seine Haut sehe. Mit Jason war ich ein Dutzend Mal nackt, wir haben sogar nackt gebadet, und das hier ist bloß ein *Zeh*, dennoch wirkt er überraschend intim. »Und warum steht sie an der Wand?«

Ich stelle meinen Wecker wieder richtig und schiebe ihn auf seinen Platz am Fenster zurück, während Thomas es sich am Kopfende des Bettes gemütlich macht.

»Hat was mit einer Hausarbeit zu tun.« Ich möchte ihm nicht von Ms Adewunmis Angebot erzählen, ich weiß ja noch nicht mal, ob ich es überhaupt annehmen will. Aber Thomas wartet in aller Ruhe auf mehr. »Ich soll eine mathematische Theorie erarbeiten. Es geht darum, dass die Zeit, die man benötigt, um durch ein Wurmloch hin und zurück zu reisen, kürzer ist, als die Zeit, die ein Beobachter auf dich wartet. Für ihn würdest du später ankommen.«

»Narnia rückwärts.« Thomas nickt – dieselbe Schlussfolgerung, zu der auch ich gekommen bin. Ein klarer Fall von Telepathie. »Okay. Du warst schon immer Fräulein Überflieger-Mathegenie.« Er nickt zu dem Fernrohr auf der Kommode hin. Dann betrachtet er das Nichts drum herum. »Wo sind deine ganzen Sachen hin?«

»Ich hab doch Sachen.« Zur Verteidigung deute ich auf Greys Tagebücher, die noch immer auf meinem Schreibtisch gestapelt sind. »Da, schau, auf dem Stuhl steht eine Cornflakesschale.«

»Wow, eine *Schale.*« Er macht eine ausladende Bewegung mit den Händen. »Aber du brauchst SACHEN. Mein Zimmer sieht aus wie ein Affenstall: Pflanzen, Tassen. Ein Maple-Leafs-Poster, Kochbücher, Vier Gewinnt … Und ich habe Postkarten von all den Orten, an denen ich gewesen bin. Filzstifte, Comics. Du kommst rein und weißt sofort, aha, der Typ interessiert sich für Eishockey, er möchte reisen, er findet Marvel besser als DC. Und das sagt schon eine Menge.«

Ich sehe mich in meinem Zimmer um: Nein, tut es nicht. Es würde mir nichts darüber sagen, ob du je verliebt warst, ob du noch immer keine Tomaten magst, oder wann du von Sweatshirts auf Strickjacken umgestiegen bist. Es würde mir nicht sagen, was passiert ist, als du weggegangen bist, oder warum du zurückgekommen bist. Ich hingegen habe nur Greys Tagebücher. Sofs Sticker. Dinge, die eigentlich anderen gehören. Die Marsmännchen wären verblüfft.

»Mein Zimmer ist eine Zeitkapsel meiner selbst …« Thomas reißt dramatisch die Augen auf und betont die Wörter so, dass ich denken soll: Oh, wow, natürlich, eine Zeitkapsel. Wie diejenige, die er neulich in der Küche erwähnt hat.

»… meines derzeitigen Selbst«, fährt er fort. »Thomas Matthew Althorpe, siebzehn Jahre alt. Archäologen werden folgern: Er war unordentlich.«

Wieder herrscht Stille, und ich stelle ihn mir in Greys Zimmer vor. Ohne all seine *Sachen.* Dann stupst Thomas mich mit der löchrigen Socke und einer weiteren zusammenhanglosen Bemerkung an. »Ich habe Whiskey auf Greys Teppich geschüttet.«

»Moment – was? Wieso?«

»Das ist ein Ritual. Zum Andenken. Weil es doch sein Zimmer war, verstehst du?«

»Ja …«

»Als ich ankam, war mir nicht bewusst, wo ich da schlafe. Dein Dad hat mir für den Sommer Greys Zimmer gegeben, und ich wollte kein großes Ding draus machen. Aber ich konnte es nicht einfach so in Beschlag nehmen«, fährt er fort. »Ich brauchte ein Ritual.«

»Und dazu war Whiskey nötig?«

»Genau.« Er schiebt die Ärmel seiner Strickjacke hoch und mimt das Ausgießen. Ich versuche, das einzuordnen. Thomas hat nicht nur kapiert, dass seine Einquartierung in Greys Zimmer tatsächlich ein großes Ding ist, sondern hat auch mit einer extrem greyhaften Geste darauf reagiert, indem er Whiskey auf den Teppich gegossen hat – Aberglaube, Ritual, Unordnung und Sauerei zu gleichen Teilen.

»Ich habe sie mir anders vorgestellt – deine Rückkehr«, gebe ich zu.

»Du dachtest, ich quassle von Rentieren und Ahornsirup, stimmt's?«, tut Thomas meine Bemerkung ab und kramt den Apfel und eine Handvoll Münzen aus der Tasche, die er auf das Fensterbrett legt. »Na bitte«, er strahlt. »Greys

Zimmer brauchte Whiskey. Deines braucht Sachen. Direktimport aus Kanada. Und, äh, euer Garten. Der ist eine Zeitkapsel von dir: Margot Hella Oppenheimer in ihrem achtzehnten Sommer.«

Ich bin leicht irritiert. Die Sachen gehören ihm und demnach nicht in eine Zeitkapsel von mir. Meine würde Stille enthalten, Lügen und Reue, und ich würde dafür eine Schachtel von der Größe des Jupiter benötigen.

»Was hast du denn immer mit Zeitkapseln?«

»Mir gefällt die Idee einer dauerhaften Dokumentation«, erklärt er. »Etwas, das mein Ich festhält, auch wenn ich längst nicht mehr dieselbe Person bin. Ich habe eine in Toronto hinterlassen.«

»Und was ist drin?«

»Eddings. Comics. Meine alte Brille. Der Schlüsselring von dem Auto, das ich ganze zwei Monate besessen habe und dann wieder verkaufen musste, damit ich herkommen konnte. Jetzt brauche ich es ja nicht mehr, um vor meinem Dad zu flüchten. Das war Toronto. Es ist so wie das hier.« Er streckt mir seine linke Handfläche entgegen, in die sich eine fünf Zentimeter lange rosa Narbe schmiegt. »Ich bin nicht mehr zwölf. Wir haben zwar jahrelang nicht miteinander geredet«, er sieht mich an, »aber das war immer da und hat mich an jenen Tag erinnert.«

Wow. Seine Narbe ist genau wie meine. Ich wusste nicht, dass er auch eine hat.

Das heißt aber noch lange nicht, dass er mich wirklich kennt.

»Ich möchte unsere Zeitkapsel lieber nicht aufmachen«, sage ich, und es ist mir egal, ob wir tatsächlich eine gepackt haben oder nicht. Allmählich werde ich wütend. »Ich will nicht daran erinnert werden, wie ich mit zwölf war. Du hast auch so eine Narbe, na und? Das ist noch lange kein Grund, mir nicht zu schreiben.«

Mum, Grey, Jason – keiner von ihnen kann mir antworten. Endlich habe ich jemanden, den ich anschreien kann.

Thomas springt vom Bett und schnappt sich seine Schuhe. Meine Worte haben ihm die Grübchen aus dem Gesicht geschlagen. Mit flacher Stimme sagt er: »Hast du das jemals von der anderen Seite betrachtet? Dass du mir ja auch nie geschrieben hast?«

Nachdem er durch die Tür und in den Garten marschiert ist, bleiben die Lichter in der Küche noch für Stunden an.

Auch ich bleibe auf. Zuerst zähle ich die Münzen auf dem Fensterbrett und stapele sie ordentlich – genau 4,99 $. Dann mache ich mit einem Marker einen Kringel um die Minkowski-Gleichung und schreibe darunter:

Wurmlöcher: Zwei Zeiten gleichzeitig
Filmriss: Zwei Wirklichkeiten gleichzeitig

Und darüber schreibe ich an die Wand:
Das Gottie-H.-Oppenheimer-Prinzip, Version 1.0.

Sonntag, 11. Juli

{minus dreihundertdreizehn}

Synthmoan de Beauvoir.«

»Was?« Ich unterstreiche Passagen in *Eine kurze Geschichte der Zeit* und habe Sof nur mit halbem Ohr zugehört. Als sie mir das Buch aus der Hand reißt, hinterlässt der Marker ein neongelbes Gekrakel auf der Seite, ein Gewitter.

»Hey!«

»Synthmoan de Beauvoir hat deine volle Aufmerksamkeit verdient.«

»Wer?« Meine Gedanken sind bei den Wurmlöchern, nicht hier am Strand mit Sof. Gestern war meine erste Schicht in der Bücherscheune. Ich habe mit Papa gearbeitet und bin Thomas aus dem Weg gegangen, habe aber sämtliche Titel von Ms A.s Lektüreliste gefunden.

Als Sof im Antiquariat anrief, um Frieden zu schließen, dachte ich, es würde reichen, heute hier zu erscheinen, aber sie besteht darauf, dass wir unsere früheren Rituale wiederbeleben. Sie ignoriert einfach, dass wir nicht in unser altes Fahrwasser zurückkehren können, so als wäre das Glück ein Kleid, das man sich einfach überstreift. Keine von uns erwähnt das Origami-Orakel oder das, was sie draufgeschrieben hat.

Der Tag ist grau und trübe, die kalte Luft riecht nach Regen. Sof und ich verbrachten die Sonntage immer am Strand, egal bei welchem Wetter, aber Ned und die Fingerband tauchten nur auf, wenn sich auch die Sonne blicken ließ. Ich weiß noch, wie ich Jason einmal verwirrt zugeflüstert habe: »Ich dachte, ihr wärt Goths?« Kichernd erklärte er mir, dass Goths, Punks und Metaler total unterschiedlich seien. Für mich sehen sie in ihren schwarzen Klamotten alle gleich aus.

Ein schwacher Sonnenstrahl zeigt sich. Vielleicht kommt er ja noch.

»Das ist mein Künstlername«, knarzt Sof und wedelt mit dem Buch vor meiner Nase. »Die Lead-Sängerin einer feministischen Disko-Punk-Band. Grrrls, Gitarren, Glanz und Gloria.«

Ist Disko-Punk eine Musikrichtung? Ich gebe es auf, mein Buch zurückzuerobern und reibe meine Wunden mit Arnikasalbe ein – dieses homöopathische Zeug, das Sof empfohlen hat. Ich habe eine ungeöffnete Tube im Badezimmerschrank gefunden. Zusammen mit Kokosöl und einem großen Stück Rosenquarz. Ned. Er und Sof folgen demselben Drehbuch in einem Stück, das *Letzter Sommer* heißt. Nur ich scheine meinen Text vergessen zu haben.

»Wie war nochmal der Bandname?«, frage ich schließlich.

»Hör mir gefälligst zu.« Sof lugt über die herzförmigen Gläser ihrer Sonnenbrille, die zum Herzchenmuster ihres Bikinis passen. Wenn sie könnte, würde sie auch Gänsehaut in Herzform bekommen. »BlutGefäß.«

»Igitt«, sage ich und versuche, mitzuspielen. »Und die Songs handeln von Tampons, oder wie?«

Sof kichert. Sie dreht mein Buch um und liest auf der Rückseite. »Urg, hast du nichts, was auch normale Menschen lesen können?« Sie durchwühlt meine Tasche. »O mein Gott.« Ich befürchte schon, dass sie Greys Tagebuch erwischt hat, aber sie fördert ein zerlesenes Exemplar von *Forever* zutage. *Die Geschichte einer ersten Liebe*. »Definitiv *keine* Schullektüre.«

Das war eines von zwei Büchern auf Ms Adiwunmis Liste, die es in der Bibliothek gab. Ich habe mich am letzten Schultag extra noch einmal vergewissert, dass sie auch wirklich den Roman von Judy Blume meinte. Doch Ms A. lachte nur, drohte mir mit ihrem goldlackierten Zeigefinger und wünschte mir einen schönen Sommer – und viel Spaß mit der Hausarbeit.

»Das habe ich vor … ha, ewigen Zeiten gelesen. Was willst du damit?« Sof blättert rasch durch die Seiten und murmelt vor sich hin. »O Gott, dieser *Ralph*. Den hatte ich ganz vergessen. Heteros können wirklich seltsam sein.«

»Ich hab's noch nicht gelesen.«

»Aber warum willst du – o mein GOTT«, sagt Sof zum dritten Mal. Sie blickt von dem Buch auf und mustert mich schockiert. »Hast du Sex mit jemandem?«

»Was? Nein! Gib her.« Ich reiße ihr *Forever* aus der Hand. Wovon zum Teufel handelt dieses Buch?

»Wow. Gottie. War doch bloß ein Scherz. Ich *weiß*, dass du mit niemandem schläfst. Du würdest mich doch vorher fragen«, sagt sie überlegen und selbstsicher, während sie aufsteht und sich ihr Kleid überzieht. »Okay. Ich hol was zu trinken.«

»Könntest du mir ein Eis mitbringen?«, sage ich, weil sie keine Anstalten macht, mich zu fragen, was ich möchte. Es ist zwar kein Eiswetter, aber ich habe das Frühstück ausgelassen.

Sie streckt die Hand nach Geld aus. Ich höre sie laut »T-A-M-P-O« singen, als sie den Strand entlangstapft. Außer ihr ist niemand in Sicht.

Sofort schlage ich wieder *Eine kurze Geschichte der Zeit* auf und versuche, mich auf die beiden Teile der Stringtheorie zu konzentrieren. 1. Teilchen sind keine Punkte, sondern eindimensionale Strings. 2. Es gibt Energielinien, die durch die Raumzeit verlaufen.

Grey hatte behauptet, der Ausdruck hieße »kosmische Strings«, und hatte sich darunter eine riesige Himmelsharfe vorgestellt. Falls er recht hat, ist das Universum ganz schön verstimmt.

Ein Schatten fällt über die Buchseite, und ich blicke auf.

»Das ging aber schnell, du –«, ich verstumme, als ich Meg vor mir stehen sehe.

»Hi.« Sie winkt.

»Sof ist am Kiosk.«

»Ja, hab sie eben getroffen«, sagt sie beiläufig und sichert sich ein großes Stück Decke. Ich bin mir nicht im Klaren, ob sie und Sof ein Paar sind oder nur befreundet. »Sie sagte, du seist hier.«

Ich luge über den Rand meines Buches, während sie ein kleines grünes Fläschchen aus der Tasche holt und sich die Zehennägel lackiert. Nicht dass Meg schrecklich wäre oder so. Aber seit Grey gestorben ist, gelingt es mir kaum, mit meinen eigenen Freunden zu reden, geschweige denn mit denen anderer. Mein gesamter Wortschatz wurde mit ihm eingeäschert.

Zum Glück höre ich schon Sekunden später Sofs Stimme. Doch sie ist nicht allein. Die volle Besetzung der Fingerband samt Groupies ist da. Und sie haben Thomas im Schlepptau. Ich habe ihn nicht mehr gesehen, seit er am Freitagabend aus meinem Zimmer gestapft ist. Ein Vorteil von Papas Zerstreutheit ist, dass er nicht auf Abendessen mit Anwesenheitspflicht besteht. Und ich bin schon deshalb nobelpreisverdächtig, weil ich den Beweis antrete, dass sich ein Mensch einen ganzen Sommer lang von Cornflakes ernähren kann, dic cr alleine in seinem Zimmer verspeist.

Ned und Sof führen das Rudel an. Er hat ihr den Arm um den Nacken gelegt, und sie lacht. Vermutlich über sein Outfit. Wo, um Himmels willen, bekommt man in Holksea einen orangefarbenen Jumpsuit? Es folgen Niall, der Schlagzeuger der Band, und Jason, der mit schwarzen Skinny-Jeans und der unvermeidlichen Lederjacke als Einziger wettergerecht gekleidet ist. Voll das Bad-Boy-Outfit, allerdings weiß ich, dass seine Mutter ihm diesen Pullover gestrickt hat. Ihn hier zu sehen ist kaum verwunderlich – schließlich befinden wir uns im Norden von Norfolk, wo man außer Kühe umwerfen und an den Strand gehen nichts machen kann. Trotzdem reagiert mein Körper prompt. Mir wird eiskalt, dann heiß, und mein Hals ist wie zugeschnürt.

Er lächelt mich träge an, und ich denke an diesen Moment in Greys Zimmer, als er meine Hand berührt und mich Margot genannt hat.

Ein Schauer überläuft mich, und ich habe keinen Bock mehr auf das Eis, das Sof mir hinwirft.

»Hier, nimm, sonst frieren mir die Finger ab«, sagt sie, die anderen stehen um uns herum. »Sie hatten nur noch Eiswaffeln. Du schuldest mir zwanzig Pence.«

»Danke.«

Thomas bleibt im Hintergrund, Hände in den Taschen, Schultern hochgezogen. Er nickt mir zu, und ich konzentriere mich auf das Auspacken meiner Eiswaffel, damit ich nicht aus Versehen stundenlang Jason anglotze, der direkt vor ihm steht. Ich bin so in meine vorgetäuschte Beschäftigung vertieft, dass ich eine Weile brauche, um zu checken, dass alle anderen stehen und darauf warten, dass ich mich endlich erhebe.

»Strandmattenbingo«, erklärt Sof. »Wäre auch ein guter Bandname«, sagt sie zu Ned gewandt.

»Okay, Shoegazer«, witzelt Ned und treibt die Leute für ein Gruppenfoto zusammen. »Ich sehe schon, demnächst gehst du zu Savage Messiah ab.«

»Das Geld kannst du mir bei der Party geben«, Sof klimpert mit den Wimpern – »wenn ich dich dabei erwische, wie du zu Strandmattenbingo tanzt.«

Ich rapple mich auf und werde irgendwie zwischen Thomas und Jason gequetscht, während Ned an der Kamera rummacht. Er braucht ewig, weil er heute eine seiner achttausend analogen Kameras dabeihat, anstatt sein Handy zu benutzen. Thomas und Jason legen für das Foto gleichzeitig ihren Arm um meine Schultern und prallen in dem Moment zusammen, als Ned bellt: »Okay, Leute, sagt alle mal Ziggy Stardust.«

Es klonk-klickt, während ein wilder Chor ertönt, weil jeder etwas anderes brüllt. Ich meine Thomas »Ärger hoch zwei«, rufen zu hören, doch sein Gesicht verrät nichts, als ich ihn ansehe.

Als wir uns endlich alle wieder hinsetzen, gibt es ein Gerangel um die besten Plätze auf der Decke. Niall, der nur aus Haaren und Piercings zu bestehen scheint, trampelt in seinen schweren Docs herum, so dass ich in eine Ecke abgedrängt werde. Alle anderen finden sich zu Paaren zusammen: Sof und Ned in der Mitte, Thomas und Niall, und Meg neben Jason, der zu mir rüberstarrt. Ich verdrücke mich hinter Thomas und Niall an den Rand der Gruppe. Wie auch sonst im Leben. Aber letzten Sommer hatte ich Jason, und davor hatte ich Sof, und *da*vor war ich Gottie von Thomas-und-Gottie. Wie bin ich bloß hier gelandet?

Das Wetter hat sich von grau zu regnerisch verschlechtert.

Ned und Sof diskutieren lauthals die Playlists für die Party, von der ich offiziell immer noch nichts gehört habe. Auch Papa hat sie nicht erwähnt – womöglich weiß er gar nichts davon. Er gehört nicht zu den Eltern, die ständig alles verbieten. Nur als Ned ein Tattoo am Hals wollte, hat er Einspruch erhoben. Wir fragen allerdings auch nicht lange. Wir machen einfach.

Ich nehme einen Bissen Eis, der zum Schlucken zu groß ist. Dann deute ich auf meinen Mund, damit ich nicht mit Niall zu reden brauche. Er hat so viele Ohrstecker, dass man sein Ohr an der perforierten Linie abreißen könnte wie eine Briefmarke. Ich weiß nie, was ich zu ihm sagen soll. »Hübsche Löcher« vielleicht? Er setzt sich Kopfhörer auf und ignoriert mich.

Thomas dreht sich ungeschickt zu mir um und verheddert sich mit den Füßen in der Decke, was bei den anderen Protestschreie auslöst. Seine Brille ist fleckig vom Salzwasser, und seine Haare sind so lockig wie die von Sof. »Hey.«

»Hey«, nuschle ich zurück und bereue jetzt den großen Bissen Eis.

Entschuldigungen gehören nicht zum Thomas-und-Gottie-Vokabular. Also frage ich stattdessen: »Bist du den anderen schon vorgestellt worden?«

»Gottie, ich kenne dich und Ned, und auch die anderen«, erklärt er. »Nur Sof ist neu, aber die hat sich schon selbst vorgestellt.«

»Oh.« Ich scheine immer noch Schwierigkeiten zu haben, *diesen* Thomas mit *jenem* Thomas unter einen Hut zu kriegen.

»Nur weil du mir mal 'ne Qualle in meine Brotdose getan hast, kennen wir uns schon?!«, ruft Meg. Thomas verrenkt sich, weil er ihr antworten will, und zerrt wieder an der

Decke, so dass ich auf den kalten Sand abgeschoben werde. Er dreht mir jetzt den Rücken zu, und ich höre nicht, was er sagt. Ich starre die Sommersprossen auf seinem Nacken an, während er mit Meg und Sof lacht. Gelegentlich schnappe ich ein Wort auf, es scheint um Comics zu gehen.

Thomas als Deckung benutzend lasse ich den Blick zu Jason wandern. Der Kragen seiner Jacke ist hochgeschlagen, das blonde Haar aus der Stirn geworfen. Er wendet sich mir zu, um Neds Kamera optimal das mürrische Profil vor Meerespanorama darzubieten. Das letzte Mal habe ich ihn in Neds Zimmer gesehen, als – als was, Gottie? Glaubst du im Ernst, dass du in den letzten Sommer zurückgekehrt bist? Und gleichzeitig hier warst? Dass sich dein Bewusstsein in zwei Hälften geteilt hat?

Ich muss Jason unbedingt fragen, was damals passiert ist, aus seiner Sicht. Aber dazu müsste ich mit ihm allein sein. Ihm erklären, dass ich ihn nicht ignoriere, sondern dass nur mein Handy kaputt ist.

Er bemerkt meinen Blick und lächelt. Dann klaut er Ned einen Kartoffelchip, zieht Meg wegen ihrer lackierten Zehennägel auf und zeigt Sof den Vogel. Es könnte eine Szene aus dem vergangenen Sommer sein – aber ich bin nur neben ihm, nicht bei ihm, und mein Brustkorb fühlt sich an, als wäre er zwei Nummern zu klein für meine Lungen.

Ich starre in mein Buch, notiere Formeln am Rand und versuche, mich nicht davon irritieren zu lassen, dass ich nicht mehr in meiner geheimen kleinen Welt lebe, oder dass Ned von einer Party quatscht, die ich falsch finde. Winzige

Regentropfen sprenkeln die Seiten und verwischen meine Zahlen. Eine dicke, fette Träne gesellt sich zu ihnen.

Zu meiner Überraschung drückt mir Niall ein Papiertaschentuch in die Hand. Es ist ekelig – schmutzig, zerfetzt und vermutlich voll Rotz. Er reicht es mir stumm und schaut mich dabei nicht an, denn offenbar gebe ich ein erbärmliches Bild ab. Ich muss aufhören zu schniefen, irgendwas tun. Andernfalls löst sich die Zeitkapsel von Margot H. Oppenheimer in ihrem achtzehnten Sommer in Matsch auf.

Ich stopfe die Rotzfahne in meine Tasche, wo sie auf Greys Tagebuch landet. Es ist eines von vor fünf Jahren, mit einem Eselsohr an dem Tag, als Thomas wegging. Die ganze Seite ist mit Herzen und Blumen vollgekrakelt. Dasselbe hat Grey mit unseren Schulmitteilungen und Entschuldigungszetteln gemacht. (Papa um eine Unterschrift zu bitten, gleicht der Jagd nach einem Heliumballon in einem Tornado.) Fast hätte ich keine Masernimpfung bekommen, weil alle Os auf dem Formular mit Smileys verziert waren.

Als ich aufblicke, bemerke ich zwei Dinge: 1. Etwa achtzehn Meter von der Wasserlinie entfernt befindet sich ein Wurmloch. Und 2. Thomas blickt stirnrunzelnd zwischen mir und Jason hin und her.

»Ich gehe schwimmen«, verkünde ich. Lieber ein nasses Wurmloch als hierbleiben.

Alle starren mich an.

»Aber du hast eben was gegessen«, erinnert mich Sof. Ihre Füße liegen auf Neds Schoß. »Und das Wasser ist eisig.«

»Schon gut, Mum. Ich paddle bloß ein bisschen rum«,

sage ich und trete auf die Fersen meiner Turnschuhe, um sie abzustreifen.

»Okay, ich komme mit«, sagt sie widerwillig und klappert mit den Zähnen, während sie sich aus dem Sommerkleid schält. Meg schützt eine Verletzung vom Volleyball vor. Und ich denke im Stillen: Dich hat sowieso keiner gefragt, ob du mitkommst. Dann gehen wir hinunter ans Wasser und balancieren mit nackten Füßen über den Streifen mit den scharfkantigen Steinen und dem Seetang. Es dauert eine Weile – bei Ebbe ist er ewig lang –, und wir reden nicht viel dabei. Am Wasser ist es noch kälter, der Wind weht vom Meer. Abgesehen von dem Wurmloch ist die Wasserfläche leer. Sof hüpft und gibt übertriebene Brrrr-Laute von sich.

»Das ist noch gar nichts, warte nur, bis du im Wasser bist«, sage ich zu ihr.

Sie taucht einen Zeh ein und springt zurück. »Shit, nein, echt, da geh ich nicht rein.«

»Pfff.« Ich tue es ihr nach, tauche einen Zeh ein und dann tapfer den ganzen Fuß. Ich lasse ihn dort. *So* kalt ist es gar nicht – ich tauche den zweiten Fuß ein und wage einen Schritt, dann noch einen.

»Gottie«, japst Sof, als meine Knöchel im Wasser verschwinden. »Komm zurück. Ich erfriere.«

»Sekunde«, entgegne ich, ohne mich umzudrehen. Das Meer, der Himmel und das Wurmloch sind grau. Grey. Ich möchte bis in die Arktis schwimmen, weg aus meinem Leben. Dann mache ich kehrt und platsche zu Sof zurück.

»Uff. Gott sei Dank. Wenn du reingegangen wärst und

ich nicht, würde mich dein Bruder für einen Feig- … Warte. Was hast du vor?«

Ich schäle mich aus meinem Pullover und den Shorts und drücke ihr beides in die Hand. Dann gehe ich mit T-Shirt und Unterwäsche ins Wasser. Das Salzwasser brennt in meinen Wunden, aber der Schmerz tut gut, er weckt mich auf. Ich platsche auf das Wurmloch zu, jetzt bin ich bis zu den Knien im Wasser.

»Gottie!« Sof schreit auf, als ich in eine Senke trete und bis zur Hüfte versinke. Der Kälteschock nimmt mir den Atem, und ich kann es nur aushalten, indem ich untertauche. Als ich bis zu den Schultern im Wasser bin, ziehen sich meine Lungen schmerzhaft zusammen, ich japse nach Luft, dann kämpfe ich mich die letzten Meter bis zum Wurmloch vor. Bei jeder Bewegung schabt der Sand auf meinen Knien, schleimiger Seetang wickelt sich um meine Füße. Und dann bin ich da.

Ich sehe kein Wasser mehr, nur noch das Fernsehflimmern, aber das Meer fühlt sich tief an; es reicht mir bis zum Hals. Ich höre Sof rufen, kann sie jedoch aus dieser Entfernung nicht verstehen. Etwas zerrt an meinen Knöcheln, eine unterirdische Strömung zieht mich hinab –

Und ich schwimme durchs Universum.

»Bin ich adoptiert?«

Ich helfe Grey in der Bücherscheune, die er zum x-ten Mal neu gestrichen hat. Statt sauberzumachen entschied er vergangenen Monat, den Dreck einfach mit leuchtendem Löwenzahngelb zu übermalen. Ich konnte nicht mitmachen, weil meine Hand wegen der Sache mit Thomas noch verbunden war. Die Farbe überlebte genau zwei Wochen. Genauer gesagt, bis er zur Tür hereinstürmte und brüllte: »Potz Blitz und Pestilenz! Hier sieht's aus wie in einem verdammten Café!«

Also haben wir gestern alles in einem dezenten Eierschalenton überstrichen, eine Farbe, die selbst dann schmuddelig wirkt, wenn sie frisch ist. Ich habe mitgeholfen. Und jetzt müssen wird alles neu einräumen. Wieder einmal.

»Du bist nicht adoptiert, Kumpel«, sagt Grey von der Leiter herunter. »Gib mir mal die Kiste da.«

Ich wuchte sie hinauf, dann setze ich mich wieder hin und blättere das Fotoalbum durch, das ich gefunden habe. In der Bücherscheune stehen eine Million Bücher, die eine Hälfte gehört dem Antiquariat, die andere uns. Manchmal stellt Grey eine Rechnung aus, schnappt sich dann das Buch aber im letzten Moment, und behauptet, es sei unverkäuflich.

»Aber da sind keine Fotos von mir drin.« Bloß Hunderte von Ned, ein runzliger Winzling, den Mum und Dad verblüfft anstarren. Dann leere Seiten, bis endlich ich auftauche. Hier sind die Fotos nicht eingeklebt, sie liegen lose im Album, und ich bin bereits ein Jahr alt, aus dem Nichts aufgetaucht. Adoptiert.

Als die Fotostrecke wieder einsetzt – längst nicht so dicht wie zuvor – scheint Papa um ein Jahrtausend gealtert. Er ist verblasst. Und keine Fotos mehr von Mum.

Grey seufzt und schaut vom Regal mit der Schundliteratur herunter. Ich mache ihn nicht darauf aufmerksam, dass die Buchrücken verkehrt herum stehen. »Gottie, Mann. Manchmal … ist man eben zu sehr mit dem Leben beschäftigt, als dass man Fotos macht. Man hat einfach nicht die Zeit, um den Augenblick festzuhalten, weil man mittendrin ist.«

»Und was war mit Ned?« Ned hat zu seinem dreizehnten Geburtstag eine Polaroid-Kamera bekommen, und seither hält er Augenblicke fest. Ich blättere an den Anfang zurück, dorthin wo Papa und Mum heiraten. Sie trägt ein gelbes Kleid, das sich straff über ihren Wasserballbauch spannt. Ein Band um die Stirn ersetzt den Schleier. Ihr Haar ist vorne kurz und hinten lang, eine Männerfrisur, dieselbe wie ich sie hatte, als ich klein war. Genau wie Ned schert sie sich kein bisschen um aktuelle Modetrends, ist aber trotzdem cool. Papa ist meist nur zur Hälfte im Bild, Grey hat sich Blumen in seine Zöpfe geflochten.

»Hier«, fügt Grey hinzu und klettert die knarzende Leiter herunter. Er hält mir ein knittriges Foto hin, das er aus seiner Brieftasche genommen hat, und das ich noch nie gesehen habe. Es zeigt Mum, und wie immer versuche ich, mein Gesicht in ihrem zu finden. Wir haben beide dominante Nasen, die gleiche olivenfarbene Haut, die gleichen dunklen Augen und Haare. Ich weiß auch nicht, warum ich aufgehört habe, meine schneiden zu lassen. Dann erst bemerke ich, dass sie ein Baby im Arm hält. Es ist klein und rosa und nicht Ned –

»Ich?«

»Du«, sagt Grey.

Bis dahin hatte ich immer geglaubt, alles sei gleichzeitig passiert: Ich wurde geboren / sie starb. Niemand hat mir je erzählt, dass es einen Moment dazwischen gab. Einen, in dem ich eine Mami hatte.

Ich blinzle und finde mich in der Küche sitzend, den Hörer des Festnetztelefons am Ohr. Irgendwo weit entfernt tutet es in der Leitung. Ich muss gewählt haben, kann mich aber nicht daran erinnern. Die letzte Erinnerung vor dem Wurmloch ist, wie ich mit den anderen am Strand bin und im kalten, kalten Meer schwimme.

In meiner anderen Hand ist die Aufnahme, die Grey mir vor fast fünf Jahren in der Bücherscheune gegeben hat. Die mit Mum und mir drauf. Ich hatte das Bild kurz danach verloren, ihm aber nie davon erzählt. Jetzt ist es wieder da. In meiner Hand.

Wann bin ich?

Ich nehme den Kopf zwischen die Knie und versuche, zu atmen. Den Zusammenbruch der Raumzeit kann ich verkraften. Nicht aber das Wiedersehen mit meinem Großvater. Es ist einfach zu viel. Mein ganzer Körper tut weh. Ich weiß nicht, wie ich das durchstehen soll, verstehe nicht, wie das irgendjemand durchstehen kann. Ich zähle bis zehn und klammere mich noch immer an den Hörer, aus dem jetzt die Stimme eines Jungen antwortet. »Ja?«

Mein Blick schweift durch die Küche. Vor dem Fenster pfirsichfarbene Rosen, dahinter der zottige Rasen. Neds

Pelzmantel hängt über einem Gartenstuhl, und auf dem Tisch steht eine Schüssel mit Trifle. Daneben liegen Partyzutaten: Piñatas, ein Päckchen Luftballons. An der Tafel steht eine neue Botschaft für Thomas, er soll seine Mum zurückrufen, sobald er aus der Bücherscheune zurück ist. Ich bin in der Gegenwart.

Es ist nicht unbedingt ein Schuss ins Blaue, als ich krächze: »Jason?«

»Ja …«, sagt er. »Wer ist dran?«

»Aaarg«, ich muss husten. »Aaargot. Margot, meine ich … ich bin's. Hey«, bringe ich schließlich hervor, locker wie ein Besenstiel (eine von Papas Redewendungen).

»Gottie?«, sagt Jason mit spöttischer Stimme, als gäbe es mehr als eine Margot, und als müsse er das durch den Spitznamen klären, den er sonst niemals benutzt. »Was gibt's?«

Ich erinnere mich, was ich fragen wollte – was mit mir passiert ist, nachdem ich in dem Wurmloch verschwunden bin. Meine Split-Screen-Theorien wären dahin, falls sich herausstellen sollte, dass ich mich in ein Wölkchen Rauch aufgelöst habe. Aber ich kann die Frage nicht formulieren. Mein Hirn versucht immer noch, den Körper einzuholen. Die Komplexität dessen, was ich sagen will, überfordert mich.

»Können wir uns treffen? Es ist wichtig«, sage ich stattdessen. »Tut mir leid, mein Handy ist kaputt. Ich konnte dir nicht schreiben …«

»Vielleicht«, antwortet er gedehnt und fügt dann hinzu: »Du klingst irgendwie komisch. Ist alles in Ordnung?«

Ich lehne den Kopf an die Wand und ertrinke in seiner Frage. In dem, was sie bedeuten könnte. In dem vertrauten Gefühl, nach Hause zu kommen.

»Es ist wegen der Party«, lüge ich. »Ich möchte Ned überraschen.«

Ich hasse mich dafür, dass ich diese blöde Party als Vorwand benutze. Aber vielleicht kann ich Jason dazu überreden, Ned dazu zu überreden, sie abzublasen.

»Wollen wir uns im Café treffen, am Samstag in einer Woche? Da ist Ned beschäftigt«, sagt er. »Die Zeit schreibe ich dir noch.«

Genau diesen Moment wählt Ned, um aus dem Garten hereinzuplatzen. Ich murmle: »Okaymussjetztlosalsobisdann« und reiße mir den Hörer vom Ohr, bevor ich Jason daran erinnern kann, dass ja mein Handy kaputt ist.

»Dieses Ding muss man sich ans Ohr halten«, sagt Ned und macht die entsprechende Geste mit Daumen und Zeigefinger. Und weil er nun mal Ned ist, werden daraus Metal-Teufelshörner, gefolgt vom Vulkanischen Gruß. Wenigstens *er* benimmt sich normal.

»Hab übrigens dein Rad repariert. Willst du am Wochenende eine Tour machen?«

»Ned, welcher Tag ist heute? Das Datum, meine ich.«

»Telefon«, mahnt er mich, tänzelt dann zum Kühlschrank und späht hinein, wobei er mit dem in einer lila gemusterten Leggins verpackten Hintern wackelt. »Dienstag. Der dreizehnte Juli im Jahre unseres Satans zweitausendund –«

»Vielen Dank«, sage ich. Dann, »Oh«, und knalle den Hörer auf die Gabel.

Ned schließt den Kühlschrank mit einem Fußtritt, schwingt sich aufs Fensterbrett und trinkt die Milch direkt aus dem Karton.

»Falsche Nummer?«

»Ein Stöhner«, lüge ich. Ned weiß nichts über Jason und mich, und das soll auch so bleiben. »Und was läuft bei dir, Freddie Mercury?«

Ned wischt sich den Milchbart ab, bevor er antwortet.

»War in der Garage. Hab dein Rad gerichtet und dann mein Set für die Party geplant. Das Gitarrensolo wird« – er spielt Luftgitarre, die Zungenspitze zwischen den Zähnen – »einfach *irre.*«

Trotz der Anspielung auf die Party und des Fotos in meiner Hand lächle ich. Ich lächle, obwohl ich Grey in dem Wurmloch gesehen habe, und mit Ned alles in Ordnung zu sein scheint – im Gegensatz zu mir. Denn ich habe Jason angerufen, und er hat eingewilligt, mich zu treffen. Ich werde also Antworten bekommen. Das heißt doch schon mal was. Oder?

Donnerstag, 15. Juli

{minus dreihundertsiebzehn}

Leck mich doch am Arsch, H. G. Wells!

Die Zeitmaschine mag ja ein SF-Klassiker sein, aber der Roman ist mehr Fiction als Science: Sphinxen und Höhlenbewohner statt Gleichungen und Mechanik. Ich schleudere das Buch auf mein Bett und betrachte die Wand, an die ich meine Notizen gekritzelt habe. Mein Zimmer gleicht allmählich der Schaltzentrale eines Serienmörders.

Zum ersten Mal an diesem Abend bin ich allein. Vorher hockte die Band in der Küche herum und brütete »das große Ding« für die Mittsommerparty aus, während Papa hin- und herhuschte. Die frischgebackenen Groupies Sof und Meg waren auch da, und als Thomas von seiner Schicht in der Bücherscheune zurückkam, stürzten sie sich in eine heftige Diskussion über Comics oder »Graphic Novels«, wie Sof mich belehrt hat. Ich hielt mich abseits und genoss den kribbeligen Gedanken, dass Jason und ich wieder ein Geheimnis haben.

Inzwischen ist es nach Mitternacht. Ich bilde Hypothesen und versuche herauszubekommen, was den Wurmlöchern gemeinsam ist.

»Miau.« Umlaut hopst auf Greys Tagebüchern herum,

die sich auf dem Tisch stapeln. Ich schnappe sie mir – samt Kater – und bringe sie zum Bett. In der Küche brennt immer noch Licht.

Die Tagebücher. Es gibt einen Eintrag von dem Tag, an dem ich Jason zum ersten Mal geküsst habe. Während wir uns am Strand trafen, war Grey im Pfingstrosenrausch. Wenn ich noch mehr Wurmlöcher fände, würde sich anhand der Daten vielleicht ein Muster ergeben.

Ich lasse mich in die Seiten fallen, und es zerreißt mir fast das Herz, als ich lese, wie die Welt damals war.

Umlaut bearbeitet die Bettdecke mit den Pfoten, während ich einen bestimmten Tag in der Bücherscheune im Tagebuch lokalisiere. Damals hatte Grey notiert: Mit Caro Bücher umgestellt, dann hat er »Caro« durchgestrichen und stattdessen meinen Namen hingeschrieben. Im letztjährigen Band finde ich zwei weitere von diesen *Bs, die wie Konfetti über die Seiten verstreut sind. In den früheren Bänden tauchen sie nicht auf, dafür finde ich einen Eintrag über mich und Thomas. Wir waren auf einem Schulausflug im Technikmuseum, der mit einem Drama endete, weil Thomas es schaffte, sich in der Raumsonde einzusperren.

Als ich das lese, fällt mir wieder ein, dass es vor diesem Zwischenfall eine Projektion des Sternenhimmels an der Decke gab. Wenn man sich auf den Boden legte und hinaufstarrte, war es –

Als befände man sich in der Milchstraße.

Mehrere Stellen im Tagebuch lassen sich einem Vortex zuordnen. Jedes Wurmloch hat seinen Eintrag.

Sind es die Tagebücher, die das auslösen? Es kann doch unmöglich Zufall sein, – auch wenn sich dadurch weder die Blackouts erklären lassen noch die Tatsache, dass im Garten plötzlich die Sterne erloschen. Das heißt, ich gerate nur an solchen Tagen in Wurmlöcher, die Grey in seinen Tagebüchern vermerkt hat. Also werde ich seine Beerdigung nicht noch einmal erleben müssen.

Auch nicht den Tag, an dem er gestorben ist.

Ich greife mir das nächstliegende Lehrbuch und schlage das Schlagwortverzeichnis auf: Einstein … Kausalität … Stringtheorie … Weltschmerz-Ausnahme. Der letzte Begriff fällt mir ins Auge. Er kommt mir vage bekannt vor und ist auch schon mit gelbem Marker angestrichen. Als ich die Seite aufschlage, finde ich nur eine kurze Beschreibung.

> Die Weltschmerz-Ausnahme manifestiert sich zwischen zwei Punkten, an denen die Regeln der Raumzeit ausgesetzt sind. Neben Vortex-Unregelmäßigkeiten erlebt der Beobachter Stopp-Start-Effekte, vergleichbar einem »optischen Reboot«, da er zwischen zwei verschiedenen Zeitachsen pendelt. Basierend auf der Theorie der negativen Energie oder dunklen Materie wurde sie entwickelt von der mit dem Nobelpreis ausgezeichneten Physikerin

Die nächste Seite ist herausgerissen, so dass der Satz unvollständig bleibt.

Die Regeln der Raumzeit sind ausgesetzt …

Vortex-Unregelmäßigkeiten: Damit müssen Wurmlöcher

gemeint sein, die eigentlich nicht real sein sollten. Trotzdem habe ich sie erlebt.

Das Gottie-H.-Oppenheimer-Prinzip, Version 2.0. Die Welt hat sich »neu hochgefahren«, zweimal schon. Und beide Male hat Thomas eine E-Mail erwähnt. Eine E-Mail, die ich nie bekommen habe. Könnte das vielleicht daran liegen, dass sie in meiner Realität gar nicht existiert? Thomas und ich sind normalerweise auf derselben Zeitachse, außer in den genannten Fällen. Sobald er die Mail erwähnt, rebootet sich die Welt. Ist das überhaupt möglich?

Als ich die Tagebücher zurück auf meinen Tisch lege, fällt mir auf, dass das Licht in der Küche immer noch an ist. Ich verfluche Ned, schlüpfe in meine Turnschuhe. Nein, meine Zehen berühren nicht Mutter Erde, denke ich und stolpere in die Nacht hinaus.

Als ich die Küchentür öffne, sehe ich Thomas. Er bäckt.

Während ich vor Überraschung noch völlig irritiert bin, lächelt er und streicht irgendwas Warmes, Goldfarbenes auf Teig.

Jetzt macht einiges Sinn: der unförmige Brotlaib an seinem ersten Tag. Der Zimtmuffin in meiner Schultasche. Das Durcheinander in der Speisekammer, für das ich Ned verantwortlich gemacht hatte. Und Thomas hat nicht ein einziges Mal gesagt: »Das war ich.« Er ist genauso ein Geheimniskrämer wie ich.

»Du hast das Brot gemacht. Du *bäckst*«, sage ich vorwurfsvoll.

»Ich backe, ich rühre, ich koche, ich rolle aus!« Er lässt den Pinsel durch die Luft wirbeln wie einen Taktstock. Wir schauen zu, wie er klappernd auf dem Boden landet und Honig auf die Fliesen kleckert. »Ups.«

»Mit diesem Pinsel hat Papa den Tisch lackiert«, kläre ich ihn auf, und er hält im Aufheben inne. »Aber wieso bäckst du *jetzt*? Es ist gleich ein Uhr früh.«

»Jetlag.«

Ich deute auf den Teig. »Was ist das?«

»Wenn man durch unterschiedliche Zeitzonen reist, braucht die innere Uhr eine Weile, bis sie sich umgestellt hat.« Thomas schafft es gerade mal zwei Sekunden, ernst zu bleiben, dann verzieht sich sein Mund, und er lacht sich scheckig über seinen eigenen Scherz.

»Sehr witzig.« Auch meine Mundwinkel zucken. »Ich meine *das da*.«

»Lavendelbrot. Hier, riech mal.« Er kommt mit dem Blech auf mich zu. Ich schüttle den Kopf, er zuckt mit den Schultern. Dann macht er auf dem Absatz kehrt, geht stattdessen zum Ofen und schiebt, während er über die Schulter mit mir redet, das Blech hinein. »Schmeckt gut mit Käse – normalem Käse, nicht deinem seltsamen deutschen Zeug.«

»Rauchkäse *ist* normaler Käse.« Ich bin selbst überrascht, wie automatisch das kommt. Thomas hat die Eigenschaft, mich zum Widerspruch zu reizen. Ein altes Spiel zwischen uns, das auch heute noch wie unbewusst abläuft. »Hast du immer um diese Zeit gebacken? Die ganze Woche schon?«

»Was dachtest du denn, woher die ganze Verpflegung

kam?« Thomas legt den Kopf schief und setzt sich seitlich auf einen Stuhl. Ich sitze, ebenfalls seitlich, auf dem Stuhl neben ihm, so dass unsere Knie aus Versehen aneinanderstoßen. Ich weiß immer noch nicht, was ich von ihm halten soll.

»Ich dachte, Ned hätte das besorgt«, erkläre ich. »Er ist ein Foodie – kein Wunder, er lebt in London.« Vermutlich halten wir ihn wach. Sein Zimmer ist gleich neben der Küche. Kann aber auch sein, dass er nach der Bandprobe noch weggegangen ist. Oft kommt er erst im Morgengrauen nach Hause, kotzt in den Garten und verschläft dann den Vormittag. Am Nachmittag verschwindet er wieder, ein Wirbel aus Glitter, Gitarre, Muss-jetzt-los – und schon ist er zur Tür hinaus.

»Für dich ist jeder ein Foodie, der mehr kann als Kartoffeln kochen«, bemerkt Thomas, dann springt er auf und signalisiert mir mit einer Geste zu warten.

Verwirrt hocke ich da, bis er aus der Speisekammer zurückkommt und Zutaten auf den Tisch häuft: Mehl, Butter, Eier, aber auch Dinge, von deren Existenz ich keine Ahnung hatte, wie exotische Nüsse oder Riegel aus dunkler, bitterer Schokolade, die in grüne Alufolie verpackt sind. Das Ganze erinnert mich an jenen ersten Morgen vor einer Woche, als er mir Toast mit Marmelade gemacht und Greys Marmite-Gläser aus ihrem Schrein geholt hat.

»Wie großartig backen ist, erfährt man am besten«, sagt Thomas und setzt sich nicht wieder hin, »indem man es tut. Ich möchte nämlich später mal eine Konditorei eröffnen.«

Er strahlt mich an, und ich muss der Versuchung widerstehen, meine Finger in die entstandenen Grübchen zu bohren.

»Eine Konditorei«, wiederhole ich im selben konspirativen Tonfall, mit dem ich einen Bankraub vorschlagen würde. Ich kann mir einfach nicht vorstellen, wie der Thomas, den *ich* kenne, mit heißen Öfen, Messern und Essbarem hantiert. Denkbar wäre es schon, aber es würde mit Sicherheit im Chaos enden.

»Autsch. Ja, eine Bäckerei. Nachdem du meine Muffins gegessen hast, solltest du eigentlich keine Zweifel mehr hegen, dass ich der Herr des Zuckers bin.«

...

»Der König der Muffins.«

...

»Der Dompteur der Pfannkuchen.«

Ich presse meinen Mund zu einer schmalen Linie zusammen. Das ist nicht lustig, sage ich mir. Er ist ein Kobold. Wir starren einander an, und Thomas gibt sich als Erster geschlagen, grinsend schlägt er ein Ei in die Schüssel.

»Echt jetzt. Das macht mir Spaß, erstaunlicherweise. Und ich bin einfach gut darin«, erklärt er. »Du weißt ja, wie schwer es ist, etwas zu finden, auf das beides zutrifft. Nein, vermutlich weißt du es nicht. Du bist ja in allem gut.«

Urg. Wie ich das hasse – als ob eine Eins in Mathe alles wäre. Ist es eben nicht. Ich kenne keine Bands. Ich kann nicht tanzen, oder Lidstrich auftragen, oder Verben konjugieren. Ich habe im vergangenen Jahr mehr als hundert

Ofenkartoffeln zubereitet und kriege die Schale immer noch nicht knusprig hin. Und ich habe keinen Plan.

Ned ist ein Siebziger-Jahre-Glamrocker, er wollte Fotograf werden, seit er seine erste Kamera bekam. Sof ist lesbisch seit sie sprechen kann, und kurz darauf hat sie beschlossen, Malerin zu werden. Jason wird Rechtsanwalt, und jetzt will Thomas – die inkarnierte Chaostheorie – eine verdammte Konditorei eröffnen. Ich wollte immer nur in Holksea bleiben und die Welt durch Bücher erkunden. Aber das reicht offenbar nicht.

»Ich bin nicht in allem gut. Erinnerst du dich an *The Wurst*?«, sage ich zu Thomas, um mein Argument zu untermauern. »Das Bild über Greys – deinem – Bett.«

»Gottie, um Himmels willen«, er macht wieder sein Fledermausgefuchtel, aber diesmal ist es eher ein Pterodaktylus, den er einzufangen versucht, »warum sollte man *so* malen wollen?« Dann fügt er in einem Grabesflüstern hinzu: »Unglaublich, dass du mir nie von Greys Versuchen in erotischer Kunst erzählt hast.«

»Nein, ich –« Das Lachen kommt so plötzlich, dass ich kein Wort mehr herausbringe. Thomas muss mich für total bescheuert halten, wie ich mich prustend krümme und mir die Hände vors Gesicht schlage.

»Halt, halt«, quieke ich, bevor mich der nächste Lachanfall packt, der zugleich unglaublich befreiend ist. Einen kurzen, schmerzlichen Moment lang werde ich daran erinnert, wie ich früher manchmal war – glücklich bis in die Zehenspitzen.

Thomas lacht jetzt auch und sagt: »Das ist nicht witzig, Gottie. Schließlich muss ich unter dem Ding schlafen. Ich werde das Gefühl nicht los, dass es mich *beobachtet.*«

Darüber muss ich nur noch mehr lachen, in flachen Atemzügen sauge ich Luft ein, während ich mich an den Rand des Wahnsinns kichere. Eine Art glücklicher Hysterie erfasst mich, die mich zu überwältigen und in etwas Schlimmeres zu kippen droht.

Ich schnappe nach Luft und versuche, das Lachen und alles andere zu unterdrücken. Endlich gelingt mir eine Erklärung: »Das habe *ich* gemalt. Hab eine Vier dafür gekriegt.«

»Gottie. Das ist nicht dein Ernst!« Völlig fertig setzt er sich mir gegenüber hin. Man kann ihm sein Staunen nicht verübeln, denn offenbar hält er es für einen eins achtzig langen blauen Penis! Vielleicht ist es das ja auch, und ich hatte Jungs im Sinn, als ich das Bild gemalt habe. Vielleicht erklärt das mein Problem. Ich muss nachsehen, ob es in der Bücherscheune was über Freud gibt.

»Sag ich doch, ich bin unmöglich«, entgegne ich fröhlich. Damals bei der Ausstellungseröffnung in der Schule habe ich mein Lachen nur vorgetäuscht und so getan, als machte ich mich über mich selbst lustig. Aber mit Thomas ist es echt. Ich bin unmöglich, und das ist in Ordnung. »Aber jetzt zu dir. Mal ehrlich, warum gerade backen?«

»Jeder sagt, beim Backen muss man supergenau sein – ähnlich wie bei deiner Hausarbeit, diesem Zeitreiseprojekt. Eine falsche Berechnung, und das Ganze geht schief, stimmt's?«

»Ja …«

»Alles Bockmist!«, verkündet Thomas vergnügt. Mir gefällt dieses Wort, es erinnert mich an die Schweine auf dem Jahrmarkt. Er deutet auf die Schüssel. »Guck – da sind Stückchen von Eierschale drin. Kein Problem, die lassen sich mit dem Finger rausholen. Zu viel Mehl? Die Butter vergessen? Du lässt die Backform fallen? Ganz gleich wie viele Fehler du machst, meistens geht es am Ende gut aus. Und wenn nicht, dann machst du Zuckerguss drüber.«

»Wirklich?« Thomas' Umgang mit Lebensmitteln scheint mir bedenklich.

»Wahrscheinlich. Ich hatte das eher metaphorisch gemeint, aber das ist offenbar nicht angekommen. Hier.« Er streckt mir die grün verpackte Schokolade entgegen, und ich breche ein Stück ab. »Okay, so viel zu mir, dem Möchtegern-Patissier und missratenen Augapfelkuchen meines Vaters. Was nicht bloß eine schiefe Metapher ist, sondern heißen soll, dass mein Dad von meiner Karriereplanung nicht gerade begeistert ist. Oder von meinen Noten, außer in Hauswirtschaft.«

»Bist du sitzengeblieben?«

Seit ich mich zu *The Wurst* bekannt habe, berste ich vor Fragen. Das große Thomas-Althorpe-Quiz! Schließlich haben wir fünf Jahre nachzuholen, und ich bin viel zu lange sprachlos gewesen. Ich möchte meinen Mund endlich wieder benutzen, fragen, reden, lachen – es ist so wunderbar wie ein losbrechendes Gewitter.

»Ich studiere Kekse im Hauptfach. Hey, hast du gemerkt,

dass ich *biscuits* und nicht *cookies* gesagt habe? Mein Kanadisch ist auf dem Rückzug. Meine Noten sind in Ordnung, aber Kekse-statt-Universität ist für meinen alten Herrn dasselbe wie sitzenbleiben.« Er sagt das leichthin, aber seine Verbitterung ist nicht zu überhören. Ich kann mir lebhaft vorstellen, wie Mr Althorpe auf die verrückte Idee mit der Konditorei reagiert hat.

»Haben sich deine Eltern deswegen getrennt?« Ich knabbere an meiner Schokolade.

»Bloody Hell, Gottie«, flucht Thomas auf einmal so englisch wie ein Englisches Frühstück. »Das mag ich so an dir, diese teutonische … Feinfühligkeit. Es ist so ein Henne-oder-Ei-Problem.« Unglücklich starrt er in die Teigschüssel und schnippt mit dem Finger gegen die Mehltüte. »Sie liegen sich sowieso ständig in den Haaren, und ich mit meiner Rebellion hab die Sache natürlich nicht besser gemacht. Ich war der Kanalisator – oder meine ich Katalysator? Egal, Dad war stinksauer, als Mum sich auf die Pro-Konditor-Seite geschlagen hat. Meine Chocolatines haben sie überzeugt.«

»Und sie möchte, dass du mit ihr in Holksea lebst? Hat dein Dad denn nicht versucht, dich in Toronto zu behalten?«

»In Holksea leben …«, hier verstummt er.

Die Stille lastet und verbreitet sich im ganzen Raum. Mein Mund ist wieder voller Steine, und ich stopfe die restliche Schokolade hinein, um ihren Geschmack wegzukriegen.

»Kanada war nicht so schlecht«, räumt er ein. »Aber überwältigend war es auch nicht. Es lag irgendwo in der

Mitte. Gerade richtig, verstehst du? Dann hat meine Mum beschlossen, nach England zurückzugehen, und ich bekam die Möglichkeit, hier wieder anzuknüpfen, ohne die ganzen schwierigen Jahre dazwischen. Ehrlich gesagt: Ich war neugierig.«

»Worauf?«

Er streckt mir seine Faust entgegen, der kleine Finger ist abgespreizt. Eine geheime Geste aus unserer Kinderzeit, ein Versprechen, Gruß, was auch immer. Ich schlucke die Schokolade hinunter, hebe aber nicht die Hand. Ich kann nicht. Noch nicht. Wir rühren uns nicht. Dann sagt er:

»Auf dich.«

Diesmal will das Blickduell nicht enden. Ich bin sicher, dass Thomas Hunderte von Gründen hat, nach Holksea zurückzukehren. Ich bin nur einer unter vielen. Trotzdem ist es ein Eingeständnis. Also kontere ich mit einem Geständnis meinerseits, in Form einer Frage:

»Thomas. Als du weggegangen bist … Warum hast du mir nie geschrieben? Und bitte dreh die Frage nicht einfach um, ich muss es wissen. Schließlich … warst du derjenige, der verschwunden ist.«

»Ich weiß, du willst einen großen, weltbewegenden Grund«, sagt er nach einer Weile und lässt sich, die Hände im Schoß, in den Stuhl zurückfallen. »Die ernüchternde Wahrheit ist, dass es viele kleine Gründe waren. Ich hatte weder deine Mail-Adresse noch deine Telefonnummer – wenn ich mit dir reden wollte, brauchte ich ja nur durch die Hecke zu kriechen. Der nächste Grund war, dass ich nicht wusste, wo es Briefmarken gab. Wir brauchten acht Stunden bis New York, dort checkten wir in ein Hotel ein, und meine Eltern haben mich nicht aus den Augen gelassen, wegen der Sache mit dem Blutschwur. Als wir in Toronto ankamen, hat mein Dad mir jede Menge Arbeit in dem neuen Haus aufgehalst, dann ging die Schule los, und Mum hat mich zum Friseur geschleppt, denn was man am ersten Tag in einer neuen Schule unbedingt braucht, ist ein mittelalterlicher Mönchslook.«

Allmählich redet Thomas sich in Rage.

»Das Arbeitszimmer meines Dads war ständig abgeschlossen, und als sich endlich eine Küchenschublade mit Büroklammern, Briefmarken, Gummiringen und einem Stift mit einer kleinen Zwergenfigur etabliert hatte und ich entschlossen war, dir zu schreiben, da bemerkte ich, dass bereits ein Monat vergangen war, ohne dass *du mir* geschrieben hattest.«

Ich kann nicht glauben, dass das alles gewesen sein soll. Die ganze Zeit war ich überzeugt, dass es ein einseitiger Entschluss war, die Folge einer schweren Enttäuschung. Dabei kam mir nicht in den Sinn, dass Thomas einfach Thomas war – zwölf, chaotisch und stur. Die Geographie war schuld. Wie wären die vergangenen fünf Jahre wohl verlaufen, wenn ich ihm geschrieben hätte?

Wie anders wäre das vergangene Jahr verlaufen?

»Sind wir quitt?« Thomas hält mir die Hand hin.

»Ein vorübergehender Waffenstillstand.« Ich schüttle sie.

Es folgt ein statisches Knistern, als Umlaut mir unerwartet um den Knöchel streift. Ich habe nicht mal bemerkt, dass er in der Küche ist. Thomas und ich lassen einander los, und der Kater springt mir auf den Schoß.

Ich warte, bis Umlaut sich in Form einer Acht um die eigene Achse drehend, den richtigen Platz gefunden hat, sein Schnurren klingt wie ein Motor.

»Ich habe nach einer Mail von dir gesucht ...«, gebe ich zu, »konnte aber keine finden. Hast du an die Adresse der Bücherscheune geschrieben? Weil, es ist keine Mail da. Vielleicht hat Papa sie aus Versehen gelöscht.«

»Nein. Ich hab deine benutzt.«

Hm. Einer von uns bringt hier was durcheinander, und das bin nicht ich. Ich *habe* keine Mailadresse.

Im vergangenen Herbst gab es einen Punkt, an dem ich nur noch online war, um Jasons Posts zu verfolgen, die zeigten, dass er mit allen Kontakt hatte, außer mit mir. Ich wusste, dass ich auf ein Wiedersehen warten musste. In der Zwischenzeit twitterte sein Leben in Echtzeit an mir vorbei und war Salz in meinen Wunden. Deshalb habe ich mich völlig aus dem Internet verabschiedet, mich überall ausgeklinkt, meine Accounts gelöscht. Ich habe gewartet.

In dem Moment, wo ich Thomas erzähle, dass ich keine E-Mail bekommen habe, und dass diejenige, an die er sie gesendet hat, in dieser Realität nicht existiert,

da
rebootet
sich
die Zeit.

Umlaut ist weg. Thomas sitzt nicht mehr auf dem Stuhl mir gegenüber, sondern schiebt etwas in den Ofen und fragt über die Schulter: »Sollen wir fernsehen?«

»Es ist schon spät«, murmele ich. »Eigentlich bin ich nur aufgestanden, um das Küchenlicht auszumachen.« Stringtheorie ist in der Theorie okay, aber nicht mitten in der Nacht in der Küche. Der Bann ist gebrochen. Was ich suche, ist ein zweiter Durchlauf des letzten Sommers, nicht des Sommers vor fünf Jahren. »Vielleicht ein andermal …«

Ich erwarte, dass Thomas protestiert oder mich einen Feigling nennt, als ich mich aus der Tür stehle, aber er gähnt nur und zieht seine Strickjacke fester um sich.

»Du hast recht. Wir haben noch den ganzen Sommer«, erwidert er an den Herd gelehnt, als ich ihm vom Garten aus noch einmal zuwinke. »Jede Menge Zeit.«

Draußen wird es bereits hell. Irgendwie haben Thomas und ich es geschafft, bis zum Morgengrauen zu reden. Auf dem Weg in mein Zimmer treffe ich Ned.

»Grots.« Er nickt mir huldvoll zu, bevor er fröhlich in die Büsche kotzt.

Zurück im Bett denke ich über das nach, was Thomas gesagt hat. Dass wir jede Menge Zeit haben. Es stimmt zwar nicht, ist aber eine tröstliche Lüge. Ich schreibe es an die Wand. Als ich endlich einschlafe, träume ich von Schokolade und Lavendel.

Freitag, 16. Juli

{minus dreihundertachtzehn}

Als ich Stunden später erwache, scheint die Sonne, und ein Stück Schokoladenkuchen liegt auf der Türschwelle. Genauer gesagt befindet sich ein Teller zwischen Schwelle und Kuchen: Das ist der Unterschied zwischen Thomas damals und Thomas jetzt. Wer sonst würde nachts backen und Kuchen auf meiner Schwelle hinterlassen – Umlaut vielleicht? Er beschnüffelt den Boden um meine Knöchel. Unter dem Teller ist, damit es nicht wegfliegt, ein gefaltetes Blatt Papier eingeklemmt, darauf steht:

Butter und Zucker schlagen, bis sie eine cremige Masse ergeben. Geschlagene Eier hineinrühren, dann mit Backpulver vermischtes Mehl dazugeben. 100 Gramm von jeder Zutat auf je zwei Eier. 2 Teelöffel Kakaopulver hinzufügen, damit es schön nach Schokolade schmeckt. Eine Stunde bei 150 Grad backen. Selbst du schaffst das. Glaub mir.

Hortensien blühen, die Sonne scheint, und ich habe schließlich doch noch geschlafen. Alles ist gut. Mein Bekenntnis zu *The Wurst*, diesem Schauerstück, hat es mir am Ende ermöglicht, die Augen zu schließen. Sind Thomas und ich Freunde? Wenn mich das jemand im Alter von zwölf gefragt hätte, hätte ich ihm eine runtergehauen. Unsere Freundschaft war einfach *da*, wie die Schwerkraft, wie die Osterglocken im Frühling.

Ich stehe mit dem Kuchen, dem Zettel und dem Kater in der Tür, gefesselt von dem Gedanken: Wir haben geredet, bis die Sonne aufging. Und es hat nur dazu geführt, dass ich immer noch mehr sagen wollte. Neben mir schlägt Umlaut Purzelbäume im Sonnenschein.

Ich nehme ihn hoch und gehe in die Küche, wo mich die zweite Überraschung dieses Morgens erwartet – ein neues Telefon. Es wird ebenfalls von einem Zettel begleitet, doch der ist aufschlussreicher: *Sie sind verantwortlich für das Zahlen der Rechnung, junge Dame. Dein Papa.*

Ich stelle den Kuchen auf dem Fenstersims ab und reiße die Schachtel mit dem Telefon auf als wäre es ein Weihnachtspäckchen. Dann schließe ich es ans Ladegerät an. Papa hat meine alte SIM-Karte mit Tesa-Film an die Schachtel geklebt. Endlich kann ich feststellen, ob Jason mir die Zeit für unser Treffen geschickt hat. Dann werde ich ihn fragen, was in Greys Zimmer passiert ist. Ob ich zeitweilig verschwunden war.

Und dann lauert noch die eigentliche Frage: Was ist mit uns passiert?

»Guta Guchen.«

Ich erwache aus meiner Handyauflade-Trance und stelle fest, dass Ned, in Schlafanzughosen und mit wildem Haar, seinem Nest entstiegen ist. Mittwochs und freitags ist seine Schicht in der Bücherscheune, deshalb muss er früher raus als sonst. Und er isst meinen Kuchen zum Frühstück.

»Meinssu.« Er schluckt den ganzen Bissen auf einmal hinunter und versucht es erneut. »Meinst du, Thomas könnte so was in Groß für die Party machen?«

Zum ersten Mal erwähnt er mir gegenüber die Party, fragt aber nicht, ob sie mir recht ist. Trotz Hortensien und gutem Schlaf – es ist *nicht* alles gut. Ich schnappe mir meine Umhängetasche und das halb aufgeladene Handy und renne aus dem Haus.

Mein Handy läutet zusammen mit den Kirchenglocken. Ich habe mich auf dem Kirchhof verkrochen, kauere seit Stunden wie Origami gefaltet zwischen Eibe und Mauer. Die Nachricht ist von Jason. Wir treffen uns um die Mittagszeit, morgen in einer Woche.

Um mich verstreut liegen Notizblöcke und Tagebücher auf dem welken Gras. Man kann mich weder von der Kirche noch von den Gräbern oder der Straße aus sehen. Wir waren mal zusammen hier.

Das war Anfang August, etwa sieben Wochen nach unserem ersten Kuss. Wir hatten noch nicht miteinander geschlafen, aber ich hatte eine Vorahnung. Jeder Tag, alles – die Luft, der Sonnenschein, das Blut in meinen Adern – pulsierte heiß und dringlich. Kaum waren wir allein, verschwanden Worte und Kleider. Greys Tagebuch verzeichnet für diesen Tag: Gegrillter Hummer mit Bärlauchbutter. Hinter den

Bäumen schob Jason seine Hand zwischen meine Beine, und ich biss ihm in den Nacken. Ich hätte ihn auffressen mögen.

Wo ist all die Liebe hingekommen? Wo das Mädchen, das so lebendig war?

Mein Handy stößt ein hektisches Piepsen aus, und ich stürze mich darauf. Aber es sind nur alte Nachrichten von Sof, die nacheinander eintrudeln. Sie erkundigt sich, ob alles in Ordnung ist nach unserem Knatsch am Strand, aber zumeist handeln sie von der Party, die ich am liebsten verhindern würde. Weil mir keine Antwort einfällt, werfe ich das Handy ins Gras und nehme stattdessen meinen Notizblock.

Die Weltschmerz-Ausnahme.

Es begann an dem Tag, als ich Jason wiedersah. Ich schreibe gerade seinen Namen, als ein Schatten über die Seite fällt. Thomas lugt hinter einem Baumstamm hervor.

»Man könnte fast glauben, du gingst mir aus dem Weg«, bemerkt er und lässt sich neben mir nieder, »aber ich weiß ja, dass du weißt, dass *ich* unsere Verstecke kenne.«

Thomas streckt die Beine aus und legt die Füße auf den Baumstumpf neben mir, was ihn komplett in die Horizontale bringt. Er schafft es, sich in jede Landschaft hineinzufalten. Ich drösle unterdessen seinen Satz auf und erwidere: »Willst du damit sagen, dass ich … auf dich warte?«

»Tja, wenn *du* das sagst?« Ein Lachen explodiert in seinem Gesicht.

Das habe ich mir wohl selbst eingebrockt.

»Hat der Kuchen geschmeckt?«, fragt er.

»Köstlich«, lüge ich.

»Komisch. Ned fand das auch.«

Nach zwölf Jahren Übung im Blickduell zeigt mein Gesicht perfekte Teilnahmslosigkeit. Schließlich muss Thomas blinzeln und sagt: »Okay, Themenwechsel. Ist das die Hausarbeit mit den Extrapunkten?«

Er macht eine »Darf ich«-Geste und greift nach dem Notizblock, den ich auf den nackten Beinen balanciere. Seine Finger streifen mein Knie, als er den Block nimmt. Er wirft einen Blick auf die Seite und sagt: »Die Abschlussklasse muss ganz schön heftig sein.«

Ich spähe hinüber, um zu sehen, was er sieht. Ein undurchdringliches Zahlendickicht aus dem verräterisch Jasons Name heraussticht. Irgendwie scheint es elementar wichtig, dass Thomas nicht hinter dieses spezielle Geheimnis kommt. Höchste Zeit, dass ich selbst das Thema wechsle.

»Was macht der Jetlag?«

»Offenbar sind meine Zeitzonen immer noch beim Kuckuck.« Thomas gähnt.

»Kuckucksuhren sind aber in der Regel ganz zuverlässig.« Laut Sof ist es diese Schlagfertigkeit, derentwegen ich zu Partys eingeladen werde, zu denen ich eigentlich nicht gehen will.

»Echt? Okay. Dann eben durcheinander.« Thomas schließt die Augen. Heute hat er keine Strickjacke an, er trägt ein T-Shirt mit Tasche, in die er seine Brille gesteckt hat. Ohne sie wirkt er weniger konstruiert. Mehr wie jemand, mit dem ich mich anfreunden könnte. »Bin zu lange aufgeblieben. Aber lass mich nicht einschlafen«, murmelt er, »sprich weiter.«

»Dazu brauche ich ein Thema. Es sei denn, du wärst an Kopernikus interessiert.«

»Nein, bitte kein trockener Koperni-Kuss«, sagt er. »Umlaut. Wie wär's damit?«

»Papa hat ihn im April nach Hause gebracht.« Ich beuge mich vor und nehme den Notizblock so vorsichtig wie möglich von Thomas' Knien. Aber er öffnet die Augen und blinzelt mich an. In der Sonne sieht seine gefleckte Iris aus wie ein Sternennebel.

»Gottie. Das ist kein Gespräch, das ist Information. Was ich brauche sind Details.«

»Okay. Ähm. Ich saß nach der Schule in der Küche und machte Hausaufgaben, als plötzlich dieses orangene *Etwas* unter den Kühlschrank flitzte. Dann ist es quer durch den Raum getrippelt, am Herd vorbei zum Holzhaufen. Also habe ich eine Kelle genommen –«

»Eine Kelle?«, brummelt Thomas und schließt erneut die Augen.

»Du weißt schon – für Suppe.« Vielleicht sagen sie ja in Kanada anders dazu.

Er kichert. »Ich weiß, was eine Kelle ist. Ich wollte nur wissen, wozu du sie gebraucht hast?«

»Ich dachte, es wäre eine Maus.«

»Und was wolltest du damit? Sie auflöffeln?«

Ich stupse ihn mit meinem Bleistift am Knie, worauf er lächelnd verstummt.

»Holzstoß, trippelndes Ding, Suppenkelle, ich«, fasse ich noch einmal zusammen. Während ich alles benenne, klärt sich das Bild in meinem Kopf, und auf einmal weiß ich wieder, was passiert ist, bevor dieses ingwerfarbene Etwas über den Boden gerast ist: Die Küche war *weggewischt.* Damals habe ich das auf meine Kopfschmerzen geschoben. Spielt seither die Zeit verrückt? Das war vor drei Monaten.

»Gottie?«, murmelt Thomas schlaftrunken und tippt mit dem Fuß an meine Schulter.

»Ah! Richtig! Dann hüpft dieses Kätzchen hinter einem Holzscheit hervor, und es ist Umlaut.«

»Das war alles?«

»Ich habe es in meinen Pullover gewickelt und im Antiquariat angerufen, weil ich dachte, Papa könnte vielleicht ein Schild aushängen, ›Katze gefunden‹. Aber als er drangeht, sagt er: ›Hallo, Liebling. Hast du meine Nachricht gelesen?‹ Ich blicke mich um und sehe, dass er was auf die Tafel geschrieben hat. Aber da steht nur: ›Gottie? Katze?‹«

Thomas muss über meine Geschichte lachen, seine Lippen kräuseln sich, und durch mein Hirn schießt der Gedanke, den ich damals in der Bücherscheune hatte: Ich habe dich nicht so umwerfend in Erinnerung.

Ich fange an, mir Pi bis in die hundertste Dezimalstelle vorzusagen. Doch mein Hirn spielt nicht mit, es verheddert sich irgendwie:

3,1415926535897932384626433832795028841971693993751058209749445923078164062862089986280348253421170679

Und ich frage mich: Was wäre passiert, wenn Thomas mich vor fünf Jahren geküsst hätte? Oder wenn er niemals weggegangen wäre? Hätte ich mich trotzdem in Jason verliebt, oder wäre es Thomas gewesen, mit dem ich letzten Sommer hinter dem Baum verschwunden wäre? Sobald ich diese Gedanken zulasse, füllt sich der Kirchhof mit den Zahlen, die ich im Kopf rezitiere. Sie hängen in den Bäumen wie Christbaumkugeln und schweben im Nichts. Wir fliegen durchs Universum, hinauf zu den Sternen. Und es ist wunderbar.

Das ist Greys Stringtheorie: die riesige Himmelsharfe. Was würde mein Großvater jetzt sagen? Ich stelle mir vor, wie er meinen Notizblock stibitzt und sich die Weltschmerz-Ausnahme ansieht. »Die Gesetze der Raumzeit sind Stuss. Erfinde deine eigenen.«

»Thomas?«, frage ich. »Diese Mail, die du mir geschickt hast. Was war das?«

»Eine E-Mail ist eine Form der Kommunikation, die man durchs In-ter-net verschickt.«

Thomas setzt sich auf und macht Tippel-Tappel-Bewegungen mit der Hand, um seine Erklärung zu verdeutlichen. Er hat keine Ahnung von dem mathematischen Wetterphänomen, das sich gerade ereignet hat, oder von dem Gedanken, der es auslöste, nämlich der an eine Welt, in der wir uns damals tatsächlich geküsst haben.

»Ha.« Ich trete ihm mit meinem Turnschuh gegen das Schienbein, und er umfasst für einen fast unmerklichen Moment lang meinen Knöchel. Dabei lächelt er, und sein Gesicht wirft wie ein Spiegel das Licht der Zahlen zurück.

»Mach dir keine Gedanken, Gottie«, sagt er. »Ich hab dir bloß geschrieben, dass ich rüberkomme. Eine Art Antwort auf deine Mail.«

K 7
8
Ü
1 S
S
6
E
4
N
0
6

Die Zahlen wirbeln durch die Luft und regnen aufs Gras, wo sie verblassen. Wir sind zurück in der Normalität.

Normal – außer, dass es offenbar eine andere Zeitachse gibt, auf der ich Thomas eine E-Mail geschrieben habe!

»Ich habe erst kapiert, was du damit gemeint hast, nachdem ich angekommen war«, fährt er fort. »Dein Dad hat mir auf dem Weg vom Flughafen alles erklärt. Wegen Grey.«

Ein Kratzer in der Platte, das Quietschen von Reifen. Ich könnte zwar so tun, als ob das Leben mit Geschichten von Kätzchen und E-Mails einfach weiterginge, doch der Tod bringt abrupt alles zum Stehen. Mein Gesicht versteinert, und Thomas scheint zu verstehen weshalb. Er deutet auf den Notizblock und sagt dann ganz vorsichtig: »Erzähl mir was über Zeitraum.«

»Raumzeit«, verbessere ich und robbe unbeholfen durchs Gras, um mich neben ihn zu setzen. Ich klammere mich an diesen Themenwechsel wie an einen Rettungsring. Unsere Schultern sind jetzt parallel ausgerichtet. »Es geht um Zeitreisen. Ich bin dabei, Gesetze dafür aufzustellen. Wie sie funktionieren würden, wenn es sie tatsächlich gäbe.«

»Cool. Wo würdest du denn hinreisen? Ich würde am liebsten bei den Dinosauriern landen. Ober vielleicht in der Renaissance, wo ich mit Typen wie Koperni-Kuss abhängen könnte.« Er beugt sich vor, sein Arm streift meinen, als er auf den Kirchhof deutet, der wie schneebedeckt wirkt unter seiner Decke aus Gänseblümchen. »Oder ich könnte in Holksea bleiben und mir ansehen, wie's hier im Mittelalter zuging, und unausweichlich am Pranger landen.«

»Letzten August«, unterbreche ich ihn. »Ich würde in den letzten August reisen.«

»Langweilig«, trällert er. »Was war letzten August?«

Jason. Grey. Alles.

»Shit«, platzt er heraus und fängt sich wieder. »Entschuldige.«

»Schon in Ordnung.« Ich zupfe ein Büschel dürres Gras aus und beginne es zu zerfetzen. Ich will nicht … Unser Gespräch gestern war das erste seit langer Zeit, bei dem ich mich nicht hirntot gefühlt und nach Wörtern gesucht habe, um zu sagen –

Scheiße! Nicht mal in meinem eigenen Kopf bringe ich meine Sätze zu Ende!

Thomas legt seine Hand auf meine fuchtelnden Hände, um sie zum Schweigen zu bringen. Vom Kirchturm dröhnt das Sechs-Uhr-Läuten. Begräbnisglocken.

»Wir müssen los«, sage ich. »Umlaut muss gefüttert werden.«

Ich rapple mich hoch und stopfe wahllos Bücher und Hefte in meine Tasche. Thomas hilft mir. Als wir uns einen Weg durchs Gras bahnen, sehe ich, dass er Greys Tagebücher in der Hand hat.

»Ist es hier –«, er bricht ab, offenbar von derselben Krankheit befallen wie Gottie H. Oppenheimer, die nie ihre Sätze über schlimme Dinge zu Ende kriegt. Er sieht sich um. »Ist es hier … wo Grey …?«

O Gott. Ich bin ein Monster. Lese zwischen Gräbern in den Tagebüchern eines Toten. Es war schon immer eines unserer Verstecke, obwohl Mum auf der anderen Seite der Kirche begraben liegt. Aber das ist etwas anderes – sie gehört nicht auf dieselbe Weise zu mir wie Grey. Sie ist eine Fremde.

»Nein«, sage ich scharf. »Er … Wir haben ihn nicht …« Tiefes Durchatmen. »Es gab eine Einäscherung.«

Schweigend umrunden wir die Kirche und hinterlassen Fußabdrücke aus Eibennadeln. Der Pfarrer tritt gerade aus der Kirche heraus. Als er Thomas sieht, stolpert er vor Überraschung über seine Robe. Wir kommen an Mums Grab vorbei. Jedes Mal wieder ist es ein Schock, das moosbedeckte Datum zu sehen: mein Geburtstag. Ihr Todestag. Hier ist die brutale Realität in Stein gemeißelt: Dass uns nur ein paar wenige gemeinsame Stunden blieben vor dem Blutgerinnsel in ihrem Hirn, vor dem Zusammenbruch. Und niemand konnte was tun. Thomas beugt sich hinunter, hebt in einer fließenden Bewegung einen Kiesel auf und legt ihn auf den Grabstein. Dabei ist er nicht mal stehen geblieben.

Ein anderes Ritual. Ein Neues. Ich mag ihn.

»Ist doch gut, dass du die hast«, sagt Thomas und hält die Tagebücher hoch. »Als wäre er noch irgendwie anwesend. Jetzt, wo ich weiß, dass du *The Wurst* gemalt hast, ist mir wohler.«

Ich muss lachen. Manchmal geht das ganz einfach. Dann wieder fühlt es sich an, als würde ich implodieren. Es kommt ganz unerwartet, bei banalen Dingen, zum Beispiel wenn ich dusche. Oder eingelegten Knoblauch esse. Oder meinen Bleistift spitze. Plötzlich würde ich dann am liebsten heulen. Ich versteh's nicht. Verdrängen, Hadern, Feilschen, Verzagen, Akzeptieren. So steht es in den Büchern. Doch was mich erfasst hat, ist das Chaosprinzip – ich weiß nie, welche Richtung meine Gefühle nehmen.

»Ich wünschte, Mr Tuttle hätte Tagebücher hinterlassen.« Thomas knufft mich mit dem Ellenbogen.

Wieder muss ich lachen. »Dann ist Mr Tuttle also doch gestorben? Ich dachte, er hätte das ewige Leben.«

»In Wirklichkeit war er sechs Hamster. Mein Dad hat die Kette der Wiedergeburten letztes Jahr ein für alle Mal unterbrochen. Er hat wohl befürchtet, das Sorgerecht übernehmen zu müssen.«

Inzwischen sind wir am Tor angekommen. Thomas wirbelt so plötzlich herum, dass ich fast das Gleichgewicht verliere. Am Ende stehe ich viel zu dicht neben ihm. Doch obwohl wir nur Zentimeter voneinander entfernt sind, steht er im strahlenden Sonnenschein, ich bin im Schatten.

»Gottie. Was ich noch sagen wollte … damals. Was ich dir noch nicht gesagt habe. Es tut mir echt leid. Wegen Grey.«

Und dann umarmt er mich. Zunächst weiß ich nicht, was ich mit meinen Armen anstellen soll. Es ist die erste Umarmung seit Oma und Opa. Das war an Weihnachten. Ich stehe da und bestehe nur aus Ellenbogen, während er mich drückt. Doch nach ein paar Augenblicken wickle ich mich um ihn. Eine Umarmung wie warmer Zimtkuchen, in den ich mich einfach hineinsinken lasse.

Und während ich das tue, spüre ich, wie etwas tief in mir – etwas, an dessen Existenz ich nach Jason nicht mehr glauben konnte – wieder zum Leben erwacht.

Samstag, 24. Juli

{minus dreihundertsechsundzwanzig}

Eine Woche später beginnt es zu regnen.

Ein Sturzbach von biblischem Ausmaß trommelt auf das Dach der Bücherscheune und lässt die Regale erzittern. Genau wie an dem Tag, als Thomas wegging. Es ist Vormittag, und ich steige in den Dachstuhl hinauf, wo Papa wie ein Kobold auf einem Campingstuhl kauert, mit seinen roten Turnschuhen zum Radio im Takt klopft und Lyrikbände absichtlich falsch einordnet. Er ist der Hüter von Greys Schrein. Und Ned steckt mit ihm unter einer Decke.

Er winkt mir mit einer Ausgabe von *The Waste Land.*

»Hallo. Keine Kundschaft?«

»Ich habe das Schild umgedreht«, informiere ich ihn und gehe hinüber zum Dachfenster. Der Regen peitscht waagerecht heran, kein Wetter für Touristen auf Erstausgabenjagd. Ein Blick sagt mir, dass die Welt verletzt ist. Auf der anderen Seite der Fens rauscht das Meer in schaumgekrönten Wogen heran. Es ist 11 Uhr morgens, sieht aber aus wie Mitternacht – im Haus sind sämtliche Lampen an. Verborgen im Herzen des Antiquariats, einer Oase des Lichts im Dunkel, kommt man sich vor wie in einem Raumschiff.

Und ich möchte mit ihm davonfliegen. Das letzte Mal, als ich hier war, bin ich Grey in einem Wurmloch begegnet.

Ich habe immer noch keinen blassen Schimmer, was da passiert ist. Ich dachte, ich hätte meine Wurmlöcher verstanden – sie sind nichts anderes als hochaufgelöste Erinnerungen. Aber dann bin ich aus einem zurückgekehrt mit einem Foto von Mum in der Hand.

Es gibt ein Prinzip, das sich Ockhams Rasiermesser nennt. Es besagt, dass bei mehreren möglichen Erklärungen und mangelnder Faktenlage immer die einfachste Theorie – also jene, die man ohne großen Vertrauensvorschuss akzeptieren kann – die richtige ist. Und die einfachste Erklärung in meinem Fall ist: 1. Ich habe in einem Tagebuch gelesen, und das Foto lag zwischen den Seiten. Das bedeutet 2., dass ich mir das Wurmloch nur eingebildet habe, vor lauter verzweifelter Trauer.

War es so? Bin ich verrückt geworden?

Diesen Gedanken will ich lieber nicht weiterverfolgen. Selbst wenn alles nur in meinem Kopf passiert ist, möchte ich doch, dass es wahr ist. In jedem Vortex, in den ich falle, küsse ich Jason. Sehe ich Grey. Finde ich mich selbst.

»Was meinst du, soll ich Ted und Sylvia nebeneinander ins Regal stellen?«, fragt Papa.

»Wenn du riskieren möchtest, dass Sof eine Protestkundgebung organisiert, dann ja«, entgegne ich und wende mich vom Fenster ab.

»Wäre doch romantisch, oder?« Er stellt die Bücher nebeneinander, vermerkt etwas in seiner Liste und blickt zu mir auf. »So wie du und Thomas. Weißt du, ich war etwas älter, als ich deine Mami getroffen habe.«

Erstaunt blinzle ich ihn an.

»Da drüben auf dem Tisch ist ein Buch für dich«, fügt er hinzu. »Ich glaube, es ist von Grey.«

»Oh.« Ich bleibe in der Tür stehen und warte, ob er das weiter ausführt. Vielleicht kommt noch etwas über Mami oder über Grey. Doch er schweigt, und ich sage: »Ich treffe mittags einen Freund im Café. Soll ich dir ein Sandwich mitbringen?«

»Ja.« Dann winkt er mich fort, und vermutlich wird er für Stunden nicht mehr aufblicken. Wenn ich ihm kein Sandwich hinhalte, wird er selbst das Essen vergessen. Ich trauere in Wurmlöchern. Er trauert in seinem Kopf – so war das schon immer. Wäre es anders, wenn Mum noch lebte? Dann wären Ned und ich womöglich gar nicht hier zusammen mit Grey aufgewachsen.

Unten im Laden wühle ich mich durch das Chaos auf dem Tisch und grabe eine Biographie von Cecilia Payne-Gaposchkin aus, der Doktorandin, die entdeckt hat, woraus das Universum entstanden ist. Die Sonne, die Sterne, einfach alles besteht aus Wasserstoff.

Für Gottie, steht in Greys Handschrift auf dem Titelblatt, *Auf dass auch du das Universum erkundest.*

Es war an meinem siebzehnten Geburtstag, im Oktober nachdem er gestorben war. Das war mein Geburtstagsgeschenk? Ein Buch? Grey hat mir nie Bücher geschenkt. Er sagte, das sei eine faule Lösung. Ned, Sof, Papa – sie haben mir T-Shirts, lila Nagellack oder Gutscheine geschenkt. Von Grey bekam ich ein Teleskop. In Bernstein eingeschlossene Insekten. Eine Schutzbrille fürs Chemielabor mit meinen Initialen auf dem Umhängeband. Ein Abonnement für den *New Scientist*. Silberne Ohrstecker mit dem Quadratwurzel-Zeichen.

Ich weiß nicht, was ich von einem Buch halten soll.

Als mein Handy klingelt, glaube-hoffe-wünsche ich, dass es Jason ist – aber es ist Thomas. Wider Erwarten sind er, Sof und Meg sich über ihr gemeinsames Interesse für Comics nähergekommen und machen einen Ausflug nach London. Sie wollten bei einer Signierstunde bei Forbidden Planet vorbeischauen, und er schickt mir ein Bild aus *The West Coast Avenger: Lost in Space-Time*. Ich erkenne Sofs farbverschmierte Finger, die es vor die Kamera halten. Darunter steht: Vermute mal, du bist die in grünem Spandex.

Auch Sof hat geschrieben. Ich ignoriere beide Nachrichten und wende mich wieder der Widmung zu, die mir Grey in dem Buch hinterlassen hat. Ich nehme einen Stift und schreibe auf den Schmutztitel: Das Gottie-H.-Oppenheimer-Prinzip, Version 3.0.

Fast alles im Universum ist aus Wasserstoff, zumindest die für uns sichtbaren fünf Prozent. Der Rest ist dunkle Energie und dunkle Materie. Das Unerforschte.

Was, wenn sich die anderen Möglichkeiten bewahrheiten?

Zum Beispiel, dass es mehr als zwei Zeitachsen gibt. Schrödinger, der Schürzenjäger, sagt, jedes Mal, wenn ein Atom zerfällt – oder auch nicht –, bei jeder Entscheidung, die wir treffen, spaltet sich das Universum. Mit dem Urknall fing es an, und dann hat es sich wie die Zweige eines Baums verästelt. Das ist es, was wir unter Unendlichkeit verstehen.

Ich benenne die Zweige:

Eine Welt, in der ich Jason nicht geküsst habe,
oder eine Welt, in der wir kein Geheimnis waren,
eine Welt, in der immer noch Sommer ist,
eine Welt, in der Wurmlöcher wirklich existieren,
eine Welt, in der sie nicht existieren.

Die Frage ist, was zutrifft.

Der alte Rechner summt laut, als ich ihn hochfahre. Nach drei Minuten im Internet habe ich eine neue Mail-Adresse: gottie.h.oppenheimer@gmail.com.

Ich werfe einen Blick auf meine Notizen, dann tippe ich etwas über Zeitachsen, das ich an Ms Adewunmi schicke. Ich sage nicht, dass ich mich auf ihren Deal einlasse – meine Hausarbeit gegen ihr Empfehlungsschreiben für die Uni. Sagen wir einfach, es ist eine … Möglichkeit.

Es ist Zeit für die Verabredung mit Jason.

»Papa, ich geh rüber ins Café«, belle ich die Treppen hinauf. Keine Antwort.

Es ist müßig, bei diesem Regen die Tür abzuschließen oder mit einem Schirm zu kämpfen, ich renne die paar Meter über den Rasen. Das Café ist leer, die Fenster sind beschlagen. Ich setze mich an einen der Plastiktische und bestelle Hering auf Graubrot für Papa und warmen Thunfischtoast für mich. Es wird total lässig wirken, wenn Jason auftaucht, ich und mein Sandwich, keine große Sache. Auch wenn mein Magen Purzelbäume schlägt.

»Thunfischtoast dauert eine Viertelstunde«, grummelt der Mann hinterm Tresen. »Ich hab den Grill noch nicht angeworfen.«

»Kann ich die Toilette benutzen?«, frage ich, und er deutet mit dem Daumen.

Das Klo ist grenzwertig, mit viktorianischen Spülkästen, doch verglichen mit dem in der Bücherscheune ein Palast. Ich setze mich hin und zittere im kalten Windzug, dann entdecke ich den rostbraunen Streifen Blut. Oh. Ich habe nichts dabei. Geld hätte ich, aber das ist kein Café, wo man Tampons aus dem Automaten ziehen kann.

Es bleibt mir nichts anderes übrig, als billiges Toilettenpapier in meine Unterhose zu stopfen. Als ich meine erste Periode bekam, bin ich mit zusammengepressten Beinen in die Apotheke marschiert, weil ich mit niemandem darüber reden wollte. Grey hätte vermutlich irgendein heidnisches Ritual mit mir veranstaltet. Also stand ich mit diesen riesigen, geflügelten Einlagen da, die an den Oberschenkeln rieben und mir Windelausschlag verursachten, bis Sof mir einen Schnellkurs in Vaginakrobatik gab. Ich war gerade dreizehn geworden, und sie hatte ihre erste Periode mit zwölf – angeblich Lichtjahre vor mir. Sie zwang mich dazu, Tampons auf den Einkaufszettel zu schreiben, der bei uns immer an der Tafel hängt. »Andernfalls gründe ich eine

Band mit dem Namen: Hi, Gottie, Was Geht? Ich Bin's, Deine Menses.«

Ich starre mich im Spiegel an, während ich mir mit sandiger Flüssigseife die Hände wasche. Ich habe Sof seit jenem Tag vor zwei Wochen am Strand nicht mehr richtig gesehen. Wir haben uns allenfalls zugenickt, wenn sie und Meg im Gefolge der Fingerband auftauchten. Ich trockne mir die Hände an der Jeans ab und beantworte ihre Nachrichten. Gewissermaßen. Ich übergehe ihre Fragen nach der Party und schicke ihr einen neuen Bandnamen und ein … Weißt du noch? Vielleicht können wir morgen alle zusammen an den Strand gehen. Falls der Regen nachlässt. Falls sie antwortet.

Ich wünschte, mir wäre nicht so elend.

Als ich zurückkomme, steht er am Tresen, er lacht mit dem Wirt und bestellt sich schwarzen Kaffee. Schwarzer Kaffee. Schwarze Lederjacke. Das blonde Haar ist dunkel vom Regen, er hat es zu einer Frisur zurückgekämmt, die Grey Entenarsch genannt hat. *Jason.* Zum ersten Mal fällt mir auf, dass er kleiner ist als Thomas.

Ich bin froh, dass er mir den Rücken zuwendet, so kann ich ihn in Ruhe betrachten. Ich brenne darauf, ihn zu umarmen, ihn zu berühren, weiß aber nicht, ob das in Ordnung ist. Letzten Sommer war ich mir sicher, dass ich ihm Stroh von der Schulter, Sand vom Bauch und Gras von den Beinen streifen durfte. Selbst in Anwesenheit anderer fand ich tausend Vorwände, um ihn anzufassen. Ich wusste, dass er es mochte.

Ich zucke zusammen, als der Wirt ruft: »Thunfisch-Girl!«

Jason dreht sich um. »Margot. Warst du schwimmen?«

»Nein.« Ich fingere an meinem Dutt herum. »Es regnet. Das Meer ist zu kalt.«

»War nur ein Scherz«, nuschelt er. »Dein Haar ist nass.«

»*Warmer* Thunfischtoast«, wiederholt der Mann hinterm Tresen gereizt.

»Äh. Ja. Ha-ha-ha«, sage ich zu Jason. Dann wühle ich in meiner Tasche nach Geld und tausche eine Handvoll Münzen gegen zwei fettige Tüten. Der vermischte Duft von Papas Hering und meinem geschmolzenen Käse hebt meinen irritierten Magen.

»Alles klar?« Jason legt den Kopf schief. Er lehnt weiter am Tresen und macht keine Anstalten, mich zu berühren. Ich wünschte, glauben zu können, dass er genau so aufgeregt ist wie ich.

»Alles gut«, sage ich schwach. Er bezahlt seinen Kaffee, und wir setzen uns.

»Willst du was essen?« Mein Sandwich ist immer noch in der Tüte. Jason baut einen Turm aus Zuckerwürfeln.

Ich nehme das Sandwich und beiße mechanisch ab. Es dauert eine Stunde bis ich gekaut, und noch länger, bis ich das riesige Stück runtergeschluckt habe. Meine Knöchel zucken und würden sich am liebsten um seine wickeln, bis unsere Körper zu einer Brezel verschlungen sind. In diesem Café haben wir uns schon einmal getroffen. Damals waren die anderen alle am Strand, also gingen wir statt zum Kiosk hierher, obwohl die Fritten längst nicht so gut sind. Aber wir aßen sowieso kaum welche, weil wir uns bloß dämlich angegrinst haben, während sie unter unseren Nasen kalt und matschig wurden. Das war der Tag, an dem er mich fragte: »Liebst du mich?« Das war der Tag –

Reiß dich zusammen, Gottie. Du musst ihn wegen des Wurmlochs fragen.

»Jason, als du vor ein paar Wochen bei mir zu Hause warst – als wir in Greys Zimmer waren und seine Sachen zusammengepackt haben. Was ist da passiert?«

Die Zuckerstücke purzeln durcheinander. Jetzt kommt es. Jetzt wird er mir erzählen, dass ich verschwunden war.

»Autsch. Heiß«, sagt er, nachdem er schlürfend einen Schluck Kaffee genommen hat. »Tja, das lief irgendwie nicht so richtig. Das letzte Mal war schon eine Zeit her. Wir waren aus der Übung.«

Er lächelt mich an, und ich versuche zurückzulächeln.

»Aber«, beharre ich, »ich war, ähm, anwesend, oder?«

»Ja, ich verstehe, was du meinst.« Er runzelt die Stirn. »Du warst ein bisschen verträumt.«

Ich suche nach den richtigen Worten, um zu fragen, Ich bin aber nicht verschwunden wie bei einem Zaubertrick?, finde sie aber nicht. Jason hat den Zuckerturm unbekümmert wieder aufgebaut. Sicher hätte er was gesagt, wenn ich plötzlich nicht mehr dagewesen wäre. Ich muss ihn trotzdem fragen.

»Entschuldige, aber … was lief nicht so richtig?« Ich frage mich, ob es in diese Kategorie fällt, wenn man in einen Bücherkarton eingesaugt wird.

»Ich wollte dir alles Mögliche über die Uni erzählen, wie stressig es da ist, wie hart man arbeiten muss. Dass es unfair dir gegenüber ist, so abgelenkt zu sein. Aber dann hat Ned unser Gespräch unterbrochen – wie gesagt, wir waren aus der Übung.« Dann zwinkert er mir spöttisch zu. »Du musst an deinen Ausreden arbeiten.«

Eigentlich sollte ich erleichtert sein. Ich war also nicht verschwunden. Das bestätigt die Vermutung mit dem Split-Screen: Mein Gehirn wandert in Erinnerungen ab, während ich mich gleichzeitig in der Realität bewege.

Aber ich muss ständig an unseren letzten Besuch hier denken, als er sagte, »Margot, vergiss die Fritten. Lass uns zu mir nach Hause gehen.« Das war der Tag, an dem wir zum ersten Mal miteinander geschlafen haben.

»Aber wir sind cool, okay? Wir sind Freunde«, versichert mir Jason jetzt. Er erinnert mich an Sof, die mir sagt, was ich zu meinen habe.

»Hey, Thunfischtoast! Kaffee!«, unterbricht uns der Tresenmensch. »Tut mir leid, Leute. Ich mach den Laden dicht. Wenn das hier der Mittagsansturm war, dann geh ich lieber nach Hause.«

Stuhlbeine scharren über den Boden, als wir aufstehen. In der Tür zögere ich, die Finger in die fettigen Tüten verkrallt.

»Viel Spaß beim Schwimmen«, sagt Jason und zeigt mit dem Kopf in Richtung Regen. »Shit – du wolltest mir was über Neds Party erzählen.«

»Du kannst ja noch in die Bücherscheune mitkommen.

Papa ist oben, aber es ist warm und ich gebe dir die Hälfte von meinem Sandwich ab …«

Ich möchte ihn ein letztes Mal dazu bringen, mir zu folgen, über den Rasen, in mein Raumschiff. So könnten wir dem Regen davonfliegen, und er würde mich küssen wie letzten Sommer. Doch er knautscht nur seinen Kaffeebecher zusammen und wirft ihn in den Mülleimer.

»Geht nicht. Tut mir leid. Das hier ist Wieheißtdasgleich?« Er schnippt mit dem Finger und formt eine Pistole, das entfernte Echo eines Fingerband-Rituals. Schließlich findet er den gesuchten Ausdruck: »Halbe Strecke. Von hier aus kann ich den Bus nach Brancaster nehmen, da wohnt meine Freundin. Du kennst doch Meg.«

Er redet weiter, aber in meinen Ohren dröhnt dieses eine Wort – *Freundin, Freundin, Freundin* – und natürlich ist es Meg, die perfekte Meg. Ich musste ein Geheimnis bleiben, sie nicht. Ich renne aus der Tür, über den Rasen, durch Regen und Sturm, der mir die Tür zur Bücherscheune aus der Hand reißt. Aber drinnen ist nicht das Antiquariat, nicht mein Raumschiff. Da ist nichts, nur Fernsehflimmern, das ein Wurmloch ankündigt, einen Riss im verdammten Raumzeitkontinuum.

– wir taumeln in die Küche, lachend und küssend. Mir ist völlig gleich, ob jemand uns sieht. Doch Jason lässt meine Hand los.

An der Tafel steht eine Nachricht, in Papas Handschrift. Aber das Geschriebene ergibt keinen Sinn. Die Worte ver-

schwimmen mir vor den Augen, ich muss sie einzeln buchstabieren und erfasse selbst dann nicht ihre Bedeutung.

G-R-E-Y I-S-T I-M K-R-A-N-K-E-N-H-A-U-S

Ich verkrafte das nicht, wünsche mich zurück in die Felder mit Jason, die Sonne auf der nackten Haut. Ich versuche, seine Hand zu fassen, um ihm das zu zeigen.

»Shit«, sagt er und fährt sich mit beiden Händen durchs Haar. »Shit.«

Ich schaue ihn an, er soll begreifen. Er soll zu mir sagen: Lass uns so tun, als hätten wir das nicht gelesen, als wäre es nicht wahr, noch ein paar wenige Stunden. Wir haben diese Küche nie betreten. Wir sind noch in unserer Strohfestung draußen in den Feldern, im Sonnenschein.

Aber er kann meine Gedanken nicht lesen. Er sagt: »Oh, Mann, da musst du hin. Du musst – o Shit. Meine Mum könnte dich fahren. Oder du fährst mit dem Rad bis Brancaster, dort geht ein Bus zum Krankenhaus.«

Er redet weiter, aber seine Worte kommen genauso wenig bei mir an wie die Botschaft an der Tafel: In meinen Ohren rauscht das Meer, die Schwerkraft ist aufgehoben. Wo ist plötzlich der Sauerstoff hin?

»Gottie? Du musst los. Ich schreibe Ned, dass du unterwegs bist.«

Endlich finde ich meine Stimme wieder: »Du kommst nicht mit?«

»Ich kann nicht. Muss zur Arbeit.« Jason hilft im Pub aus. Manchmal hocke ich hinten beim Küchenausgang, und er organisiert eine Tüte Chips für mich.

»Aber …« Ich deute wieder auf die Botschaft an der Tafel. Vielleicht hat ja auch er nicht kapiert, was da steht. »Grey ist im Krankenhaus.«

»Ja, ich weiß. Shit. Aber alles wird gut – sie hätten dir nicht nur eine Nachricht geschrieben, wenn's nicht so wäre.« Er schiebt mich aus der Küche, schließt die Tür hinter uns, nimmt mich bei der Hand und führt mich zu meinem Rad. Es liegt im Gras, wo ich es liegen gelassen habe. Mein Blick fällt auf das Loch in der Hecke, und ich muss an Thomas Althorpe denken. Wegen ihm musste ich vor langer Zeit auch in dieses Krankenhaus.

Erst beim zweiten Anlauf schaffe ich es aufs Rad. Ich möchte zurück in die Felder.

Ich möchte Sof anrufen und ihr alles erzählen über mich und Jason.

Ich möchte unter der Decke flüstern und Händchen halten.

Ich möchte die Zeit zurückdrehen, nur um zehn Minuten. Dann würden wir direkt in mein Zimmer gehen, ohne vorher in der Küche diese Nachricht zu entdecken. Grey wäre nicht im Krankenhaus, und ich wäre nackt mit Jason.

Das sind die falschen Gedanken. Ich bin ein schlechter Mensch.

»Schreib mir später eine Nachricht, okay?«, sagt Jason blinzelnd. Ich kann das Blau seiner blauen, blauen Augen nicht sehen. Und dann faltet sich die Welt zusammen, ein blendend weißer Schmerz, ich werde zusammengepresst, mein Herz tut weh –

– und ich sitze vornübergebeugt auf der Schwelle der Küchentür und kotze ins Gras zwischen meinen Füßen. Es ist Nacht, und es regnet. Eine Hand massiert in kleinen Kreisen meinen Rücken. Thomas' Stimme fragt murmelnd, ob alles in Ordnung ist. Der Wurmlochschmerz ist noch nicht abgeklungen, als mich wie ein Meteor die Erkenntnis trifft: Jason hat mich nie wirklich geliebt. Es gibt kein Universum, in dem er mir nicht das Herz gebrochen hätte.

Ich kann $f(x)= \int^{\infty}_{-\infty}$ im Kopf lösen, also ist es ein Kinderspiel, herauszufinden, wie viel Zeit ich seit dem 9. Oktober letzten Jahres an ihn verschwendet habe: Es waren genau 293 Tage, 7032 Stunden, 421 920 Minuten.

An diesen Typen, der bei der Beerdigung nicht mal meine Hand halten wollte!

Genug. Es reicht.

»Thomas.« Ich richte mich auf. Seine Hand bleibt auf meinem Rücken liegen, sein Gesicht wird zur Hälfte vom Licht aus der Küche beschienen. Er forscht in meinem, um herauszufinden, was mir fehlt. »Möchtest du jetzt die Zeitkapsel öffnen?«

{3}

Fraktale

Fraktale sind in der Natur vorkommende,
unendliche Muster –
Flüsse, Blitze, Galaxien, Blutgefäße. Fehler.
Ein Baumstamm spaltet sich in drei Teile.
Jedes Teil verzweigt sich in drei Äste.
Jeder Ast trägt drei Zweige. Und ewig so weiter.
Einfachheit führt zu Komplexität.

Komplexität führt zu Chaos.

Mittwoch, 28. Juli

{minus dreihundertdreißig}

Es regnet vier Tage lang. Thomas schwänzt seine Schichten in der Bücherscheune, und in stiller Übereinkunft verkriechen wir uns in mein Zimmer, spielen Vier Gewinnt und essen missglückte Schneeballen. Ich entrolle mein Marie-Curie-Poster und hänge es wieder an die Wand. Ich staube mein Teleskop ab. Ich denke über Wurmlöcher nach, blättere in Greys Tagebüchern und ignoriere Sofs Nachrichten. Thomas liest Comics, schreibt Rezepte aus Kochbüchern ab und verstreut seine Socken über den Boden, als wohnte er hier. Was er ja – allmählich gewöhne ich mich an den Gedanken – tatsächlich tut.

Es ist, als wäre er nie fort gewesen. Und seit unserer Umarmung auf dem Friedhof ist da noch etwas anderes. Eine gelegentliche, unausgesprochene Verwunderung …

Als es endlich zu regnen aufhört, raffen wir uns auf und suchen nach der Zeitkapsel. Die Episode mit dem Apfel ist keine drei Wochen her, doch gefühlt sind es Jahre: Der Efeu ist völlig außer Kontrolle geraten, die Wespen veranstalten Orgien auf den verfaulten Früchten am Boden, und das Gras ist längst jenseits von »müsste mal gemäht werden«, sondern eher in der Kategorie »Neds Haare«.

Grey würde uns umbringen. Er wollte eine gepflegte Wildnis und machte grundsätzlich keinen Unterschied zwischen »Gras«, »Blumenbeet« und »Baum«. In den meisten Jahren war es unmöglich, sich auf der Wiese auszustrecken, weil er dort wahllos gelbe Tulpenzwiebeln vergraben hatte. Aber das hier ist Vernachlässigung. Durcheinander. Als wäre uns ohne ihn alles egal.

»Das habe ich vermisst.« Thomas strahlt und zieht seine Windjacke aus. »Diesen Nach-dem-Regen-Duft. Könnte schwören, dass es in Kanada anders riecht.«

Bentleys Paradoxon besagt, dass Materie durch die Schwerkraft zu einem Punkt hingezogen wird. Für Thomas und mich ist dieser Punkt offenbar der Apfelbaum. Thomas reckt sich weit, weit hinauf und zeigt einen Streifen Bauch, als er seine Jacke über einen der oberen Äste wirft. Ein Regenschauer geht auf uns nieder.

»Ups«, sagt Thomas und wendet sich wieder mir zu. »Dieser Baum ist irgendwie besonders. Findest du nicht auch?«

Beide sind wir durchnässt, in seinem Haar hängen silberne Tautropfen. Er beobachtet mich, wie ich mir mit dem Ärmel übers Gesicht wische.

»Petrichor«, platze ich heraus.

»Ist das Klingonisch?«

»Der Nach-dem-Regen-Geruch. Er heißt so. Das sind feuchte Bakterien.«

Bravo, Gottie. Als du das letzte Mal mit Thomas unter diesem Baum standst, erloschen die Sterne. Und du redest über *feuchte Bakterien.*

»Petrichor, echt?«, bemerkt Thomas. »Klingt wie einer von Sofs Bandnamen. Oder wie dein Dad, wenn er Deutsch redet.«

»Da fällt mir ein: Papa sagt, ich soll dich an den Rückruf bei deiner Mutter erinnern. Und du sollst aufhören, die Botschaften von der Tafel zu wischen und so zu tun, als hättest du sie angerufen.« Ich stochere mit meinem Schuh in der nassen Erde. »Was immer du ausgefressen hast, irgendwann musst du ja doch mit ihr reden. Spätestens dann, wenn ihr in einem Monat wieder nebenan wohnt.«

»Ja …«, sagt Thomas. Er lehnt sich an den Baumstamm. »Nebenan.«

Eine Pause entsteht. Ich weiß, dass er sich nicht mit seinem Vater versteht – keine der Botschaften an der Tafel stammte von ihm. Aber hätte ich auch seine Mum besser nicht erwähnen sollen?

Dann grinst er mich verschmitzt an. »Wieso nimmst du an, dass ich was ausgefressen habe?«

»Instinkt.« Das Wort fliegt wie von selbst aus meinem Mund, und Thomas muss lachen. »Erfahrung. Hervorragende Kenntnis deiner Person. Vorgeschichte. Die Sache damals mit den Schweinen. Mr Tuttle. Eine fette, böse Vorahnung.«

Während ich unsere gemeinsame Vergangenheit durchgehe, springt mein Geist in die Zukunft – Thomas nebenan, wie er durch die Hecke schlüpft, mit dem Rad zum Unterricht fährt, wie wir zusammen Cornflakes essen und in der Bücherscheune abhängen. Er wird wieder zu Hause sein, und das nächste Jahr wird völlig anders laufen als das vergangene.

Lächelnd stößt Thomas sich vom Stamm ab.

»Wer als Erster oben ist«, sagt er und hat bereits ein Bein über einen der unteren Äste geschwungen. Dann ist er über mir, ich kann die Sohlen seiner Adidas-Turnschuhe sehen. »Sie ist noch da!«

»*Was* ist noch da?« Ich dachte, wir wollten die Zeitkapsel ausgraben.

»Komm rauf, ich zeig's dir.« Er streckt den Kopf durch die Zweige und hält mir die Hand hin.

Als ich neben ihm auf einem schön, stabilen Ast sitze und gerade den Mund öffnen will, legt er einen Finger auf die Lippen, mit der anderen Hand deutet er. In einer Höhle im Baumstamm liegt eine rostige Schatulle, eine von diesen beigefarbenen Kassetten, in denen man normalerweise Wechselgeld aufbewahrt. Der Deckel hat einen Griff und eine Lasche für ein Vorhängeschloss. Auf den Deckel sind mit Marker unsere Namen geschrieben, obendrauf sitzt ein Frosch.

»Oh«, sage ich, ohne mich erinnern zu können. An die Schatulle, nicht an den Frosch. Obwohl ich mit ziemlicher Sicherheit auch ihm noch nie begegnet bin. »Ist das die Zeitkapsel? Wir haben sie nicht vergraben?«

Thomas schüttelt den Kopf. »Wir haben sie gefunden.«

Ich wende mich ihm zu, sein Gesicht ist mit Blätterschatten gemustert. Früher sind wir ständig hier raufgeklettert und inzwischen eigentlich zu groß für den Baum, dessen Äste uns einengen.

»Du hast es tatsächlich vergessen?«, fragt er.

Ich muss mich mit einer Hand an seiner Schulter festhalten, damit ich ihm die andere zeigen kann, ohne das Gleichgewicht zu verlieren.

»Ich weiß bloß noch, dass wir in der Bücherscheune über einen Blutschwur gesprochen haben«, ich halte ihm meine Handfläche unter die Nase, »und dann bin ich im Krankenhaus damit aufgewacht.«

»Stimmt. Leuchtet ein. Warte mal.« Vorsichtig beugt er sich vor und hebt den Frosch mit den Fingern hoch. Dann richtet er sich auf dem kippeligen Ast auf und setzt ihn in einem Blätterbüschel ab.

Ich hätte mich beinahe vom Baum fallen lassen, wenn das nicht so total isaac-newton-mäßig gewesen wäre. Dann tut Thomas es für mich.

»Ups!« Als er sich wieder auf den Ast setzen will, rutscht er auf der nassen Rinde aus, einen Augenblick lang rudert er mit den Armen, einen Fuß über dem Abgrund. Erstarrt sehe ich seinen Fall in Zeitlupe voraus.

Doch dann nimmt die Zeit wieder Fahrt auf. »Puh, das war knapp«, sagt er grinsend zu mir, als er sich wieder gefangen hat. »Damit hätte ich im Kunstturnen Gold für Kanada geholt, was?«

»Mit besten Stilnoten«, erwidere ich, meinen Schreck überspielend, und packe ihn am Ellenbogen, um ihm Halt zu geben, während er sich hinsetzt. Doch das ist nicht nötig, er hat sein Gleichgewicht längst wiedergefunden. Aber dann ergreift er – eine klare Verletzung des Spaghetti-Arm-Prinzips – seinerseits meinen Arm.

»Danke.« Er hat sich neben mir niedergelassen. Wir halten uns immer noch an den Armen. Nicht an den Händen. An den *Armen*. Ich halte Ellenbogen mit Thomas Althorpe, und es ist total lächerlich.

Trotzdem mag ich nicht loslassen.

»Bereit?« Seine Augen sind nicht schlammgrau, sie sind haselnussbraun.

Nachdenklich kaue ich auf meiner Unterlippe. Es gefällt mir, mit Thomas Ellenbogen zu halten, Kuchen zu essen und Witze über *The Wurst* zu machen. Wider Erwarten mag ich es sogar, wenn er ungefragt in mein Zimmer platzt, sich aufs Bett lümmelt und Umlaut an den Ohren krault. Ich mag es, dass wir wieder Freunde werden – und es ist noch etwas anderes zwischen uns, das sich wie Elektrizität in der Luft aufbaut.

Aber in dieser Schatulle ist all das, was an jenem Tag passierte, als er mich verlassen hat. Bin ich innerlich bereit, mich daran zu erinnern?

»Ist doch bloß ein Kasten, Hühnerherz«, sagt Thomas und gackert, weil ich so feige bin.

Ohne zu überlegen reiße ich die Schatulle auf.

Sie ist leer. Schwärzliche Schlieren sind am Boden, als hätten Schnecken dort genistet, und die Innenseite des Deckels ist irgendwie rußig und voll unleserlichem Filzstiftgekrakel. Sonst nichts. Was für eine Enttäuschung.

»Gottie, hast du sie schon vorher aufgemacht?«

»Ich hab dir doch gesagt – ich konnte mich nicht mal mehr an, … was immer das hier ist, erinnern. Was ist es?«

Ich fühle, wie Thomas neben mir mit den Schultern zuckt. »Jetzt ist es jedenfalls nichts mehr.«

»Was hattest du denn erwartet?«

»Ich weiß nicht!« Er klingt total frustriert, als wollte er den Baum schütteln, damit uns so lange Äpfel auf den Kopf fallen, bis wir Antworten bekommen. »Wir hatten lauter Krimskrams zusammengesucht, dann haben wir den Blutschwur gemacht. Ich musste dich hier allein lassen, um Grey zu holen, und als wir zurückkamen, war der Deckel zu. Ich habe mich immer gefragt …«

»Was?«

»Nichts.« Er schüttelt den Kopf wie ein Hund nach einem Bad im Meer. »Nichts. Ich weiß auch nicht, vielleicht haben wir sie zu früh geöffnet.«

Ich verrenke mich, um ihn anzusehen, und lege dabei eine Hand auf seinen Rücken, um nicht vom Baum zu fallen. Mit der anderen nehme ich wieder seinen Ellenbogen.

Noch vor einem Monat wollte ich nichts wissen von den Erinnerungen an jenen Sommer. Jetzt bin ich mir nicht mehr so sicher. Ich fange an zu begreifen, dass jede Gleichung zwei Seiten hat.

»Hör zu, Thomas. Das Ding ist leer. Na wenn schon. Wir können ja was Neues reintun. Eine gemeinsame Zeitkapsel. Wir, hier und heute.«

Er wendet sich mir zu und nimmt meinen Ellenbogen.

Das bedeutet, dass keiner von uns sich mehr bewegen kann, ohne das Gleichgewicht zu verlieren. Mein Gesichtsausdruck muss genauso ernst sein wie seiner. Ich möchte ihn fragen, »Wer bist du wirklich? Warum bist du zurück?«

»Und? Was sind wir jetzt?«, fragen wir beide gleichzeitig.

»Klarer Fall von Telepathie«, sagt Thomas. Und sein Lächeln könnte den ganzen verdammten Apfelbaum in Brand setzen.

Im nächsten Augenblick schaltet der Himmel von Sonne auf Regen. Innerhalb von Sekunden beginnt es zu schütten.

Ein Blitz zuckt durchs Blätterdach und spiegelt sich in Thomas' Brillengläsern. Unmittelbar gefolgt von tiefem Donnergrollen.

»Gottie!« Thomas muss die Stimme über den Krach erheben, obwohl wir nur Zentimeter voneinander entfernt sind. »Wir müssen runter von diesem Baum.«

Wieder zuckt ein Blitz. Ich kann durch den Regenvorhang kaum etwas erkennen, trotzdem nicke ich. Mein Arm umfasst noch immer seine Hüfte, seine Hand liegt auf meinem Ellenbogen. Wenn sich einer von uns rührt, fallen wir gemeinsam.

»Ich lass dich jetzt los«, schreit Thomas. »Spring nach hinten weg! Auf drei?«

Mein Instinkt rät mir, nicht so lange zu warten – ich rutsche am Stamm hinunter und schürfe mir den Bauch an der Rinde auf. Mein Dutt bleibt an einem Zweig hängen, ein scharfer Schmerz lässt mich aufstöhnen. Wieder kracht ein

Donner, dann fällt Thomas auf mich. Kaum am Boden, umfasst er wieder meinen Ellenbogen.

»Du hast nicht bis drei gewartet«, brüllt er und streicht sich mit der anderen Hand das triefnasse Haar aus der Stirn.

»Du auch nicht!«

Wir drehen uns lachend zueinander, balgen uns, fassen einander an den Händen und rennen zu meinem Zimmer im Anbau. Ned steht mit verschränkten Armen in der Tür. Sein Pelzmantel ist vom Regen ziemlich mitgenommen. Er sieht aus wie Umlaut nach seiner ersten Niederlage im Kampf gegen ein Eichhörnchen.

»Althorpe.« Grimmig schaut er Thomas an, der meine Hand loslässt, worauf Ned noch grimmiger schaut. Was hat er bloß? »Hatte gerade eine nette Unterhaltung mit deiner Mum – sie ist noch dran und möchte mit dir reden.«

Nachdem Ned Thomas praktisch durch den Garten zum Telefon geschleift hat, rolle ich mich mit Greys fünf Jahre altem Tagebuch auf dem Bett zusammen. Ich konzentriere mich auf den Herbst und Winter nach Thomas' Abreise, ohne zu wissen, wonach ich suche – Anhaltspunkte, Hinweise auf die Zeitkapsel, *irgendetwas*. Und ich finde dies:

Der Teich ist zugefroren, die Enten fahren Schlittschuh. Gottie hat jetzt so lange Haare wie Ned. Sie sieht Caro immer noch ähnlich.

Ich lasse das Tagebuch aufs Bett sinken und setze mich vor dem Spiegel auf den Boden. Das Foto von mir und Mum klebt in einer Ecke. Als ich das Haargummi löse, fällt es mir in feuchten Wellen bis zur Taille. Eine Fremde sieht mich an.

»Was meinst du, Umlaut?«

»Miau?«

Ich vergleiche mein Spiegelbild mit dem Gesicht meiner Mum auf dem Foto. Wer bin ich?

Ich bin jemand, der sich vor Entscheidungen drückt. Ich habe neun Monate auf Jason gewartet, und fünf Jahre auf Thomas, stumm. Ich habe *The Wurst* gemalt und Sof nicht erzählt, dass ich aus dem Kunstzweig aussteige. Ich habe mich treiben lassen, anstatt mich zu entscheiden. Ich habe mir das Haar wachsen lassen.

Ich drehe es mit der Hand zu einem nassen Seil. Es ist kein Teil mehr von mir. Ich habe die Zeitkapsel geöffnet und bin gesprungen, bevor Thomas bis drei gezählt hat – ich bin jemand, der einen Pfingstrosenrausch bekommt und seine Unterwäsche im Baum trocknet. Ich glaube, ich möchte die Hausarbeit für Ms Adewunmi schreiben.

Ich will heraus aus meiner Trauer.

Mir die Haare abzuschneiden, ist plötzlich eine Notwendigkeit von planetarischem Ausmaß. Ich klatsche Umlaut ab, dann springe ich auf und stürze in den Regenwald hinaus, wo ich über eine Brombeerranke stolpere und mir einen Hautfetzen vom Knöchel reiße. Scheiße! Ich werde mit dem Flammenwerfer gegen dieses Gestrüpp vorgehen.

Mit nassem Haar und wildem Herzen platze ich in die Küche, wo Jason mit Ned am Tisch sitzt. Ned spielt Akustikgitarre, ein halbes, noch warmes Gebäckteil hängt ihm aus dem Mundwinkel wie eine Zigarette.

»Rock 'n' Roll«, bemerke ich und gebe Ned den doppelten Daumen. Die Geste fällt in sich zusammen, als ich mich Jason zuwende. Ich habe beschlossen, dass ich über ihn hinweg bin. Er hat gesagt, wir seien Freunde. Doch weil wir das niemals waren, weiß ich nicht, wie das gehen soll. Ich wende mich wieder meinem Bruder zu und sage: »Solches Gebäck isst man doch zu Ostern. Jetzt haben wir Juli.«

Der Juli ist praktisch schon vorbei. In zwei Wochen soll Neds Party steigen, und zwei Wochen danach ist es ein Jahr her, dass Grey gestorben ist. Das Schuljahr beginnt, und die Zeit rast. Ist bereits davongerast.

»Kater kennt keine Jahreszeiten«, nuschelt Ned an dem Backwerk vorbei. Obwohl es sieben Uhr abends ist. Die ganze Freude, die ich eben noch empfunden habe, versickert.

»Wenn du Lover-Boy suchst, der ist in seinem Zimmer«, sagt Ned, als würde ich in der Besteckschublade nach Thomas kramen. Vermutlich starrt Jason jetzt auf meinen Nacken, während ich wegen Neds unverschämter Bemerkung über und über rot werde. Aber vielleicht auch nicht, vielleicht hat er es nicht mal bemerkt und, mein Gott, wie schwer ist es denn, die Löffel ins richtige Fach zu legen?

»Ich habe ihn für die Party angeheuert«, fügt Ned hinzu. »Eine riesige Croquembouche-Torte ist angedacht.«

»Hey, Gottie, hast du die Facebook-Einladung gesehen?«, ruft Jason mir zu, als ich mich umdrehe. Er will mich einbeziehen. »Meg hat diese echt coole Zeichnung gemacht …«

Ohne ihm weiter zuzuhören, verlasse ich die Küche. Ich habe die Schere gefunden und schlage mich, wild auf die Sträucher einhackend, durch den nassen Garten zu meinem Zimmer durch. Ich will alles los sein: Haare, Party, Garten, Jason, Wurmlöcher, Zeit, Tagebücher. Tod – besonders den Tod, ich habe lebenslang genug davon.

Mein Zimmer ist wie ein Sarg.

WUSCH.

So stelle ich mir das vor: Einen beherzten, gut geführten Schnitt mit den Klingen, und ich kann meine ganze Traurigkeit endlich in den Müll schmeißen. Jasons Hand in meinem Haar, sein Mund auf meinem Nacken, das Mädchen, das ich war und bin und sein werde, wer immer sie ist. Vorbei.

Die Wirklichkeit: Ich fasse mein Haar zu einem Pferdeschwanz zusammen, greife nach hinten und schneide. Ein Knirschen, dann blockiert die Schere. Auch wenn ich mit beiden Händen zudrücke, … sie rührt sich nicht. Die Schere hat sich festgebissen.

Ich betaste meinen Hinterkopf, mein Puls rast. Ich fühle, dass ich höchstens zu einem Drittel durch bin – genug um weitermachen zu müssen. Aber es geht nicht. Ich. Kriege. Die. Schere. Nicht. Auf.

Ein Streifen kinnlanger Haare schwingt frei.

Umlaut zieht maunzend seine Kreise um die Tagebücher.

»Du bist nicht gerade hilfreich«, halte ich ihm vor.

Mein Gesicht ist knallrot, obwohl nur der Kater Zeuge meiner peinlichen Lage ist. Keine Sof, die ich anrufen könnte, wie damals, als ich mir meine durchgehenden Augenbrauen rasiert hatte, anstatt sie zu zupfen. Ich habe sie aus meinem Leben ausgeschlossen. Warum eigentlich? Die Schere baumelt in meinem Haar, schlenkert gegen meinen Rücken, als ich durchs Zimmer zu meinem Handy spurte, um ihre Nachrichten zu beantworten, alle, rasch, dringlich und sofort.

Sag eine Farbe. Such dir eine Zahl aus – triff dich am Sonntag mit mir am Strand. Bitte.

Eine Welt, in der Sof und ich noch Freundinnen waren.

Dann hole ich meine Nagelschere und arbeite mich mit kleinen, stumpfen Schnitten voran. Die Strähnen, die zu Boden fallen, kümmern mich nicht, genauso wenig wie mein künftiges Äußeres. Ich bin bereit …

Frei zu sein. Die Küchenschere fällt zu Boden.

Ich fahre mir mit der Hand über den Kopf. Es fühlt sich *wirklich* kurz an. Zumindest stellenweise. Wo ich nicht hingekommen bin, sind die Haare noch lang. Als ich klein war, hat Grey mir das Essen aus den Haaren geschnitten, anstatt sie zu waschen. Ich fürchte, ich habe unabsichtlich diesen Kleinkinder-Chic wiederbelebt.

Umlaut tapst mit mir zum Spiegel.

Mein Blick wandert zwischen dem Spiegelbild und dem Foto hin und her. Olivenfarbene-Haut-dunkle-Augen-zu-viel-Nase-und-uncoole-Ponyfrisur: Ja, ich sehe aus wie meine Mum. Aber das ist gut so. Denn, vermutlich zum ersten Mal, sehe ich aus wie ich.

Eine Lichtkugel wabert durchs Zimmer. Ich erhasche einen Blick auf das Ende eines Filmrisses – auf der anderen Seite leuchten fluoreszierende Gestirne an meiner Decke. Solche, wie ich sie als Kind hatte, als ich noch mit Ned im selben Zimmer schlief. Er hat sie immer gehasst.

Habe ich diese hier selbst an die Decke geklebt? Oder war es Thomas?

Unter ihrem fluoreszierenden Glimmen piept mein Handy, es hat eine wichtige Nachricht für gottie.h.oppenheimer. Die E-Mail von Thomas ist endlich angekommen. Auch wenn das eigentlich unmöglich ist, auch wenn das hier eine brandneue Mailadresse ist: Es ist die Mail, die er mir vor einem Monat geschickt hat. Unsere Zeitachsen nähern sich an.

Donnerstag, 29. Juli

{minus dreihunderteinunddreißig}

Received: from MPL-EU2-HTC02.mpl.root-domain.org (10.101.7.44) by
RST-NYCAHB01.canada.hbpub.net (192.168.249.101) with Microsoft SMTP
 Server (TLS) id 14.1.218.12;
Received: from hermes2-eu2.yahoo.ca (10.101.32.12) by
 MPL-EU2-HTC02.mpl.root-domain.org (10.101.7.45) with SMTP Server id
 14.3.224.2; 10:27:09 +0100
X-SBRS: 4.8
A0AwAgDHYcxVlKvZVdFdGQEBAYIybIEegySvEYtQh24CgTo6EgEBAQEBAQERAQEBAQcL
BAgESER0BGx0BAwELBgUEBzcCAiIBEQEFARwGEwgah3YBAwoIrDGBLz4xi0CBbIJ5iy0
EBAQEFAQEBAQEBFgEFDotFhCVkB4JpgUMFkg2DDYxsgUqEK5JhNYEXF4QMPjOCTAEBAQ
X-IPAS-Result:
A0AwAgDHYcxVlKvZVdFdGQEBAYIybIEegySvEYtQh24CgTo6EgEBAQEBAQERAQEBAQcL
BAgESER0BGx0BAwELBgUEBzcCAiIBEQEFARwGEwgah3YBAwoIrDGBLz4xi0CBbIJ5iy0
EBAQEFAQEBAQEBFgEFDotFhCVkB4JpgUMFkg2DDYxsgUqEK5JhNYEXF4QMPjOCTAEBAQ
X-IronPort-AV: E=Sophos;i="5.15,669,1432594800";
 d="scan'208";a="40015272"

Ich habe meine Mail-App gelöscht und neu installiert, bin auf den Apfelbaum geklettert, habe mein Handy zwecks besserem Mobilfunkempfang in der Luft geschwenkt und habe mit der Faust draufgehauen – trotzdem bleibt Thomas' Mail, abgesehen von unseren Adressen und dem Datum, unverständlicher Buchstabensalat.

Eigentlich sollte sie gar nicht da sein! Als er sie geschickt hat, hatte ich diese Mail-Adresse noch gar nicht. Hat er sie aus Hunderten von Möglichkeiten erraten und seine Mails losgeschickt wie eine Flaschenpost?

Version 4.0 – das Öffnen von Schrödingers Kiste entscheidet darüber, ob die Katze tot oder lebendig ist.

Was aber, wenn sie noch gar nicht drin ist?

Als der Morgen dämmert, ordne ich meine neuen Haare zu einer Art Frisur und tausche den Planetenmuster-Schlafanzug gegen Top und Shorts. An der Tür zu meinem Zimmer bleibe ich kurz stehen und betrachte das feuchte Gras – dann schleudere ich meine Tennisschuhe weg. Die Erforschung des Universums soll mit den Füßen beginnen.

Als ich, schlammverschmiert bis zu den Knöcheln, in die Küche komme, sitzen Thomas und Ned und Papa bereits am Tisch. Zwischen ihnen steht ein Teller mit frischen Zimtschnecken.

Papa reißt die Augen auf, Thomas verschluckt sich fast und sagt: »Wow. Deine *Haare*.« Sein Ton verrät nicht, wie er sie findet.

Ich hebe die Hand und bringe sie in Form. »Auf einer Skala von eins bis elf Millionen – wie schrecklich ist es?«

Thomas schüttelt den Kopf, dass seine eigenen Locken fliegen. »Nein, du siehst großartig aus. Es ist genau, wie es sein soll.«

Wir starren einander einen Moment lang an, eine unausgesprochene Übereinkunft zwischen uns.

Dann flüstert Ned etwas in Papas Ohr, der räuspert sich und murmelt etwas auf Deutsch. Ich meine, das Wort BH herauszuhören.

Ich verschränke die Arme über der Brust, und Thomas springt auf, saust durch die Küche, stellt einen Teller mit einer Schnecke vor mich hin, schaltet den Wasserkocher an und quasselt mit einer Geschwindigkeit von 180 Stundenkilometern über Neds Croquembouche-Bestellung.

Ich esse das Gebäck, lecke mir klebrigen Zucker von den Fingern und gestatte mir ein Lachen über Thomas' Mätzchen. Dabei ignoriere ich, dass Ned uns jetzt beide böse anfunkelt.

Nach fast einem Jahr der Trauer fühle ich mich wie die Menschen im Viktorianischen Zeitalter, als Edison ihnen nach Jahrhunderten der Dunkelheit das elektrische Licht brachte.

Ich habe die Erde unter meinen Füßen gespürt.

Am Sonntag unterlaufe ich Neds blödes Polizistengehabe, indem ich zu Fuß nach Holksea gehe, den Kanal entlang zu Sof. Es ist brütend heiß, und als ich das Schiff erreiche, sonnt sie sich bereits, kaum sichtbar durch den Dschungel an Topfpflanzen, die ihre Mum an Deck zieht.

Ich bleibe kurz auf dem Treidelpfad stehen und sehe zu, wie Mrs Petrakis vom Blumengießen zum Sof-Nassspritzen übergeht. Sof kreischt auf vor Lachen. Grey hat das im Garten auch immer mit uns gemacht. Hat er das auch schon mit meiner Mum gemacht? Würde sie es mit mir gemacht haben? Der Gedanke ist ein Wurmloch, das an meinem Herzen zerrt.

»Sof!«, brülle ich und schiebe den Gedanken weg.

Sie setzt sich auf, lugt über den Farn, und ihr Mund formt sich zu einem perfekten, erstaunten O.

Wahrscheinlich: *Oh*, deine Haare! Ich hatte mein neues Styling ganz vergessen.

Während Sof mich anstarrt, klettere ich an Bord und bringe das Schiff zum Schaukeln, sämtliche Blätter bewegen sich, obwohl kein Wind geht. Sof schüttelt den Kopf, sie scheint nicht zu glauben, was sie da sieht.

»Hi, Mrs Petrakis.«

»Hallo, Fremde.« Das Lächeln ihrer Mum ist warm und Lachfältchen strahlen um ihre Augen. »Liebling, ich würde dich ja gern umarmen, aber meine Hände sind voller Kompost. Der Dauerregen ist erst vier Tage her, die Erde ist noch nass. Bei euch im Garten sicher auch.«

Sie und Grey haben sich über Mulch und Laubkompost angefreundet. Ihre Gartentipps finden sich überall in Greys Tagebüchern. Auf diese Weise sind auch Sof und ich Freundinnen geworden. Sof, die bisher kein Wort gesagt hat.

»Passt schon«, gebe ich zurück. Hat Sof ihr erzählt, wie verwildert der Garten jetzt ist? Ich sollte sie einladen, damit sie den Pflanzen hallo sagen kann. Ich sollte sie fragen, wie wir dem Garten seine einstige Herrlichkeit zurückgeben können.

»Ich hol dir was zu trinken – Kokoswasser?« Mrs Petrakis lächelt mich an und zieht ihre Gartenhandschuhe aus. Sie berührt Sofs Schulter mit dem Handrücken. »Vergiss den Sonnenschutz nicht.«

Sof folgt ihr hinein, um die Sonnencreme zu holen, und ich versuche, sie nicht dafür zu hassen, dass sie eine Mum hat, die sich um so was kümmert.

»Wow«, sagt Sof schließlich, als sie mit Wasserflaschen und einer Tüte getrockneten Apfelringen zurückkommt.

»Meinst du, es war ein Fehler?«

»Nein, nein …« Doch Sof *sieht aus*, als hielte sie es für einen Fehler. Ihre eigenen Haare sind zu einem Prinzessin-Leia-Knoten aufgesteckt, und sie starrt meine an. »Dreh dich mal um.«

Ich vollführe eine 360-Grad-Drehung und setze mich dann neben sie auf das Handtuch. Schon diese kleine Anstrengung war schweißtreibend.

Es ist glühend heiß. Die Luft steht und riecht nach Salz und Strandflieder. Darüber ein so endlos blauer Himmel, wie man ihn nur hier in den Fens sieht, wo das Land so flach ist, dass man an Ptolemäus zweifelt, und das Blau bis in alle Ecken reicht. Nicht dass ich einen Vergleich hätte. Vielleicht sieht Ned ja in London jeden Tag einen solchen Himmel. Vielleicht hat Thomas in Kanada einen Himmel zurückgelassen, der genauso riesig ist.

Ich möchte alle diese Himmel sehen, nicht nur den einen, den ich so gut kenne. So entdeckt man das Universum.

»Du findest es schrecklich?« Ich fahre mit der Hand über die Stoppeln an meinem Nacken, sie fühlen sich noch immer ungewohnt an.

Sof rückt ihre limettengrüne Sonnenbrille zurecht – sie hat die Farbe ihres Bikinis – und meidet meinen Blick. »Ich finde es nicht schrecklich«, krächzt sie, »aber warum hast du vorher nicht mit mir darüber gesprochen?«

»Damit du mir sagst, ich soll es lassen?«, sage ich halb

im Scherz. »Ich weiß, dass es schief und krumm ist, wahrscheinlich hat Thomas Erdnussbutter auf unsere Schere geschmiert …«

Statt einer Antwort starrt Sof auf den Kanal. Die Wasseroberfläche ist ein Spiegel: Der gigantische blaue Himmel ist jetzt auch unter uns. Wir sind der Mittelpunkt von allem.

»Du und Thomas. Ich habe dich seit Wochen nicht gesehen, aber er schneidet dir die Haare.«

»*Ich* habe mir die Haare geschnitten. Thomas hat nichts damit zu tun.«

»Aber er ist bei euch zu Hause. Er schmiert Erdnussbutter auf eure Schere, er arbeitet in der Bücherscheune … Und du antwortest fast nie auf meine Nachrichten, hast nie erwähnt, dass du dir die Haare geschnitten hast.«

Das ist nicht fair. Sie hat mich vernachlässigt, weil sie stundenlang am Telefon mit Mädels quatscht, die sie gar nicht kennt, und macht ihnen schöne Augen übers Internet. Kann sie nicht einfach glücklich sein, dass ich glücklich bin? Ich will nicht durch dieses sumpfige Gespräch waten. Ich möchte im Schnelldurchlauf durch das Wurmloch unserer Unstimmigkeiten, aus dem wir am anderen Ende als gute Freundinnen herauskommen.

»Es sieht aus wie damals, als ich dich zum ersten Mal getroffen habe«, murmelt Sof. »Wie es ausgesehen hätte, wenn Thomas nicht weggegangen wäre.«

»Thomas wohnt jetzt bei uns. Natürlich laufe ich ihm über den Weg. Und seid ihr nicht mit ihm zusammen nach London gefahren, du und Meg?«

»Du und Thomas, ihr seid Freunde«, sagt sie schließlich und sieht mich dabei an, richtet zumindest ihre Sonnenbrille nach mir aus. »Thomas und ich sind Bekannte. Aber was sind du und ich?«

Ich stopfe mir einen Apfelring in den Mund, um nicht gleich antworten zu müssen. Er hat die Konsistenz eines Schwamms. Als Grey starb, hat Sof mich jeden Tag besucht. Sie hat mir Zeitschriften und Schokolade gebracht, und ihre Augen waren riesig vor lauter Fragezeichen: Geht es dir gut, geht es dir gut, geht es dir gut? Ich fürchtete mich schon fast vor ihrem dreimaligen Klopfen, denn ich konnte ihr Verlangen *spüren* – sie wollte eingelassen werden, wollte mit mir reden, wollte mich zu sich holen. Sie wollte, dass ich mich auf eine bestimmte Weise verhielt. Es war so anstrengend.

Was, wenn Freundschaft ein Verfallsdatum hat und unsere überfällig war?

»Ich wette, eine Band namens Peanut Butter Scissors wäre ein echter Senkrechtstarter«, sage ich und knuffe sie.

Keine Reaktion.

»Wie wär's mit Surprise Haircut? Quirliger Sänger und ein paar Nerds am Keyboard.«

Sof schweigt.

»Deine Beste Freundin Ist eine Vollidiotin und Es Tut Ihr Leid – ich und Niall an den Drums, wie wir einen Entschuldigungssong raushauen.«

Sof grinst. Nur ein winziges bisschen. Tut aber gleich wieder so, als sei nichts. Immerhin ein Anfang.

»Meine *Vielleicht*-Beste-Freundin ist eine Arschgeige. Und sie ist verstimmt.«

»Hey, Sof.« Ich knuffe sie noch mal. »Willst du am Freitag rüberkommen. Mir helfen, sie zu stimmen? Und Thomas backt sauguten Kuchen …«

Eine Pause entsteht. Dann fragt sie: »Glutenfrei?« Da weiß ich, dass ich sie habe.

»Garantiert spaßfrei, versprochen.« Ich warte einen Moment, dann lege ich einen neuen Köder aus. »Soll ich dir ein Geheimnis verraten? Etwas, das Thomas nicht weiß?«

»Kommt drauf an.« Sie nimmt die Sonnenbrille ab und blinzelt mich an. Zuneigung erfüllt mich, und ich denke: Ich bin noch nicht bereit, diese Freundschaft sausenzulassen. »Ob es ein gutes Geheimnis ist.«

»Ich hatte Sex mit Jason.«

Ned müsste hier sein, um ihren Gesichtsausdruck zu fotografieren.

Wenn zwischen uns alles normal wäre, würde es folgendermaßen laufen:

»Waaaaaas?« Sof würde sich aufrichten und ein Wolfsgeheul ausstoßen, wobei sie den Weltvorrat an Vokalen aufbrauchen würde. Ich würde ihr von Jason erzählen, dass er es vorher schon gemacht hat, und ich, selbstredend, noch nicht. Dass das aber schon bald keine Rolle mehr spielte. Wir würden reden und Lakritz essen, bis unsere Zungen schwarz wären, und wir würden kein Detail auslassen.

Sie würde tausend Fragen stellen. Ob ich deshalb *Forever*

gelesen habe. Ob ich die Pille nehme. Ob ich Rat wegen alternativer Verhütungsmethoden brauche. Und *Jason*? Hat er nach der Hälfte nur noch Theater gespielt? Sofs Kopf würde sich drehen wie in *Der Exorzist*, und ich würde sie für all das lieben, was ich letzten Sommer nicht zu schätzen wusste: ihre Hartnäckigkeit, ihre Begeisterung, ihre Neugier, ihre vorgetäuschte Erfahrenheit.

Sie würde über den Rand ihrer Angeber-Sonnenbrille linsen und mir erklären, dass es so etwas wie Jungfräulichkeit nicht gibt, und ob ich Naomi Wolf gelesen habe, und ob mir klar ist, dass Penetration bloß ein Mythos ist.

Aber in Wirklichkeit passiert Folgendes: Sof klaubt ihren Unterkiefer vom Boden auf und ein Stück Nagellack von ihrem Zeh, dann krächzt sie: »Wann war das? Er geht jetzt mit Meg.«

»Das war davor.«

Ich kann ihr unmöglich erzählen, *wie lange* davor. Das ist das Blöde an Geheimnissen – man kann sie nicht enthüllen und dann zur Tagesordnung übergehen. Einmal gelüftet schlagen sie Wellen im Universum, wie Steine, die man ins Wasser wirft.

»Du weißt, dass er und Meg zusammen zu Neds Party kommen werden?«

Obwohl sie bei mir daheim stattfindet, reden natürlich alle von *Neds* Party. Sie steigt in dreizehn Tagen, der Countdown läuft.

»Tut mir leid, dass ich dir das nicht früher erzählt habe«, sage ich. »Über Jason.«

»Na ja.« Sof rammt sich die Sonnenbrille auf die Nase zurück. »Ich erzähl dir ja auch nicht alle meine Geheimnisse.«

»Du bist die Einzige, die es weiß.« Mein Geständnis hat mich nicht erleichtert. »Ich meine, über Jason –«

»Und ich soll Ned nichts davon erzählen«, erwidert sie und steht auf. Seit der Sache mit der Zeitkapsel drängt sich Ned immer wieder zwischen mich und Thomas. Er taucht plötzlich auf, lauert vor der Badezimmertür und patrouilliert in der Küche wie ein römischer Zenturio. Nie lässt er uns allein. »Sollen wir schwimmen gehen?«

Die Farne schwanken, als wir zum Bug des Schiffs laufen. Wir stehen Seite an Seite, und doch nicht zusammen.

»Der beste Sommer, der je war?«, frage ich Sof, obwohl er weit davon entfernt ist. Aber das ist so ein alter Spruch von mir.

Sie hat dann immer gesagt: »Nö – das nächste Jahr wird besser.«

Diesmal lässt sie sich nicht zu einer Antwort herab. Stattdessen – mir wie immer eins voraus – macht sie einen Kopfsprung in den spiegelglatten Kanal, der das Blau in tausend Stücke reißt.

Schwimmen mit Sof – das war der Plan. Aber als ich ihr nachspringe, hat sich der Kanal in ein Wurmloch verwandelt.

Ich lasse mich in das kühle, klare Wasser sinken.

Ich komme zum Luftholen an die Oberfläche, treibe auf dem Rücken. Als wir uns vorhin küssten, hat Jason mich dazu überredet, meine Haare zu lösen. Jetzt schweben sie im Wasser um mich herum. Ich bin eine Meerjungfrau.

Ich schließe die Augen, die Sonne umspült mich. Ich genieße den Kontrast zwischen dem warmen Bauch und der kühlen Unterseite. Als Jason meinen Namen ruft, klingt es wie von weit her, als befänden wir uns an unterschiedlichen Orten.

Erst als er zum dritten oder vierten (oder hundertsten) Mal »Margot« sagt, öffne ich die Augen. Er steht verkehrt herum über mir am Bug von Sofs Schiff. Ihre gesamte Familie ist in den Urlaub gefahren, und ich habe das Blumengießen übernommen. Der Kanal ist die perfekte ned-freie und überhaupt menschenleere Zone.

»Hi.« Ich ziehe die Nase kraus und würde ihn am liebsten zu mir ins Wasser ziehen.

»Hi, Träumerin.« Er lächelt auf mich herunter, nur aus Liebe und Sonnenbrille bestehend. »Hast du vor, da je wieder rauszukommen?«

»Nein.« Ich spritze ihn ein bisschen nass, und er lacht. »Du könntest ja reinkommen.«

»Hab meinen Bikini nicht mit.«

Ich schließe die Augen, damit ich den nächsten Satz nicht mit offenen Augen sagen muss: »Dann schwimm eben nackt.«

Kurz darauf platscht es. Ich bringe mich in die Senkrechte und trete Wasser, bis Jason neben mir auftaucht. Nasses Haar fällt ihm in die Stirn, seine nackte Brust, die Augen ein warmes, tintiges Blau. Und als er mich ansieht, begreife ich *plötzlich. Das ist nicht der Urknall. Bloß ein Sommer. Aber da ist immer noch Liebe. Da ist immer noch* etwas.

»Jetzt du«, sagt er. Er schlingt den Arm um meine Taille und hält mich fest, wir schwimmen zum Schiff. Unser Blickkontakt hält, während ich nach hinten greife und den Verschluss meines Bikinioberteils aufmache. Es fliegt Richtung Deck und bleibt an der Reling hängen, von wo es kühl und beständig neben uns in den Kanal tropft.

Nachdem ich mich aus dem Höschen geschält habe, verschwindet es unter mir. Ich mache mir nicht die Mühe, danach zu tauchen. Stattdessen sage ich zu Jason: »Wer ist schneller?« Ich stoße mich mit den Füßen von der Schiffswand ab und schieße durchs Wasser, ziehe Kreise, ich lebe in 3-D.

Mein ganzer Körper ist wie elektrisiert. Ohne die Schicht Polyester spüre ich das Wasser ganz anders auf der Haut. Die Sonne auf meinen Schultern ist heiß, genau wie Jasons Mund, als er mich einholt und auf den Nacken küsst. Es ist alles viel intensiver. Ich bin so lebendig wie noch nie.

Montag, 2. August

{minus dreihundertfünfunddreißig}

Es ist Mitternacht, ungefähr wenigstens. Geisterstunde. Die Zeit der Hexen. Die Stimmung ist magisch – dunkel und sternenreich, heiß und stickig. Und ich bin hellwach. Seit ich aus der Vergangenheit zurück in den Kanal gesprungen bin, verfüge ich über die Hypersensibilität eines Superhelden. Es ist, als hätte jemand die Lautstärke der Welt hochgedreht, und ihre Farben lodern. Keine Wurmlöcher mehr – ich bin *hier*.

Ich fühle mich zugleich besser und schlechter als vorher: stark und voller Leben, aber weiter denn je entfernt von meinem Großvater. Hier zu sein bedeutet, ihn loszulassen. Die Tagebücher sind nur noch Worte auf Papier.

Durch die offene Küchentür weht der Duft des Nachtjasmins herein und mischt sich mit dem des Zitronenkuchens, den Thomas gerade in den Ofen geschoben hat. Es ist sein erster Testlauf für das Glutenfrei-Versprechen, das ich Sof gegeben habe. Papa ist schon seit Stunden im Bett. Auch Ned hat schließlich aufgegeben und uns allein gelassen. Jeder Zentimeter meiner Haut prickelt vor Leben.

»Hier, das Probieren ist das Beste am Backen.« Thomas reicht mir den hölzernen Rührlöffel, die Luft knistert, als er mich auf dem Weg zum Spülbecken streift. Unsere Finger verhaken sich.

Ich lecke den Teig vom Löffel und versuche, mich auf das Blatt vor mir zu konzentrieren, auf die Aufzeichnungen zu den Wurmlöchern. Zeiten und Orte, an die ich versetzt wurde, und der jeweilige Ausgangspunkt werden mit einem Punkt markiert. Sollten sich die Zeitachsen tatsächlich annähern, dann will ich wissen, worauf sie zulaufen. Es sind noch zehn Tage bis zu Neds Party. Noch achtundzwanzig Tage bis zu Greys Todestag. Und eine Woche danach soll meine Hausarbeit in Ms Adewunmis Postfach liegen.

Hinter mir macht Thomas den Abwasch, das Becken quillt über vor Seifenblasen. Er summt zum Gurgeln unserer altertümlichen Leitungen und des vorsintflutlichen Wasserhahns, den ich immer wieder mit der Rohrzange festziehen muss. Sein nackter Fuß tippt im Takt auf den Bodenfliesen.

Lächelnd wende ich mich wieder meiner Arbeit zu. Ich wähle einen anderen Filzstift und trage auch die Thomas-Anomalien ein. Die Zahlen auf dem Friedhof, die erlöschenden Sterne im Garten und das Gewitter im Baum. Mit einem orangefarbenen Stift füge ich einen letzten Punkt hinzu – April, in der Küche, Umlaut.

»Hausaufgaben in Astronomie?« Thomas legt mir das Kinn auf die Schulter.

Ich schaue noch einmal hin. Er hat recht: Die Punkte sehen aus wie Sterne. Und nicht wie ein x-beliebiges Sternbild, sondern genau wie jenes, das Thomas mit Leuchtsternen an meine Decke geklebt hat und das keiner Konstellation im Universum gleicht.

Wo sonst findet sich dieses Muster? Im Zuckerguss auf Thomas' Muffins? In seinen Sommersprossen? In den *Bs, die Grey über sein Tagebuch verteilt hat?

»Los, komm«, sage ich und schiebe meinen Stuhl zurück. Ohne auf ihn zu warten, renne ich in den Garten.

Draußen mischt sich der Mondschein mit dem Licht aus der Küche, es beleuchtet den Löwenzahn auf der Wiese. Dasselbe Muster.

Ich lege mich ins Gras und blicke hinauf in den Apfelbaum. Ich stelle mir vor, dass seine Äste sich umeinander winden wie die Bänder an einem Maibaum, so wie alle Zeitachsen zusammenfinden. Läuft die Welt auf ein Ziel zu? Findet alles seinen Frieden? Asche zu Asche, Staub zu Staub. Bin ich wirklich schon bereit, Abschied zu nehmen?

»Okay, Gottie.« Thomas ist mir endlich nach draußen gefolgt. Er legt sich neben mich, sein Arm macht mir Platz, so dass ich meinen Kopf auf seine Brust legen kann. »Was sehen wir hier? Dieselben Sterne, die du aufgezeichnet hast?«

»Genau.« Ich vergrabe mich in ihm, und lasse mir die Sternbilder erklären – »Das da ist der Große Burrito, und da drüben haben wir Ned an der Gitarre« –, bis seine Stimme undeutlich wird.

Dann gähnt er. Es ist ein riesiges, umlautartiges Gähnen,

das uns auseinanderreißt. Ich möchte mich in die alte Position zurückkuscheln und auf der Wiese mit ihm übernachten. Dann dämmert es mir:

»Moment mal.« Ich rolle auf die Seite, Grashalme kitzeln meine Wange. »Ich dachte, du hättest Jetlag?«

»Hatte ich auch, vor einem Monat«, sagt er neckisch, rollt zu mir und murmelt schläfrig: »Das Backen sollte mich ablenken. Seit dem Schokoladenkuchen weiß ich, dass bei dir immer bis spät in die Nacht Licht brennt. Ich dachte mir, wenn du noch wach wärst, würdest du vielleicht zurück in Küche kommen. Hab mir extra den Wecker gestellt.«

Noch ein Gähnen, es kommt etwas piepsig heraus, er schüttelt es ab und sieht mich an.

»Aber warum?«, flüstere ich. Alle Krabbeltiere des Gartens halten in Erwartung seiner Antwort den Atem an, als Thomas meine Hand nimmt.

»Weil ich dich mag«, flüstert Thomas. »Ich mochte dich schon, als du zwölf warst und mir gesagt hast, ich sollte dich küssen, als wissenschaftliches Experiment sozusagen. Und ich mochte dich, als ich aus dem Flugzeug gestiegen und in die Bücherscheune marschiert bin, wo ich dich bewusstlos und blutig vorfand. Ich mochte dich damals, und ich mag dich jetzt, und wahrscheinlich für immer.«

Langsam bewegen wir uns durch die Dunkelheit aufeinander zu, bis wir uns finden. Seine Hand wandert nach oben und berührt meine Wange, meine Hand findet sein Herz. Ich spüre es unter meiner Handfläche gleichmäßig schlagen. »Margot«, sagt er.

Meinen Namen aus Thomas' Mund zu hören, klingt wie ein Versprechen. Und deswegen, und wegen des Froschs im Baum und des Whiskeys auf dem Teppich, und wegen des Backunterrichts und wegen der Sterne an meiner Decke, mache ich einen Quantensprung.

Ich überwinde die letzten Mikrometer zwischen uns und ich küsse ihn.

Es ist spät, schon bald Morgen. Zeit der Hexen und Geister und Kobolde.

Wieder sind wir draußen auf der Wiese, so wie gestern. Wir liegen nebeneinander unter dem Apfelbaum. Thomas hat seinen Kopf auf meiner Schulter und balanciert den Küchenwecker auf den Knien – im Ofen bäckt ein weiterer glutenfreier Kuchen, der diesmal hoffentlich nicht misslingt. Die Minuten ticken dahin, und irgendwie kommen wir auf Grey zu sprechen.

»Es mag blöd klingen«, flüstere ich.

»Schon vergessen, dass du mit mir redest?« Sein Blinzeln verlangsamt sich, Wimpernschlag in Zeitlupe, und was sonst wie aus einem Schnellfeuergewehr kommt, läuft jetzt mit nur 33 Umdrehungen pro Minute.

Eigentlich sollte ich in meinem Zimmer sein und an der Teleskoptheorie arbeiten. Und Thomas sollte längst in Greys Zimmer liegen und von Superhelden träumen. Aber wir müssen auf den Kuchen warten. Wir hätten ihn früher backen können, aber manche Geheimnisse lassen sich besser im Dunkeln erzählen.

»Ich glaube, dass ich was falsch gemacht habe«, gestehe ich. »Als Grey starb.«

»Was meinst du?«

»Sie geben einem so ein Blatt, weißt du? Im Krankenhaus. Wenn jemand stirbt. Eine Aufgabenliste. Ned war gerade dabei, nach London umzuziehen, und Papa … hatte sich irgendwie ausgeklinkt.« Er kam ins Zimmer geschwebt und stand dort bewegungslos, manchmal zehn Minuten lang. Er hat die Schlüssel im Auto eingeschlossen. Er hat geweint, wenn er sich die Schuhbänder band und dabei vergaß er völlig, mein Papa zu sein. »Also habe ich es durchgelesen.«

Hier muss ich eine Pause einlegen. Ich habe noch nie so lange darüber gesprochen, wie es war, als mein Großvater starb. Ich habe noch nie so lange über *irgendwas* gesprochen. Jedes Mal, wenn Sof an die Tür klopfte, habe ich ihr gesagt, ich müsse Hausaufgaben machen. Bei keinem dieser stummen Ofenkartoffel-Abendessen, nachdem Papa sich wieder eingeklinkt hatte, ich aber nicht, und er schließlich den Versuch aufgab, mich zum Reden zu bringen.

Als wir dann an Weihnachten nach München gefahren sind, haben Oma und Opa uns Glühwein gemacht und Weihnachtslieder gesungen und Papa vorgeschlagen, dass er doch zurückkommen soll. Ihre unausgesprochene Botschaft war, dass es ja jetzt, nach Greys Tod, keinen Grund mehr gebe, in Norfolk zu bleiben. Es existierte keine Verbindung mehr zu meiner Mum. Ned hat sich daraufhin betrunken. Er hat sein Glas mit bloßen Händen zerschlagen und Blutspuren im Spülbecken hinterlassen, die ich stillschweigend weggewischt habe.

»Ich habe gemacht, was auf diesem Zettel stand. Ich habe das Meldeamt angerufen und die Traueranzeige entworfen. Ich habe dem Pfarrer Bescheid gesagt. Habe Blumen bestellt.« Ich hake die Punkte auf der Liste mit den Fingern ab. »Ich habe eine neue Ansage für den Anrufbeantworter aufgenommen. Ich habe seine Abos gekündigt. Ich habe sein Zimmer geputzt. Aber Papa hat immer weiter Marmite gekauft.« Mein Flüstern wird zunehmend hysterisch, ich muss tief Luft holen. »Grey war der Einzige, der es mochte. Und Papa hat ständig neue Gläser angeschleppt. Nicht dass es ausgegangen wäre – niemand rührt es an. Alle paar Wochen habe ich es auf seiner Einkaufsliste an der Tafel gesehen und wieder ausgestrichen. Aber er hat es trotzdem gebracht. Mittlerweile haben wir dreißig Gläser davon.«

»Ich werde das Marmite essen.«

»Danke.« Ich seufze. »Aber das ist es nicht … Ich … ich habe alles gemacht, was auf dem Zettel stand! Ich habe mit dem Bestattungsunternehmer gesprochen. Ich habe die Lieder ausgesucht.«

»Du hast alle Rituale durchgeführt«, sagt Thomas. »Du hast Whiskey vergossen.«

Mein Hals schmerzt von all den ungeweinten Tränen. Papa kauft Marmite, und Ned schmeißt eine Party, nur ich folge den Anweisungen. Ich mache die Rituale. Wieso werde dann nur ich von Wurmlöchern heimgesucht?

»Ich habe bei der Beerdigung nicht geweint«, beichte ich. Anschließend gab es einen Umtrunk im Pub, sämtliche Freunde von Grey waren da, alle mit Bärten und Cordhosen. Wir tranken Bier und aßen Quiche, und die Leute erzählten lustige Geschichten, die sie nicht zu Ende brachten – irgendwann hielten sie verlegen inne. Auch da habe ich nicht geweint. Es stand mir nicht zu. Erst im Oktober, als Jason endlich auf meine Kurznachricht geantwortet hat, kamen die Tränen. Was ist das für ein Mensch, der um eine Affäre weint, aber nicht um den eigenen Großvater?

Diesen Teil erzähle ich Thomas nicht.

»Das ergibt doch keinen Sinn«, sage ich.

Ich weiß nicht weiter. Nachdem ich mich an das Schwimmen mit Jason im Kanal erinnert hatte, an unsere ganz eigene Art von Liebe, glaubte ich, es würde mir bessergehen. Ich war in die Welt zurückgekehrt, und sie überwältigte mich. Aber heute Morgen, als ich an die Tafel schrieb, dass wir Spülmittel brauchen, bin ich in ein großes Schwarzes Loch aus Leere gefallen. Offenbar gibt es für jeden Moment, in dem ich mich ein bisschen besser fühle, auch gleich einen, der mich wieder runterzieht.

»Ich glaube nicht, dass es einen Sinn ergeben soll.«

Wir liegen Schulter an Schulter, Arm an Arm, Bein an Bein, bis hinunter zu den Zehen. Seine Socke hat ein Loch. Obwohl er so gepflegt ist, haben seine Socken ständig Löcher. Und dann kommt mir von irgendwoher der Gedanke: Ich werde Thomas ein paar neue Socken kaufen.

Ich drehe mich zu ihm um, er sieht mich an.

»Danke-«

Sein Kuss – so unvermittelt, rasch und süß – unterbricht mich. So unbestreitbar real. Es ist, wie wenn man sein Lieblingsbuch liest und vom Ende fasziniert ist, obwohl man genau weiß, wie es ausgeht.

Es fühlt sich anders an als gestern. Da gab es diese kurzen, schwindelerregenden, ungläubigen Momente, bevor wir verwundert auseinanderstoben. Jetzt ist da die Berührung seiner Brille an meiner Wange, die zaghafte Wärme seines Munds auf meinem. Meine Hände, die sich in den Ausschnitt seines T-Shirts krallen, das ich mit den Fingern zwirble, um ihn näher heranzuziehen. Unsere Nasen und Gesichter und Kinne stoßen zusammen; unsere Zungen können sich nicht entscheiden, ob sie reden oder küssen wollen oder beides gleichzeitig; Hände auf Gesichtern, Hände überall, ungeschickt und neu.

Plötzlich ertrinken wir in Flutlicht und Lärm. Der Küchenwecker schrillt durch den Garten.

Wir springen auf und sehen einander verwirrt an, dann blinzeln wir in Richtung Küche.

Ned beugt sich aus dem Fenster, hinter ihm lodert das Licht.

»So, liebe Kinder«, ruft er uns zu. »Macht schön Winke-Winke.«

»Du schickst uns ins Bett?« Unglaublich.

»Wir Männer haben noch was zu besprechen.« Mit einem Zucken des Kopfes ruft Ned Thomas zu sich. »Kuchen.«

Thomas sieht aus, als hätte er eine Biene verschluckt. Ich

küsse ihn auf die Wange und flüstere: »Ignorier ihn einfach.«

Ned räuspert sich – eine Papa-Geste in Grey-Lautstärke –, Thomas faltet sich auseinander und schlurft durch den Garten.

»Entschuldige«, murmelt er mir über die Schulter zu, obwohl Entschuldigungen in unserem Vokabular eigentlich nicht vorkommen.

In meinem Zimmer hüpft Umlaut aufs Kopfkissen, er gurrt, während er auf dem Kissen seine Kreise dreht. Ich ziehe meinen Schlafanzug an und starre auf die E-Mail, deren Ausdruck noch immer an meiner Pinnwand hängt.

Sie hat sich verändert.

Sie hat sich in eine Serie von mathematischen Formeln verwandelt. Sie sind mir nach wie vor unverständlich, aber näher an Sprache als der Buchstabensalat von vorher. In Schrödingers Universum (Greys »verrückter Flachleger« mit der Katze, die weder lebendig noch tot ist) gibt es eine unendliche Zahl von Möglichkeiten. Aber ich glaube, jetzt sind nur noch wenige übrig. Ich bin kurz davor, in den Karton zu schauen.

Die Veränderung der Konstellation an der Pinnwand ist so minimal, dass ich sie fast übersehen hätte. Im Abwenden fällt mir auf, dass der kleine orangefarbene Punkt, der Umlaut-Punkt, sich bewegt hat.

Und als ich zurück aufs Bett schaue, merke ich, dass der reale Umlaut, der eben noch frech mit seinen Pfoten mein Kissen bearbeitet hat, mit einem Plopp verschwunden ist.

Freitag, 6. August

{minus dreihundertneununddreißig}

»Glaubst du an den Himmel?«

Der Nachmittag ist pollengesättigt, und wir alle hängen schläfrig im Garten ab.

Alle, ungelogen. Hier treffen Welten aufeinander. Nachdem ich Sof eingeladen hatte, tauchte auch Meg auf, und die wiederum rief Jason auf den Plan, was ein Sorry-kann's-nicht-ändern-Urg von Sof hinter Jasons Rücken zur Folge hatte. Alle drei liegen im Gras, ignorieren die wie versprochen glutenfreien Muffins, und spielen ein Kartenspiel ohne erkennbare Regeln.

Ned trägt Pailletten. Er schwänzt seine Schicht in der Bücherscheune und macht lieber Fotos, zwischendurch nippt er an einer Wasserflasche, die vermutlich nicht nur H_2O enthält. Thomas und ich haben uns in stiller Übereinkunft unter den Apfelbaum zurückgezogen. Im Gras neben mir liegt Greys letztes Tagebuch. Über uns, jenseits der Blätter, ist der Himmel hell, ein lichtes Blau, und ich frage mich, ob Thomas deshalb nach dem Himmel gefragt hat. Oder denkt er, dass Grey jetzt da oben ist und auf uns herunterschaut?

Aber Grey glaubte nicht an den Himmel, er stand mehr auf Reinkarnation.

»Gottie«, würde er jetzt sagen. »Ich werde als Käfer wiederkommen. Der, der da neben deinem Fuß den Grashalm hochklettert, das bin ich. Du willst wissen, wo Umlaut ist? Die Antwort lautet: Überall um dich herum, Mann. Du bist kurz davor, alles herauszufinden.«

Ich beobachte, wie der Käfer eine Blüte erklimmt, die sich unter seinem Gewicht biegt. Aus seiner Perspektive ist dieser Garten das Universum. Ich möchte ihm erzählen, was ich entdeckt habe, dass da nämlich noch viel, viel mehr ist. Einen Moment lang lasse ich mich in dem Glauben, es sei wahr. Dass Grey der Käfer ist und Käfergedanken denkt: »Hoffentlich gibt's heute Ameisen zum Abendessen.« Aber ich glaube nicht, dass er uns aus dem Gras sehen kann, oder vom Himmel aus. Ich glaube nicht, dass es so funktioniert.

»Nein, Himmel wäre zu einfach.«

Himmel würde mich freisprechen. Himmel wäre warm und fröhlich, die riesige Himmelsharfe. Nicht auf Wurmlöcher warten und machtlos die Tage bis zu Neds Party zählen.

»Gottie –«, sagt Thomas, ein Niesen unterbricht ihn. »Bah, Pollen. Ich meinte nicht *den* Himmel. Ich wollte wissen, ob du an so was wie Schicksal glaubst … Du und ich … Diesen Sommer.« Über die Ränder seiner Brillengläser schaut er mich feierlich an. »Uns.«

»Du meinst, ob dir deine Rückkehr vorbestimmt war?« Ich bin nicht sicher, ob mir diese Idee gefällt. Mir wäre es lieber, wenn ich ein gewisses Mitspracherecht in der Sache hätte.

»Ich meine, dass es keinen Unterschied macht, ob ich damals im Antiquariat vom Bücherstapel gefallen bin und dir einen Kinnhaken gegeben habe«, sagt Thomas. »Du warst nicht mein erster Kuss, aber du warst der, der zählt.«

Wow. Ich schiele hinüber zu unserem selbsternannten Anstandswauwau. Ned sitzt mit dem Rücken zu uns, also nutze ich blitzschnell die Gelegenheit und klatsche Thomas einen Kuss auf den Mund. Es sollte ein Schnellschuss sein, aber es fühlt sich an wie der Urknall – ein Kuss, der sich ausdehnt.

»So, Kinder«, unterbricht uns Ned. Er kommt auf uns zu, und wir fahren auseinander. Ich schaue zu den anderen hinüber, Sof beobachtet uns mit erhobenen Brauen. Immerhin war ich klug genug, ihr das mit Thomas und mir zu schreiben, bevor sie herkam.

»Sagt mal *Cheese.*« Ned lässt die Kamera kippen. Ein Tropfen aus seiner Flasche fällt auf mein Bein, gefolgt von dem herabflatternden Polaroid. Minuten vergehen, bis das Bild sichtbar wird: Thomas und ich Seite an Seite. Unsere Finger sind im Gras ineinander verschränkt. Sein Kopf ist mir zugewandt, er lächelt. Am liebsten würde ich in das Bild greifen und meinen Kopf zu ihm drehen.

Ned spielt weiter den lässigen Paparazzo. Von Sof macht er mit ihrem Handy drei oder vier Aufnahmen mit Mohnblüte im Haar, bis sie endlich mit dem Ergebnis zufrieden ist. »Neues Profilfoto«, sagt sie zu Meg. »Es gibt da ein Mädchen, das ich gern zu der Party einladen würde …«

Die Zeit fließt träge dahin. Es könnte jeder beliebige

Sommer aus den vergangenen Jahren sein, unser Haus war schon immer ein Treffpunkt. Nur, dass jetzt kein Grey mehr da ist, der das Ganze dirigiert. Und er wird nie mehr da sein. In einer Woche findet Neds Party statt. Das letzte große Hurra des Sommers. Ich schlage eine leere Seite im Tagebuch auf und schreibe: *Warum bist du nicht mehr da?*

»Wir sollten was tun«, murmelt jemand.

»Unbedingt«, sagt eine andere Stimme.

»Meint ihr, wir sollten das ganze Dorf zur Party einladen?« Das ist Ned. »Oder sie der nächsten Generation widmen?«

»Was? Wie in *Krieg der Sterne*?«, flüstert Thomas.

Ich liege auf dem Bauch, das Kinn auf den Händen. Und ich möchte ewig so verharren, schläfrig in der Hitze, die alles gleichgültig werden lässt. Keine Wurmlöcher und kein Grabstein mit meinem Geburtsdatum drauf, kein Sarg aus Weidengeflecht und Asche in einer Urne. Keine Katzen, die sich in Nichts auflösen. Mein derzeit wichtigstes Anliegen soll in der Anstrengung bestehen, mich zu erheben, in die Küche zu gehen und in der Kühltruhe nach Eis am Stiel zu suchen. Es soll so sein wie letztes Jahr, ein endloser Sommer, in dem ich mich verliebte, in dem es eine Zukunft gab, und es mir egal war, ob ich Sof anlog oder nicht.

Bevor meine Welt auseinanderbrach.

Mir gegenüber macht Meg eine Gänseblümchenkette für Jason. Das eine Ende hat sie bereits um den Kragen seiner Lederjacke gelegt. Ich beobachte sie, als wären sie Fremde auf einer Filmleinwand.

Und ich wische den Schmerz weg, als wären es Regentropfen.

»Gottie.« Thomas' schläfriges Wispern findet seinen Weg durch die Blumen zu mir. »Warum starrst du ihn die ganze Zeit an?«

»Hmmm?«

Jason lacht. Megs Fuß liegt in seinem Schoß. Er spielt mein und Sofs Spiel: Er schreibt mit einem Filzstift auf ihre Fußsohle, während sie kichernd so tut, als wäre es ihr lästig. Meine eigenen nackten Füße zucken im Gras. Ich habe noch immer ein Paar Schuhe mit Jasons Namen auf der Sohle.

Ich bekomme einen Stups in die Seite und wende den Blick von Jason ab, der in die Gänseblümchen lacht. Thomas rollt sich zu mir herüber, unsere Schultern sind Seite an Seite – wie die von Jason und mir, damals, vor langer Zeit auf der Decke. Oder war es gestern? Das ist das Problem, wenn man in die Vergangenheit reist: Es fällt einem schwer, in der Gegenwart zu leben, und die Zukunft verliert man völlig aus dem Blick.

»Entschuldigung, wie bitte?«

»Jason. Immer wenn er auftaucht, starrst du ihn an.«

»Ich hab ihn nicht angestarrt«, lüge ich und füge dann leise hinzu: »Wenn du es unbedingt wissen musst, ich starre vor mich hin und mache mir wichtige Gedanken. Jasons blöde Haare sind nur zufällig in mein Blickfeld geraten.«

»Wichtige Gedanken«, schnaubt Thomas. »Zum Beispiel welche Soße du dir beim Abendessen auf deine Ofenkartoffel tust?«

Erste Küsse, zweite Chancen. Wäre Thomas nicht vom Bücherstapel gefallen, wäre er mein erster Kuss gewesen. Aber es macht nichts, dass es stattdessen Jason war. Ich bedauere nur, dass es ein Geheimnis blieb. Was hätte Grey dazu gesagt? Den Refrain von »My Way« geschmettert? Vermutlich. Und er hätte mir erklärt, dass Liebe etwas ist, das man hinausbrüllt. Aber vielleicht gibt es ja hundert verschiedene Arten von Liebe und unsere war bloß für diesen einen Sommer vorgesehen.

Ich wünsche mir einen endlosen Sommer und eine neue Liebe mit Zukunft.

»Hey, Thomas.« Ich drücke den Reset-Knopf. »Du warst mein erster Kuss – zumindest der erste, der zählt. Ich denke du bist mein erstes Alles.«

Damit meine ich meine erste Liebe. Eine kleine Notlüge. Aber Thomas' Gesicht ist weit offen vor Staunen, seine Augen wärmen meine, als er sagt: »Dein erstes Alles. Du hast vorher nie …?«

Ich habe keine Möglichkeit, das richtigzustellen, weil Sof uns unterbricht.

»Was flüstert ihr da dauernd?«, ruft sie durch den Garten. Dösend liegt sie in Greys Liegestuhl, eine Bierflasche baumelt in ihrer Hand, die Füße sind unter den Körper gefaltet.

»Schicksal«, erwidert Thomas und sieht mich dabei an. Dann grinst er zu Sof hinüber. »Erste Single von Deck-Chair-Girl. Du siehst aus wie eine Popdiva.«

Sie prostet uns lächelnd zu. »Komm her«, sagt sie zu Thomas. »Komm her und erzähl mir was von Kanada.«

Als er aufsteht, flüstert er mir zu: »Uff, und ich hatte schon befürchtet, dass *The Wurst* auf persönlicher Erfahrung beruht.«

Lachend wälze ich mich auf den Rücken, ich schließe die Augen und lasse mich von der Sonne überspülen, bis im Halbschlaf rote Muster auf meinen Lidern tanzen. Meine Lüge von eben flackert am Rand meines Bewusstseins. Es war ein Missverständnis, rede ich mir ein, und schiebe es weg in die Tiefen meiner Erinnerung. Morgen werde ich das klären – zumindest das mit dem Sex. Ich habe nicht vor, ihm zu erzählen, dass ich schon mal verliebt war.

Wegen Thomas-und-Gottie. Weil wir es schaffen, Freunde zu sein, und vielleicht ein bisschen mehr als das. Ich weiß noch nicht, ob wir uns mögen oder lieben, und es ist mir auch egal. Groß werden, heranwachsen, erwachsen sein, was auch immer – diesmal werde ich es richtig machen. Es ist *Schicksal*.

Ein Insekt kitzelt mich am Arm, und ich wische es weg. Ich höre, wie Neds Fenster sich quietschend öffnet, wir werden mit Musik beschallt.

»Mir ist langweilig.« Sofs Stimme kommt von weit her. Nur langweiligen Leuten ist langweilig, Sofia, sagt Greys Stimme in meinem Kopf.

Wieder kitzelt es, eine Mücke, ein Marienkäfer oder eine Ameise. Die Sonne verschwindet hinter einer Wolke, mich fröstelt.

Ein Schmetterling ist auf meinem Arm gelandet. Mit der ersten kühlen Brise des Tages.

»Hau ab«, murmle ich, doch da kommt schon ein anderes Insekt, und noch eins, und noch eins – kalt und nass sind sie und zu Hunderten. Doch als ich die Augen öffne, sind da keine Insekten. Es regnet.

Ich bin allein im Garten.

Bin ich eingeschlafen? Typisch Ned, dass er mich nicht weckt und die anderen dazu bringt, ohne mich reinzugehen.

»Ned! *Edzard*«, brülle ich, den Mund voll Regenwasser, und rapple mich hoch. Dann schlittere ich durchs nasse Gras in die Küche. Draußen gießt es, es ist dunkel wie an einem Winterabend. Der Regen fällt in dichten Vorhängen, als ich zur Tür hereinplatze. »Vielen Dank auch, ihr A…«

Niemand da. Es ist dunkel. Außer dem Summen des Kühlschranks und dem steten Tropfen meiner nassen Kleider ist nichts zu hören.

»Hallo?«, rufe ich und knipse das Licht an. Vielleicht haben sie sich alle versteckt. »Eins, zwei, drei, ich komme!«

Regen prasselt an die Scheibe. Ich rubble mein Haar mit einem Geschirrhandtuch trocken, bis es ein elektrisch aufgeladener Mopp ist. Eine Spur nasser Fußabdrücke folgt mir durch die Küche. Ich nähere mich auf Zehenspitzen Neds halboffener Tür, stoße sie auf. »Hab dich!«

Das Zimmer ist leer. Bis auf Neds Platten und seine gigantische Stereoanlage, eine Sammlung von Kameras und den schalen Geruch schmutziger Wäsche. Die Bettwäsche ist dieselbe, seit Papa zu Beginn des Sommers das Bett bezogen hat. Ich rümpfe die Nase: krass.

Ich schließe die Tür und patsche durch die Küche ins Wohnzimmer, spähe die Treppe hinauf zu Papas Zimmer und sehe sogar im Bad nach. Niemand zu Hause.

Vielleicht sind sie ins Pub gegangen oder an den Strand, bevor es zu regnen anfing – vielleicht habe ich eine Ewigkeit verschlafen. Doch als ich in die Küche zurückkomme, zeigt die Uhr erst halb vier. Selbst mit Lampe ist es hier so gruselig wie bei der Addams Family. Ich zwicke mich in den Arm und sage mir, dass das albern ist. Ich werfe den Wasserkocher an und befolge das Ritual: Teebeutel, Tassen, Milch.

Doch als ich den Kühlschrank öffne, setzt die Normalität schlagartig aus.

Heute Morgen standen da Platten mit Thomas' Kuchen, ein Teller mit Brownies unter Frischhaltefolie, Reste in Schüsseln und Tupperdosen, und in der Tür eine Batterie von Gurkengläsern. Jetzt ist da bloß ein schimmliges Stück Käse und eine Milchflasche, die – igitt – den Geruchstest nicht besteht. Unbehagen erblüht wie ein Algenteppich. Hier stimmt was nicht.

Die Flasche noch in der Hand schließe ich den Kühlschrank. An der Tür kleben weder Fotos noch Magnete.

Ich werde das Gefühl nicht los, dass ich nicht hierhergehöre.

Blitze zucken durch das Dämmerlicht. Ich renne zum Fenster, unmittelbar darauf folgt der Donner, und ich starre hinaus in den Regen. Wo *sind* sie alle?

Der nächste Blitz lässt mich zurückzucken: Der Himmel

ist ein einziges Fernsehflimmern. Die Welt ist ein Wurmloch.

Ich taumle durch die Küche und stoße gegen den Tisch. Ein jäher Schmerz fährt mir in den Hüftknochen. Ich schnappe nach Luft, aber meine Lungen wollen sich nicht füllen. Das ist ein Albtraum. Ich wirble herum und bemerke Einzelheiten, die mir zuvor entgangen sind. Die Tafel ist schwarz. Den ganzen Sommer über standen dort Botschaften für Thomas, dass er seine Mum anrufen soll – was er aus irgendwelchen Gründen nie gemacht hat. Zu spät fällt mir ein, dass ich ihn nie gefragt habe, warum, oder wieso sein Dad nicht anruft. Im Spülbecken stehen drei benutzte Schalen, am Rand verkrustete Cornflakes.

Am Wandkalender sind die Tage mit Filzstift durchgestrichen, wie Grey es zu tun pflegte, und wie Ned es beibehalten hat – wir haben Freitag, den sechsten. Die Zeitung auf dem Tisch bestätigt das. Ein Blick auf das Verfallsdatum der Milch sagt mir, dass sie schon vergangene Woche abgelaufen war.

Es ist Freitag, es ist der sechste August. Der Zeitpunkt stimmt.

Aber ich fürchte, ich habe die falsche Abzweigung genommen.

Mein Herz fällt in sich zusammen wie ein sterbender Stern. Ich möchte nicht hier in diesem einsamen Haus sein. Drei Schalen – Papa, Ned und ich. Eine Welt ohne Thomas. Eine Zeitachse, die zeigt, wie dieser Sommer sein könnte-würde-sollte, wenn er nicht heimgekommen wäre.

Ich verschütte Milch, die mit einem sauren Platschen auf dem Boden landet. Ich renne zur Tür, hinaus in den Garten und durch den Regen. Ich ignoriere den leeren Himmel, bis ich sicher in meinem Zimmer ankomme und die Tür hinter mir zuschlage. Ich heule in meine Kissen, japse: bitte, bitte. Ich will hier nicht sein. Ich will nach Hause, ich will, dass das *aufhört*. Bitte.

Ich befinde mich in einem Wurmloch, aber diese Erinnerungen gehören nicht zu mir. Ich bin auf einer anderen Zeitachse, an einem anderen Ort. Wodurch habe ich diese Zeitreise ausgelöst? Denk nach, Gottie. Was hast du gemacht? *Was hast du gemacht?*

{4}

Weltschmerz

Wenn die Ausnahme gilt, sollte man bedenken:
Die Regeln sind außer Kraft gesetzt.

Man sollte nicht davon ausgehen, dass man, wenn man das Wurmloch auf einer Zeitachse betritt, auch auf derselben Zeitachse wieder herauskommt. Man darf nicht annehmen, dass sämtliche Zeitachsen für immer existieren oder in dieselbe Richtung führen.

Das Universum besteht aus Wasserstoff. Die Weltschmerz-Ausnahme besteht aus dunkler Materie.

Und je länger sie anhält,
desto mehr verdröselt sich die Zeit.
Und umso schwerer ist es, sie wieder zu entwirren.

Aber wie fängt es an?

Wie lässt es sich anhalten?

Samstag, 7. August

{minus dreihundertvierzig}

Die Seite ist leer.

Es ist nach Mitternacht. Draußen tobt weiter der Sturm. Ich sitze noch immer auf meinem Bett, habe mich aber in einen von Greys alten Pullovern gewickelt. Ich starre in sein Tagebuch.

Der Tag, an dem Jason und ich in die Küche taumelten. Der Tag, an dem Grey starb – am frühen Nachmittag. Er hat seine Einträge immer abends gemacht. Auf die Seite vor mir, die für den ersten September, hat er nichts geschrieben.

Das Gottie-H.-Oppenheimer-Prinzip, Version 5.0.

Zunächst mögen mich die Tagebücher geleitet haben, jetzt aber nicht mehr. Die Regeln sind außer Kraft – ich könnte überall sein. Auf der Beerdigung. Im Krankenhaus. Die Welt scheint mir genau das zeigen zu wollen, was ich nicht sehen will.

Jetzt weiß ich auch, wo das alles hinführt, wenn ich ihm nicht Einhalt gebiete. Zu Neds Party. Zu Greys Tod.

Zum dritten Mal mache ich eine Liste sämtlicher Wurmlöcher. Aber diesmal schreibe ich auf, was wirklich passiert ist.

Greys Zimmer. Das erste Mal, dass ich mit Jason allein war, seit er mit mir Schluss gemacht hat.
Vor der Bücherscheune. Das erste Mal, dass ich nach seinem Tod dort war.
Greys Sessel. Ich habe gerade mein Rad zu Schrott gefahren und wünsche mir meinen Großvater, und es tut weh.
In der Schulbibliothek. Ich entdecke meine Beziehung zu Jason in Greys Tagebuch. Er nennt es Liebe.
Am Strand. Ich sehe zu, wie Jason mit allen anderen redet, außer mir. So als gäbe es mich gar nicht.
Mit Jason. Ich beschließe, dass er mich nie geliebt hat.
Am Kanal. Streit mit Sof.

Und –

Im Garten. Ich habe Thomas angelogen, habe ihm gesagt, ich sei nie verliebt gewesen.

Warum ist mir das vorher nie aufgefallen? Die Weltschmerz-Ausnahme! Weltschmerz ist ein anderes Wort für Melancholie.

Im Grunde sind Wurmlöcher Zeitmaschinen, angetrieben von dunkler Materie und negativer Energie. Und was ist dunkler als Schmerz? Meine Theorie sieht folgendermaßen aus: Der gesammelte Schmerz wegen Jason und Grey hat mich so sehr erschüttert, dass die Zeit in sich zusammengebrochen ist. Die Regeln wurden außer Kraft gesetzt.

Die Wurmlöcher haben sich immer dann vor mir aufgetan, wenn ich traurig war, oder wütend, oder verzweifelt, oder verloren. Oder wenn ich gelogen habe.

Das ist das Gottie-H.-Oppenheimer-Prinzip. Es hat nichts mit Teilchen oder Fraktalen oder Tagebüchern zu tun. Es hat mit mir zu tun und mit dem, was ich an Greys Todestag getan habe. Ich bin ein schlechter Mensch. Und das Wurmloch, in dem ich jetzt festsitze? Ist das die Strafe dafür?

Ich möchte den Kopf auf die Bücher legen und einschlafen, um dann in meiner richtigen Welt wieder zu erwachen. Ich werde Thomas alles erzählen, und wir werden sehen, wohin die Zeit uns bringt. Aber um dorthin zu kommen, muss ich handeln. Ich zwinge mich dazu, einen meiner vielen Notizblöcke zur Hand zu nehmen und durchzulesen, was ich geschrieben habe. Aller guten Dinge sind drei (-hundert).

Als Erstes fällt mir ein Diagramm ins Auge, das ich vor Wochen in der Bibliothek ausgedruckt habe.

Die Schwarzschild-Metrik: Aus einem Abstand von einer Billion Lichtjahren sieht ein Schwarzschild'sches Schwarzes Loch aus wie ein Wurmloch. Sie sind identisch.

Ein solches Loch schaltet den Fernseher weder auf eine neue Zeitachse, noch zeigt er etwas, das bereits geschehen ist. Wenn es einem gelingt, das Loch vor dem Gravitationskollaps zu bewahren, kann man hindurchgehen.

Der Trick dabei ist der Einsatz von exotischer, dunkler Materie – wie ein Schuh, den man in eine Tür klemmt. Um hindurchzugehen, muss man das Dunkle überwinden.

Meine Finger »stapfen« entschlossen durch das Diagramm. Durch die Tür.

Ich bin dazu bereit, wie gefährlich es auch sein mag. Denn hier gehöre ich wahrhaftig nicht her. In diesen Platzregen, der eigentlich gar nicht sein darf. Das kann nicht die Wirklichkeit sein, so darf der Sommer nicht laufen – ohne Thomas. Ohne Vorsehung. Bei dem Gedanken, ihn nie mehr wiederzusehen, überwältigt mich unerträgliche Einsamkeit.

Ich will gerade zu heulen anfangen, da hört der Regen auf. Das Trommeln auf dem Dach, das Jaulen des Windes, der ganze Lärm – alles verstummt. Es passiert zu plötzlich, um Zufall zu sein. Ich wische mir die laufende Nase mit dem Handrücken und richte mich auf. Plötzlich bin ich ganz wach.

Licht kriecht um die Kante meiner Zimmertür. Es scheint durch das schlierige Glas des kleinen Fensters. Ich knipse meine Lampe aus, tauche den Raum in Dunkelheit. In dieser Wirklichkeit kleben keine Thomas-Sterne an der Decke. Aber da ist es wieder – ein Glimmen, das aus dem Garten kommt. Mein Herz klopft, aber es springen keine Warnsignale an.

Ich lasse mich vom Bett gleiten und tripple auf Zehenspitzen durchs Zimmer. Ich fürchte mich vor dem, was mich – wurmlochtechnisch – hinter der Tür erwartet. Deshalb knie ich mich davor, anstatt sie zu öffnen. Als ich mein Auge ans Schlüsselloch presse, sehe ich auf der anderen Seite nicht den Garten. Sondern die Küche.

Was ist denn das für ein Scheiß?

Ich blicke mich um, fahre mit der Handfläche über die Bodendielen. Kein Zweifel, das ist mein Zimmer. Wieder schaue ich durchs Schlüsselloch. Immer noch die Küche. Das Licht ist an, und auf dem Fenstersims stehen Kräutertöpfe, am Kühlschrank kleben Bilder und Magnete. Thomas kommt gerade aus der Speisekammer und geht zum Herd. Gott sei Dank. Ich fahre hoch, reiße die Tür auf und rufe seinen Namen:

»Thomas!«

Auf der anderen Seite der Tür ist nicht die Küche. Natürlich, so einfach kann es nicht sein. Es ist aber auch nicht der Garten. Ich schwanke und wäre fast hineingefallen in das Dunkle, das den Türrahmen füllt. Kein Fernsehflimmern. Keine durchsichtige Folie, wie bei einem Filmriss. Sondern die dichte, tintige Unendlichkeit eines Schwarzen Lochs.

Dunkle Materie. Negative Energie. Reiner Herzschmerz.

Was wird passieren, wenn ich hindurchgehe? Auf der anderen Seite ist die Küche. Und Thomas. Doch auf dieser Seite herrscht das Dunkle. Kummer und Gräber. Wenn ich hinaustrete, muss ich mich auf das Schlimmste gefasst machen. Ich muss damit rechnen, den Tag, an dem er starb, noch einmal zu erleben.

Wo ich jetzt bin, ist kein Thomas, kein Umlaut. Deshalb muss es sein. Ich trete in das Dunkle hinaus.

Keuchend tauche ich wieder auf, in der Küche.

Es ist Nacht. Die Luft ist heiß und stickig, gesättigt von Jasmin- und Zitronenduft, ich schwitze in Greys Pullover.

Aber ich bin da. Irgendwo angekommen. Wo und wann auch immer. Ich bin zu Hause. In Sicherheit. Die Flut kommt, alles wird gut.

Thomas hat mich noch nicht bemerkt. Ich unterdrücke den Impuls, ihn von hinten zu umarmen und zu Boden zu reißen. Doch der Schmerz, der mich da draußen im Dunklen schier zerrissen hat, kann zu nichts Gutem führen.

Ich lehne am Türrahmen, versuche, zu Atem zu kommen und sehe ihm beim Rühren zu. Mit angespannten Muskeln schlägt er Teig in einer Schüssel. Konzentration legt seine Stirn in Falten. Er trägt dasselbe T-Shirt wie letzte Woche, als er den Zitronenkuchen gebacken hat. Auch damals stand er rührend am Herd. Und die Luft duftete nach Jasmin. Als … Als –

Die Flut zieht sich zurück.

Heiliger Algorithmus. Der letzte Montag. Auch damals stand Thomas in einer heißen, stillen Nacht über eine Teigschüssel gebeugt. Er trug dasselbe T-Shirt und backte glutenfreien Zitronenkuchen für Sof. Thomas backt nie zweimal dasselbe. O mein Gott – ich bin auf die falsche Zeitachse gerutscht. Ich bin in der letzten Woche gelandet!

Ms Adewunmis Warnung dröhnt mir in den Ohren. Muss ich befürchten, dass Norfolk in die vierte Dimension gesaugt wird?

Das hier ist nicht mein Zuhause. Ich bin nicht in Sicherheit. Ich befinde mich in der Vergangenheit. Gleich muss ich kotzen. Ich werde den Nobelpreis gewinnen. Ich brauche Wasser. Ich muss mich hinsetzen. Mir ist schwindlig, ich phantasiere, ich stoße mich vom Türrahmen ab und torkle in den Raum.

»Gottie.« Thomas blickt auf. Endlich bemerkt er mich. Dann lächelt er, nur für mich: Grübchen graben sich in sein Gesicht. Und plötzlich ist es mir völlig schnuppe, ob ich das ganze verdammte Sonnensystem zerstört habe.

Aber ich kann noch nicht sprechen. Meine Beine schaffen es gerade bis zum Tisch, ich muss mich setzen. Mit einem Blick auf mein Outfit sagt Thomas: »Du musst dich ja fühlen wie im Backofen?«

Ich erröte schuldbewusst, obwohl er ja nicht ahnen kann, warum ich für eine regnerische, kalte Nacht gekleidet bin. Eine ganz und gar andere Nacht.

»Und was hast du im Ofen?«, gebe ich zurück. Mein Mund ist trocken.

»Ha. Mal im Ernst«, sagt er, dreht den Ofen herunter und setzt sich zu mir. Wieder stoßen unsere Knie zusammen. Diesmal klemmt er meine zwischen seine. »Du siehst niedlich aus in diesem Pullover, aber draußen sind über dreißig Grad.«

Sein »niedlich« bringt mich völlig aus dem Konzept, ich zerre mir den Pullover über den Kopf, ohne ihn aufzuknöpfen. Er bleibt unterwegs stecken und nimmt das T-Shirt mit. Statik lässt mein Haar Funken schlagen. »Hilfe«, rufe ich aus den Tiefen des Pullovers und fühle an der Taille Thomas' Hand, die mein T-Shirt festhält. Als ich schließlich auftauche, sieht er mich nachdenklich an. Ein Lächeln zuckt in seinen Mundwinkeln.

»Hör auf, dich an mich ranzuschmeißen«, sagt er. »Das ist ja peinlich.«

»Hast du Jetlag?«, krächze ich. Mein Gehirn feuert in rascher Folge Erinnerungen an vergangenen Montag ab. Ich klammere mich daran und versuche, alles genau so zu machen. Denn bei der geringsten Abweichung … Hier wird Zeit im großen Stil manipuliert. *Zurück in die Zukunft* ist ein Dreck dagegen.

»Alles in Ordnung?«, fragt Thomas. Er legt mir die Hand auf die Stirn, als wollte er meine Temperatur messen. Völlig erschöpft lehne ich mich dagegen. Ich falle und lasse mich von ihm auffangen. »Nein, ganz normal«, befindet er. »Aber wieso fragst du mich nach Jetlag?«

»Jetlag ist, ähm«, stammle ich, »wenn man die Zeitzone wechselt und ganz durcheinanderkommt.«

»Ich weiß, was Jetlag ist. Die Frage ist nur ein bisschen komisch – ich habe Kanada vor einem Monat verlassen. Sonst sind wir doch auch so lange auf. Was bist du, siebzehn oder siebzig?« Thomas legt den Kopf schief und betrachtet mich. »Bist du sicher, dass alles okay ist? Irgendwie kommst du mir sonderbar vor heute Abend.«

Ich erstarre. Warum bin ich durch diese Tür getreten? Angefangen bei den falschen Klamotten bis zu vorweggenommenen Bemerkungen habe ich mir bereits Hunderte von Ausrutschern geleistet, die sich auf die Zukunft auswirken könnten. Ich bin ein Riesenschmetterling, der benommen durch die Küche flattert und intergalaktische Tsunamis auslöst. Das kann nur in einer Katastrophe enden.

»Aha«, Thomas schnipst mit den Fingern. »Keine Hausaufgaben heute? Ich erkenne dich kaum, wenn du keine riesige Rechenmaschine unterm Arm hast.«

Meine Schultern sacken vor Erleichterung herunter.

»Immer die Nase in den Büchern, ständig was zu notieren – so kenne ich dich«, fährt Thomas fort. »Geben Sie den Weg frei, mein Herr. Ich bin auf dem Weg in die Bibliothek! Es gibt Gleichungen zu lösen!«

Stimmt. Heute habe ich meine Sternenkarte nicht dabei. Keine Tagebücher oder Notizhefte. Wie schaffen wir es in den Garten zu unserem Kuss? Wie komme ich wieder nach Hause? Ich bin ganz und gar verloren.

Thomas missdeutet mein Schweigen und stupst mich sanft.

»Entschuldige«, sagt er. »Normalerweise liest du immer was abartig Schlaues mit einschüchterndem Titel, aber mal ehrlich … Ich beneide dich um deine Hausarbeitsmoral. Verglichen mit mir …« Er lacht ein kurzatmiges Lachen, das nicht nur scherzhaft gemeint ist. Vielleicht weil ihm sein Dad ständig im Nacken sitzt.

»Aber du kannst hart arbeiten«, versichere ich ihm. »Wirklich. Ich hab dich in der Bücherscheune gesehen. Du bist der Einzige, der die Kochbücher katalogisiert. Und du bäckst uns praktisch jeden Tag das Frühstück.«

Ohne Vorwarnung schiebt Thomas mit einem irritierenden Scharren seinen Stuhl zurück und verschwindet in der Speisekammer. Beladen mit Backzutaten taucht er wieder auf und breitet sie auf dem Tisch aus, genau wie in der ersten Nacht: Rosenwasser, Zucker, ungesalzene Butter und Tüten mit Pistazien.

»Vergiss Sofs Kuchen«, sagt er. »Machen wir Baklava fürs Frühstück. Keine Hausarbeit heute? Dann … kannst du mir ja helfen, oder?«

Ein neuer Versuch. Das Universum gibt mir eine zweite Chance. Es ermutigt mich. Es möchte, dass ich »Ja« sage.

Backen ist gar nicht so schwer – oder Thomas ist ein guter Lehrer. Ein paar Minuten später stehen wir nebeneinander am Herd. Ich übernehme Idiotenjobs wie Butter schmelzen, während er etwas ziemlich Kompliziertes mit Zucker und Rosenwasser anstellt. Und die ganze Zeit denke ich: So soll es sein. So hätte es mein ganzes Leben lang sein sollen.

»Fertig gekauft?«, necke ich Thomas mit gespieltem Entsetzen, als er ein Paket Blätterteig aufmacht.

»Pssst.« Er schiebt mich weg.

Thomas schichtet Blätterteiglagen in die Kuchenform, und weist mich an, sie mit geschmolzener Butter einzupinseln. Wenn ich stattdessen seine Hand erwische, beschwert er sich. »Lass das. Und jetzt streust du die gehackten Pistazien drüber – oder, ähm, ja okay, ein einziger großer Klumpen ist auch in Ordnung. Das nennt sich dann ›Kunst‹. Was hattest du noch mal in Kunst? Eine Vier?«

Ich klaue eine Pistazie. Thomas schlägt meine Hand weg.

»Weißt du was?«, sagt er. »Ich übernehme das Backen und du erzählst mir was über Zeitreisen.«

Ich verschlucke mich fast an den Pistazien, die ich mir in den Mund gestopft habe. Ich habe keineswegs vergessen, was hier abgeht, und das Wissen um meine *eigene* Zeitreise einfach beiseitegelegt wie eine alte Socke. Aber das Universum hat sich besonnen, es möchte Wiedergutmachung leisten. Und einen Moment lang kommt es mir so vor, als wüsste Thomas Bescheid.

»Deine Hausarbeit?« Er hebt die Augenbrauen, und ich frage mich, wohin Ms Adewunmis Auftrag mich führen wird. Jedenfalls weit weg von Holksea, wie sie sagt. Und damit auch weit weg von Thomas. »Es geht um Zeitreisen, ja? Aber bitte erspar mir die Mathematik. Reden wir von vorwärts oder rückwärts?«

»Ein bisschen von beidem«, sage ich und klaue noch eine Pistazie.

»Ecclair weiter.«

»Also … Wenn du und ich zu einem Punkt in der Zeit zurückgingen, wie etwa –«

»Den Sommer vor elf Jahren, nachdem sie mich vom Jahrmarkt verbannt hatten«, unterbricht Thomas. »Ich bin immer noch empört. Die Schweine haben mich praktisch *angefleht*, dass ich sie freilasse.«

Ich lache. Sechzehn flüchtende Schweine, verfolgt von Grey, dem Pfarrer und Thomas' Dad, während Thomas unterm Kuchenbüffet hockte und begeistert zusah.

»Gut. Wir entwickeln eine Gleichung mit dir und mir als Faktoren und unseren Koordinaten. Und wir brauchen Energie, etwa so viel wie zehn Sterne, die nutzen wir, um eine Krasnikow-Röhre zu öffnen …« Ich vergewissere mich, dass Thomas mir folgen kann. »Ähm, stell dir vor, wir backen eine Teigrolle, ein Cannolo. Am einen Ende ist die Gegenwart, und wir durchqueren es bis zum anderen Ende – in die Vergangenheit.«

»Gottie, ich hab kapiert, was du sagen willst«, sagt er sanft. »Ich verstehe das Wort *Röhre*.«

Ich werde rot. »Wir gehen also durch diese Röhre, diesen Tunnel, dieses Cannolo, was auch immer. Mathematisch ist das ziemlich komplex, aber nehmen wir mal an, wir legen einen Tunnel durch die Raumzeit.«

»Zwei Fragen«, sagt Thomas und schneidet die Baklava in kleine Rauten. Ich warte darauf, dass das Messer abrutscht, tut es aber nicht. »Was passiert, wenn wir mit unserem früheren Selbst konfrontiert werden? Eine ›Erschieß uns beide, Spock!‹-Situation? Kannst du mir bitte den Topf reichen? Das war übrigens nicht die zweite Frage.«

Ich reiche ihm den Topf und werfe einen Blick hinein. Der Zucker ist zu rosa Sirup geschmolzen, den Thomas über die Gebäcklagen gießt, während ich klarstelle: »Man kann seinem früheren Selbst nicht begegnen.«

Er zieht eine Augenbraue hoch. »Bist du da sicher?«

»Ja, das verbietet der kosmische Zensor.«

»Machen wir's doch so, jedes Mal, wenn du über Wissenschaft redest, rolle ich so lange mit den Augen, bis ich's kapiert habe, okay?«

»Ha, schließlich gibt es Weltraumgesetze, Regeln. Solltest du nahe genug an ein Schwarzes Loch herankommen, um zu sehen, was drin ist, wirst du eingesaugt. Das Universum hütet seine Geheimnisse. Und wenn du zurückgehst, existiert dein sechsjähriges Selbst vorübergehend nicht – das Universum versteckt dich in einer Zeitschleife, bis es für dich wieder sicher ist. Eine Art Mini-Cannolo.«

»Ansonsten – *kabumm*?«

»Es kann immer nur eine Version von dir geben.« Ich nicke.

»Aha«, sagt Thomas und sieht mich an, als wollte er mein Gesicht auswendig lernen. »Darüber muss ich nachdenken.«

Ich widerstehe der Versuchung, das Mathegenie raushängen zu lassen und ihn darauf hinzuweisen, *dass zum Beispiel jetzt gerade keine zwei Versionen von mir existieren.* Stattdessen tauche ich den Finger in den Sirup und male ein klebriges Schaubild auf den Tisch. »Außerdem sind die Vakuumfluktuationen zu berücksichtigen, denn in algebraischen Gleichungen ausgedrückt –«

»La, la, la, la, la, la«, trällert er völlig schief. »Keine Algebra! Bleib lieber bei den Kuchenmetaphern! Wer hätte gedacht, dass du so viel von Patisserie verstehst? Auch das ist nicht meine zweite Frage. Die lautet nämlich: Was dann? Wie kommen wir wieder nach Hause?«

»Da wird's interessant.« Ich trete zurück, als Thomas das Blech mit der Baklava in den Herd schiebt und den Küchenwecker stellt.

»Wir könnten bleiben und linear weiterleben. Warten, bis die Zeit auf natürliche Weise vergeht und wir irgendwann, elf Jahre später, wieder hier ankommen. Aber indem wir das tun, verändern wir das Universum.«

»Wollen wir das denn nicht? Ich könnte meinen Ruf retten.«

»Aber dein sechsjähriges Ich ist ja nicht da, um die Schweine zu befreien, weißt du noch? Du steckst in dem kleinen Cannolo und fliegst durch den Weltraum, bis das Universum grünes Licht gibt.«

»Das heißt, wenn wir bleiben würden, ... würde unser jeweiliges jüngeres Selbst nicht mehr existieren?«, fragt Thomas. Seine Hände deuten an, dass ihm der Kopf explodiert.

»Und schließlich würde auch unser Teenager-Selbst verschwinden, weil wir dort nicht vorgesehen sind«, bestätige ich. »Das, oder wir hätten ein klassisches Weltuntergangsszenario.«

Indem ich erkläre, begreife ich es: Ich kann nicht bleiben. Ich dürfte eigentlich gar nicht hier sein. Denn fünf Tage weiter fehle ich. Was immer heute Abend zwischen uns beiden geschieht – ich muss wieder zurück. Ich muss ein neues Wurmloch finden, das mich in die Zukunft zurückbringt, und muss diesen Montag lassen, wie er war. Thomas wird sich an diese Unterhaltung nicht erinnern, sie wird nicht stattgefunden haben.

Ich kann meine Lüge nicht rückgängig machen. Selbst wenn ich Thomas jetzt von Jason erzählte, es würde nichts ändern. Also wozu das Ganze?

»Und wenn wir das nicht tun?« Er legt den Kopf schief und wartet geduldig auf eine Erklärung. »Wenn wir nicht bleiben?«

Es ist noch immer heiß, aber die Luft duftet jetzt nach Rosen. Ich zögere einen Moment, bis ich antworte.

»Wir backen einen zweiten Cannolo«, sage ich. »Wir lassen die Vergangenheit unangetastet, kehren in die Gegenwart zurück, und alles ist, wie es war.

»Heiliger Cannolo«, sagt Thomas. »Sozusagen. Auf einmal verstehe ich Physik. Aber erzähl das nicht meinem Vater, es könnte ihn glücklich machen.«

Schweigend sehen wir einander an.

»Gottie. Warum würdest du überhaupt zurückwollen, wenn man doch nichts ändern kann?«

»Man könnte etwas lernen«, sage ich. »Etwas über sich erfahren.«

»Wo würdest du hingehen?«, fragt er. »Und was könntest du daraus lernen? Sag jetzt bitte nicht ›Wie man besser malt‹, denn inzwischen habe ich *The Wurst* richtig liebgewonnen.«

Ich hole tief Luft, balle die Hand zur Faust und spreize den kleinen Finger ab. Ich deute damit auf Thomas, und er verhakt seinen kleinen Finger in meinen.

»Ich würde fünf Jahre zurückgehen«, sage ich und ziehe ihn zu mir. Ich möchte sichergehen, dass das in jeder Wirklichkeit passiert. »Und ich würde einen wirklich stabilen Bücherstapel bauen und herausfinden, wie es ist, einen Jungen zu küssen. Auch wenn das an der Zukunft nichts ändern würde – ich wüsste dann, wie es ist.«

Eine Hand hält Thomas und zieht ihn näher. Mit der anderen tue ich, was ich schon den ganzen Sommer tun wollte:

Ich bohre meinen Finger in sein Grübchen. Und als er lacht, küsse ich ihn.

Alles explodiert in Elektrizität, Licht, eine Fontäne aus flüssigem Silber.

Als ich sagte, ich glaube an die Urknalltheorie der Liebe, hatte ich mir das nicht so vorgestellt. Wir passen zusammen wie Legosteine. Es ist überwältigend. Thomas' Mund wandert über meinen Hals. Ich mache die Augen auf und nehme diesen Moment und alles um mich herum bewusst wahr.

Die Küche verändert sich.

Die Gewürze auf dem Bord an der gegenüberliegenden Wand organisieren sich zu einer großen La-Ola-Welle. Über Thomas' Schulter sehe ich, wie das Basilikum plötzlich erblüht und zu Petersilie wird. Die Uhr rotiert, dann geht die Sonne auf. Und die Rosen vor dem Küchenfenster, die immer pfirsichfarben waren, die mein Leben lang pfirsichfarben waren, leuchten gelb in der fahlen Morgendämmerung.

Dieser Kuss hat das Universum verändert. Als ich ihn loslasse, habe ich Schmetterlinge im Bauch, die so groß sind, dass sie ein Erdbeben in Brasilien auslösen können.

»Wow«, sagt Thomas und tut so, als schwankte er. Dann zieht er mich wieder an sich, wir pressen unsere Stirnen gegeneinander, seine Hände umfassen mein Gesicht. Seine Brille drückt gegen meine Wange. »Entschuldigung«, flüstert er. Keine Ahnung, wofür. Die Gewürze, die Rosen, das Basilikum erwähnt er nicht. Er weiß nicht, dass sich etwas verändert hat. Für ihn ist es immer so gewesen.

Mein Instinkt sagt, dass hinter mir, gegenüber der Küchentür, mein Zimmer liegt. Eine Woche später. Der Notausgang des Universums.

Thomas fährt mit dem Finger meinen Arm entlang. »Wir sollten ins Bett gehen.«

Ich quieke vor Überraschung.

»Jeder für sich natürlich, du Perverse«, lacht er. »Bevor Ned angestürmt kommt und mich umbringt.«

»Ich sollte …« Ich drehe mich um und deute zur offenen Küchentür. Tatsächlich, ich kann von hier direkt in mein Zimmer gehen. An der Decke leuchten Sterne, kein Sturm rüttelt an den Fenstern. Die Bücher, die ich auf dem Bett verstreut zurückgelassen habe, sind ordentlich auf meinem Schreibtisch gestapelt, und – oh! Umlaut ist da und schläft auf dem Kissen. Die Welt, in die ich zurückkehre, unterscheidet sich von der, die ich verlassen habe.

Aber sie ist nicht unbedingt besser.

An der Wand zwischen meinen Gleichungen lauert ein Fleck dunkler Materie.

Noch eine Woche bis zur Party. Und ich bin durch die übelsten Ecken des Universums marschiert, um hierher zurückzukommen. Ich glaube nicht, dass die Weltschmerz-Ausnahme mich ungeschoren davonkommen lässt.

Ich kann Thomas nicht mitnehmen, damit er meine Hand hält. Wenn diese Version von ihm um fünf Tage nach vorne springt, wird sich sein künftiges Selbst verschieben – die Zeit ist auch weiterhin verdröselt. Er gehört hierher. Ich gehöre in die Zukunft. Nur ich kann durch das Wurmloch gehen.

Und das sind meine Optionen: Weg A. Ich nutze die Chance, um Thomas von Jason zu erzählen. Dann bleibe ich in der Küche, zusammen mit der Wahrheit. Und das Universum wird langsam implodieren.

Weg B: Ich trete durch diese Tür. Das Universum ist gerettet, aber meine Lüge besteht weiter.

In jedem Fall bedeutet es das Ende der Welt.

Rasch, bevor ich es mir anders überlegen kann, drehe ich mich um und küsse ihn fest und schnell auf den Mund. Ich sauge an seiner Unterlippe, halte mich Sekunden lang verzweifelt daran fest, bevor ich loslassen muss, bevor ich –

Ich mache einen Schritt zurück, von ihm weg, dann stehe ich in meinem Zimmer. Meine Lungen platzen schier von der Anstrengung dieser wenigen Schritte.

Über der Schwelle schimmert der Garten in der Morgendämmerung.

»Gute Nacht«, sage ich, obwohl niemand da ist.

Sonntag, 8. August

{minus dreihunderteinundvierzig}

Ein Sonnenstrahl weckt mich. Meine Uhr sagt, dass Sonntag ist. Mein Kopf tut weh. Langsam tauche ich aus dem Schlaf auf, starre in den Efeu vor dem Fenster, in dem noch schwarze Materie hängt, und denke über den Kuss nach, der das Universum verändert hat. Noch vor ein paar Stunden hatte ich ihn auf den Lippen, aber für Thomas ist er nie passiert.

Die Vergangenheit ist dauerhaft.

Ich wälze mich herum, kämpfe mit der Philosophie und der zerdrückten Bettdecke.

Thomas liegt neben mir auf dem Bett. Hoppla! In Überlichtgeschwindigkeit bin ich hellwach.

Er schläft noch, sein Atem ist warm und geht schwer und gleichmäßig wie ein Metronom. Ich betrachte ihn, betrachte den Mund, den ich geküsst habe. Schon mehrmals. Thomas Althorpe. Der gesagt hat, dass er mich mag. Mit dem zusammen ich das Universum verändert habe. Der mit mir im Bett ist. Gewissermaßen.

Vielleicht war er die ganze Nacht hier, aber er liegt angezogen auf der Bettdecke. Trotzdem bin ich beunruhigt: Ich bin durch negative Energie gegangen, um hierher zurückzukommen. In welcher Welt bin ich im Schnellvorlauf gelandet?

Ich fahre mir mit der Zunge durch den Mund, und puste Umlaut an, um meinen Atem auf Mundgeruch zu testen. Das Katerchen ist ein gutes Zeichen. Ein Universum, in dem er existiert, kann nicht schlecht sein. Dann lege ich meine Hand auf Thomas' Arm und schüttle ihn.

»Thomas«, zische ich. »Thomas, wach auf.«

Er blinzelt, das Gesicht halb in meinem Kopfkissen vergraben. Ihn ohne Brille zu sehen, ist, als teilten wir ein Geheimnis.

»Hey.« Er dehnt sich schläfrig und schließt wieder die Augen. Sein Arm liegt schwer über mir, ich bin ein Bär, bereit für den Winterschlaf.

»Hi«, flüstere ich und kuschle mich in seine Wärme. Alles in Ordnung. Zwischen uns liegt eine ganze Bettdecke. »Weißt du noch, ähm, was passiert ist?«

»Hmmm, muss eingeschlafen sein«, murmelt Thomas ins Kissen.

»Ja. Aber. *Wann*?«

»Bin lange auf gewesen«, gähnt er. »Hab Windbeutelteig für die Croquembouche geübt. Bei dir war noch Licht, und ich dachte –«, uahhh, erneutes Gähnen, »ich schau mal vorbei. Aber du hast geschlafen, und Ned kam nach Hause und ist ausgerechnet im Gras vor der Küchentür eingepennt. Wollte ihn nicht aufscheuchen. Dein Bett sah so gemütlich aus.«

»Schon okay«, bringe ich heraus. Ich versuche, aus dem

Mundwinkel zu sprechen, um ihn nicht anzuhauchen. Jason und ich haben nie die Nacht zusammen verbracht. Ich bin noch nie mit jemandem aufgewacht. Was, wenn ich morgens zickig bin? Ich sollte wohl besser den Mund halten. Aber ich möchte herausfinden, was passiert ist zwischen Freitag im Garten und seinem Einschlafen in meinem Zimmer. Ich bin durch die Raumzeit gehüpft und habe einen ganzen Tag übersprungen.

»Habe ich dich gestern in der Bücherscheune gesehen? Ich kann mich nicht mehr erinnern.«

»Hmmm«, erwidert Thomas vage, ihn fröstelt.

»Ist dir kalt? Komm unter die Decke«, sage ich, ohne zu überlegen.

»Ich stinke wie ein Affenkäfig.« Doch er rollt sich schon zu mir unter die Decke.

Oh-oh.

Ein ernsthaftes Oh-oh, denn Thomas *auf* meinem Bett ist anders. Es ist sicher. Es ist freundschaftlich. Wir haben das schon tausendmal gemacht. Aber unter der Decke sind Arme und Beine, Haut an Haut, warme Schläfrigkeit. Ich habe bloß ein T-Shirt und meine Unterwäsche an.

Sämtliche Atome in höchster Alarmbereitschaft.

»Hi«, flüstert er in meinen Mund, seine Lippen berühren bei jedem Wort die meinen. »Ich schätze, uns bleiben etwa fünf Minuten, bevor Ned seinen Amoklauf startet.«

Kein schlechter Atem, nur Wärme und Zimtkuchen, sein Mund an meinem.

Und dann sind seine Hände unter meinem T-Shirt, kalt

auf meinem warmen Rücken. Dann verschränken sich meine Beine mit seinen. Dann pressen unsere Körper sich aneinander. Unsere Münder pressen sich aufeinander.

Mein Herz hämmert, ich löse mich von ihm. Vor und zurück, rauf und runter, glücklich und traurig. Ich kann nicht mehr sagen, wo wir uns befinden, und wie weit ich gehen möchte. Die letzte Nacht war wahnsinnig intensiv, und jetzt ist er hier, eine Woche nach einem Kuss, der nicht existiert – ein Kuss, der vermuten lässt, dass noch mehr geschehen ist. Ich möchte mein Leben in der richtigen Reihenfolge leben.

»Hi«, sagt Thomas noch einmal und nähert sich meinem Mund.

»Hallo«, erwidere ich förmlich und drücke mein Kinn nach unten wie Umlaut, was Thomas zum Lachen bringt.

»Okay. Schlaf weiter«, sagt er, hebt seinen Arm, und ich falte mich in ihn. Dann drehe ich mich auf den Rücken und starre die Sterne an der Decke an. Das Muster hat sich verändert.

Indem ich durch die Tür ging, habe ich etwas verändert.

Die Sterne über mir beginnen sich zu bewegen, sie kreiseln. Fernsehflimmern. Ich bin nicht beunruhigt. Ich habe mich nicht verirrt, bin weder traurig, noch habe ich gelogen. Kein Tagebuch ist in der Nähe. Ein Blick auf Thomas sagt mir, dass er schläft. Ich krieche unter der Decke hervor und greife wie Superman nach den Sternen. Es wird weh tun. Beam mich trotzdem hoch, Scotty.

Mein Körper wird in Stücke gerissen, seine Teile sind über den Himmel verstreut.

»Du hast eine Festung gebaut?« Jasons Blick wandert von den Heuballen zu mir und wieder zurück. Lächelnd schüttelt er den Kopf. »Ich vergesse immer, dass du jünger bist als ich.«

Heute Morgen hielt ich es für eine großartige Idee. Allerdings bereute ich sie ein wenig, nachdem es mich eine Stunde und viel Schweiß gekostet hatte, einen einzigen Heuballen zu bewegen. Doch als ich mit einer Decke zurückkam, am Kopfende ein schattenspendender Regenschirm, da war es wieder großartig. Ein kleines, nach drei Seiten hin geschütztes Versteck. Aber Jason starrt mich an, als wäre ich plemplem.

»Keine x-beliebige Festung, Spielverderber.« Ich packe seine Hand und zerre ihn hinein, ich drücke ihn zu Boden, bevor ich mich neben ihn fallen lasse. Wir haben August, und der Weizen ist bereits geerntet. Die Strohhalme pieken durch die Decke, wie Beinbehaarung durch eine Stumpfhose. »Schau doch.«

»Na gut.« Grinsend bewegt Jason seine Sonnenbrille in die Richtung, in die ich deute. Goldene Felder, die sich bis zum Horizont des blassblauen Himmels erstrecken. Außer Vögeln ist nichts in Sicht. »Und was sehe ich?«

»Das Universum«, erkläre ich. »Die große, weite Welt. Ist sie nicht überwältigend?«

»Margot«, sagt er. »Holksea ist wohl kaum die große, weite Welt. Warte nur, bis ich auf die Uni gehe …«

Ich blende ihn aus und krame in den Sachen, die ich mitgebracht habe: Bücher, Äpfel und Kekstüten, Flaschen mit Sprudelwasser in einer Picknick-Kühltasche. Ich habe noch nicht ergründet, was wir machen, wenn wir pinkeln müssen, aber abgesehen davon, können wir leicht den ganzen Tag hier verbringen.

In drei Wochen geht er weg. Wir haben noch nicht darüber geredet, wie es dann mit uns weitergeht. Gar nicht, vermute ich. Schall und Rauch und Vergessen. Aber es macht mir nichts aus, fast nichts. Wir hatten den ganzen Sommer. Er redet immer noch, aber ich höre nicht hin.

»Ich hab auch Eis dabei«, unterbreche ich ihn. »Du musst es essen, bevor es schmilzt.« Ich halte ihm ein Eis am Stiel und eine Eiswaffel hin, und gemeinerweise streckt er seine Hand nach dem Eis am Stiel aus, was auch ich gewählt hätte. Doch statt es zu greifen fasst er mich am Handgelenk und zieht mich in seinen Schoß.

»Ich muss bald zur Arbeit«, sagt er. Noch immer halte ich beides in der Hand. Jason legt sich langsam hin, und ich quieke, als seine Hände meine Taille stabilisieren. Am Ende liege ich in seltsamer Position über ihm, die Ellenbogen oberhalb seiner Schultern, in jeder Faust ein Eis. Lachend vergrabe ich das Gesicht an seinem Nacken.

»Margot«, sagt Jason zu meinem Hals. »Leg das Eis weg.«

»Oh.« Ich lasse es fallen. Uns bleiben nur noch wenige Wochen, und ich erinnere mich, was man noch so alles mit seinem geheimen Freund in einer Heufestung machen kann, am letzten Tag des Sommers.

Meine Haut fühlt sich rau und geschunden an – diese Zeitreise war anders als die vorigen. Es beginnt weh zu tun. Immerhin bin ich zurück in meinem Bett, Auge in Auge mit Thomas. Er hat seine Brille wieder auf, Umlaut kuschelt sich zwischen uns und stößt leises Katzenschnarchen aus.

Mein Herz ist noch zur Hälfte in der Heufestung. Wie konnte ich vergessen, was ich damals genau wusste: Dass das mit Jason und mir nicht ewig weitergehen würde? Wie konnte ich vergessen, dass mir das egal war? Greys Tod war wie ein Tornado, der alles wegwischte, was davor geschah. Und ich blieb ratlos zurück.

»Sollen wir's am Mittwoch machen?«, fragt Thomas. Einen Moment lang denke ich, er meint Sex. Wenn man einmal ein Kondom über eine Banane gestülpt hat, will man nie wieder Obst essen. Ich erröte vom Kopf bis zu den kirschroten Zehennägeln.

Jedes meiner Blutkörperchen ist mit Thomas synchronisiert, der neben mir auf dem Kissen liegt.

»Gottie.« Thomas lacht mich an, natürlich hat er meine Gedanken gelesen. »Ich frage nicht, ob wir *das* machen sollen. Obwohl …«

In Zeitlupe klimpert er mit den Wimpern. Er streicht mir das Haar aus dem Gesicht. Zwischen uns schnurrt Umlaut im Schlaf. Über das Kätzchen gebeugt bohre ich Thomas den Finger in die Brust.

»Klappe.« Ich grinse zurück und lasse meine Hand, wo sie ist. Keine dunkle Materie in Sicht. Ich brauchte gar keine zweite Chance. Meine Lüge zählt nicht mehr. Bin ich denn nicht zurückgekehrt, wo ich hingehöre? »Soll ich vielleicht ein zweites Wurstkunstwerk schaffen?«, sage ich auf Deutsch.

»Wie kriegst du es hin, dass Deutsch so niedlich klingt? Bei Ned klingt es furchtbar.« Thomas vergräbt das Gesicht für einen Moment in meinem Kissen, dann taucht er wieder auf. »Egal – also Mittwochabend, okay? Du, ich und die besten Pommes, die Holksea zu bieten hat.«

Ist das eine Einladung? Ich fürchte, ich habe verpasst, wie ich zugesagt habe.

Ich wünschte, ich wäre anwesend, wenn die wirklich wichtigen Dinge in meinem Leben passieren.

Thomas steigt aus dem Bett, streckt sich und zieht die Schuhe an. Als er sich wieder aufrichtet, schaut er zur Pinnwand hinüber. »Ah, du hast meine E-Mail noch! Cool. Und du hast … überall Formeln draufgeschrieben. Okay, uuuuaaahhrrrg…«

Er hüpft zur Tür, macht noch einmal kehrt, küsst mich und ist im Garten verschwunden, bevor ich reagieren kann.

»Hallo, Ned«, höre ich ihn draußen sagen. Die Stimme meines Bruders grummelt eine Antwort, die ich nicht verstehe. »Nicht, was du –«

Ich warte, bis die Stimmen verstummt sind, dann stehe ich auf und sehe mir die E-Mail an. Sie hat sich schon wieder verändert, ist mir aber genauso unverständlich, obwohl Thomas offenbar kein Problem damit hatte. Er hat recht:

Ich *habe* lauter Formeln drübergeschrieben. Immerhin erkenne ich meine Handschrift. Doch die Gleichungen sagen mir nichts.

Mittwoch, 11. August

{minus dreihundertvierundvierzig}

Am Abend gehen wir an den Strand. Ein voller Tagmond ängt riesig über dem Horizont. Die größte optische Täuschung der Welt. Gewaltig und schwer folgt er Thomas und mir, als wir durchs Marschland radeln, vorbei an der Hecke, mit der ich vor hundert Jahren kollidiert bin. Das Loch in den Blättern hat sich mit dunkler Materie gefüllt, sie erwartet mich, warnt mich.

Als wir ankommen, ist der Parkplatz halbleer. Kleine Kinder mit Eimern und Schaufeln trotten hinter ihren Eltern her, auf dem Heimweg durch die Dämmerung. Wir ketten unsere Räder ans Geländer und rennen zum Imbisswagen, kurz bevor er schließt.

»Pommes, bitte«, sagt Thomas im selben Moment, in dem ich »Fritten« sage.

Sie murren, weil sie die Fritteuse schon ausgeschaltet haben, aber Thomas bezirzt sie, und bald sitzen wir auf einer Decke in einer Kuhle in den Dünen. Warmer Essigduft steigt zwischen uns in den dunklen Himmel. Seine Umhängetasche ist aufgesprungen, und ich sehe, dass er mein Exemplar von *Forever* dabeihat. Zwei Postkarten markieren die Seiten, auf denen wir jeweils sind.

»Thomas«, platze ich heraus.

Er dreht sich zu mir um und hält sein Haar fest, damit der Wind es nicht zaust, sein Lächeln ist so weit wie der Himmel. Ich wünschte, ich könnte ihm sagen: »Ich möchte nicht mehr durch die Zeit reisen. Ich möchte hierbleiben und mit dir zusammen das Universum erkunden.« Aber ich bringe die Worte nicht heraus.

»Alles gut?«, fragt er.

Ich nicke und rette eine Fritte aus der Ketchupflut. Schon den ganzen Tag ist unser *Wir* irgendwie ins Stocken geraten – Stammeln, lange Pausen, dann wieder redeten wir beide zur gleichen Zeit. Nein du, komm, sag schon. Ich weiß, was mit mir los ist: Ich warte auf ein Wurmloch, das mich wegzieht. Was mit Thomas los ist, weiß ich nicht. Seit er am Sonntag mein Zimmer verlassen hat, ist er fahrig. Schweigend essen wir, bis mir der Wind warmen Essigdampf in die Nase bläst und ich husten muss. Mein Blick begegnet dem von Thomas.

»Also gut, Superhirn«, sagt er und steht auf. »Warte hier.«

Er zerknüllt die leeren Styroporbehälter und kleckert Essig auf die Decke. Dann trabt er durch die Dünen davon.

»Wo willst du hin?«, rufe ich ihm nach. Ich beuge mich vor und sehe ihn den Weg zum Strand hinunterjoggen.

»Überraschung«, höre ich. Bevor er um eine Kurve biegt und aus meinem Blickfeld verschwindet, versenkt er im Vorbeigehen die Behälter in einer Mülltonne, dazu knallt er die Hacken zusammen. »Jawollll!«

Unterdessen beobachte ich das Meer. Oder eher dessen Abwesenheit: Über den Rand der Kuhle sehe ich nichts als flachen, nassen Sand. Irgendwo unsichtbar dahinter muss die Nordsee sein. Als ich klein war, hat es mich jedes Mal traurig gemacht, wenn sich das Wasser so weit zurückzog. Am liebsten wäre ich meilenweit in den Horizont hineingelaufen, bis auch ich unsichtbar wäre. Wenn ich jetzt in diese Leere rennen würde, würde dann alles hinter mir zurückbleiben? Grey, die Wurmlöcher, ich.

Dann taucht Thomas wieder auf, mir zuwinkend kommt er den Weg herauf. Ich bleibe auf meinem Platz. Als er sieht, dass ich ihn bemerkt habe, formt er mit den Händen einen Trichter und ruft mir etwas zu.

»Was? Ich versteh dich nicht«, brülle ich zurück.

Er hebt übertrieben die Schultern, dann joggt er weiter und hält erst wieder an, als er etwa fünfzig Meter von mir entfernt ist. Ich sitze – Knie unterm Kinn und Arme um die Beine – und sehe zu, wie er einen Fuß über den nassen Sand zieht. Endlich kapiere ich, was er schreibt. Grinsend packe ich unsere Taschen und die Decke und renne durch die Dünen zu ihm. Als ich atemlos ankomme, hat er die beste Gleichung aller Zeiten in den Sand gemalt:

$$X^2$$

Sie drückt aus, was Grey über uns gesagt hat, als wir klein waren. »Oh-oh«, sagte er, wenn ich ins Zimmer kam. Und wenn Thomas mir folgte, dann war es »Oh-oh, Ärger hoch zwei.« Nach einer Weile haben wir das übernommen, unser kleines Mantra, wenn wir wieder mal was im Schilde führten. In den Furchen hat sich bereits Wasser gesammelt. Thomas' Fuß verharrt noch immer am Ende der Zwei – seine Jeans sind nass bis zu den Knien, seine Haare sind vom Salz und von der Feuchtigkeit wild gelockt, die Brillengläser vollgesprenkelt.

Ich stolpere durch den nassen Sand zu ihm, doch er weicht kaum merklich zurück, er schiebt die Hände in die Taschen und zieht die Schultern hoch.

»Echt fortgeschritten«, beschließe ich zu sagen, und deute auf die Zeichen. »Vielen Dank.«

»Gern geschehen«, erwidert er förmlich.

»Du hast Seetang am Fuß«, kläre ich ihn auf.

Thomas schüttelt seinen Turnschuh, und die Alge wird in die Luft geschleudert. Er fängt sie auf und starrt dann verwundert auf seine Hand. »Sagen wir einfach, dass ich das absichtlich gemacht habe«, sagt er und bindet die Ranke am Träger meiner Tasche fest.

»Jetzt bist du eine Meerjungfrau.«

Eine Pause entsteht. Irgendwas fehlt.

»Was meinst du …«, setze ich an, und gleichzeitig sagt Thomas: »Hör mal, das gilt auch weiterhin, oder?«

»Du zuerst.«

»Bevor ich das sage …«, beginnt er. Dann malt er mit dem Fuß einen Kreis in die Luft und deutet zu dem X^2. »Wir waren immer gute Freunde, stimmt's? Und diesmal verspreche ich, dass ich nicht einfach verschwinden werde. Diesmal bleiben wir in Kontakt. Kein Schweigen. Auch nicht von deiner Seite, abgemacht?«

»Ähm, okay.« Ich stoße mit dem Turnschuh in den Sand, dass es schmatzt. Offenbar habe ich da was missverstanden, mit Thomas und mir, mit heute Nacht.

»Zugegeben, Ned hat mich dazu gebracht. Ich habe erst nicht verstanden, warum er diese ›Große-Bruder-Nummer‹ abzieht.« Thomas malt extra-beschwingt Anführungszeichen in die Luft, um mich zum Lachen zu bringen. Aber ich lache nicht. Trotz der vielen warmen Fritten, die ich gegessen habe, liegt mir ein Eisklotz im Magen.

»Was meinst du? Was hat Ned damit zu tun?« Meine Stimme ist zaghaft und dünn.

»Er hat es rausgekriegt … Hör zu … Es gibt da etwas, das ich nicht erwähnt habe, es betrifft diesen Sommer. Ned hat das mit uns vor ein paar Tagen rausgekriegt, und als er mich am Morgen aus deinem Zimmer kommen sah, hat er gesagt, ich müsste es dir sagen, bevor was passiert.«

»Was?«

»Ich werde nicht in Holksea bleiben. Wenn meine Mutter zurück nach England zieht, werden wir nicht nebenan wohnen.«

»Wo denn dann? In Brancaster?« Blöde Frage. Thomas würde nicht so ein Getue machen, wenn er zehn Minuten entfernt wohnte.

»Manchester.« Er stößt die Hände in die Taschen und sieht mich an. Zwischen uns verschmilzt das X^2 mit dem Sand. Gleich wird es ganz verschwunden sein, als wäre es nie dagewesen. »So furchtbar weit ist das auch nicht. Wir können den Zug nehmen.«

»Ungefähr fünf Stunden«, schätze ich. Manchester liegt auf der anderen Seite der Insel, und verkehrstechnisch ist Holksea nicht gerade gut angebunden. Schon um nach London zu kommen, braucht man das Rad, den Bus und den Zug.

»Viereinhalb«, entgegnet er. »Dreimal umsteigen. Ich habe nachgesehen.«

»Du hast im Fahrplan nachgesehen, mir aber nichts erzählt?« Ich verstehe das nicht. »Hat deine Mum deshalb ständig angerufen? Um dir zu sagen, dass der Plan sich geändert hat?«

»Shit.« Thomas lässt die Schultern hängen und bläst Luft nach oben in seine Locken. »Shit. Das war nie der Plan. Mom hat eine Stelle an der Uni in Manchester bekommen, im September soll sie anfangen. Dann kam deine Mail, und ich dachte, ich könnte zuerst hierherkommen. Das hier ...«, er macht eine ausladende Handbewegung, die den Mond, das Meer, den Sand einbezieht, mich und meine luftlosen Lungen, »... war nur für einen Sommer.«

»Du hast mich angelogen?« Ich unterdrücke die Stimme in meinem Kopf, die mir zuraunt, dass ich ihn ja auch belogen habe. Aber in meinem Fall war das ein Missverständnis, ein einmaliger Ausrutscher. Das ist nicht dasselbe. »Wenn ich über den Schulanfang gesprochen habe, oder dass du nebenan einziehen wirst – da hast du das nicht für erwähnenswert gehalten?«

»Auch das war nicht geplant.« Er scharrt im Sand. »Ich bin wirklich nicht stolz darauf, das musst du mir glauben. Aber es war so schwierig zwischen uns, nachdem ich zurück war. Und wenn ich dir gesagt hätte, dass ich nicht bleiben kann, hättest du dich noch mehr abgekapselt. Wir hätten nicht die Chance gehabt, wieder Freunde zu werden.«

Das versteht er unter Freundschaft? Es ist genau dasselbe wie vor fünf Jahren.

»Wann?«, frage ich.

»Wann was?«

»Wann alles. Wann wolltest du es mir erzählen? Wann gehst du nach Manchester?«

»In drei Wochen.«

Vor meinen Augen schwimmen Sterne. In unserer ganzen gemeinsamen Zeit habe ich versucht, die Vergangenheit zu verstehen, nur damit sich jetzt alles wiederholt? Thomas *geht weg*. Und er hat mir nichts gesagt.

Ich möchte die Wolken wegschreien, den Mond zurück in den Himmel schlagen. Ich *kann* das nicht. Die Zeit vergeht zu schnell. Im Handumdrehen war Winter, ein Wimpernschlag, und es war Frühling. Und jetzt ist auch der Sommer schon halb vorbei. Und Thomas verlässt mich – schon zum *zweiten* Mal. Alle gehen weg, Mum, Grey, Ned, Jason, Thomas. Grey, Grey, Grey. Ich falle auf die Knie, kriege keine Luft mehr, ich brauche ein Wurmloch, *jetzt sofort …*

»Gottie.« Thomas' Stimme ist sanft. »In den ersten Wochen dachte ich wirklich, du wüsstest es.«

Ich bleibe auf den Knien und schüttle verzweifelt den Kopf.

»Ich dachte, dein Dad hätte es dir erklärt. Meine Mom hat ihn angerufen, während ich im Flugzeug saß. Ich hatte ihr eine Nachricht hinterlassen. Sie hat ihm erzählt, was geplant war. Er hat mit mir darüber gesprochen.« Er klingt verwirrt, frustriert. Ich drehe mich nicht zu ihm um. »Dann wurde mir klar, dass du keine Ahnung hast, und ich wollte bloß … Ich wusste nicht, was ich tun soll. Es hat Wochen gedauert, bis wir wieder Freunde waren. Du warst so traurig wegen Grey … Ich weiß auch nicht, warum er dir nichts erzählt hat.«

»Dann bin jetzt also ich schuld, weil ich dir angeblich eine Mail geschickt habe«, sage ich und ziehe die Schultern hoch. Ich starre in das Wasser, das sich um meine Füße gesammelt hat. »Und Papa, weil er angenommen hat, dass du es mir selbst erzählst. Und wen könnten wir noch verantwortlich machen? Ned? Sof? *Umlaut*?«

»Ich dachte, du bräuchtest mich hier den Sommer über«, sagt er. »Deshalb war ich da. Zählt das vielleicht nicht?«

»Nein.« Es kommt in einer beleidigten, scharfen Silbe heraus, mein Hals ist zugeschnürt. Ich weiß, dass ich unfair bin, aber wenn ich ein Wort mehr sage, fange ich an zu heulen. Ich sehe, wie Thomas' Füße sich neben mir bewegen. Er sammelt einen Stein auf und lässt ihn über den Gezeitentümpel hüpfen.

»Wir können uns gegenseitig besuchen. Den Zug nehmen. Ich kann mir ein Auto kaufen. Einen Job in einer

Bäckerei annehmen und dich auf halber Strecke mit selbstgebackenen glasierten Krapfen erwarten.« Seine Stimme will mich überreden, aber ich will mich nicht überreden lassen. Nur ein einziges Mal sollen die Dinge so laufen, wie ich es will. Ich stehe auf und latsche mitten durch seine dämliche Gleichung, ich zertrample das X.

»Ich hasse glasierte Krapfen …«, sage ich ihm ins Gesicht, so gemein wie möglich, doch die Worte verschwinden in meinem Mund, als ich sehe, was sie angerichtet haben.

Der Sand, den ich losgetreten habe, bleibt in der Luft hängen. Er wird niemals fallen. Schaumgekrönte Wellen verharren über der dunklen See, Wellenberge, die niemals krachend in sich zusammenbrechen. Alles steht still. Alles ist ruhig. Und Thomas bleibt mitten in seinem Appell stecken.

Die Geometrie der Raumzeit ist eine Manifestation der Schwerkraft. Und die Geometrie des gebrochenen Herzens ist eine Manifestation stehen gebliebener Uhren. Die Zeit steht still.

Ich radle wie besessen die drei Meilen nach Hause durch die Dämmerung, aber es wird nicht richtig dunkel. Die Welt ist so kaputt wie meine zertrümmerte Armbanduhr. Die Sonne will einfach nicht sinken. Sie bleibt da, wo ich sie zuletzt am Strand gesehen habe. Sie verharrt am Horizont, genau wie der Mond, der sich weigert, den Himmel zu erklimmen. Es ist schön und auf altmodische Weise überwältigend. Und ziemlich bedrohlich.

Ich trete mit aller Kraft in die Pedale und nehme die Abkürzung über die Felder, mitten durch die Brennnesseln. Mir ist alles egal, Hauptsache ich komme schnell zu meinen Büchern. Ich muss herausfinden, was hier vor sich geht, mathematisch gesehen. Das wird zwar nichts ändern, doch selbst wenn das Universum Regie führt, ich möchte wenigstens versuchen, die Kontrolle zu behalten.

Völlig außer Atem lasse ich mein Rad in der Einfahrt liegen und spurte in den Garten. Und bleibe wie angewurzelt stehen. Ned und seine Kumpels von der Band machen – machten? – ein Lagerfeuer. Der Auftakt zur Party, die, wie mir plötzlich klarwird, am Samstag steigen wird. Wo ist nur der Sommer geblieben? In neunzehn Tagen wird mein Großvater für immer tot sein. Keine Tagebücher mehr. Und diese ganze Zeit habe ich damit verbracht, mich in Wurmlöchern herumzutreiben, ohne daran zu denken, dass mich dieser Weg zurück zu Grey führen wird.

Die Flammen sind eingefroren. Ned steht neben dem Buddha, den Bierkrug halb erhoben, während Sof ihn mit Bewunderung, durchschimmert von Besorgnis, anschaut. Für einen Moment zeigt sie eine authentische Regung.

Ich bin ein Eindringling. Auf Zehenspitzen schleiche ich mich vorbei und versuche, nicht wie Edmund in Narnia zu erscheinen, der durch das Lager der Weißen Hexe robbt. Dann, *scheiß drauf*, überlege ich es mir anders und binde Jasons Schnürsenkel zusammen. Er hält sein Lieblingsfeuerzeug in der Hand, und ich stecke es ein, um es später in einem Gully zu versenken.

Die Bäume stehen starr und still wie Grabsteine. Es ist grandios und gespenstisch – im Kopf arbeite ich bereits an den Gleichungen, die diese eingefrorene Anti-Schwerkraft beschreiben. Das war es doch, was ich das ganze Jahr wollte, oder? Diese unaufhaltsame Vorwärtsbewegung aufhalten.

Als ich am Apfelbaum vorbeikomme, sehe ich Umlaut. Er verharrt auf der Pirsch nach einer Motte, die er nie fangen wird. Ich nehme Thomas' E-Mail von der Wand und hole mein Oberstufen-Physikbuch. Dann klettere ich auf den Baum und rette Umlaut. Ich möchte nicht, dass er vor Schreck herunterfällt, falls ich die Zeit wieder zum Laufen kriege. Auf meinem Schoß fühlt er sich beruhigend warm an, aber auch beunruhigend steif, wie ausgestopft.

»Okay, Umlaut«, sage ich. Vermutlich kann er mich nicht hören, aber reden hilft gegen die aufkeimende Panik. Das Ganze ist so unheimlich wie Halloween. »Also, wie kriegen wir das hin?«

Die Friedmann-Gleichungen beschreiben den Urknall. Vielleicht könnte man der Zeit eine Starthilfe verpassen, wie unserem schrottigen, alten Auto im Winter. Ich weiß, was Grey tun würde: Er würde laut die Gleichungen über die Ursprünge des Universums lesen, als rezitierte er einen Zauberspruch. Vielleicht hat er ja recht. Vielleicht sollte ich einen kleinen Urknall inszenieren – die Hitze von Jasons Feuerzeug könnte ein Vakuum in der Zeitkapsel erzeugen. Ich würde die Gleichungen komprimieren und dadurch eleganter machen. Das wäre immerhin ein Anfang.

Ich mache es mir gemütlich, klappe die Zeitkapsel zu, um die Beine ausstrecken zu können.

Der Deckel ist nicht beschriftet.

Als Thomas und ich hier raufkletterten, um sie zu öffnen – an dem Tag mit dem Frosch –, standen unsere Namen auf dem Deckel. Er ist im Begriff zu verschwinden. Himmeldonnerwetter! Die Zeit ist nicht nur stehengeblieben, ihre Zweige entwirren sich. Wir fallen in eine Zeit zurück, in der Thomas nicht da ist. Das möchte ich nicht, auch wenn er mich angelogen hat.

Ich möchte, dass es vorwärtsgeht.

Ich möchte, dass auf den Sommer der Herbst folgt. Dass die Schule mit ihren Studienplatzbewerbungen, den Übungstests und Abiturnoten wieder beginnt. Ich möchte Thomas noch öfter küssen und ihn umbringen, weil er mir nicht gesagt hat, dass er geht. Ich möchte ihm von Jason erzählen, alles, und von dem Tag, an dem Grey gestorben ist – Wahrheiten, die ich mir bisher nicht mal selbst eingestanden habe. Ich möchte wissen, was mit ihm und mir nach seinem Abschied passieren wird. Auch wenn alles schiefgeht.

Denn ich möchte endlich weinen können, wenn es weh tut.

Ich kann wählen zwischen dem jetzigen Zustand – dem Anhalten der Zeit, damit meine Welt so wunderbar überschaubar bleibt – und dem Zerschmettern meines eigenen Herzens. Tja. Man reiche mir einen Hammer.

Ich kritzle die ersten Gleichungen auf die Innenseite des Deckels. Dann reiße ich ein paar Seiten aus meinem Physikbuch, stopfe sie in die Kassette und zünde sie mit Neds Feuerzeug an. Zum Glück war es gerade nicht in Gebrauch, als die Zeit stehen blieb, es reagiert sofort. Dann schließe ich den Deckel und schreibe Thomas & Gottie darauf.

Ich kreuze die Finger. Die Innenseite der Kassette war schwarz und rußig, als wir sie geöffnet haben, eben war sie sauber. Ich entzünde jetzt das Feuer, dessen Spuren wir vor ein paar Wochen entdeckten. Handlungen haben Konsequenzen – bei mir scheint es andersherum zu sein.

Ich hatte recht. Die Welt beginnt sich zu drehen. Langsam und knarzend zunächst, wie ein Karussell auf dem Jahrmarkt bei der ersten Runde des Tages. Es folgt ein »Miau«, Umlaut gräbt seine Krallen in meine Jeans. Wind kommt auf und raschelt in den Zweigen. Und schließlich erblühen auch die Brennnesselstiche an meinen Knöcheln.

Immer schneller flattert die Motte durchs Geäst, vom Garten ertönt Gejohle. Schneller und schneller knistert das Feuer, die Sonne taucht ab, die Welt wird dunkel.

Ich bleibe auf dem Baum, zusammengerollt wie eine Raupe.

Keine Ahnung, wie viel Zeit vergangen ist, wie lange ich gewartet habe, bis ich Thomas meinen Namen rufen höre. Ich weiß nur, dass mir kalt ist, und dass ein Rest von schwarzer Materie in einem Astloch lauert. Was hier passiert, macht mir Angst. Wie können Ereignisse, die als schöne, kosmische Vorgänge begannen – flackernde Sterne und die über den Himmel schwebende Zahl Pi – plötzlich so unangenehm und bedrohlich sein? Die Welt schraubt sich immer mehr außer Kontrolle.

Doch mathematisch gesehen dürfte der Neustart der Zeit kaum etwas mit meinem Verhalten zu tun haben.

»Ich bin hier oben«, rufe ich.

Ein paar Sekunden später streckt er den Kopf durch die Blätter. Sein Gesicht ist eine einzige Frage. Unsere Blicke begegnen sich, und ich nicke.

»Ich bin echt sauer auf dich«, verkünde ich.

»Zu Recht.«

»Aber ich habe mich an Brennnesseln verbrannt. Und mir ist kalt. Ich komme jetzt runter.«

»Okay.«

Unten angekommen lasse ich Thomas meine Hand nehmen.

»Nicht dass du denkst, ich hätte dir verziehen«, sage ich.

Als wir durch den Garten gehen, stecken Ned und Sof die Köpfe zusammen, ihre Haare vermischen sich beim Flüstern. Sof blickt auf, als ich vorbeigehe. »Alles gut?« Sie formt die Frage mit den Lippen. Ich nicke.

Thomas hält meine Hand fest und führt mich nach drinnen, in die Küche. Er hält sie auch noch, als wir einen Abstecher in die Speisekammer machen, wo er mit der anderen Hand, an dem Turm aus Marmite-Gläsern vorbei, nach etwas greift, das ich nicht sehe. Er hält meine Hand den ganzen Weg bis zum Bad, wo ich mich auf die Badewannenkante setze, während er den Hahn aufdreht. Er hat versprochen, dass wir Freunde bleiben. Er hat versprochen, mich nicht loszulassen.

Der Wasserstrahl hat die Lautstärke der Niagarafälle, und wir schweigen, als er meine Hand loslässt, um den Deckel des Glases aus der Speisekammer aufzuschrauben. Er schüttet den ganzen Inhalt ins Wasser. Backpulver.

Fragend sehe ich ihn an.

»Grey«, brüllt Thomas über das Rauschen des Wassers. »Das hat er meiner Mom geraten, als ich Windpocken hatte. Ich schätze mal, dass es auch bei Brennnesseln hilft.«

Ich nicke stumm und starre ins Wasser, das milchig wird und inzwischen die ganze Wanne füllt. Bibbernd stehe ich auf und ziehe meine Jeans aus, Thomas wendet sich ab. Ich steige im T-Shirt in das Bad. Die Wärme und die Linderung durch das Wasser tun so gut, dass ich schnurre.

Thomas lacht, er setzt sich mit dem Rücken gegen die Wanne auf den Boden.

»Du klingst wie Umlaut.«

»Tut gut.« Zwei-Wort-Sätze sind alles, was ich derzeit schaffe.

Das Wasser ist heiß und tief und undurchsichtig und reicht mir bis zum Hals. Wann habe ich zum letzten Mal ein Bad genommen? An dem Tag, als Thomas ankam und ich mein Rad zu Schrott gefahren habe und bloß wollte, dass er weggeht. Jetzt bin ich zurück in der Wanne und er – Ironie des Schicksals – geht jetzt wirklich.

Ebenfalls ironisch: In der Badewanne lauert ein Wurmloch. Das Leben bewegt sich vorwärts, während ich zurückgehe. Was habe ich übersehen? Was erwartet die Welt denn noch von mir? Ist doch so schon beschissen genug.

»Bin ich nicht der perfekte Gentleman?«, fragt Thomas ohne sich umzudrehen.

»Das bist du.« Ich spritze ihn an. Am liebsten würde ich hier drin einschlafen. »Ich fühle mich wie in einem wissenschaftlichen Experiment.«

»Ich habe dich in ein Bad mit sprudelnden chemischen Verbindungen gesteckt.« In seiner Stimme wird ein Grinsen hörbar. »Du bist … in deinem Element.«

Thomas fuchtelt mit den Händen über dem Kopf. Ich möchte aus dem Bad steigen und ihn küssen. Ich möchte aus dem Bad steigen und ihn verhauen. Wie kann er wieder weggehen? Wie konnte er mich anlügen?

Ich lache über seinen blöden Scherz und sein albernes Gefuchtel. Aber aus dem Lachen wird ein Heulen.

»Gottie, bitte nicht –« Er unterbricht sich. »Darf ich mich umdrehen?«

Ich nicke, das Gesicht in den Händen vergraben, die Hände zwischen den Knien. Inzwischen ist mir alles egal.

»Ich verstehe das als ein Ja«, sagt er, und dann legt er die Arme um mich, und ich schmelze in ihn hinein und weine an seiner Schulter. »Tut mir leid. Eine Zeitlang habe ich tatsächlich geglaubt, du wüsstest es. Und als ich begriff, dass du keine Ahnung hattest, … da wusste ich nicht, was ich tun soll. Ich wollte nicht, dass du mich hasst.«

»Ich will nicht, dass du gehst«, schluchze ich. Mein Gesicht ist heiß. In Thomas' Armen bricht alles aus mir heraus.

Das Wurmloch zerrt an mir, aber ich halte mich an ihm fest, alles schmerzt. Ich möchte nicht verschwinden. Ich will das nicht mehr, weiß aber nicht, wie ich es verhindern kann. Hier bin ich, und hier möchte ich bleiben.

Ich bin bereit, wieder in der Welt zu leben, aber die Welt lässt mich nicht.

Er ist warm und sicher und zimtig, als er mir versichert: »Ich muss gehen. Aber ich verspreche es dir, ja? Ich werde immer –«

Doch ich kann seinen Satz nicht zu Ende hören, ich werde in den Abfluss hineingesogen.

Donnerstag, 5. September (letztes Jahr)

{minus vier}

Ich bin schweißnass. Es ist Herbst, und die Luft glänzt vor Sonnenschein, ganz und gar kein Tag für ein schwarzes Wollkleid. Jeder Tag ist der falsche für das, was wir hier tun.

Stehend haben wir zehn Minuten lang Kirchenlieder gesungen, die ich nicht kannte. Ich bin es nicht gewohnt, Schuhe mit Absätzen zu tragen. Sie schälen mir die Haut von den Fersen – ich fühle, wie die Strumpfhose an den blutigen Stellen festklebt. Ich schwanke in der Hitze und verlagere das Gewicht von einem Fuß auf den anderen. Ich möchte mich hinsetzen, denke ich. Und den Gedanken sofort wieder rückgängig machen.

Ned fasst mich stützend am Ellenbogen, und ich blicke zu ihm auf. Sein Haar ist zu einem ordentlichen Dutt zusammengebunden.

»Alles gut?«, flüstert er mir zu. Ich nicke, weil die Lieder jetzt zu Ende sind, und die Gemeinde murmelnd wieder Platz nimmt. Kirchenbänke klappern, Papier raschelt. Eine Pause entsteht, bis der Pfarrer wieder zur Kanzel geht. Auf der Suche nach Jason werfe ich einen Blick über die Schul-

ter, doch er schaut zu Ned, nicht zu mir. Sofs Blick begegnet meinem. Ich drehe mich wieder nach vorn.

»Grots«, zischt Ned und nickt in Richtung Sarg. »Sieht aus wie ein Picknickkorb.«

Ein Kichern bildet sich tief unten in meinem Hals. Ich habe ihn ausgesucht, es ist einer von den aus Weidenruten Geflochtenen. Grey wäre am liebsten ins Meer entlassen und mit brennenden Pfeilen beschossen worden. Stattdessen jetzt das, und danach –

Denk nicht an danach, stell es dir nicht vor.

Wieder stehen wir auf.

Beim nächsten Kirchenlied erwischt Papa die falsche Strophe und fällt damit beherzt in den Chor der anderen ein. Ned schnaubt.

Das geht schon den ganzen Tag so, dieses Kippen zwischen Normalität und Horror, ein binärer Takt:

Meine Haare mit Minze-Shampoo waschen, und eine Scheibe Toast essen. Die überwältigende Erinnerung, als ich das Marmite-Glas auf den Tisch stelle. Schwarze Strumpfhosen anziehen, obwohl draußen 29 Grad herrschen, und Grey uns am liebsten alle barfuß sähe. Sie x-mal an- und wieder ausziehen, und immer noch zu früh dran sein. Ned, der auf dem Sofa den Arm um mich legt, während wir durch die Kanäle schalten. Das Warten auf die Wagenkolonne, obwohl die Kirche nur fünf Gehminuten von uns entfernt liegt.

Die Fahrt im Leichenwagen. Hungrig sein. Mich daran erinnern, welche Verpflegung ich im Pub bestellt habe. Papa mit roten Augen. Ned, der mich bittet, ihm die Krawatte zu binden.

Das Wort Grabrede.

Dem Pfarrer zuhören, wie er über James Montella spricht. Sich fragen, wer das ist. Warum nennt er ihn nicht Grey? Alle lachen über eine Anekdote, die der Pfarrer erzählt. Grey wollte, um irgendetwas zu beweisen, über den Kanal springen, und seine Tochter bat ihn, vorher wenigstens die Schlüssel zur Bücherscheune rauszurücken. Ich versuche, mich zu erinnern, bis ich schließlich begreife, dass das vor meiner Geburt gewesen sein muss. Er redet von Mum.

Wir stehen wieder auf, noch ein Kirchenlied. Ich stöhne, weil meine Füße so weh tun.

»Zieh die Schuhe einfach aus.« Es ist Ned, der das sagt und mich mit der Hand an der Schulter stützt. »Das ist in Ordnung, Grots. Zieh sie aus.«

Grey würde das getan haben. Aber ich kann nicht. Ich habe eine solche Erleichterung nicht verdient. Ich schwanke und falle …

Samstag, 14. August

{minus dreihundertsiebenundvierzig und minus drei}

»Nein, wie … Forsythien oder Heidekraut, so ein Gelb.«

Die Floristin zeigt mir noch mehr Lilien, cremefarbene, und ich möchte sie am liebsten anbrüllen, weil sie nichts kapiert. Sie will mir einfach keine gelben Tulpen geben, aber alles muss stimmen. Für die Beerdigung müssen es gelbe Tulpen sein! Ich schreie es praktisch heraus, doch sie schaut mich ungerührt an: »Es ist September …«

{minus zwei}

Ich ziehe mir das schwarze Kleid über den Kopf. In Höhe des BHs bleibt es hängen. Schwitzend und keuchend zerre ich an dem Reißverschluss. Sof steht vor dem Vorhang der Umkleidekabine und soll endlich den Mund halten, alles ist entweder zu kurz an den Schenkeln oder zu eng an den Armlöchern. Ich bin zu groß. Ich hätte mir dieses Kleid sowieso nie ausgesucht, und nicht diese Farbe. Es ist schwarz, aber schließlich soll es ja –

{minus eins}

Das Telefon in der Küche läutet, aber keiner von uns geht ran. Wir starren einander weiter an, wie wir es schon den ganzen Abend tun. Nach einer Minute schaltet sich der Anrufbeantworter ein: »Dies ist der Anschluss von James, Jürgen, Edzard und Margot«, donnert Greys Stimme, dann muss er über unsere albernen Namen kichern und lacht schließlich laut heraus. Sein Lachen füllt den Raum, als wäre sein Tod nur ein riesiger kosmischer Scherz, den sich das Universum mit uns erlaubt. Ha, ha, ha –

Es ist klar, was als Nächstes passieren wird. Seit der Beerdigung bin ich immer wieder aus der Zeit gefallen und habe mich dabei dem Tag von Greys Tod weiter angenähert. Vier Wurmlöcher in drei Tagen, ihre Intensität und Häufigkeit machten mich benommen. Ich weiß nur, dass heute Samstag ist, der Tag der Party, denn Ned stolpert durch die Küche, macht sich mit fahrigen Bewegungen ein Schinkenbrot und fragt mich, ob er mir für heute Abend seinen Eyeliner leihen soll.

Ich habe Jetlag von den Zeitreisen und bohrende Kopfschmerzen. Mit einem schalen Geschmack im Mund sitze ich in der Bücherscheune, eine Pfütze aus Dunkelheit lauert in den Schatten der Regale. Papa räuspert sich. Er schleicht um den Tisch herum, an dem ich gewissenhaft tippe. Der Computer ist furchtbar langsam, er klickt und surrt nach jedem Anschlag.

Und zwischen jedem Klicken und jedem Summen höre ich ein Räuspern.

Das nervt. Zumal ich nicht Rechnungen eingebe, wie ich eigentlich sollte. Das Klicken und Surren gilt vielmehr einer weiteren Mail an Ms Adewunmi. Auf meine erste hat sie nicht geantwortet. Was ist das bloß mit mir und den E-Mails?

Am liebsten wäre mir, wenn meine Finger über die Tastatur flögen, ihr eigenes Ding machten und selbständig von allem berichteten, was vorgefallen ist, von den Split-Screens bis zu den Apfelbäumen, und wie die Weltschmerz-Ausnahme außer Kontrolle geriet. Mir ist klar, was das nächste Wurmloch bringen und wann es mich einholen wird – heute Abend während der Party.

Ging es nicht den ganzen Sommer darum? Um diese Unausweichlichkeit?

Ich muss herausfinden, wie sich das aufhalten lässt. Dazu bleiben mir noch genau fünf Stunden. Und, Hausarbeit hin oder her, ich muss das ohne Klicken und Surren und Ausweichen durchziehen.

Klick.

Surr.

Autsch.

»Räusper. Räusper. Gottie?«

Als ich aufblicke, steht Papa vor mir und tritt von einem Fuß auf den anderen. Instinktiv schirme ich den Laptop mit der Hand ab.

»Fast fertig. Ich warte nur, bis der Computer nachkommt«, lüge ich und nicke zu der Liste auf der anderen Seite des Keyboards hinüber.

»Ach so.« Er nickt. Dann rückt er den anderen Stuhl heran und setzt sich mir gegenüber, dabei zieht er die Hosenbeine hoch. Er trägt heute wieder die roten Converse und das traurige Gesicht – dasselbe wie damals, als er Thomas ankündigte. Dasselbe wie letzten September, als er in den Korridor des Krankenhauses hinaustrat und uns sagte, wir könnten nach Hause gehen.

»Margot«, beginnt Papa förmlich. Dann räuspert er sich wieder und hebt Umlaut auf seine Knie. Er hat den Kater mit zur Arbeit gebracht? »Gottie, Liebling.«

Ich fummle nervös an meinem Stift herum und versuche, meinem Gesicht den unschuldigen Ausdruck eines Teenagers zu geben, der nicht im Begriff ist, die Realität aus den Angeln zu heben.

»Ned hat Thomas letzten Sonntag aus deinem Zimmer kommen sehen. Am Morgen.«

Oh. Nicht zu fassen. Und Papa hat eine Woche gebraucht, bis er damit herausrückt! Grey wäre hereinmarschiert und hätte uns beide an den Ohren nach draußen gezerrt.

»Muss ich mit dir darüber reden?« Eine Serie von Räusperern – »Ja, junge Dame, wir beide müssen über dich und Thomas reden.«

Erleichtert stelle ich fest, dass Papa *diese* Art von Gespräch meint, ein Gespräch über Sex. Doch dann schüttelt es mich: *Diese* Art von Unterhaltung! Ich kann mir das nicht anhören. Lieber möchte in einem dunklen Raum liegen und mich andauernd übergeben. Das wäre erholsam verglichen mit dem hier.

»Ist … schon … in Ordnung«, brabble ich und grinse breit.

Ist es aber nicht, nicht wirklich. Die Wurmlöcher haben mich immer wieder aus der Zeit fallen lassen, so dass ich nicht genau weiß, was nach dem Strand, dem Baum und dem Bad wirklich geschah. Thomas wird weggehen, und er hat gelogen.

Hat eine kurze Zündschnur, hat Grey über mich in sein Tagebuch geschrieben. Aber so aufbrausend wie er es war, bin ich nicht. Er war wie ein Feuerwerk, das nach dem ersten »Oooh« verblasst. Ich bleibe meinem Naturell treu: stur und unversöhnlich. Ich verüble Sof, dass sie mich nicht mehr versteht, verüble Ned, dass er glücklich ist, verüble meiner Mutter, dass sie gestorben ist. Ich möchte es Thomas nicht verübeln, dass er weggeht, bin mir aber auch nicht im Klaren, was wir einander bedeuten.

»Wir sind nicht …«, beharre ich, »Und wenn, wäre mir das neu, brandneu. Außerdem kenne ich mich aus. Also, ähem.«

»Ah.« Papa nickt. Ich hoffe, dass er sich mit seinem Geräusper endlich verzieht, damit ich hier in Ruhe vor Peinlichkeit sterben kann, doch er bleibt sitzen. Ich mache mich gerade auf eine seiner seltenen Standpauken gefasst – die Sorte, bei der er zischt wie ein wütender Ganter –, als er hinzufügt: »Geh besser kein Risiko ein. Wir, deine Mami und ich, wir kannten uns nicht aus. Mit Empfängnisverhütung.«

Ich nicke müde. *Offensichtlich* wussten sie nicht Bescheid. Ned ist der empirische Beweis für ihre Unkenntnis.

»Und außerdem«, fährt Papa strahlend fort, »haben wir keine Zimmer mehr frei für Babys!«

Jetzt bin ich es, die sich räuspert. »Papa, soll das ein Witz sein? Wir arbeiten nämlich immer noch daran, den mit der Ente zu begreifen.«

»Je gelber, desto schwimmt.« Papa kichert über seine Lieblingspointe und wischt sich die Tränen ab. Ich rolle mit den Augen (und es tut weh). »Was ist der Unterschied zwischen einer Ente? Je gelber, desto schwimmt.« Diesen Witz höre ich nun schon seit siebzehn Jahren und kapiere ihn immer noch nicht, doch Papa – und Grey – haben sich jedes Mal scheckiggelacht.

Ich versuche, ihn mit einem Wedeln des Kugelschreibers zu verscheuchen, damit ich mich meinen Kopfschmerzen widmen kann, aber er kichert einfach weiter. Ich habe Papa seit Monaten nicht mehr lachen sehen. Es ist ein schöner Anblick.

»Damals bei Ned kannten wir uns noch nicht aus, meine ich. Aber beim zweiten Mal, als du dich angekündigt hast, da schon«, fährt Papa fort, meine Grimassen ignoriert er. Vielleicht will er mich mit seinem Verhütungsgeschwätz so anwidern, dass ich beim nächsten Mal mit Thomas die Beine zusammenpresse. »Aber trotzdem.«

»Ich weiß Bescheid, Papa«, beeile ich mich zu sagen. Die

Lust auf den Bananenkuchen in meiner Tasche ist mir vergangen.

»Vielleicht doch nicht«, entgegnet er. »Ich habe in deinem Zimmer das Foto von dir und deiner Mami gesehen. Die Haare hast du von ihr.«

Verlegen fahre ich mir mit der Hand durchs Haar und zucke mit einer Schulter, was weder Ja noch Nein bedeutet.

Papa blickt zu Umlaut in seinem Schoß und saugt Luft durch die Zähne. »Du hast uns überrascht.«

»Wieso überrascht?«

»Hmmm, ich war beurlaubt, weißt du? Und Mami auch, von der Kunstakademie. Wir hatten eigentlich vor, mit Ned nach London zurückzugehen, und dann …«, er deutet mit den Händen eine Explosion an und stößt einen Zischlaut aus, dass es Umlaut die Haare aufstellt, »… war plötzlich alles anders. Es war eine Gottie unterwegs. Also, selbst wenn man sich auskennt …«, er räuspert sich. »Wissen genügt nicht. Deshalb ist es vielleicht besser, wenn Thomas künftig in seinem eigenen Zimmer schläft.«

Jetzt bin ich diejenige, die überrascht ist. Mein ganzes Leben lang haben alle so getan, als wäre es folgendermaßen gewesen: Nachdem ihr Leben durch Neds Ankunft ohnehin vom Kurs abgekommen war, sagten sie sich, dass sie auch gleich minderjährig heiraten und ein weiteres Baby haben könnten. Warum nicht in Holksea bleiben und Grey in der Bücherscheune helfen? Für immer. Das Einzige, was nicht geplant war, war Mamas Tod.

Niemand hat mir je erzählt, dass ich eigentlich nicht

vorgesehen war. Niemand hat mir je erzählt, dass sie mehr wollten, andere Pläne hatten.

Sie haben mir nie erzählt, dass ich sie davon abgehalten habe.

»Wie sagt man? Deine Mami war – entgeistert, als sie von dir erfuhr.« Er nickt angesichts der Erinnerung. Ich bin hier nicht die Einzige, die sich in der Vergangenheit verliert. Mit dem Unterschied, dass Papa dazu keine Wurmlöcher braucht.

»*Be*geistert«, verbessere ich und denke an die Theorie, die Thomas neulich entwickelt hat, um Papas bisweilen etwas abgedrehtes Englisch zu erklären. Er meint, Papa würde manchmal absichtlich danebenhauen, um sich an seine Heimat zu erinnern. Doch jetzt, wo ich erfahren habe, dass die beiden diesem Leben eigentlich den Rücken kehren wollten, habe ich eine andere Vermutung. Auf diese Weise kann er ausblenden, dass das hier real ist.

Dass er, zwei blaue Linien und siebzehn Jahre später, immer noch hier ist. Ich weiß, dass Oma und Opa ihn drängen, nach Deutschland zurückzukommen. Sie wollen, dass er bei ihnen wohnt. An Weihnachten gab es deswegen sogar Streit, laute Stimmen und geschlossene Türen. Vielleicht wird er das ja eines Tages machen. In sechs Wochen werde ich achtzehn und nächstes Jahr um diese Zeit packe ich meine Sachen, um an die Uni zu gehen. Dann ist Papa frei.

Als hätte er meine Gedanken gelesen, sagt er: »Nein. Um keinen Preis. Ich habe es nie bereut, niemals.«

Er schaut mich so liebevoll und ernsthaft an, dass es schon peinlich ist. Mir wäre lieber, er hätte mir das nicht erzählt. Mum ist tot, und Grey ist tot, Papa sitzt hier fest, und das ist meine Schuld. Offensichtlich sollte ich nie Teil dieser Familie sein, ich gehöre einfach nicht dazu.

Bestimmt gibt es irgendwo eine Zeitachse, auf der ich gar nicht existiere.

Ich bin nur ein Wurmloch vom Ausrasten entfernt. Eine Welle der Übelkeit verschließt mir die Ohren: Das Dröhnen in meinem Kopf wird übermächtig.

»Viel Spaß heute Abend«, sagt Papa. »Ich werde mich hier verkriechen. Ich weiß nicht, was dir dieses Jahr widerfahren ist, Liebling. Aber jetzt ist es gut. Du bist verliebt. Wie kann das nicht wunderschön sein?«

Na ja, immerhin reden wir nicht über Sex. Wir reden über Liebe. Ich starre auf meine Finger und wünsche, Papa hätte das schon letzten Sommer zur Sprache gebracht. Und dass meine Mami noch am Leben wäre. Ich war klug genug, um mit Jason Kondome zu benutzen, aber nicht klug genug, ihn nicht zu lieben.

Wie kann Liebe nicht wunderschön sein?

Gute Frage.

Das Gottie-H.-Oppenheimer-Prinzip, Version 6.0. Ich gehöre nicht in dieses Universum. Ich habe hier nur Schaden angerichtet. Das nächste Wurmloch wird mir dessen Ausmaß offenbaren. Es sei denn, ich weiß es zu verhindern.

Papa bleibt in der Bücherscheune, nachdem meine

Schicht zu Ende ist. Er werde später mal nach dem Rechten sehen, sagt er. Das Dunkle folgt mir, während ich nach Hause trödle. Ich nehme den langen Weg durch die Felder, vorbei an den Heuballen, und denke darüber nach, wie sich die Zeit festhalten lässt. Und was das Gegenteil von Trauer ist.

Unterwegs schicke ich Thomas eine Nachricht: Können wir uns vor der Party auf dem Friedhof treffen?

Er wartet schon auf mich, verborgen zwischen Baum und Mauer. Einen Moment lang beobachte ich ihn und stelle mir vor, dass er in ein paar Wochen nicht mehr da sein wird. Dass wir einander womöglich nie wiedersehen. In welcher dämlichen Welt ist so was möglich?

»Wolltest dem Chaos nicht allein begegnen, wie?«, fragt er, als ich mich neben ihn setze. Er zieht meine Hand in seinen Schoß und hält sie mit beiden Händen. Er hat recht, was immer mit uns passiert, die Freundschaft bleibt.

»So ähnlich.« Ich runzle die Stirn. Mein Kopf schmerzt immer noch. Was ist eigentlich aus der Flasche mit Greys Hippiemedizin geworden? Davon könnte ich jetzt eine Dosis gebrauchen. »Und du?«

»Ich, äh …« Er kratzt sich verlegen am Kopf. »Du wirst es nicht glauben, aber ich bin nicht der Michelangelo, der ich einst war.«

»Wie?«

»Nicht so ein Partytier«, erklärt er, aber ich blicke immer noch nicht durch. »Ich bin cool, aber aufbrausend, genau wie Raphael. Jetzt mal im Ernst: Du kennst die *Teenage*

Mutant Ninja Turtles nicht? Die *Superstarken Hero-Turtles*? Noch nie gehört? Es wird höchste Zeit, dass ihr zu Hause einen anständigen Internetanschluss kriegt. Du hast riesige Bildungslücken in Sachen Popkultur, die unbedingt geschlossen werden müssen. Außerdem könnten wir dann skypen. Wenn ich weggezogen bin …«, fügt er schüchtern hinzu.

»Ich bin auch nicht gerade eine Stimmungskanone«, erwidere ich auf sein Geplapper und lehne vorsichtig den Kopf an seine Schulter. Er gibt mir Raum und legt den Arm um mich. Dann füge ich mit schläfriger Stimme hinzu: »Aber ein Platz irgendwo am Rand des Geschehens wäre okay.«

»Wo man Ballons platzen lassen und den Kuchen klauen kann.«

»Den Kuchen backen«, stelle ich richtig. Mein Nacken knackt, als ich den Kopf drehe, um zu ihm aufzublicken.

»Wie ist dieses Krocket-Teil geworden?«

»Die Croquembouche«, verbessert mich Thomas. »Ich fürchte, Neds Plan war ein bisschen zu ehrgeizig. Außerdem soll es ja eine Party für Grey sein, oder? Deshalb hab ich Schwarzwälder Kirschtorte gebacken.«

Greys Lieblingskuchen. »Das Beste, was deine Mutter je gemacht hat«, pflegte er zu sagen, »war ein Stück Deutschland mit nach Hause zu bringen.« Wenn er die gegessen hatte, musste man ihn regelmäßig mit dem Schlauch abspritzen.

»Danke.«

Sanft – als wüsste er, dass mein Schädel zu bersten droht, und vielleicht auch, weil er sich fragt, ob ich ihm wegen Manchester verziehen habe – küsst Thomas mich auf den Kopf. Ich möchte mich in unsere Freundschaft sinken lassen wie in ein gemütliches Sofa. Aber wäre damit nicht dieser ganze Sommer widerlegt? Und Grey würde mich umbringen. Sein ganzes Leben, seine Tagebücher mit dem Pfingstrosenrausch und den Ziegen, alles scheint zu sagen: Gehe Risiken ein! Lebe wild und gefährlich! Sage Ja!

Wie ein Komet fährt es mir plötzlich durch den Kopf: Die Liebe – sie kann das Wurmloch aufhalten, sie ist das Gegenteil von Trauer.

Ohne zu überlegen, drehe ich mich um und küsse Thomas. So heftig, dass unsere Köpfe krachend kollidieren und ich Sternchen sehe. Aber diesmal hat das nichts mit Raumzeit zu tun, sondern nur mit Schmerz.

»Autsch.« Thomas reibt sich das Kinn und sieht mich besorgt an. »Alles gut? Natürlich ist alles gut, dein Schädel ist schließlich aus Beton.«

»Wieso meiner?« Ich fahre herum und stoße ihn in die Rippen. »Das ist jetzt schon das zweite Mal, dass *du mir* einen Kinnhaken gegeben hast.«

Dann lesen ihn meine Finger wie Blindenschrift, meine Hände zerknautschen seine Strickjacke. Wie kann man über dreihundert Kilometer hinweg beste Freunde sein?

»Aller guten Dinge sind drei?«, schlägt Thomas vor und schiebt das Kinn vor.

Vom Lachen gehen wir zum Küssen über, wild und unbeholfen und glücklich. Benommen und grinsend ertasten wir den Weg zueinander. Ich hatte keine Ahnung, dass es so sein kann.

»Bist du bereit für Death Metal?«, frage ich, als ich wieder Luft kriege.

Die paar Meter bis nach Hause torkel-taumeln wir küssend Hand in Hand. Die Party ist bereits in vollem Gange. In der Einfahrt bleiben wir stehen und gehen hinter Greys VW-Käfer in Deckung. Der Sound lässt die Kühlerhaube vibrieren. Auch meine Haut vibriert, in mir pulsiert Thomas' Kuss, Papas Enthüllung und das, was kommen wird. Ich kann Thomas' Hand einfach nicht loslassen, sie ist meine Verbindung zur Welt.

»Gibt es einen Weg«, schreit er in mein Ohr, »auf dem wir ungesehen in dein Zimmer kommen?«

Ich wünschte, es gäbe ihn. Denn was hier im Garten läuft, ist *nicht* Greys Party. Schon allein deshalb, weil niemand eine Toga trägt. Seine Ausschweifungen waren eher von der Sorte: Sind-Teelichter-nicht-romantisch?-Ups-ich-habe-aus-Versehen-den-Rhododendron-in-Brand-gesetzt. Die Massen farbiger Ballons sind immerhin ein Versuch – ich mache mich darauf gefasst, Papa ebenfalls irgendwo da oben schweben zu sehen –, aber letztlich sind es Ned und seine Kumpels, die hier abrocken.

»Los, komm.« Ich führe Thomas durch das Gedränge. Augenblicklich sind wir von Leuten umringt. Niall drückt mir einen Plastikbecher mit Bier in die Hand, und ich nehme ihn an. »Das ist Neds kleines Schwesterchen«, sagt er zu jemandem.

Das eine oder andere »Hey« begleitet uns durch den Garten, während wir uns durch Menschenknäuel kämpfen. Aber aus dem Augenwinkel bemerke ich, dass auch das Dunkle uns folgt. Ein Kuss war offenbar nicht genug.

»Heeey.« Das kommt von Sof, eine Erscheinung in Gold, die aus der Menge hervorbricht und mich umarmt. Ich lasse Thomas' Hand los und umarme sie ebenfalls, ihre Herzlichkeit überrascht mich. Als sie sich losmacht, sehe ich, dass ihre Wangen gerötet, ihr Eyeliner verwischt und ihre Beehive-Frisur in Unordnung geraten ist. In jeder Hand hält sie ein Bier.

Sie späht gerade in meinen halbleeren Becher, als wir von jemandem zur Seite gedrängt werden. Ich fühle eine plötzliche Leere. »Gottie! Wo warst du die ganze Zeit?«

»In der Bücherscheune. Und dann haben Thomas und ich …« Hier breche ich ab. Ich habe ihn in der Menge verloren. »Wo sind denn alle?«

»Siehst du die Leute?«, fragt sie in dramatischem Bühnenflüstern. Ihr Atem riecht nach Bier. »Das *sind* alle.«

»Ich meine Leute, die *ich* kenne.« Das sind bloß Sof, Thomas und die Band. »Ned?« Sprechen tut weh, der Kopfschmerz ist von all dem Krach schlimmer geworden. Sof scheint das zu merken und sagt: »Trink.«

Ich gehorche und stürze das Bier hinunter. »Uiuiui«, sagt sie. »Mach lieber langsam, du bist das nicht gewöhnt.«

Ihre Fürsorge erinnert mich an letzten Sommer. Da waren wir noch in derselben Klasse, Prüfungen und Schuluniform lagen hinter uns. Ich habe schon eine Mum verloren und kann mir nicht leisten, noch eine weitere zu verlieren.

»Im Ernst, wo ist Ned?« Ich lasse den leeren Becher ins Gras fallen. Unter einem nahen Gebüsch lauert das Dunkle. Es ist größer geworden. Ich wende mich ab und hole mir eine ungeöffnete Bierdose, die auf einer Bank steht. Jemand sagt »Hey«, aber nicht im Sinne von »Hallo«. Ich sehe genauer hin. »Was ist?«

»Das ist mein Bier«, sagt ein mir unbekannter Typ und deutet auf die Dose, die ich gerade öffne.

Ich starre ihn an. Er hat ein komisches Kinn, und ich weiß nicht, wer er ist, und es ist mir auch egal. »Ich bin die kleine Schwester«, erkläre ich.

»Gottie!«, sagt Sof. »Was ist los mit dir? Ned baut auf.«

»Ich suche Thomas.« Ich lasse sie stehen und bahne mir einen Weg durch die fremden Leute.

Hinter mir höre ich, wie sie sich bei dem Jungen entschuldigt, dem ich das Bier weggenommen habe. Egal. Ich schaffe es bis in die Küche und von dort ins Bad.

Hinter der verschlossenen Tür stopfe ich mir ein paar Aspirin-Tabletten in den Mund und spüle mit dem Bier nach. So war es zumindest geplant, aber ich schaffe höchstens zwei Schlucke. Sof hat recht, ich bin das Zeug wirklich nicht gewöhnt. Hätte ich mir eigentlich denken können.

Mein Spiegelbild ist blass und müde, von meiner bescheuerten Selfmade-Frisur stehen an den falschen Stellen Strähnen ab – und dann sehe ich nur noch Fernsehflimmern. Ich wende mich ab, klappe den Toilettensitz runter und setze mich. Als ich die Augen schließe, rebelliert mein Magen nur noch mehr, außerdem klopft jemand an die Tür. Ich zwinge mich, die Dose leerzutrinken, und gehe dann in die Küche zurück.

Ich inspiziere den Kühlschrank. Die Schwarzwälder Kirschtorte von Thomas steht unangetastet zwischen den Sixpacks. Was würde Grey trinken? Etwas Sprudeliges. In einer Ecke der Speisekammer entdecke ich eine angebrochene Flasche Sekt und hole mir einen Becher von der Anrichte. Schließlich gibt es was zu feiern. Champagner sollte fließen, die Leute sollten tanzen. Bei der alljährlichen Party ist Grey jedes Mal mit mir durch den Garten getanzt, ich durfte auf seinen Zehen stehen. Ich möchte jetzt auch tanzen, möchte mich freuen. Ich möchte leben.

Ich gehe wieder raus, aber auch dort tanzt niemand. Also trampeln ich und die Flasche eine Weile allein im Blumenbeet herum, dem einzigen freien Platz. Das Dunkle tanzt Hand in Hand mit mir. Die gelben Tulpen habe ich am Ende doch nicht gekriegt, für die Beerdigung. Es macht nichts, aber eigentlich ärgert es mich immer noch.

Ich fülle meinen Becher und wandere auf der Suche nach Thomas an den Rändern des Gartens herum. Immer wieder sagt jemand im Vorbeigehen »Hey« zu mir. Neds Freunde, Typen mit Bandanas. Beim großen Buddha bleibe ich stehen, lehne mich an den Stein und schnappe nach Luft. Ich brauche eine Weile, um zu merken, dass ich Jason und Meg praktisch auf die Füße getreten bin.

Ja, super. Perfekt. Unheiliger Algorithmus. Meg wiegt sich in ihren Ballerinas zum Takt der Musik und gibt auch sonst das zierliche, bezaubernde Wesen, ganz im Gegensatz zu mir, dem trampelnden Riesenmonster. Als sie merkt, dass ich sie anstarre, winkt sie mir vorsichtig. Die andere Hand bleibt fest in die von Jason verhakt.

»Gottie!«, ruft sie mir zu. »Diese Party ist doch der Wahnsinn, oder? Kann kaum erwarten, was noch kommt. Ich hol uns was zu trinken. Willst du auch?«

»Hi, und nein danke«, brülle ich zurück und fuchtle mit der halbleeren Flasche. Irgendwo unterwegs ist mir mein Becher abhandengekommen. Sie nickt und verschwindet in der Menge. Dann sage ich zu Jason: »Ich wünschte, du würdest in einem Wurmloch verschwinden.«

»Wie?«

»Nichts, hab nur ›Hi‹ gesagt.«

Jason nickt zögerlich. Ich nehme an, dass er mich nicht hören kann und sage versuchsweise: »Du bist ein riesiges Arschloch.«

»Ja!«, schreit er zurück. »Cooles Lied.«

Aber irgendwie fühlt es sich nicht richtig an. Eigentlich möchte ich ihn nicht Arschloch nennen. Er soll sich lieber anhören, was ich zu sagen habe, soll mich endlich zur Kenntnis nehmen. Sich eingestehen, dass da etwas war zwischen uns, früher mal. Ich lehne mich vor und brülle ihm das zu. Mit meiner Flaschenhand kralle ich mich an seiner Schulter fest, ein bisschen heftiger als beabsichtigt. Er verliert das Gleichgewicht und sucht Halt an meiner Taille. Mit der anderen Hand schirme ich sein Ohr ab und sage: »Wir waren mal verliebt.«

»Was?«, brüllt er. Dann blickt er sich um, beugt sich zu meinem Ohr und sagt schnell: »Ja. Irgendwie schon. Aber Margot, hör zu, nachdem Grey –«

»Als Grey gestorben ist, hast du dich echt scheiße benommen«, unterbreche ich ihn. Ich bin mir nicht sicher, ob er mich hört. Aber das ist nicht mehr wichtig. Ich küsse ihn auf die Wange und gehe. Damit wäre das Thema Jason abgeschlossen.

Irgendwie schaffe ich es ins Haus, ich kämpfe mich durch die Küche und hole mir was aus dem Kühlschrank. Dann trage ich meine Beute durchs Wohnzimmer, wo Leute abhängen und reden. Hier ist es ruhiger. Plötzlich stehe ich vor Greys Zimmer, ich bin nicht mehr dort gewesen, seit Ned und ich es ausgeräumt haben.

Drinnen ist es beinahe still. Ich befinde mich auf der anderen Seite des Hauses, in größtmöglicher Entfernung von Neds Stereoanlage und all den Leuten im Garten. Ich schalte das Licht nicht an und steige auf Zehenspitzen durch das Durcheinander am Boden – hier scheint eine Thomas-Bombe explodiert zu sein. Überall liegen Filzstifte und Comics und Strickjacken herum. Ein Reiseset von Vier Gewinnt steht auf dem Klavier. Nicht die ganzen Sachen, die laut Beschreibung sein Zimmer in Toronto füllten, aber immerhin genug, damit es nicht mehr Greys Zimmer ist.

Deshalb ist es auch in Ordnung, dass ich mich jetzt mit

Schuhen aufs Bett setze, ein Stück von Thomas' Torte in der Hand, in der anderen die Flasche, die erstaunlicherweise fast leer ist. Wann habe ich das getrunken?

Ich lege den Kuchen auf die Bettdecke und postiere mich im Schneidersitz vor *The Wurst*. Dann erhebe ich die Flasche, ein Prosit auf unseren Großvater. Das ist es doch, worum es bei dieser Party geht. Das Dunkle hat sich in eine Ecke verkrochen.

»Was machst du hier?«

Thomas steht in der Tür.

»Hi!«, brülle ich, schalte dann aber sofort auf Nicht-Party-Lautstärke herunter. »'tschuldigung. Hallo. Ich weiß, das ist dein Zimmer, entschuldige.«

»Schon in Ordnung. Was geht hier ab?«, fragt er und schließt die Tür. »Ich habe dich beobachtet, du wirkst ein bisschen …«

Durchgeknallt. Außer Kontrolle.

»Nichts geht hier ab«, sage ich. »Ich konnte dich nicht finden.«

»Du hast dich auch nicht sonderlich bemüht«, entgegnet er mit leisem Vorwurf und setzt sich neben mich. »Jedes Mal, wenn ich dich angesteuert habe, bist du davongelaufen.«

Bin ich das? Ich habe Thomas in der Menge nicht bemerkt. Meine Aufmerksamkeit war auf das Dunkle gerichtet.

»Falls du immer noch sauer bist wegen Manchester, falls du den Kuss bereust –«

»Bin ich nicht! Tue ich nicht! Ich laufe vor dem *Wurmloch* davon, nicht vor dir.«

Thomas runzelt die Stirn. »Bist du betrunken?«

Das Dunkle kriecht aufs Bett und lauert zwischen den Kissen. Und ich küsse ihn, diesmal richtig. Nicht wie damals in der Küche. Und nicht so süß wie auf dem Friedhof. Jetzt schließt das Dunkle uns ein. Ich küsse ihn, als könnte ich damit die Welt aufhalten. Zumindest versuche ich es.

Ich werfe mich gegen ihn, drücke ihn aufs Bett. Meine Hände sind unter seinem T-Shirt, mein geöffneter Mund presst sich auf seine geschlossenen Lippen. Er reagiert nicht, aber ich gebe nicht auf, schiebe seine Arme unter mein Top und fummle selbst an meinem BH-Verschluss herum. Das Dunkle kommt näher.

Sanft schiebt er mich von sich weg.

»Gottie«, sagt er und setzt sich auf. »Nicht doch. Was ist los mit dir?«

»Nichts. Wieso? Nichts. Es ist Schicksal, wie du gesagt hast. Willst du etwa nicht?« Wieder werfe ich mich ihm im Halbdunkel an den Hals, versuche, seine Arme um mich zu schlingen. Es bleibt nur noch so wenig Zeit.

»Nun mach mal langsam«, sagt er und hält mich auf Armlänge. »Moment. Du benimmst dich so komisch.«

Er verstummt, und ich fülle die Stille.

»Die Zeit wird knapp«, versuche ich zu erklären. »Du gehst weg und … und …«

»Warte.« Thomas hält die Hand hoch, als wäre ich ein

außer Kontrolle geratener Zug, den es aufzuhalten gilt. Die andere Hand wühlt in der Tasche nach dem Asthmaspray, er nimmt zwei tiefe Züge. »Ist das die Torte?«

Im Dämmerlicht starren wir auf das Stück Schwarzwälder, das ich gestohlen habe. Es ist völlig zermatscht, weil ich Thomas draufgeschubst habe.

»Tut mir leid«, flüstere ich.

»Gehen wir einfach wieder raus, okay? Ich hole dir Wasser.«

Er streckt die Hand aus, und ich lasse mich in den Garten führen. Das Dunkle folgt uns.

»Thomas, ich ...«

»Wir reden morgen«, sagt er und drückt meine Hand. Er vermeidet es, mich anzusehen.

Nickend stolpere ich hinter ihm her. Am Rücken seiner Strickjacke klebt Torte. Als wir halbwegs durch den Garten sind, setzt die Musik plötzlich aus.

»Koooooomisch.«

»Wart's ab«, sagt Thomas, und in dem Moment zerschneidet ein Gitarrenakkord die Stille.

Neds Stimme schallt über meinen Kopf: »Hallo, äh, Garten! Let's rock!«

»Wusstest du davon?«, frage ich Thomas, während die Menge nach vorne drängt und mich von ihm losreißt. Im Meer der Köpfe kann ich Jason und Niall ausmachen – aber wo ist Ned?, frage ich mich verwirrt. Das ist nicht die Fingerband. Eine Mädchenstimme setzt ein. Ich drehe mich um und stolpere auf der Suche nach Ned durch die Menge.

Thomas packt mich, er manövriert mich zwischen den Leuten hindurch, auf dem Rasen wirbelt er mich herum. Als ich zum Stehen komme, dreht sich alles andere. Erst denke ich, mir wird schlecht, doch der Anflug von Übelkeit vergeht, mir ist nur schwindelig.

Ich blicke auf, und da ist Ned auf dem Dach des Anbaus, im goldenen Overall, die Augen geschlossen. Er beugt sich über seine Gitarre, wirft das Haar nach vorne. Neben ihm am Mikro, im passenden goldenen Minikleid, steht Sof. Die beiden sehen aus wie C-3POs.

Oh. Mein Bruder hat eine neue Band. Und alle außer mir haben es gewusst. Sie müssen ziemlich viel geübt haben, um so gut zu sein. Hat Ned sich deshalb den ganzen Sommer so rar gemacht? Und seit wann singt Sof vor einem größerem Publikum als vor mir?

»Dangeschön, dangeschön«, näselt Ned am Ende des Songs. Er tauscht die Gitarre gegen die Kamera und macht ein Foto von der Party. »Ich bin Ned, und das hier ist Sofia. Zusammen sind wir die Jurassic Parkas.« Er blinzelt in die Menge. »Ich schätze mal, ihr seid froh, dass nicht die Fingerband hier oben steht.«

Ich starre die beiden an. Sie sind wie Zwillinge. Mehr Bruder und Schwester, als er und ich es sind. Im Übrigen stammt der Bandname von mir, ich habe ihn mir letzten Sommer ausgedacht.

»Als Nächstes spielen wir ›Velocirapture‹«, knurrt Sof ins Mikro und wirkt kein bisschen schüchtern.

Ich wende mich ab und dränge durch die grölende Menge.

Mein Kopf droht zu platzen, ich brauche Ruhe, ich brauche …

»Omeingott, omeingott, omeingott!«, krächzt Sof plötzlich neben mir in der Küche. Ich sitze in der Ecke und blicke von dem Glas auf, das ich in Händen halte. Mein Mund schmeckt nach Erbrochenem, ich kann mich aber nicht erinnern, gekotzt zu haben.

Keine Ahnung, wie ich hierhergekommen bin.

»Hast du mich gesehen?«, fragt Sof. Ihre Stimme ist wahnsinnig rau, sie hält meinen Arm umklammert und hüpft auf und ab. Sie nervt. »Ich bin ja so durstig, omeingott. Am liebsten würde ich direkt aus dem Wasserhahn trinken.«

Ich tappe hinter ihr her. Aus dem Augenwinkel nehme ich wahr, dass auch Ned und Thomas ihr in die Küche gefolgt sind. Die zur Hälfte vernichtete Torte steht auf der Anrichte.

»Warum hast du mir nichts erzählt?«

Neds Stereoanlage schmettert Iron Maiden, so dass ich schreien muss, um gehört zu werden. Daher klingt meine Frage wütender, als ich es in Wirklichkeit bin – ich will ja bloß wissen, warum es ein Geheimnis bleiben musste.

»Tut mir leid!«, brüllt sie zurück und holt sich ein richtiges Glas aus dem Schrank, statt der Plastikbecher, die die anderen benutzen. »Was, wenn ich Schiss gekriegt hätte, oder nicht gut genug gewesen wäre? Ich hab dir doch immer gesagt, dass ich gern mal ausprobieren würde, wie es in einer Band ist.«

»Aber deine Bands waren immer nur ausgedacht.«

Sof zerrt am Wasserhahn, der sich nicht rührt. »Ich weiß … aber …« Sie schiebt schmutziges Geschirr beiseite, um ihr Glas abzustellen, und versucht es dann noch mal mit beiden Händen, »dann hättest du bei den Proben dabei sein wollen, und ich konnte nur singen, wenn Ned und ich allein waren, und … Scheiße, das klingt jetzt blöd, aber … weiß auch nicht … Was, wenn wir unmöglich gewesen wären?«

Ned schwingt sich neben uns auf die Anrichte, mitten hinein in die Sauerei aus zerbrochenen Tassen und verschütteten Getränken, nassen Kippen und klebrigem Zeug. Aber vermutlich macht einem das nichts, wenn man Elastan trägt.

»Du warst großartig«, sagt er in Sofs Richtung. In der Küche sind zehntausend Leute, aber in dem Moment scheinen nur sie beide zu existieren, wie in einem Kokon – Bandkollegen, Freunde, Verschwörer. Ein schlechter Tausch: Du nimmst meine Freundin, und ich kriege dafür dunkle Materie.

Du bist ja nur neidisch, höre ich Greys Stimme in meinem Kopf.

Ja, aber Ned ist MEIN Bruder, widerspreche ich. Und du bist tot, und das nehme ich dir echt übel.

»Wer möchte was?«, erkundigt sich Thomas, der ebenfalls dazugestoßen ist, und stellt ein paar Flaschen vor uns ab. Er sieht mich nicht an. Er wollte mich nicht küssen. Wie bescheuert. Wie peinlich! Ich breche in hysterisches Lachen aus. Alle ignorieren mich.

»Gibt's hier irgendwo Wasser? Oder wenigstens Limo?«, krächzt Sof. »Dieser Wasserhahn ist das LETZTE!« Sie versucht es noch einmal, ihre Knöchel werden weiß. Das Spülbecken hat sich mit Dunkel gefüllt, und ich denke darüber nach, wie unfair es ist, dass ich das alles allein ausbaden muss.

»Lass mich mal, Sof, der Hahn klemmt.« Sie geht aus dem Weg, und Ned bearbeitet den Hahn mit beiden Händen und seinem ganzen Gewicht. »Scheiße. Thomas, kannst du mir eine Zange bringen, oder ein Messer, oder irgendwas?«

»Moment mal«, sage ich zu Thomas und halte ihn zurück. Hin- und hergerissen zwischen Ned und mir, rudert er mit den Armen. »Du konntest in meiner Gegenwart nicht üben? Du konntest mir nicht mal davon *erzählen*? Dabei bin ich die Einzige, die dich singen gehört hat«, sage ich zu Sof.

»Entschuldige, dass wir dir nichts von der Band erzählt haben«, sagt Ned, dessen Aufmerksamkeit noch beim Wasserhahn ist. Selbst über die laute Musik hinweg höre ich den Sarkasmus in seiner Stimme, er ist betrunken. »Sof hat mich gebeten, nichts zu sagen. Was in der Probe passiert, bleibt unter uns – das hab ich dir schon tausendmal gesagt. Du wüsstest es, wenn du nicht ausschließlich mit dir selbst beschäftigt gewesen wärst.«

Er nimmt einen Löffel vom Trockengestell und bearbeitet damit den Wasserhahn. Ich lasse Thomas' Arm los. Bin ich wirklich so egoistisch? Alles, was Ned diesen Sommer gemacht hat, war feiern, Gitarre spielen und so tun, als sei

Grey nicht gestorben. Aber vielleicht habe ich ja was Entscheidendes übersehen. Vielleicht ist auch er in Wurmlöcher gerutscht.

»Ich kann nicht glauben, dass du das eben gesagt hast«, schleudere ich Neds Rücken entgegen. »Hey! Sieh mich an. Du hättest es mir sagen sollen, du hättest ... Sie ist *meine* Freundin.«

Es ist Sof, nicht Ned, die sich mir zuwendet. Ein Zischen so tief und wütend, dass ich sie kaum verstehe: »Ich deine Freundin? Soll das ein Witz sein? Gottie, du willst mich nicht um dich haben! Das sehe ich an deinem Gesicht, jedes Mal, wenn ich hier bin, und es tut weh. Du beantwortest höchstens die Hälfte meiner Nachrichten. Ständig steckst du mit Thomas zusammen und tust so, als würde die Welt sich nur um dich drehen. Selbst als ich traurig war wegen Grey, hast du mich nicht deine Freundin sein lassen. Bei Ned war das anders. Und nur damit du's weißt: Wir brauchen dazu nicht deine Erlaubnis.«

»Ich gebe sie euch nicht!«, brülle ich, wohl wissend, dass mir nur noch Sekunden bleiben, bevor es mich aus der Zeit wirft. Thomas versucht Sof zu beruhigen, mich hält er am Arm. Dann brüllt Ned mich an.

»Halt den Mund, Gottie. Du machst uns alle wahnsinnig. Du verkriechst dich stundenlang in deinem Zimmer und bist ständig irgendwie abwesend. Du hörst nie zu. Ich habe dein Rad repariert, ich habe versucht, dich einzubeziehen. Und, mein Gott, sein *Auto*, du hast es ausgeräumt – das waren seine SACHEN. Aber seine Schuhe kannst du nicht anrühren? Du verschwindest immer genau dann, wenn wir dich brauchen. Du bist so egoistisch. Du isst die ganzen Cornflakes auf und schleichst herum, als wärst du die Einzige, die hier trauert, und, Gott, dieser *verdammte* Wasserhahn – «

Punk dröhnt, alle grölen, und ich warte auf den Sog des Wurmlochs, das mich gleich verschlucken wird. Keiner von uns bemerkt den Wasserhahn – den uralten, rostigen, knirschenden Wasserhahn, den ich das ganze Jahr mit einer Zange bearbeitet habe, weil er ständig tropfte und Papa sich um nichts kümmert und ich nicht weiß, was ich sonst machen soll –, der sich jetzt vom Spülbecken losgerissen hat.

In aller Stille steigt er nach oben an die Decke.

Gefolgt von einem Geysir, der uns alle zu ertränken droht.

»Fuuuuck!«, jault Ned, als alles gleichzeitig passiert.

Einen Moment lang steigt das Wasser nach oben, als gäbe es keine Schwerkraft. Dann regnet es auf unsere Köpfe herab und durchnässt uns. Die anderen fliehen aus der Küche. Wasser spritzt in alle Richtungen, während Ned versucht, den Strahl mit der Hand zu dämmen, was die Sache nur noch schlimmer macht. Alles, was im Weg steht, wird weggespült, Tassen, Becher, Flaschen fallen krachend zu Boden. Zuletzt auch Thomas' Torte.

Durchnässt sehen wir vier dem Schauspiel zu.

Niemand rührt sich.

Dann trifft mich der Blick einer tropfnassen Sof. Und, es ist unglaublich, sie lacht.

Sekunden später platze auch ich heraus, und plötzlich sind wir alle völlig hysterisch.

Ich klammere mich an Sof, und wir taumeln kreischend und schlitternd durch die nasse Küche. Ned versucht immer noch, die Flut zu drosseln, aber jetzt kichert er, »Fuck, fuck, fuck«, und es kommt mir auf einmal wahnsinnig komisch vor.

Jeder Blick zu Sof löst eine neue Kichersalve aus. Meine Beine sind weich wie Nudeln. Und jeder Blick von ihr wird begleitet von einem Eselsschnauben. Wir können uns nicht länger aufrecht halten und gehen gemeinsam zu Boden. Thomas reißen wir mit, und auch das kommt uns unglaublich lustig vor. Wir japsen wie gestrandete Fische. Das Wurmloch habe ich aus den Augen verloren, es ist mir egal.

Ned lässt sich freiwillig ins Wasser fallen und landet voll in der Torte, was Sof schier zum Wahnsinn treibt. Atemlos keucht sie: »Schau … dir … dir –« Sie muss so lachen, dass sie zehn Anläufe braucht. »– Ned an!«

»Fuck you, Petrakis«, sagt Ned und spritzt sie an. »Shit, meine Kamera.«

Am Ende ist es Thomas, der uns alle wieder beruhigt.

»Ned, Ned«, sagt er in das ersterbende Kichern hinein. »Hol ein paar Handtücher aus dem Bad, eure Laken, Schmutzwäsche, egal was. In meinem, äh, Greys, ich meine, in *diesem* Zimmer gibt es jede Menge davon. Gottie, ist das Gartenhaus offen? Gibt es dort einen Mopp oder so was? Ich kann nicht klar denken, ähm … Okay, Sof, könntest du die Musik ausmachen?«

Ned hilft Sof auf die Beine, und sie machen sich an die Arbeit. Thomas stößt mich an. »Der Mopp?«

»Gartenhaus, ja.« Ich bin immer noch nicht ganz da.

»Gut. Kannst du hier … die Stellung halten?«

Ich nicke (was bleibt mir anderes übrig?), während er losrennt, in der Nässe beinahe das Gleichgewicht verliert und gegen die Wand prallt.

Auf dem Trockengestell liegt ein Topf. Ich schnappe ihn mir und nähere mich dem Wasserhahn, als müsste ich eine Ratte töten. Versuchsweise halte ich den Topf über den Wasserstrahl, aber das leitet ihn nur um, genau in mein Gesicht. Ich probiere es erneut, diesmal mit beiden Händen. Es gelingt mir, den Strahl ins Spülbecken zu lenken. Jetzt spritzt immerhin nur noch die Hälfte über die Anrichte und die Fenster, ich bleibe weitgehend verschont.

Irgendwo weit weg wird die Musik abgeschaltet.

Kurz darauf kommt eine triefende Sof aus Neds Zimmer gewatet. Sie stellt sich neben mich und begutachtet mit schief gelegtem Kopf meine Konstruktion.

»Raffiniert«, sagt sie. Ich sehe sie an, meine Arme zittern vor Anstrengung. Ihr Beehive hat sich aufgelöst, Eyeliner rinnt ihr in schwarzen Strömen die Wangen hinunter.

Sekundenlang starren wir einander prüfend an. Dann grinst sie.

»Weißt du, wer das hier TOLL finden würde?« Sie deutet mit dem Kopf auf meine geniale Erfindung. »Grey.«

»Ja«, stimme ich leise zu. »Ja, er würde sich kaputtlachen.«

»Und«, Sof stößt mich nachdrücklich mit der Hüfte an, »*uns* würde er für ziemlich bescheuert halten.«

Ich erwidere ihren Hüftschwung.

»Tut mir leid, dass ich dich angeschrien habe.«

Die Küche ist ein einziges Chaos. Papa wird uns umbringen. Aber das ist jetzt egal. Ich bin schwerelos, ein Gefühl, wie wenn man die Hausaufgaben nicht gemacht hat, und der Lehrer krank ist – man weiß, alles wird gut. Man ist noch mal davongekommen. Wurmloch, pff.

»Komm, ich löse dich ab«, sagt Sof und legt die Hände über meine auf den Topf.

»Okay, fest drücken«, sage ich und trete zur Seite. Kaum habe ich die Hände weggezogen, macht sich der Topf selbständig. Er knallt gegen mein Handgelenk, und wir kriegen beide die volle Ladung Wasser ab, was bei Sof den nächsten Kicheranfall auslöst.

»Hööör auf!«, schnaube ich. »Du musst ihn festhalten, damit ich das irgendwie stoppen kann.«

»Pfadfinderehrenwort«, gelobt Sof und übernimmt.

Während sie sich gegen die Kraft des Wassers stemmt, knie ich mich hin. »Mach mal Platz.« Ich krieche an ihren Beinen vorbei und schiebe die Tür des Spültischs auf. Hier muss es doch irgendwo einen Hebel geben. Die Zange liegt noch am Boden, wo Ned sie hingelegt hat. Aus meiner Vierfüßlerperspektive sehe ich, wie versifft die Kacheln sind – Schmutzwasser und Getränkereste, alles was sich auf der Arbeitsfläche gesammelt hatte, wurde von der Sturmflut hier runtergespült.

»Eklig, eklig, eklig«, murmle ich, während ich an irgendwas zerre. »Hat's aufgehört?«

»Nein«, bellt Sof zu mir herunter.

Ich schlage gegen etwas und drehe an etwas anderem, und plötzlich hört das donnernde Geräusch über mir im Spülbecken auf. Endlich. Hintern voran krieche ich aus dem Schrank und haue mir den Kopf an, als ich mich aufrichten will.

»Autsch.«

Unterdessen ist Ned mit einem Arm voller Wäsche, Laken und Decken zurückgekommen. Er hat sich ein Handtuch um den Kopf gewickelt und hüllt Sof in eine Decke, ich schnappe mir ein Laken und lege es mir wie eine Toga um. Jetzt endlich ist es Greys Party.

»Nein, ihr …«, Thomas kommt mit Mopp und Eimer zur Tür hereingepoltert und starrt uns an. »Die waren für den Boden gedacht. Um das Wasser aufzusaugen.«

»Zum Teufel mit dem Wasser«, erwidert Ned fröhlich, und ich muss lachen.

»Wir sind doch ohnehin dem Untergang geweiht, Papa wird uns so oder so umbringen.«

»Aber wir sollten zumindest …« Thomas lässt den Blick durch die verwüstete Küche schweifen, und ich lächle ihn an. Er nickt, keineswegs unglücklich. Ich glaube, alles ist gut zwischen uns.

»Morgen!«, erklärt Ned und entdeckt eine heil gebliebene Flasche Rum. Er klemmt sie sich unter den Arm, und Sof unter den anderen. »Morgen ist auch noch ein Tag.«

»Ein letzter Schluck vor der Hinrichtung«, sagt Sof, und er küsst ihr Haar.

»Genau! Das ist die richtige Einstellung.« Er führt uns in den Garten hinaus. »Wärmen wir uns draußen ein bisschen auf. Grots, gibt es Überlebende unter den Tassen?«

Ich raffe zusammen, was ich an Gefäßen finden kann, und schenke Thomas ein schüchternes Lächeln. Er hilft mir mit den Flaschen und Gläsern, und als wir den anderen folgen, lächelt er mich ebenfalls an.

Der Garten ist still und tintenschwarz. Bis auf einige verschlungene Pärchen im Gebüsch sind alle verschwunden. Über der Einfahrt hängt ein süßlicher Geruch, eine Gruppe von Neds Freunden lässt dort ein orangenes Glühwürmchen von Hand zu Hand gehen.

Meg und Jason küssen sich auf einer Bank vor dem Haus. Gelassen schwebe ich über ihnen. »Wir trinken Rum«, sage ich im Vorbeigehen zu ihr. Es ist ein Friedensangebot. »Kommt mit!«

Meg glotzt uns an, als wären wir Außerirdische, dann folgen uns beide durch die Dunkelheit unter den Apfelbaum.

Ned und Sof sitzen bereits im Schneidersitz unterm Baum im Gras, Titania und Oberon ganz in Gold.

»Lasst uns anstoßen«, verkündet Ned unter seinem schwankenden Handtuchturban, während wir uns einen Platz suchen. »Thomas, Kumpel! Reich mir die Gläser.«

Tassen und Eierbecher werden verteilt, Rum wird ausgeschenkt. Mit einer geretteten Flasche Cola fülle ich auf. Bei

Meg sprudelt Cola über den Rand. Kichernd leckt sie sich die Finger.

»Ups«, sagt sie, »nass.«

»Das ist bloß ein bisschen Cola«, sagt Sof. »Schau *uns* an!«

Sie schüttelt ihr Haar, das zu dem wilden Lockenkopf trocknet, den sie normalerweise zu zähmen versucht. Ned wickelt seinen Turban auf und enthüllt eine gewaltige Dauerwelle, sein Eyeliner erinnert gefährlich an Alice Cooper. Im Halbdunkel betrachte ich die beiden. Nicht dass sie sich besonders ähnlich sähen unter all der Verkleidung – im Gegensatz zu Ned und mir. Aber beide haben diese Selbstgewissheit. Sie gehören dazu. Sie gehören zu einer Band von Spinnern, die nach Gaia-weiß-was-für-einer-Pfeife tanzen.

Und das ist in Ordnung so. Denn auch ich gehöre zu etwas dazu. Ich bin ein Teil von Ärger hoch zwei. Zumindest für die kommenden Wochen. Auf Thomas' Arm gestützt nippe ich an meinem Rum. Er ist schweigsam. Als ich sein Knie drücke, lächelt er mich an, dann starrt er in sein Glas und fischt ein Blatt heraus.

»Was ist eigentlich passiert?«, will Jason wissen.

»Wart ihr beim Nacktbaden?«, fragt Meg versonnen. »Ihr seid alle so nass.«

»Was glaubst du denn? Doch nicht mit meiner kleinen Schwester«, sagt Ned.

»Ja, wir sind nass«, erklärt Sof geduldig.

»Wusstet ihr, dass Gottie und Jason nackt gebadet haben?«, sagt Meg, die überhaupt nicht zuhört. Zu spät merke ich, dass sie total bekifft ist. Wirklich voll zugedröhnt. In der Glut von Jasons Zigarette sehe ich, dass ihre Augen groß wie Tennisbälle sind. »Jason hat's mir erzählt, sie sind zusammen im Kanal geschwommen. Wie die Meerjungfrauen …«

Ned starrt Jason an. Sof beißt sich auf die Lippe, ihr Blick wandert zwischen Thomas und mir hin und her – sie vermutet zu Recht, dass er davon nichts weiß. Thomas lächelt verkniffen, als wäre er zwar nicht gerade *begeistert* von dieser Enthüllung, könnte aber nicht wirklich was dagegen haben. Mir ist meine Zunge abhandengekommen, vermutlich habe ich sie in der Küche vergessen.

»Meerjungfrauen.« Meg kichert und betrachtet ihre Finger, als sähe sie sie zum ersten Mal. Dann schaut sie uns der Reihe nach an, großäugig und voller Erstaunen, und noch bevor sie den Mund aufmacht, weiß ich, was jetzt kommt. Ich kann es nicht verhindern. Meine kleine Notlüge, dieses Missverständnis, das ich längst hätte bereinigen sollen, fliegt mir als Bumerang um die Ohren und vernichtet mich. »Sie haben miteinander geschlafen.«

»Fuck«, sagt Jason. Er drückt seine Zigarette im Gras aus und blickt durch den Kreis herüber zu mir. Einen langen Moment starren wir einander an, ein letztes bisschen Gemeinsamkeit.

»Komm«, sagt er zu Meg und hilft ihr auf. »Zeit, nach Hause zu gehen.«

»Jason«, grollt Ned, seine Haare knistern bedrohlich, »tu mir den Gefallen und verpiss dich, ja?«

»Ned«, sagt Sof sanft, eine Hand begütigend auf seinem Arm.

Jason sieht uns der Reihe nach an. In Zeitlupe formen seine Lippen das Wort »Sorry« in meine Richtung, dann trottet er in die Dunkelheit. Meg schwankt, und Sof kommt mühsam auf die Beine. Wir anderen auch. Ich kann Thomas nicht ansehen. Mein Kopf dröhnt.

Meg schüttelt Sof ab und torkelt auf mich zu. Vorgebeugt inspiziert sie mein Gesicht. »Du bist hübsch«, sagt sie und fährt mit dem Finger an meiner Wange entlang. »Ist sie nicht hübsch, Thomas?«

»Komm«, sagt Sof und nimmt ihren Arm. »Ab ins Bett.«

Sie führt Meg durch den Garten, Ned stapft hinter ihnen her. Sof wirft mir über die Schulter einen besorgten Blick zu. Dann sind Thomas und ich allein unter dem Apfelbaum. Ich kann ihn nicht ansehen.

»Du hast mich angelogen?«, fragt er, sein Gesicht ist in der Dunkelheit kaum auszumachen.

»Du hast auch gelogen«, halte ich dagegen, und obwohl es stimmt, möchte ich mir augenblicklich die Zunge abhacken. Ich sollte ihm lieber erklären, dass das mit Jason und mir keinen Unterschied macht – deswegen wird das, was zwischen Thomas und mir war, nicht zur Lüge: Damals noch unbeholfen im Gras, oder im Apfelbaum, als wir Ellenbogen hielten, oder unter dem Dach der Bücherscheune, wo wir uns vor langer Zeit ein Versprechen gaben. All das bleibt, und dazu mein Sommer mit Jason.

»Im Ernst jetzt? Das ist ja wohl kaum dasselbe«, sagt Thomas verächtlich. »Und vermutlich wissen alle Bescheid außer mir, und, lass mich raten, Ned?«

»*Keiner*, das ist es ja gerade ...«

»Ja und? Ich kapier's nicht. Du hättest mich nicht anlügen müssen. Das ist doch bescheuert.« Er fährt sich mit den Fingern durchs Haar und schleudert mir mit erhobenem Zeigefinger meinen eigenen Spruch entgegen: »Dein erstes Alles.«

»So war das nicht gemeint!«

Doch Thomas hört nicht zu. »Egal. Ich hab dich mit ihm gesehen, als ich während der Party nach dir gesucht habe. Ihr habt miteinander getuschelt. Da wusste ich ...«

»Wusstest *was*?« Frustriert reiße ich eine Hand hoch. »Ich werde ja wohl noch mit ihm reden dürfen! Und ich kann es, wenn ich will, für mich behalten. Du hast recht, es ist tatsächlich nicht dasselbe – sich nach Manchester absetzen, ohne mir was zu sagen. Ich und Jason, das ist allein meine Sache. Das hat nichts mit dir zu tun.«

Allmählich rede ich mich in Rage, provoziere einen Streit, einen Streit, der mir zusteht, schließlich bin ich im Recht, doch Thomas unterbricht mich.

»Und als du mich küssen wolltest, im Zimmer deines Großvaters«, legt er voller Häme nach. »Und als du mehr wolltest. Hatte das auch nichts mit mir zu tun?«

»Ich hab nicht gelogen«, entgegne ich ruhig und denke an

jenen ersten Morgen nach Thomas' Ankunft in der Küche. Wie ich versucht habe, einen Streit vom Zaun zu brechen, und er es nicht zuließ. »Zumindest nicht so, wie du meinst. Als ich sagte, du seist mein erstes Alles, meinte ich, dass ich noch nie verliebt war. Was allerdings nicht ganz stimmt. Und ich glaube auch nicht, dass du wirklich wegen dieser Lüge wütend bist. Du bist eifersüchtig, dass ich verliebt war und du nicht.«

Daraufhin dreht er sich um und verschwindet in der Nacht.

Ned hat recht. Ich bin egoistisch. Das ist es, was mich davon abhält, ihm zu folgen.

Ich gehe in mein Zimmer und warte. Ich weiß, was als Nächstes passieren wird. Minus drei, minus zwei, minus eins. Ich ziehe die nassen Klamotten aus und mache mir nicht die Mühe, sie in den Waschkorb zu werfen, ich lasse sie am Boden liegen.

Eine Welle der Erschöpfung überkommt mich, als ich unter die Bettdecke krieche. In dem einen Sommer habe ich zehn Lebensspannen durchlaufen. All die Geheimnisse, all die Enthüllungen und all die Wut – ich und Thomas, Ned und Sof – alles schwappt über mich wie eine Riesenwelle, die mich wieder und wieder auf den Sand klatscht. Die mich unter sich begräbt.

»Umlaut?« Ich klopfe auf die Bettdecke. Nichts. Nicht mal mein *Kater* will noch was mit mir zu tun haben.

Als ich die Lampe ausschalte, schlüpft das Licht des Tages, das sich in den Ecken und unter dem Bett gesammelt hatte, zur Tür hinaus. Nur an der Decke glimmt noch etwas, die Neonsterne, die Thomas für mich dorthin geklebt hat und die kein Sternbild ergeben.

Ich bleibe wach und beobachte, wie sie erlöschen, einer nach dem anderen.

Bis ich mit der Dunkelheit allein bin.

Null

Der letzte Tag des Sommers. Aber er ist es nicht wirklich. Ich bin da und doch nicht da. Ich bin zum ersten Mal hier, aber auch wieder nicht. Déjà-vu. Ich beobachte mich aus mir selbst heraus. Eine Erinnerung, ein Traum, ein Wurmloch.

Ein Wurmloch, aber trotzdem schmerzt es.

Es ist der Tag, an dem Grey gestorben ist.

Und ich wünsche mir etwas. Nicht mit gedrückten Daumen oder wie mein sechsjähriges Ich, das sich das Gemüse vom Teller wegwünschte.

Ich lege alles, was ich habe, in diesen Wunsch an einen Gott, an den ich nicht glaube.

Wie konnte ich drei Stunden zuvor im Sonnenschein mit Jason schlafen, und dann war ich plötzlich in diesem Krankenhaus?

Als ich ankam, war Papa nirgends zu sehen, nur Ned war im Wartezimmer, grünes Schlangenleder auf einem grauen Plastikstuhl. Wir tauschten Infos: Die Mitteilung, die ich auf der Tafel in der Küche vorfand. Die Nachrichten, die während der langen Busfahrt hin- und hergingen. Als ob wir, wenn wir genau erfassten, was vorgefallen ist, den Ausgang beeinflussen könnten.

»Die Sanitäter sagen, es ging ihm gut, als sie kamen.«

»Sie glauben, er hat in der Notaufnahme einen Schlaganfall gehabt.«

»Er ist auf der Intensivstation.«

»Er ist in der Abteilung für Schlaganfälle.«

»Hast du das nicht gesagt?«

»Ich dachte, er wäre dort …«

Schließlich tauchte Papa auf. Vielleicht war er ja schon immer da, nur unsichtbar. Vielleicht hat er dieses Krankenhaus seit Mums Tod nicht verlassen.

Wir folgen ihm den Gang entlang.

Grey ist geschrumpft. Er war eine Riese, ein Grizzlybär. Jetzt hat ihn ein böser Fluch getroffen. Seine Gesichtszüge sind völlig verrutscht.

Er blinzelt in meine Richtung, jammert, zerrt an dem fadenscheinigen Krankenhaushemd und entblößt sich dabei, er ist wie ein Baby.

Und seine Hände!

Es gibt ein Bild von Ned, wo er gerade geboren und runzlig wie eine Walnuss ist. Ein winziger Frosch in Greys riesiger Pranke – dieselbe Hand, die jetzt fast durchsichtig ist. In der Kanülen stecken, mit Leukoplast festgeklebt und umgeben von blauen Flecken. Ein Tropfen Blut ist auf das Laken getropft.

Papa kommt zurück, und Ärzte tauchen auf. Sie geben uns Zahlen.

Mit 75-prozentiger Wahrscheinlichkeit wird er behindert bleiben.

Mit 55-prozentiger Wahrscheinlichkeit wird er die nächsten 24 Stunden überstehen.

Mit 10-prozentiger Wahrscheinlichkeit einen weiteren Schlaganfall bekommen.

Sechs Monate, bis er über den Berg ist.

Das Problem ist sein Blutdruck, sagen sie. Dazu kommen weitere Risikofaktoren und Einflüsse. Es kann so oder so ausgehen, sagen sie. Er ist immerhin 68, sagen sie.

Ich höre nicht mehr zu und denke an den Mittsommerabend. An Jasons Kuss. Grey hatte ein Feuer angezündet, um den Nebel zu verjagen, der vom Meer heraufzog.

Wir aßen Hühnchen und Kartoffelsalat mit den Fingern und wischten die schmierigen Hände im Gras ab.

»Ich möchte sterben wie ein Wikinger!«, hatte Grey verkündet, trunken von Hitze und Rotwein. Dann sprang er durch die Flammen wie ein riesiger Faun. »Verbrennt mich auf einem Scheiterhaufen, übergebt mich der See!«

Eine forsche Krankenschwester, eine andere als vorhin, zieht einen raschelnden Plastikvorhang um Greys Bett. Ein anderer Patient, ein alter Mann, wird auf den Platz daneben gerollt.

Das Feuer riecht nach Rauch und Frühling.

Das Krankenhaus riecht nach Desinfektionsmittel. Von hier aus kann er nicht in Walhalla eingehen.

Ein winziger Grey blinzelt zu mir herauf. Die Schwestern drehen ihn auf die Seite, damit sie seine vollgeschissenen Laken erneuern können, er sieht mich die ganze Zeit an und erkennt mich nicht.

Ich hab dich lieb, denke ich und halte eine Hand, die meine nicht mehr drücken kann. Die Haut unter meinen Fingern ist schlaff und kalt. Du bist ein Wikinger.

Die Schwestern notieren Ziffern auf einem Klemmbrett. Ned kommt mit schwachem, heißem Kaffee aus der Cafeteria zurück, der durch die Plastikbecher brennt und den niemand trinkt. Jason schickt eine Nachricht, ein einzelnes Fragezeichen. Papa sitzt mir gegenüber auf einem Plastikstuhl, eine Hand hat er vor den Mund geschlagen. Er starrt ins Leere. Wartet.

Am Mittsommerabend flogen Funken durch die Luft. Der süße Duft des Holzfeuers und ein erster Kuss, ein Scheiterhaufen, der in einem Regen aus Licht und Funken in sich zusammenfiel.

Die Maschinen piepen ruhig vor sich hin. Mein Großvater liegt auf dem Bett, winzig und allein und weit weg.

Ich schließe die Augen.

»Verbrennt mich auf einem Scheiterhaufen, übergebt mich der See!« Grey springt durch die Flammen. »Ich möchte sterben wie ein Wikinger!«

Ich wünsche es dir mit meiner ganzen Kraft.

Zwei Stunden später bist du tot.

{5}

Schwarze Löcher

$$S_{BH} = \frac{A}{4L^2_P} = \frac{c^3A}{4G\hbar}$$

Das Herz eines Schwarzen Lochs,
auch bekannt als Singularität,
hat eine Größe von Null und eine
unendlich hohe Dichte. Ein Schwarzes Loch
entsteht, wenn ein Stern in sich zusammenfällt.
Die Schwerkraft implodiert und
saugt alles Umgebende mit ein.
Man nennt das die Entropie des Schwarzen Lochs.

Sonntag, 15. August

{minus dreihundertachtundvierzig}

Ich träume, ich sei in einem Raumschiff mit Thomas im Cockpit. Er steuert uns durch Galaxien. Wir sind allein auf der Welt, nur die Sterne sind da. Sie flitzen an uns vorbei, während wir, auf dem Weg in die Zukunft, durch Zeit und Raum rasen. Als wir den Rand des Universums erreichen, verlangsamt Thomas das Raumschiff und wendet.

»Von hier aus kannst du die Erde sehen«, sagt er. »Dort sind die anderen und warten.«

Ich blicke in die Richtung, in die er deutet, kann aber außer Dunkelheit nichts erkennen. Als ich erwache, ist er weg.

Einen Moment lang scheint alles in Ordnung. So ging das jeden Tag im letzten Herbst, bis Jason, und danach kam das Überhaupt-nicht-mehr-Schlafen. Jeden Tag unmittelbar nach dem Aufwachen gab es diesen kurzen, glücklichen Moment ohne Erinnerung an das, was geschehen war. Ein Garten voller Wäsche, »Hey, Grey ist zu Hause«. Doch dann kommt dröhnend alles zurück.

Erinnerungen überfluten das Zimmer: Papas Beichte, Thomas küssen. Ich, wie ich bei der Party herumstapfe, betrunken und aggressiv. Wie ich vor dem Wurmloch fliehe. Wie ich versuche, Sex mit Thomas zu haben. Thomas, der

Nein sagt. Ich krümme mich unter der Decke zusammen, doch mein Gehirn lässt mich nicht entkommen: Sof, die mich anschreit. Ned, der mich anschreit. Der explodierende Wasserhahn. Meg, wie sie allen von Jason und mir erzählt. Unser Streit. Thomas, der wegrennt.

Und dann das letzte Wurmloch. Ich weiß jetzt, worum es das ganze Jahr eigentlich gegangen ist. Um diesen Wunsch, diesen dämlichen Wikingerwunsch. Was hab ich mir bloß eingebildet? Dass ich der liebe Gott bin?

Grey ist tot, und ich habe es ihm gewünscht, habe es ihm gewünscht, habe es ihm gewünscht. Und keiner soll mir sagen, Wünsche seien nicht real, denn ich habe die Sterne erlöschen und Zahlen vom Himmel regnen sehen. Sie sind so real wie die Quadratwurzel von minus fünfzehn. Aber es war doch nur für den Bruchteil einer Sekunde,

und

ich nehme diesen Wunsch zurück!

Ich möchte schreien. Ich möchte die Erde mit bloßen Händen aufwühlen, und Grey durch mein Schreien zurückholen. Ich möchte die Erinnerung an ihn tief vergraben und niemals an sein Grab gehen. Ich möchte hunderttausend Millionen Sachen, aber am meisten möchte ich das Abwegigste, Hoffnungsloseste: dass er nicht tot ist.

Ich weine dicke, heiße Tränen des Selbstmitleids. Ich weine, bis ich nicht mehr kann, bis mein Hals weh tut. Damit bestrafe ich mich. Dann liege ich mit verheulten Augen im Bett und beobachte, wie das frühmorgendliche Licht intensiver wird und die Farbe des Tages annimmt. Als die ersten Sonnenstrahlen durch den Efeu dringen, überschwemmt mich die Schuld. Und sie spült mich an Land.

Das Schlimmste ist vorbei, ich habe überlebt.

Ich werde mir für Greys Tod niemals vergeben. Für meinen Wunsch. Aber immerhin kann ich jetzt aufstehen. Ich kann das Fenster öffnen, durch den Efeu brechen und die Tür aufreißen – im Zimmer ist es heiß und stickig und grün. Ich brauche Luft und Licht.

Als ich nach draußen stolpere, ist der Garten ein Schlachtfeld: Leere Flaschen und Bierdosen blinken mir aus dem Gras entgegen, und im Pflaumenbaum hängt eine Tischlampe. Ich hole sie herunter, klemme sie unter den Arm und mache mich auf in die Küche.

Ned ist schon da und wischt den Boden. Sein Outfit ist leger: schwarze Leggings und ein riesiger, mottenzerfressener Pullover. Er hat Grey gehört. Obwohl Ned behauptet hat, er habe die Sachen in die Stadt zu Oxfam gebracht, hat er wohl doch einige behalten. Seine Haare werden von einer Beanie-Mütze im Zaum gehalten.

Weil ich mir nicht sicher bin, ob ich hineingehen darf, klopfe ich an den Türrahmen. »Wie schlimm ist es?«

Er blickt auf, sein Gesicht ist grün. Er ist zu verkatert, um ein Foto von meinem aufgelösten Zustand zu machen. »Meinst du Papa oder das hier?«

»Das hier« ist schlimmer, als ich es von gestern in Erinnerung habe, eine Pfütze, die den gesamten Küchenboden einnimmt. Farblich gleicht sie der veganen Suppe, die Sofs Mutter immer kocht, garniert mit Croutons aus alten Kippen. Jemand hat aufgestuhlt wie in einem Café, wenn geputzt wird. Ich spähe durch die Stuhlbeine in der wahnwitzigen Hoffnung, einen Brotlaib oder Gebäck zu entdecken.

»Komm ruhig rein«, sagt Ned. Er klingt amüsiert. »Schmutziger kann's nicht werden.«

Ich lege die Lampe ab und wate in die Küche, meine Turnschuhe sind sofort durchnässt. Ein missmutiger Umlaut sitzt auf dem Holzstoß und betrachtet die an *Waterworld* erinnernde Szenerie. Die Tür zum Wohnzimmer ist zu, woraus ich hoffnungsvoll schließe, dass sich die Verwüstung auf die Küche beschränkt. Und dass Thomas nicht kommt, um zu helfen. Bei dem Gedanken, ihm begegnen zu müssen, krampft sich mein Magen zusammen.

Ich sammle eine vorbeischwimmende leere Dose auf und stehe dann blöd rum. »Ich weiß nicht, wo ich anfangen soll.«

»Tee ist immer ein guter Anfang«, rät der Experte.

Ich wate zum Wasserkocher, der zum Glück voll ist. Der Wasserhahn ist in braunes Packpapier gewickelt und sieht aus wie ein abgetrenntes Körperteil. Als das Wasser kocht, und ich nach der Milch suche, sind die Spuren der Verwüstung schon weitgehend beseitigt. Nur der Hahn und eine Mülltüte mit leeren Flaschen zeugen noch davon.

»Wo ist Papa?«, frage ich Ned und reiche ihm eine Tasse.

Ohne zu antworten schlürft er seinen Tee.

»Redest du nicht mehr mit mir?«

»Grots«, er stößt einen Seufzer aus. »Darf ich vorstellen,

mein Kater. Sprechen ist wie ein glühender Schürhaken in meinem Hirn.«

»Bist du sauer auf mich?« Ich muss auf diesem Punkt beharren, denn ich ertrage es nicht, wenn Ned böse mit mir ist.

»'türlich nicht. Wie ich gestern schon sagte, du hast mich das ganze letzte Jahr ignoriert, den ganzen Sommer lang.«

»Ich?«, frage ich ungläubig. »Und was war mit dir?«

»Wieso mit mir? Ich war da, falls du das nicht bemerkt hast. Ich habe dein Rad repariert, Essen gekocht, geprobt, was auch immer. Jedenfalls war ich da. Im Gegensatz zu dir – du hast ins Leere gestarrt oder dich in deinem Zimmer verschanzt, und Sof hast du mindestens einmal pro Woche vor den Kopf gestoßen. Aber sobald Thomas dich mit seiner Brille angefunkelt hat, warst du wie ausgewechselt – versteh mich nicht falsch, ich bin froh, dass du glücklich bist, aber du hast dich nicht die Bohne um Greys Party gekümmert, nicht mal drüber reden wolltest du, und dann bist du aufgetaucht und hast uns alle grundlos angefahren … Aber mach dir nichts draus. Natürlich bin ich dir *überhaupt nicht* böse.«

»Oh.« Nach der Schreierei von gestern Abend fällt mir jetzt fast ein Stein vom Herzen.

»Das war sarkastisch, du Armleuchter.« Lachend stellt er seine Teetasse auf den Tisch. »Ich weiß, dass du es hasst, wenn ich die Drei-Jahre-älter-Karte ausspiele, aber …«

»Zwei Jahre und einen Monat«, korrigiere ich automatisch.

»Ist doch egal«, faucht er. »Ich meine nur, du könntest netter zu Sof sein. Du hättest zu mir kommen sollen, als Jason dich angemacht hat. Andererseits verstehe ich auch, dass man verrückt werden muss, wenn man ein Jahr lang mit Papa als einziger Gesellschaft hier rumhängt. Vielleicht hätte ich über Ostern heimkommen sollen. Ich kann dir echt nachfühlen, wie das ist. Es war gemein, nach London abzuhauen, eine Woche nachdem er gestorben ist. Aber du warst nicht die Einzige, die darunter gelitten hat. Vielleicht siehst du das in *zwei Jahren und einem Monat* klarer.«

»Du bist sauer wegen Jason.« Ich nicke wissend.

»Arrggg.« Ned reißt sich die Mütze herunter und stopft sie in die Tasche. Seine Haare quellen hervor, und er sieht wieder wie Ned aus. »Ich bin sauer *auf* Jason. Und du solltest das auch sein.«

»Es war nicht seine Schuld«, sage ich, denn ich habe ihn das ganze Jahr für mein Elend verantwortlich gemacht, höchste Zeit, dass ich ihn vom Haken lasse. »Er wusste nicht, wie er damit umgehen sollte, nachdem Grey gestorben war.«

»Aber er wusste verdammt genau, dass du zwei Jahre jünger bist als er«, schnaubt Ned. Meine Einwände überhört er. »Der Scheißkerl.«

»Ist er denn nicht dein bester Freund?«

»Kann er nicht beides zugleich sein? Der Wichser.«

Hartnäckig versuche ich, es ihm zu erklären. »Er hat mich geliebt.«

»So? Hat er das gesagt? Oder hat er das Kinn eingezogen und geschluckt, damit sein Adamsapfel hüpft, und gesagt –« Ned wendet sich schwermütig ab, und es ist eine so perfekte Jason-Imitation, dass ich kichern muss, als er sagt: »Liebst du mich?«

Ich weiß, was zwischen Jason und mir gewesen ist, dass es Liebe war. Aber es hätte kein Geheimnis zu sein brauchen. Und er hätte mich nicht um ein Gespräch betteln lassen sollen, nachdem Schluss war. Also sage ich: »Dieser blöde Trottel.«

»Komm her.« Ned wickelt mich in eine Umarmung, die fast wie ein Schwitzkasten ausfällt, und reibt seine Faust an meinem Haar. »Genau. So etwas wie Liebe verheimlicht man nicht. Himmelherrgott. Weißt du, wie ich klinge?«

So bleiben wir eine Weile, ich völlig verrenkt und durch den Mund atmend. Er fährt mir noch einmal übers Haar und lässt mich dann frei. Ich schnappe frische Luft, während er sich eine Bauchtasche umschnallt, die an ihm tatsächlich cool aussieht. Das kriegt nur Ned hin.

»Bei Gelegenheit werde ich ein Wörtchen mit Althorpe reden, ihm sagen, dass er die Finger von dir lassen soll. Aber heute bin ich bei Sof.«

»Warum lädst du sie nicht hierher ein? Ihre Mum wird dich mit diesem veganen Zeug füttern.« Ich habe keine Erfahrung mit Kater, aber mein Instinkt sagt mir, dass ich demnächst Pizza brauche.

»Weil Papa dich anbrüllen wird.« Ned grinst, er ist auf dem Weg zur Tür. »Ich hab meine Abreibung schon gekriegt. Keinen Bock auf mehr.«

Nachdem er weg ist, bringe ich die Mülltüte raus, dann wische ich die Oberflächen mit dem Spüllumpen und einem Spritzer von etwas schrecklich Chemischem, das Grey missbilligen würde. Ich zwinge mich, eine Banane zu essen und Kaffee zu machen. Dann stelle ich alle Stühle auf den Boden zurück, setzte mich auf einen und warte auf Papa.

Ich starre meine Hände an, die nebeneinander auf dem Tisch liegen. So habe ich es immer gemacht, als ich klein war und Thomas und ich ein neues Abenteuer ausheckten, stets auf der Suche nach Chaos, Profit oder wissenschaftlicher Erkenntnis (manchmal auch alle drei). Und wenn wir heimkamen, hat Thomas sich versteckt, während ich geradewegs in die Küche trottete, meiner Entlarvung und gerechten Strafe entgegen.

»Hab ich jetzt Hausarrest?«, frage ich Papa, als er hereinschwebt, nachdem er sich vergewissert hat, dass seine geliebten roten Converse-Turnschuhe nicht nass werden.

Meine Frage bringt ihn aus dem Konzept. »Äh, nein? Das war Neds Party, ging auf sein Konto. Er sagt, das mit dem Wasserhahn war ein Unfall.«

»Stimmt.« Ich warte auf sein Gänsezischen, aber es kommt nicht.

»Und die Küche ist wieder in Ordnung? Vielleicht könntest du den Klempner anrufen, und Ned zahlt die Rechnung.« Papa gießt sich eine Tasse Kaffee ein und setzt sich neben mich. »Bis die Schule wieder anfängt, werde ich die Schichten in der Bücherscheune einteilen. Gemeinsame

Arbeit, kein Streit. Und vielleicht Familienabendessen heute, morgen, die nächsten Tage …« Er lächelt. »Ich werde kochen. Oder dein Bruder. Bitte keine Ofenkartoffeln und Cornflakes mehr. Du kochst wie deine Mami.«

»Das war's?«

»Willst du dafür bestraft werden, dass du Spaß hattest?« Er zieht die Nase kraus. »Wenn Grey diese Party geschmissen hätte, wäre es genauso ausgegangen. Ich glaube allerdings, du solltest dich bei Thomas entschuldigen. Ich weiß ja nicht, was zwischen euch vorgefallen ist, aber er war ziemlich aufgewühlt, als er heute Morgen wegging …«

Papa redet weiter, während ich meinen Stuhl quietschend nach hinten schiebe. Ich stoße mir den Zeh am Tischbein, renne durchs Wohnzimmer zu Greys, zu *Thomas'* Zimmer.

Die Tür ist nur angelehnt und schwingt unter meiner hämmernden Faust sofort auf.

Das Bett ist abgezogen, die Sauerei mit der Torte verschwunden. Auf dem Klavier liegt ein ordentlicher Stapel Kochbücher, die er sich im Haus und aus der Bücherscheune zusammengesucht hatte. In der Luft liegt noch ein Hauch von Whiskey. Und *The Wurst* überragt die Leere wie ein trauriger blauer Penis.

»Er hat sehr früh bei mir geklopft.«

Ich drehe mich um. Papa steht hinter mir und erfasst die Szene.

»Er hatte schon gepackt und sagte …« Hier zögert er. »Er hat gesagt, dass er hier nicht bleiben kann. Dass er zu einem Freund geht.«

»Zu wem?« Ich bin die Einzige, die mit Thomas befreundet ist. Abgesehen von Sof und Meg und den anderen, mit denen er zusammen war an all den Tagen, an denen ich ihn ignoriert habe und in Wurmlöcher abgetaucht bin. Vermutlich kennt er jede Menge Leute in Holksea. Schließlich hat er mal hier gewohnt. »Wo ist er?«

»Ich habe das geklärt. Seine Mum weiß Bescheid. Aber Gottie, Liebling.« Papa streckt die Arme aus, bietet eine Umarmung an, doch ich dränge mich schon an ihm vorbei. »Er hat gesagt, ich soll es dir nicht erzählen.«

Sonntag, 15., auf Montag, 16. August

{minus dreihundertachtundvierzig bis -neunundvierzig}

Ich platze in mein Zimmer, reiße die Patchworkdecke vom Bett und werfe sie zu einem Ball zerknüllt neben die Tür. Die Decken von meinem Fahrradunfall folgen – es ist Sommer, wer braucht da Wolldecken? Sie spucken eine Million zusammengeballter Socken aus. Thomas-Socken. Umlaut krallt sich eine und verschwindet damit unters Bett.

Was jetzt? Thomas' Strickjacke hängt über der Stuhllehne, ich zerre sie weg und reiße den Stuhl gleich mit um. Die Jacke landet ebenfalls auf den Wäscheberg. Ich muss in Bewegung bleiben, muss etwas tun, sonst fange ich an nachzudenken: Thomas hasst mich, und Thomas ist weg, und …

Ich bin so wütend.

Ich kann es nicht fassen, dass er sich nun schon zum zweiten Mal vom Acker gemacht hat.

Ein zerbrochener Lippenstift fliegt in den Papierkorb, gefolgt von einem Paar Ohrringe, die ich mir von Sof geliehen habe. Ich kippe die kleine Schale mit den Haargummis und -klammern aus und schmeiße die Schale gleich hinterher. Überall stehen Teller herum, Zeugnisse von Thomas' Backwut und den vielen Stunden, die ich an meinem Schreibtisch auf der Suche nach verlorener Zeit verbracht habe. Als alle ordentlich neben der Tür gestapelt sind, und der Rest im Müll gelandet ist, wirkt das Zimmer weniger chaotisch – aber mein Herz prallt immer noch an den Wänden ab wie eine Flipperkugel. Wie kann er es wagen, mir das anzutun!

Ich klettere auf den Schreibtisch und reiße mit grimmiger Genugtuung einen Plastikstern nach dem anderen von der Decke. Als ich sie dann vom Boden aufhebe und die Sternbilder in der Hand halte, bringe ich es nicht übers Herz, sie wegzuwerfen. Stattdessen lege ich sie auf das abgezogene Bett, wo bereits die Münzen aus Kanada liegen. Von der Kommode kommt das Stück Seetang vom Strand dazu. Ich nehme alles ab, was an meiner Pinnwand hängt: die E-Mail, das Kuchenrezept, die Polaroids von Ned.

Dann bin ich fertig. Ich stehe mitten im Zimmer und starre schwer atmend aufs Bett. Diese Sachen, sie sind eine Zeitkapsel unseres Sommers. Und was bleibt übrig? Ein Haufen Müll und gebrochene Versprechen. Thomas hat mir nichts wirklich Bedeutsames gegeben, nicht mal sein Wort. Ich weiß kaum etwas über ihn. Ich unterdrücke die Stimme, die sagt: »Weil du nie gefragt hast.«

Es ging nicht, weil ich ständig in Wurmlöchern verschwunden bin.

Ist das wirklich wahr? Es ist Greys Stimme, die mir antwortet. »Von wegen Determinismus, Mann. Nimm die Sache selbst in die Hand.«Und wohin jetzt mit Thomas' Sachen? Grey würde es als Reinigungsritual bezeichnen und mir raten, sie in einem mit Kräutern aromatisierten Feuer zu verbrennen. Sof würde sie zu Oxfam bringen. Ned würde sie in den Müll schmeißen. Und ich? Was würde ich tun? Kenne ich mich gut genug, um eine solche Entscheidung zu treffen?

Ich wühle in meinem Schrank nach der Schultasche, unbenutzt seit Schuljahrsende, und stopfe alles hinein. In der Außentasche raschelt etwas. Ich kämpfe mit dem Reißverschluss und befördere ein zusammengeknülltes Papier zutage – Ms Adewunmis Quiz. Wieso ist mir nicht aufgefallen, dass sie nach der Weltschmerz-Ausnahme gefragt hat?

Ich schiebe die Schultasche in die hinterste Ecke des Schranks zurück. DAS GROSSE RAUMZEIT-QUIZ lege ich auf meine Fensterbank. Dann krieche ich in mein unbezogenes Bett und schlafe sechzehn Stunden lang.

Als ich am nächsten Nachmittag aufwache, scheint die Sonne grün durch den Efeu. Mein Blick fällt auf das Quiz. *Uhren sind ein Mittel, um die Zeit zu messen … Sie ist endlos … Eine Grenze der Raumzeit – der Punkt ohne Wiederkehr … Was ist die Weltschmerz-Ausnahme?*

Gute Frage.

Zehn Minuten später bin ich in den Fens. Der Himmel ist riesig, unendlich und leer. Ich radle die verlassene Küstenstraße entlang. Ich bin der letzte Mensch im Universum. Die ganze weite Welt in hochauflösendem 3-D, sie ist größer und strahlender als je zuvor. Oder liegt es vielleicht an mir? Ist das der Blick in das finale Wurmloch? Ich spüre, wie die Sonne den Nebel wegbrennt.

Als ich in der Schule ankomme und mein Rad abstelle, wuseln dort überall Schüler herum. Panik erfasst mich – hat das neue Schuljahr bereits begonnen?

Ms Adewunmis Klassenzimmer ist unverschlossen und leer. Es ist komisch, in der Schule zu sein, wenn man eigentlich nicht dort sein sollte. Mich macht es nervös – die Stühle, auf denen ich sonst sitze und die Whiteboards, von denen ich sonst abschreibe, sind zu Museumsstücken geworden. Man darf sie anschauen, aber nicht berühren.

Das Whiteboard ist voller Gleichungen vom letzten Schuljahr, der Stoff aus dem zweiten Jahr der Oberstufe. Vermutlich werden sie weggewischt, bevor im September der Unterricht beginnt. Also nehme ich mir einen Stift und schreibe die Gleichung dazu, die in meiner Handschrift auf Thomas' E-Mail steht. Ich verstehe nach wie vor nicht, was sie bedeutet.

»Hoppla.«

Ich mache vor Schreck einen Satz. Ms Adewunmi steht in der Tür, sie starrt nicht das Whiteboard an, sondern mich. »Du hast eine neue Frisur«, sagt sie.

»Hm, ja.« Verlegen betaste ich mein Haar. »Sie auch.«

Sie stellt den Karton, den sie unterm Arm hat, aufs Pult und schleudert ihre Zöpfe nach hinten. »Gefällt mir. Wie Chrissie Hynde.«

»Ziehen Sie um?«

»Ich bereite mich aufs neue Schuljahr vor.« Sie packt aus:

frische Filzstifte, stoßweise Papier, in Plastik eingeschweißte Ordnungsmappen, eine Familienpackung Lollis. »Such dir einen mit Cola-Geschmack, bevor sie alle weg sind.«

Ich nehme die Tüte, die sie vor meiner Nase schüttelt, greife mir einen beliebigen Lutscher und warte, bis sie fertig ist, bevor ich sie mit Fragen bombardiere.

»Setz dich, Schlaumeierin«, sagt sie und deutet auf einen Tisch. »Rutsch rüber. Ich bin gleich bei dir.«

Ich hocke mich auf den Rand des Tischs und starre ans Whiteboard. Bin ich wirklich so schlau? Ich kenne mich mit Zahlen aus. Aber inwiefern unterscheidet sich das von der Art, wie Sof ein Renaissance-Gemälde entziffert, oder Ned Noten liest? Wie Thomas ein Rezept in Kuchen verwandelt?

Die Welt ist für diesen Sommer verantwortlich, nicht ich – die Wurmlöcher hätten auch jedem anderen zustoßen können. Nur mit dem Unterschied, dass ich mathematisch darstellen kann, was da passiert. Und trotzdem sind die Gleichungen dort am Board einfach faszinierend. Vielleicht ist das ja etwas, was ich später an der Uni machen könnte: lernen, wie die Welt sich beschreiben lässt.

»Tja dann, Ms Oppenheimer.« Meine Lehrerin schwingt sich neben mir auf den Tisch und redet an ihrem Lolli vorbei, als wäre es eine Zigarette. »Du bist ein bisschen früh dran.«

»Für den Unterricht?«

»Für Ergebnisse.« Sie grinst und klackt mit den Zähnen an den Lolli. »Komm in einem Jahr wieder.«

»Ich musste mit Ihnen reden«, erkläre ich. »Ich habe mein Quiz mitgebracht. Und ich wollte nach einer Theorie fragen – in einem der Bücher auf Ihrer Leseliste fehlt nämlich eine Seite …«

»Oh! Da fällt mir ein, ich habe was für dich.« Sie nimmt mir das Quiz ab, legt es ohne draufzuschauen aufs Pult und wühlt in ihren Sachen. »Aha, hier sind sie. Eigentlich wollte ich dich am ersten Schultag damit überraschen, wenn du deine Hausarbeit abgibst. Aber, na schön – hier.«

Ms Adewunmi reicht mir einen Stapel Prospekte: Oxford, Cambridge, Imperial College, London. Aber auch weit entfernte Orte, an die ich nie gedacht hätte, wie Edinburgh und Durham, und welche, von denen ich noch nie gehört habe, wie das MIT oder die Ludwig-Maximilians-Universität. Ich fahre mit der Hand über das Hochglanzpapier und stelle mir vor, was in einem Jahr sein wird. Wer ich dann sein werde.

Ms Adiwunmi tippt mit ihrem langen, mit einem Blitz verzierten Fingernagel auf den Stapel. »Ich habe deine Notizen bekommen. Das Gottie-H.-Oppenheimer-Prinzip?«

Ich brauche einen Moment, bis ich weiß, wovon sie spricht: von den E-Mails, die ich ihr aus der Bücherscheune geschickt habe.

»Nicht schlecht. Ein Hauch Science-Fiction, aber trotzdem. Bring das in eine lesbare Form, und die Welt wird dir zu Füßen liegen.«

»Vielleicht ist das eine blöde Frage, aber …«

»Am Geld soll's nicht liegen, Gottie. Selbstverständlich gibt es überall Stipendien, besonders für Mädchen, die naturwissenschaftliche Fächer studieren wollen. Es gibt alle möglichen Förderprogramme, sie sind schwer zu finden, aber es gibt sie. Und natürlich bekommst du von mir eine Empfehlung.«

»Eigentlich wollte ich fragen, ob Sie die Gleichung verstehen, die ich ans Board geschrieben habe.«

»Nein. Oh, nein, verstehe ich nicht.« Mit vor Schreck aufgerissenen Augen wendet sie sich mir zu und flüstert: »Du musst ein *Genie* sein.«

Ich rolle mit den Augen, und sie lacht noch lauter als damals, als sie mich im Club der Parallelwelten willkommen hieß. »Sorry. Au weia, das ist die paradoxe Zeitschleife.«

Mein verwirrtes Kopfschütteln entlockt ihr weitere Antworten.

»Das ist ein Witz«, präzisiert sie. »Eine Gleichung für etwas, das nicht existiert. Das gehört in die Sci-Fi – sag bloß, du kennst das nicht. Siehst du nie fern?«

»Könnten Sie es mir vielleicht trotzdem erklären?«

»Aber gern.« Sie springt auf und säubert einen Teil des Whiteboards. Während sie die Gleichung mit einem Diagramm veranschaulicht, redet sie über die Schulter mit mir.

»Hier siehst du den Loop, okay? Ein Tunnel in die Vergangenheit, der in der Gegenwart erschaffen wurde. Ein bidirektionales Wurmloch. Aber der Witz ist, es kann nur geöffnet werden, weil es schon einmal offen war, in der Vergangenheit.« Sie kringelt etwas mit ihrem Stift ein. »Und der Umkehrschluss trifft ebenfalls zu. Es existiert, weil es existiert. Es ist ein Paradox. Kannst du mir folgen?«

»Irgendwie schon.« Ich deute auf den Teil der Gleichung, der mich am meisten verwirrt. »Aber was bedeutet dieser Faktor?«

»Das ist Materie, die entsteht, wenn das alles passiert. Eine Art Überdruckventil. Überschüssige Energie. Die Gleichung funktioniert nur, wenn du die Lösung einzeln abtrichterst – das heißt, sie kann nicht wirklich funktionieren. Der Scherz eines gelangweilten Physikers.«

»Ein Scherz«, wiederhole ich enttäuscht. Ich hatte gehofft, es wäre die Weltschmerz-Ausnahme. Auch die scheint ein Physikerwitz zu sein, ein lächerlicher, mathematischer Mythos. Ich werde also nie wissen, was diesen Sommer passiert ist. Ms Adewunmi setzt sich wieder neben mich auf den Tisch und baumelt mit den Beinen.

»Tja«, sagt sie, »ein Witz. Aber die dazugehörigen Berechnungen sind ziemlich cool. War's das? Noch Fragen? An einem so schönen Tag solltest du besser draußen sein.«

Ich lasse mich vom Tisch gleiten. Als ich wieder Boden unter den Füßen habe, drehe ich mich um. »Eins noch. Die Leseliste. Warum haben Sie *Forever* draufgeschrieben?«

Sie kichert. »Ich dachte, du könntest auch ein bisschen leichte Lektüre gebrauchen. Der Roman ist ein Klassiker.«

Samstag, 21. August

{minus dreihundertvierundfünfzig}

Liebling.« Papa klopft vorsichtig an meine Tür.

»Alles gut, Papa«, murmle ich ins Kissen. »Neuer Arbeitsplan, erinnerst du dich? Heute ist mein freier Tag.«

»Ja, ich weiß«, sagt er und stellt eine Tasse Tee neben meinen Kopf. Seit einer Woche blase ich nun schon Trübsal, und er versucht immer wieder, mich mit Nettigkeiten aus der Reserve zu locken, zum Beispiel, indem er Ned in der Bücherscheune Musik spielen lässt. Es ist allerdings das erste Mal, dass er in mein Zimmer kommt. Vielleicht das erste Mal überhaupt. Es war immer Grey, der mich holen kam, wenn ich den Blues hatte.

Mühsam öffne ich ein Auge und beobachte ihn dabei, wie er sich im Zimmer umsieht, wie er die Leere registriert und die Gleichungen an der Wand. Am Tisch bleibt er stehen und fährt mit der Hand über die Broschüren von Ms Adiwunmi. Über die Tagebücher.

Dann wendet er sich wieder dem Bett zu. »Sof ist da.«

Bah.

Papa sieht zu, wie ich den Tee runterstürze – vermutlich befürchtet er, dass ich ihn aus dem Fenster schütte, wenn er nicht aufpasst.

Es wird ein heißer Tag werden, die Luft riecht jetzt schon nach Karamellbonbons, und die Sonne brennt. Ich finde Sof im Schatten, sie sitzt mit ihrem Skizzenblock zwischen wuchernden Himbeerstauden, Efeugestrüpp, Brombeerranken und blühenden Brennnesseln.

»Hi.« Ich deute ein Winken an, während Papa entschwebt. Dann lasse ich mich neben ihr ins Gras sinken. Tau durchnässt meinen Schlafanzug. Ihr Block ist voller Skizzen unseres Gartens.

»Hier kann man von einem Dschungel sprechen, findest du nicht?« Sof schwenkt ihren Bleistift in Richtung Wildnis. In dem Moment macht Umlaut einen Satz und verschwindet im hohen Gras. Die Luftballone sind in der Hitze zerplatzt. Schlaff hängen sie im Gebüsch wie verwelkte Blüten. Im Winter hüllen sich die Strände von Norfolk in tristen, weißen Nebel, und man kann sich nicht vorstellen, dass jemals wieder Frühling wird. Dieselbe Art von Einsamkeit geht jetzt auch von unserem Garten aus.

»Ob deine Mutter vielleicht mal rüberkommen könnte?«, frage ich. Ich habe nicht das Recht, Sof um einen Gefallen zu bitten, aber ihre Mutter würde bestimmt helfen. »Uns zeigen, wie man das hier wieder in den Griff kriegt?«

Ich würde es Sof nicht verübeln, wenn sie mich zum Teufel jagte und nur gekommen wäre, um mir das zu sagen. Oder vielleicht wollte sie Ned besuchen, und Papa hat es nur falsch verstanden.

»Frag sie selber, sie betreut heute den Blumenstand auf dem Jahrmarkt.«

Ach ja, der Jahrmarkt. Holkseas alljährliches gesellschaftliches Highlight mit Kuchenwettbewerb und Eselreiten. Er markiert das Ende des Sommers – für das Dorf. Für mich war es immer Greys Party. Ich betrachte den Jahrmarkt eher als Herbstbeginn. Ein Neuanfang.

»Du könntest mitkommen«, krächzt Sof so leise, dass ich es fast überhöre.

»Meinst du? Ich dachte, du wärst immer noch sauer auf mich.«

»War ich auch«, sagt sie, ohne mich anzusehen, und fügt dann hinzu: »Und okay, ein bisschen bin ich es noch. Das war echt hart letztes Jahr. Als du Kunst hingeschmissen hast, als du *mich* hingeschmissen hast. Schlimmer, als wenn ein Typ mit einem Schluss macht. Aber inzwischen verstehe ich es. Immerhin hast du deinen Vater verloren.«

Ihr Versprecher lässt mich ungläubig blinzeln. »Meinen Großvater.«

»Nein. Ich hab mit Ned darüber gesprochen. Er war dein Vater. Natürlich ist dein Papa dein Dad, aber Grey war auch euer Dad. Er war für uns alle wie ein Vater.«

»Ja, das war er.«

Seufzend lehne ich den Kopf an ihre Schulter. Sie legt den Arm um mich, und so sitzen wir eine Weile und warten darauf, dass es sich nicht mehr komisch anfühlt. Vielleicht geht das nie mehr ganz weg. Ich betrachte meine Füße und merke, wie gebräunt sie sind. Außerdem sind sie schmutzig, diesmal sind meine Zehen definitiv mit der Erde in Berührung gekommen, und von dem kirschroten Nagellack, den ich zu Beginn des Sommers aufgelegt habe, sind nur noch Splitter übrig. Am liebsten würde ich bis in den Herbst an Sofs Schulter schlafen, doch sie steht auf.

»Bitte! Ich möchte das Schweinerennen sehen. Und den Gemüseskulptur-Wettbewerb! Und Kuchen essen – ich werde total über die Stränge schlagen und mir Gluten und Milchprodukte reinziehen. Und Zucker! Bitte!«, bettelt sie. »Allein hingehen ist doof.«

»Und was ist mit Meg? Oder mit dieser …«, ich habe den Namen von Sofs neuster Freundin vergessen, »… äh, Susie? Warum geht Ned nicht mit dir?«

»Meg ist schon dort. Und Susie ist Schnee von gestern. Und Ned spielt mit der Fingerband. Aber egal, ich will mit *dir* hingehen!« Sie stupst mich mit ihrem Bleistift, unwillkürlich muss ich kichern.

»Fingerband? Tretet ihr denn nicht als Jurassic Parkas auf?«

»Ich probe gern«, sagt sie versonnen. »Und bei der Party singen hat Spaß gemacht. Aber ansonsten bleibe ich lieber hinter den Kulissen. Angestarrt werden ist ätzend.«

Sie vollführt ein Ganzkörperfrösteln. Jetzt erst bemerke ich das T-Shirt mit den Goldpailletten, die Hose im Hawaii-Muster und die Ananas-Frisur. Ich weiß nicht, ob wir Freundinnen bleiben werden. Aber eines weiß ich: Wenn Sof nicht angestarrt werden will und *gleichzeitig* ein solches Outfit trägt, wenn das alles in einer Person Platz hat, dann können auch wir beide mehr sein als die Summe unserer Vergangenheit.

Ohne Thomas fehlt dem Jahrmarkt das Drama. Meine berechtigte Wut auf ihn ist heruntergebrannt, irgendwie vermisse ich das Chaos, das er hier möglicherweise veranstaltet hätte.

Nach dem Schweinerennen spazieren Sof und ich auf dem Dorfanger herum: Schafschur, Flohmarkt, der kleinste Streichelzoo der Welt. Aus der Ferne höre ich die Fingerband grölen. In stummem Einverständnis meiden wir das Kuchenzelt.

»Wie wär's mit Patchwork Pussie«, schlägt Sof vor, als wir zu den Essensständen kommen, die vom Bio-Veggie-Burger bis zum frisch ausgebackenen Donut alles anbieten. »Reine Girlband, die auf Jahrmärkten im ganzen Land tingelt. Bei allen ihren Songs wird in die Hände geklatscht.«

»Unterstützt von einem Doo-Wop-Duo namens Schießbuden Kings. Bratwurst?« Ich deute auf den Stand mit den Hotdogs. Sauerkraut wird meiner Seele guttun.

Sie schüttelt den Kopf. »Selber Wurst. Und wir wären in einem Bus mit ganz viel Patchwork-Deko unterwegs.«

»Und versorgen uns auf Bauernmärkten mit Lebensmitteln.«

Sof rümpft bei allen meinen Verpflegungsvorschlägen die Nase, außer bei Eis. Begeistert flitzt sie davon, um sich in die Schlange am Softeis-Stand einzureihen. Ich setze mich unterdessen ins Gras und betrachte die Welt. Kinder, die an den Händen ihrer Eltern zerren. Ein Mädchen, das seinem in den Himmel entschwindenden Ballon nachweint. Leute aus der Schule, einige Gesichter von der Party, sie trinken Cider aus Milchflaschen und essen ein jamaikanisches Hühnchengericht und Krautsalat von Styroportellern. Manche winken mir im Vorbeigehen. Schüchtern lächle ich zurück.

Und dann schlendert er durch den Sonnenschein auf mich zu: Thomas.

Er trägt zwei Eistüten, ein normales Softeis und einen bedrohlich wankenden bunten Turm mit verschiedenen Kugeln, Streuseln, Nüssen und Waffeln. Er bückt sich und reicht mir stumm das Vanilleeis. Ich nehme es wortlos entgegen. Ich bin noch mehr durcheinander als sein Eis, das praktisch ein Eisbecher in der Waffel ist. Mein Herz ist die rote Kirsche obenauf, er beißt hinein.

Ich starre zu ihm hoch, während er mich, die Sonne verdeckend, von oben mustert.

»Hab zufällig Sof getroffen«, erklärt er schließlich und schluckt. »Sie hat mir die beiden hier in die Hand gedrückt, auf dich gedeutet und sich dann mit Meg aus dem Staub gemacht. Fast so, als hätte sie's geplant. Das Eis ist mir über die Finger gelaufen, und ich habe keinen Mülleimer gefunden, deshalb …«

»Oh, vielen Dank.«

»Das ist nur Softeis, noch kein Verzeihen.«

»Oh.«

Aber er setzt sich trotzdem neben mich. Mir ist heiß und kalt vor Verwirrung, Sonnenschein und Schatten. Er hat mir nicht vergeben, und ich bin mir nicht sicher, ob ich etwas getan habe, das der Vergebung bedarf. Aber er hat intuitiv gewusst, dass das schlichte Vanilleeis in der Waffel für mich gedacht war. Während ich daran knabbere, werfe ich ihm verstohlene Blicke zu. Ich bin gespannt, was er als Nächstes sagen wird. Wie wir unsere Freundschaft zurückholen können. Ich glaube, das ist alles, was ich im Moment will.

»Meg und Sof haben das ausgeheckt?«, frage ich schließlich.

Thomas rutscht schuldbewusst hin und her. »Die ersten Nächte war ich bei Sof. Ziemlich schräg. Und jetzt penne ich bei Niall, auf dem Sofa. Ach ja, und ich habe am Kuchenwettbewerb teilgenommen.« Er öffnet seine Strickjacke und zeigt mir die Rosette an seinem T-Shirt. »Erster Preis. Die Verbannung ist aufgehoben.«

»Mein Gott, Thomas, das ist ja wunderbar.« Meine Stimme klingt falsch, laut und scheppernd. Ich bin verärgert, erfreut und verwirrt, alles auf einmal.

»Na ja, hab ich dir eigentlich erzählt, dass ich in Toronto in einer Bäckerei gearbeitet habe? Immer samstags, seit ich vierzehn war, und jeden Sommer.« Er hält die Hände hoch und deutet auf kaum sichtbare Brandnarben an seinen Fingern. Wie konnten wir einen ganzen Sommer lang reden, ohne dass das je zur Sprache kam. »Brownie, Millefeuille. Blechkuchen. Ich bin nicht schlecht. Ich hatte auch ein bisschen was gespart von meinem Lohn. Mein Dad wollte mir zwar einreden, das sei fürs Studium, aber ich wusste noch nicht, wofür ich es verwenden will – vielleicht, um ich nach der Schule erst mal auf Reisen zu gehen. Oder in eine Kochschule. Oder um nach Wien zu gehen und zu lernen, wie man Strudel macht.«

»Und? Was hast du jetzt vor?«, frage ich nervös.

»Na ja, am Ende war's doch nicht so viel, wie ich dachte – Strickjacken sind nicht gerade billig. Es reichte jedenfalls nicht für den großen Coup. Oder für Wien. Der Verkauf meines Autos brachte gerade genug für ein One-Way-Ticket nach England. Dieser verrückte Trip über Zürich und Madrid war der früheste Flug, den ich nach Schuljahrsende bekommen konnte. Hab meiner Mum einen Zettel dagelassen, dass ich bei euch wohne, bis sie kommt. Sie und Dad hatten eigentlich ausgemacht, dass ich bei ihm in Kanada bleibe. Deshalb hat sie dauernd angerufen. Natürlich war das der Supergau, zehnmal schlimmer als Mr Tuttle.«

Eiscreme. Hirnfrost. Wow.

Ich hatte ja keine Ahnung, war einfach nur froh, ihn wieder neben mir plappern zu hören. Aber das ist eine wirklich große Sache – in der Größenordnung eines Teilchenbeschleunigers. Thomas hat sein Cannoli-Geld ausgegeben, um mich zu sehen. Aber *warum*?

Bevor ich ihn fragen kann, sieht er mich an und sagt: »Ich hätte dir das wohl besser schon früher erzählen sollen.«

»Äh, ja, wahrscheinlich«, presse ich hervor und versuche, wieder Luft in meine kollabierten Lungen zu kriegen. »Warum hast du das nicht?«

»Weil es verrückter ist als dieses Eis hier?« Er zuckt mit den Schultern. »Es war immer der falsche Moment. Du hast ja sicher schon gemerkt, dass ich kein Meister der Kommunikation bin. Und weil ... ich deine Mail als Vorwand benutzt hatte. Die Idee aus Toronto wegzugehen und bei meiner Mum zu leben – darüber hatte ich schon eine ganze Weile nachgedacht. Ich hoffte, sie würden vielleicht aufhören zu streiten, wenn ich sie vor vollendete Tatsachen stelle. Und ich habe dir auch nichts von Manchester erzählt, und auch nicht davon, dass ich unter anderem herkam, um meinem Dad eins auszuwischen ...«

Thomas wedelt mit den Armen und schickt dabei klebrige Eistropfen auf die Reise. Diese vertraute Geste haut mich um wie einen Dominostein. Sämtliche Gefühle stürzen ineinander – Liebe und Zuneigung und Vertrautheit und Begehren, der schmerzliche Wunsch, dass alles gut wird zwischen uns. Ganz gleich, ob das Freundschaft ist oder etwas anderes.

»... und dass ich dir von alledem nichts erzählt habe, weil du so froh warst, mich wiederzusehen, und weil ich dich mochte.«

In Erwartung einer Reaktion sieht er mich an, aber ich bin damit beschäftigt, das alles zu verarbeiten. Ich habe mindestens hundert Fragen, aber ich schlucke sie zusammen mit einem Stückchen meiner Eiswaffel hinunter.

»Ich möchte nicht, dass du denkst, ich wäre vor etwas weggelaufen. Ich bin nämlich vielmehr auf etwas zugelaufen. Es sollte eine große Geste sein.«

»Indem du mir vormachst, dass du mit deinem Geld ein Ticket gekauft hast, um mich zu sehen, wo du in Wirklichkeit bloß vor deinem Dad davongelaufen bist?« Ich ziehe eine Augenbraue hoch.

»Trotzdem, ein bisschen war es auch wegen dir. Ich wollte sehen, ob du mir wieder einen Kinnhaken geben würdest.« Grinsend reibt er sich das Kinn. Selbst wenn wir nicht mehr ganz synchron sind, haben wir doch unseren gemeinsamen Rhythmus. »Der Witz dabei ist, dass du es tatsächlich getan hast.«

Ich lege die halbgegessene Eiswaffel neben mich und wische mir die Finger im Gras ab. Dann sage ich zu meinen Knien: »Der Witz ist, dass du tatsächlich wieder abgehauen bist …«

»Tja.« Er seufzt. Ist das alles, was ich als Antwort bekomme? Einen Seufzer?

»Pass auf.« Ich setze mich im Schneidersitz ihm gegenüber, Auge in Auge. »Ich werde dir das jetzt erklären, das mit mir und Jason. Und damit ist es ein für alle Mal erledigt. Aber du kannst nicht einfach wieder vor mir davonlaufen. Du hast es versprochen. Abgemacht?«

Ohne sich umzusehen schmeißt er den Rest seiner Eiswaffel über die Schulter und streckt mir seine Hand hin. »Abgemacht.«

»Gut, okay. Es tut mir leid, dass ich gelogen habe.«

Thomas nickt, er hält noch immer meine Hand und wartet, was kommt.

»Das war's. Das ist alles, was ich zu sagen habe – eine Entschuldigung für meine Lüge, oder dass ich dich im Unklaren gelassen habe, was auch immer. Punkt. Ned sagt, ich sei egoistisch. Jedenfalls bedauere ich nicht, mit Jason geschlafen zu haben, oder dass ich vor dir in ihn verliebt war. Was ich im Garten zu dir gesagt habe, meine ich ernst: Es hat nichts mit dir zu tun, und ich bin dir keine Erklärung schuldig. Du brauchst mich deswegen nicht zu verurteilen oder eifersüchtig zu sein. Und falls du es doch bist, dann behalt es besser für dich.«

Nach meiner kleinen Ansprache nicke ich noch einmal mit Nachdruck. Sof wäre stolz auf mich.

»Aber warum hast du das gemacht? Mich angelogen, meine ich … Natürlich wäre ich total eifersüchtig gewesen, aber so kam es rüber, als wolltest du dich über mich lustig machen.«

»Ich war so daran gewöhnt, es geheim zu halten«, antworte ich. »Weißt du noch, was du damals gesagt hast, von wegen, unser Kuss wäre dein erster echter Kuss gewesen? Ich fand das so schön. Du warst mein erster bester Freund. Aber vielleicht ist es gar nicht mehr wichtig – erster, zweiter, die Reihenfolge, in der man Dinge tut.«

Thomas sagt nichts, sitzt nur da, was total untypisch ist für ihn. Er ist ganz still. Habe ich wieder mal die Zeit angehalten? Kann er mich überhaupt hören? Dann blinzelt er.

»Und was passiert jetzt?«, frage ich mit piepsiger Stimme. »Kommst du mit nach Hause? Papa und Ned und Umlaut, alle wollen das. Ich weiß, dass du in einer Woche sowieso abreist, aber es stimmt trotzdem.«

»Fragst du mich, ob ich als Freund zurückkomme, oder … was immer wir sind?«

»Ich weiß nicht.« Das stimmt. Ich weiß es wirklich nicht. »Kannst du nicht einfach zurückkommen und alles Weitere dem Schicksal überlassen?«

»Das Problem ist«, sagt er, »dass ich dich immer noch mag. Aber du hast nach der Party abgeblockt! Wir säßen jetzt nicht hier, wenn ich nicht hergekommen wäre. Und ich mag dich so sehr, dass ich es dir wahrscheinlich durchgehen lassen würde.«

»Was?«

»Dass nicht auch du einen Schritt in meine Richtung machst. Du schickst mir eine E-Mail, und ich komme aus Kanada zurück. Du bittest mich heimzukommen, aber du selbst kommst mir nicht entgegen. Nachdem ich dich wegen Manchester angelogen hatte, war ich es, der auf dich zugegangen ist. Dann brichst du mir das Herz, und trotzdem bin ich derjenige, der zu dir kommt.«

Grey hat mir immer ein Märchen vorgelesen, das *Schuld und Spekulatius* hieß. Die Prinzessin hatte ein Herz aus Gold, doch es wurde gestohlen und durch einen Apfel ersetzt. Der Apfel faulte in der Prinzessin, er hatte einen Wurm. Sie seufzte und starb. Das bin ich. Innerlich verfault. Wo meine Seele sein sollte, befindet sich ein kleines, verschrumpelten, totes Ding.

»Ich werde einen Schritt auf dich zugehen«, erkläre ich.

»Hmmm.«

»Ja, werde ich! Ich weiß nur noch nicht, worin er besteht. Aber erst musst du zurückkommen.«

Er schnaubt, immerhin ist es ein halbes Lachen. »Und *schon wieder* meine Sachen packen?«

Ich rutsche zu ihm rüber, so dass wir nebeneinander sitzen und uns beide an den Zaun lehnen können. Wir sind Freunde. Das haben wir einander versprochen.

»Ich hatte vergessen, dass er so winzig ist«, sagt Thomas schließlich und macht eine Handbewegung, die den ganzen Jahrmarkt einschließt.

»Wir sind inzwischen größer geworden. Deshalb ist er proportional gesehen kleiner. Wenn du heute die dreifache Masse von damals hast, und seinerzeit nur ein halbes Prozent des Jahrmarkts ausmachtest, dann ist er heute im Verhältnis zu dir kleiner.«

»He, das hab ich sogar fast verstanden.« Er stupst mich mit dem Ellenbogen und wischt sich Grashalme von der Jeans. »Also … dann sehen wir uns noch, bevor ich nach Manchester fahre, ja? Zum Verabschieden.«

Die Sonne ist Richtung Horizont gerutscht, und als ich zu ihm aufblicke, ist er nichts als Licht.

»Ist gut«, sage ich. Dann dreht er sich um und läuft in den Nachmittag hinein. Ich bleibe noch eine Weile sitzen und fühle mich, als hätte ich etwas wirklich Großes verpasst. Und dafür kann ich diesmal kein Wurmloch verantwortlich machen.

Als ich nach Hause komme, ist Papa im Garten. Er liegt zwischen den Löwenzahn-Sternen auf dem Rücken und starrt in den Abendhimmel. In der Hand balanciert er ein

Glas Rotwein, die Flasche ist neben ihm ins Gras gebettet, er sieht aus, als hätte er geweint. Am liebsten würde ich wegrennen und mich hinter dem Horizont verstecken, doch stattdessen setze ich mich neben ihn. Ich sage Ja. Ich laufe nicht weg, ich gehe auf etwas zu.

Er lächelt zu mir hinauf und tätschelt meine Hand.

»Na«, sagt er. »Wie war's auf dem Jahrmarkt?«

»Ich habe Thomas getroffen«, platze ich ohne Einleitung heraus. »Tut mir leid, aber ich konnte ihn nicht überreden zurückzukommen. Es ist meine Schuld, dass er gegangen ist, und das mit dem Wasserhahn, … alles.«

»Liebes«, sagt er lächelnd, »das kann unmöglich stimmen. Es war Ned, der ihn mit der Zange bearbeitet hat.«

»Ja, aber …«, ich rudere mit den Armen, mein Hals ist wie zugeschnürt. Ich habe einen Ozean von Entschuldigungen vorzubringen, aber niemand will sie hören.

Papa setzt sich auf und nimmt einen Schluck Wein. Dann runzelt er angesichts des leeren Glases die Stirn und füllt nach.

»Es ist alles meine Schuld, es ist alles meine Schuld«, äfft er mich nach. »So ist Thomas zu seinem Ruf gekommen als, wie nennt man das? Gremlin? Ihr beiden habt *ständig* irgendwelchen Unsinn gemacht. Und anschließend warst du jedes Mal voller Schuldgefühle. Unentwegt hast du dich entschuldigt und warst um Wiedergutmachung bemüht – ich werde eine ganze Woche lang brav sein, richtig brav! Daraufhin hat natürlich jeder angenommen, dass Thomas das alles ausgeheckt hatte.«

»Dabei will er mir immer einreden, alles sei *meine* Idee gewesen«, klage ich. »Wusstest du, dass es sein Plan war, diesen Sommer rüberzukommen, nicht der seiner Mutter?«

»Ha, ha«, Papa lacht ein verschmitztes Koboldlachen. »Aber nicht von Anfang an. Ich dachte, es wäre deine Idee gewesen, so wie mit dem Kater.«

»Aber Papa«, widerspreche ich vorsichtig. »Nicht *ich* habe Umlaut mitgebracht.«

»Nein? Egal, jedenfalls rufe ich nach der Party bei Thomas' Mum an, und sie erzählt mir, dass er ihr erzählt hat, es sei alles deine Idee gewesen.« Er reicht mir sein Glas. »Hab dich vermisst.«

Ich nehme einen Schluck – sauer wie Essig – und sage: »Ich war doch hier.«

»Warst du das?« Seine Stimme ist nicht so ätzend wie der Wein, aber sie gibt mir einen Stich. Wenn alle mir sagen, ich sei bloß halb anwesend, ist vielleicht was dran.

»Ich hab dich auch vermisst«, sage ich zu ihm. Papa zieht die Knie an und schaut in den dämmrigen, verwilderten Garten. »Und ich vermisse Grey.« Wieder nehme ich einen Schluck Wein, diesmal um meine Verlegenheit zu verbergen. Wir haben nie darüber gesprochen. Vor diesem Thema haben wir uns immer gedrückt.

»Ich auch. Ich weiß nicht – habe ich da was falsch gemacht? Ich habe Ned und dich euren eigenen Weg finden lassen. Als deine Mami gestorben ist, hat Grey das mit mir so gemacht. Er hat Abstand gehalten. Hat mich das selbst herausfinden lassen.« Papa verstummt und nimmt mir das Weinglas aus der Hand. »Liebling. Du hast seine Tagebücher gelesen. Du weißt jetzt, wie krank er war? Die Bestrahlungen?«

*B
*B
*B

Bestrahlungen? Der Wein und der zweite Schock dieses Tages machen mich benommen. Ich muss an Greys Zornausbrüche im vergangenen Sommer denken. Dass er immer so früh ins Bett ging. Die vielen Male, an denen ich an der Bücherscheune vorbeiradelte und die Tür verschlossen fand. Dass er mir ein Buch zum Geburtstag geschenkt hat. Thomas Stimme in der Küche, die »Morphium« sagt.

Und Grey, wie er übers Feuer springt und einen Wikingertod verlangt.

»Nein, das wusste ich nicht.« Alle diese Geheimnisse hauen mich um.

»Ja, Liebes«, sagt Papa. Er stürzt den Wein hinunter, bis kaum noch etwas im Glas ist. Dann reicht er es mir. »Langsam. Ich muss schon mit Ned fertigwerden. Grey hatte das Hodgkin-Lymphom.« Er schmeckt diesem sperrigen Wort auf der Zunge nach. »Eine Art Krebs. Schon eine ganze Weile. Das Risiko eines Schlaganfalls bestand immer. Also, jedenfalls … Ihm blieb nicht viel Zeit, und er wollte nicht, dass du es weißt. Du und Ned, ihr hattet Prüfungen. Du hattest schon deine Mami verloren. Er wollte immer, dass alle glücklich sind, weißt du?«

Und ich dachte, wir hätten alle Zeit der Welt. Ich habe mich ein Jahr lang an einem bedeutungslosen Wunsch festgeklammert. Es tut ein bisschen weh, dass ich ihn loslassen muss. Wir hatten uns irgendwie aneinander gewöhnt. Dann gieße ich meinen Wein ins Gras, ein Ritual. Und schließlich löst sich die Schuld wie Rauch in der Luft auf.

Papa beobachtet mich. »Ich liebe dich von ganzem Herzen«, sagt er.

Ned sucht sich genau diesen ergreifenden Moment aus, um uns durch sein offenes Fenster mit AC/DC zu beschallen.

»Dein Bruder?«, sagt Papa und zuckt zusammen.

»Ich hole ihn.« Ich entwirre mich und stapfe zu seinem Fenster hinüber. Ich verstreue meine Gefühle über das Gras: Gelbe Tulpen und Wurmlöcher und ein Wunsch. Sie haben mich ein Jahr lang gepeinigt, jetzt sind sie weg.

»Ned!« Ich trommle gegen das Fenster. »Wir BETRINKEN uns.«

Sofort schießt sein Kopf hervor. »Welcher Anlass?«

»Grey.«

»Weißt du noch, die Schnecken?«, frage ich.

»Die Schneeeecken.« Ned dehnt das Wort von hier bis zum Mond und lässt sich rücklings ins Gras fallen. Wir sind hier draußen, seit ich an sein Fenster getrommelt habe, und während das Zwielicht in Dunkelheit überging, haben wir uns Grey-Anekdoten erzählt. Wäschetrocknen im Baum, die Geschichte mit den gefrorenen Orangen. Die Schnecken.

Sie waren Greys erste Prüfung auf dem Weg zur Erleuchtung. Er las all diese Bücher, aß zeitweilig vegetarisch und fing an zu meditieren. Überall im Haus tauchten fette, kleine Buddhastatuen auf, und an Greys Beinen blühten die Mückensticke, denn er wollte nicht mal einem Moskito etwas zuleide tun.

Der Sommer und die Moskitos wurden abgelöst vom Herbst und den Weberknechten. Im Oktober begann es zu regnen. Regen bringt Schnecken hervor, und diese wiederum brachten Grey, langsam und mit sanfter Hartnäckigkeit, um seine Geduld. Einige Wochen lang klaubte er fette graue Apostrophe vom Gartenweg und warf sie ins Gemüsebeet der Althorpes hinüber.

Dann wurden wir eines Nachts um zwei Uhr von einem Schrei geweckt: »Zum Teufel mit der Erleuchtung!« Grey richtete mit der Hacke ein Massaker auf dem Gartenweg an.

»Hab ich euch jemals die Geschichte mit den Glocken erzählt? Er stand ungefähr da drüben«, Papa fuchtelt in Richtung Kirche, »und schrie, sie sollten endlich Ruhe geben.«

Nach seiner Beerdigung haben die Glocken geläutet, sie klangen durch den Nachmittag. Wir werden still. Ned rappelt sich hoch.

»Wir sollten was tun«, sagt er und bricht das Schweigen.

»Es ist spät«, sagt Papa. »Zeit, ins Bett zu gehen. Keine Partys mehr, kein Alkohol.«

»Ich meine«, Ned rollt mit den Augen, »wegen Grey. Es ist jetzt fast ein Jahr her. Sollen wir die Glocken läuten? Nein, besser nicht. Oder vielleicht ein Feuerwerk?«

»Wenn ihr beide das möchtet, könnten wir seine Asche ausstreuen«, sagt Papa. »Steht im Gartenhaus.«

»Im *Gartenhaus*?« Ned jault auf. »Da kann man doch keine Urne aufbewahren! Das ist … das ist …«

»Wo hättest du sie denn hingetan, Liebling?«, erkundigt sich Papa verwirrt. »Gottie hat sie da reingestellt.«

»*Was* habe ich?« Ich verschlucke mich an meinem Aufschrei.

»Ich hatte die Urne in einen der Buddhas getan, und du hast sie alle weggeräumt«, sagt er und steht auf.

»Papa, wenn du sagst in *einem* der Buddhas … Die Hälfte von denen steht ja inzwischen wieder im Haus. Weißt du, welcher?«

»Ja, ich weiß, welcher«, erwidert er. Offensichtlich hat er es die ganze Zeit gewusst. Ist er wirklich so verpeilt und geistig abwesend, oder habe ich ihn bloß zu wenig beachtet? »Ich werde ihn finden. Ihr könnt euch schon mal überlegen, wo wir die Asche ausstreuen. Vielleicht hier.« Damit verschwindet er in die Dunkelheit.

»Hier …«, wiederhole ich. »Er kann doch nicht den Garten meinen, oder?«

Ned schnaubt, und alles ist wieder normal. »Bisschen morbide. Eher bei der Bücherscheune, oder in den Feldern. Was meinst du?«

Ich warte, bis Papa mit einem Pappkarton aus dem

Schuppen zurückkommt. Vorsichtig stellt er ihn zwischen uns ins Gras. Er ist absurd klein.

»Grots?«, fordert Ned mich auf. »Wohin damit?«

»Ins Meer«, sage ich, denn Grey wollte sterben wie ein Wikinger.

Kein anderer Ort kommt in Frage. Nur das Meer ist groß genug, und der Karton viel zu klein. Wie kann man das Universum in der Handfläche halten?

Sonntag, 22. August

{minus dreihundertfünfundfünfzig}

Ich wünsche, ich hätte früher gewusst, wie die Welt funktioniert. Denn ich wache früh und mit dröhnenden Kopfschmerzen auf und halte Thomas' E-Mail in der Hand. Endlich kann ich sie lesen.

Von: thomasalthorpe@yahoo.ca
An: gottie.h.oppenheimer@gmail.com
Datum: 4/7/2015, 17:36
Betreff: Ärger hoch zwei

Die Antwort lautet natürlich Ja.
Aber das weißt du vermutlich schon.
Hieß es nicht immer Ja bei uns beiden?
Ich möchte mit dir die Sterne betrachten.
Und was immer du mir erzählst, ich werde es glauben.
Denn, denk daran –
Es kann düster werden, und ziemlich schrecklich,
aber die Narbe in meiner Hand macht dich unauslöschlich.

Ich lese sie ein Dutzend Mal, trotzdem kapiere ich nichts. Die Sterne – das ist offensichtlich. Er meint die aus Plastik, die er an meine Decke geklebt hat. Aber wozu will er Ja sagen? Was soll er glauben? Am liebsten würde ich ihn erwürgen. Das ist wohl kaum eine klare Ankündigung eines Besuchs, die man schicken würde, wenn man über den Atlantik geflogen kommt. Andererseits ist es typisch Thomas – viel Herz und große Geste, ein bisschen gaga und kein Gedanke an die Folgen.

Jetzt verstehe ich auch, warum ich seine Mail plötzlich lesen kann, es hat nichts mit der Weltschmerz-Ausnahme zu tun. Endlich habe ich mir Greys Tod verziehen. Ich kann ein bisschen Liebe in meinem Leben zulassen.

Plötzlich weiß ich auch, wie *meine* große Geste aussehen könnte. Noch im Schlafanzug nehme ich die Schultasche von der Garderobe und renne durch die neblige Morgendämmerung in die Küche.

Als ich in den Apfelbaum klettere, ist der Tag bereits voller Sonnenschein. Umlaut jagt im Geäst den Eichhörnchen nach, während ich nach Fröschen Ausschau halte – ich möchte ja nicht aus Versehen einen einsperren. Dann leere ich Augenblick für Augenblick meine Schultasche und fülle die Kassette: Der Seetang vom Strand. Kanadische Münzen, die Schatzkarte und mein Sternbild, die kleinen Plastiksterne, ein Paar von Thomas' zusammengeballten Socken, meine mit Eis bekleckerte Serviette vom Jahrmarkt gestern. Das Rezept, das er mir aufgeschrieben hat.

Und das zerdätschte, schreckliche Ergebnis meines ersten Solo-Backversuchs von heute Morgen: ein Schokotörtchen.

Ich schließe den Deckel und sichere ihn mit einem Vorhängeschloss, damit Thomas es später öffnen kann. Eine Zeitkapsel unseres Sommers. Etwas Besseres bringe ich nicht zustande. Dann lehne ich mich gegen einen Ast und schreibe ihm auf meinem Telefon eine Mail.

Von: gottie.h.oppenheimer@gmail.com
An: thomasalthorpe@yahoo.ca
Datum: 22/8/2015, 11:17
Betreff: Gack, gack, gack

Ärger hoch zwei, weißt du noch? Wobei einer sich als der Schlimmere erweist. Ich kann es dir nicht genau erklären, aber du musst kommen und die Zeitkapsel mit mir öffnen. Ich weiß, dass du keinen Grund dazu hast. Aber ich weiß nicht, wie ich ohne dich sein kann.
Falls du gute Gründe brauchst, dann stell dir einfach vor, wie ich meinen kleinen Finger nach dir ausstrecke und sage: Hey, Thomas, ich fordere dich heraus …

Ich lese noch mal durch, was ich geschrieben habe. Ich denke über Thomas' E-Mail nach und dass er sagte, es sei eine Erwiderung auf meine gewesen. Meine Finger machen sich selbständig und ändern das Datum auf den 4. Juli. Ich weiß, dass es funktionieren wird, denn es hat ja bereits funktioniert. Dann drücke ich »Senden« und stecke das Handy in meine

Tasche, zusammen mit dem Schlüssel fürs Vorhängeschloss. Jetzt muss ich nur noch duschen und Thomas finden.

Ich erhebe mich und will mich auf dem Ast herumdrehen. Mein einer Fuß sucht gerade Halt in einem Astloch, als sich die Zeitkapsel zu verändern beginnt. Das alte, rostige Schloss, das ich heute Morgen aus dem Werkzeugkasten genommen habe, wird plötzlich sauber und blank. Dann verblassen die beiden Namen auf dem Deckel, Thomas & Gottie.

»Huch«, sage ich zu niemandem außer Umlaut und verharre irgendwo zwischen Baumkrone und Boden. Ich dachte, mit diesem Unsinn sei es nach der Party vorbei. Nach dem letzten Wurmloch. Abgesehen von – um Gottes willen, Gottie, du Vollidiotin – der Tatsache, dass ich Thomas' Mail heute Morgen plötzlich lesen konnte! Ein ziemlicher Filmriss.

Ich sehe fasziniert zu, wie die Schrift auf der Kassette zurückkommt, gefolgt vom Rost, der sich in Warp-Geschwindigkeit zurückbildet. Die Zeitkapsel pulsiert, wechselt in rasendem Tempo zwischen sauber / schmutzig, Buchstaben / keine Buchstaben, rostig / blank. Vergangenheit / Gegenwart, Vergangenheit / Gegenwart, Vergangenheit / Gegenwart. Die Weltschmerz-Ausnahme setzte nicht mit Greys Tod ein, sie beginnt jetzt.

Dann fällt ein Regentropfen.

Nach oben. Der Himmel ist wolkenlos. Als mich ein zweiter Tropfen trifft, versuche ich, von der Zeitkapsel wegzukommen und »Ach du Schande …«

Ich höre jemanden meinen Namen rufen und falle vom Baum.

Vor fünf Jahren

»Hast du das *gesehen*?«, ruft Thomas mir durch den Regen zu.

Es ist ziemlich dunkel, aber ich sehe gerade noch, wie eine rote Katze sich unter dem Anbau verkriecht.

»Ja, da unten ist sie.« Auf allen vieren versuche ich, unter das Gebäude zu schauen. Das Gras ist eklig – nass und schleimig –, aber meine Jeans ist sowieso schon durchnässt. Ist ja bloß Wasser. Ich bin ein zwölfjähriges Mädchen, nicht die Böse Hexe des Westens.

»Komm, Miez, komm.«

»Was? Nein«, sagt Thomas hinter mir. »Gottie, das musst du dir ansehen.«

»Gleich, eine Minute.«

»Gottie«, sagt er ungeduldig. »Vergiss die Katze. Eben ist ein Mädchen vom Baum gefallen.«

»Nein, gar nicht.«

»Gottiiiiie …«

Ich seufze. Thomas benimmt sich schon den ganzen Tag merkwürdig, seit dem Kinnhaken-Kuss. Ich will mich auf sein blödes Spiel nicht einlassen. Ich will die Katze anlocken. Trotzdem richte ich mich auf, drehe mich um und wische meine schlammigen Finger an der Jeans ab.

Tatsächlich liegt unter dem Apfelbaum ein Mädchen.

Wirklich.

Vorhin waren nur Thomas und ich im Garten. Grey hatte uns aus der Bücherscheune verbannt, und als er nach Hause kam, auch aus dem Haus. Unglaublich! Thomas fährt nach Kanada, und heute ist meine letzte Chance, ihn zu küssen – *überhaupt jemanden* in meinem Leben zu küssen –, und immer werden wir unterbrochen. Erst rannte die Katze durch den Garten. Und jetzt ist da dieses Mädchen. Sie setzt sich auf, reibt sich den Hinterkopf.

»Sie ist vom Hi-hi-mmel gefallen«, singt Thomas und bewegt sich seitwärts auf mich zu.

»Eigentlich«, sagt das Mädchen, das sich inzwischen zu enormer Größe aufgerichtet hat, »bin ich vom Baum gefallen.«

Sie beschirmt mit der Hand ihr Gesicht vor dem Regen und mustert uns. Dann sagt sie zu mir: »Hi, Gottie.«

Entgeistert starre ich zurück. Woher kennt sie meinen Namen? Sie sieht meiner Mami ähnlich, die ich nur von Fotos kenne. Auf allen Bildern gleicht sie diesem Mädchen: dunkel, mager, mit großer Nase und kurzen, ungleichmäßig geschnittenen Haaren, so wie meine.

»Ist dir nicht kalt?«, frage ich. Ich trage Gummistiefel und Jeans, ein T-Shirt, einen Pullover von Thomas und einen Anorak. Das Mädchen ist im Schlafanzug, hat eine Schultasche, aber keine Schuhe. Sie muss mit Grey befreundet sein. Und sie trägt keinen BH. Das sehe ich. Der kirschrote Nagellack an ihren Zehen ist abgesplittert.

»Hast du dir den Kopf angehauen?«, fragt Thomas. Ich dränge mich an seine Seite und nehme seine Hand. Er drückt sie.

»Nein, ich bin in die Hecke gerauscht.« Sie kichert.

Sie kommt mir ziemlich durchgeknallt vor, hier hinten gibt es nämlich überhaupt keine Hecke. Die rote Katze kommt auf sie zugerannt und reibt schnurrend den Kopf an ihrem Knöchel.

»Ich hätte dich besser Schrödinger nennen sollen«, sagt sie zu ihr und blickt dann hinauf in den Apfelbaum. »Heiliger Algorithmus – das ist eine paradoxe Zeitschleife.«

Wovon redet sie? Thomas sieht mich an, und langsam, damit sie es nicht merkt, tippe ich mir mit dem Finger an die Schläfe: »Die spinnt«, forme ich lautlos mit den Lippen.

Wie kann er lächeln, wo er doch heute wegfährt? Macht ihm das denn gar nichts aus?

»Aber wieso hier? Warum ausgerechnet heute? Liegt es an der Zeitkapsel?«, murmelt das Mädchen zum Baum gewandt. Dann dreht sie sich zu uns um. »Hey, Ärger hoch zwei. Könnt ihr mir einen Gefallen tun?«

»Nein«, sage ich im gleichen Moment, in dem Thomas »Ja« sagt.

Wütend funkle ich ihn an.

»Wenn ich weg bin, klettert bitte in den Baum und seht nach, was ihr da findet«, sagt das Mädchen, sie holt etwas aus ihrer Tasche und wirft es Thomas durch den Regen zu. Es ist klein und silbern.

»Ich hab ein Messer!«, platze ich heraus. Es stimmt.

»Ich weiß.« Sie zwinkert mir zu. »Und es wäre besser, du hättest keins. Gottie. Hör zu. Eigentlich sollte ich dir jetzt verdammt kluge Ratschläge geben. Zum Beispiel: Du solltest mehr mit Papa reden. Dein Gemüse essen. Ned anrufen, wenn er in London ist. Achtsam mit der Welt umgehen. Ja sagen, wenn jemand dich bittet, einen Kuchen zu backen. Und dass du große Gesten wagen und mutig sein sollst.«

Sie lacht. »Aber … äh, wir werden alles vergessen und die Fehler trotzdem machen. Aber sei vorsichtig mit dem Messer, ja? Wir könnten uns verletzen.«

Wir?, denke ich. Doch da rennt das Mädchen schon durch den Garten, und Thomas zerrt an meiner Hand. »Da ist was im Baum«, sagt er. »Ich hab den Schlüssel. Komm.«

In einer Stunde wird er mich verlassen, und wir müssen vorher noch einen Blutschwur schwören, also klettere ich ihm nach auf den Baum, das Messer in der Tasche.

Da es ja bereits passiert ist, kann ich mein jüngeres Selbst offenbar nicht davon abhalten, sich im Baum beinahe zu erstechen. Also flüchte ich vor dem Regen in Greys Auto. Es ist schief geparkt und halb in die Hecke gerutscht. Auf einer Seite ruht die Achse auf Backsteinen, weil ein Rad fehlt. Da wir mit dem Krankenwagen in die Klinik gebracht wurden, sollte ich hier eigentlich sicher sein. Niemand wird mich aufstöbern.

Was habe ich in Gang gesetzt, indem ich mir eben selbst begegnet bin? Als ich Thomas damals über Zeitreisen aufklärte, war ich mir absolut sicher, dass so etwas nie passieren kann. Dass der Kosmos zensierend eingreift. Ich war eindeutig im Unrecht – man *kann* über den Ereignishorizont hinausblicken. Andererseits kann ich mich immer noch nicht erinnern, was bei unserem Blutschwur schiefgelaufen ist. Ich weiß nur noch, wie ich davor mit Thomas im Garten war. Dass es regnete. Doch allmählich kommt die Erinnerung zurück.

Da war mit Sicherheit kein Kater. Da war mit Sicherheit kein zweites Ich. Was ist also diesmal anders?

Regen klatscht gegen das Wagenfenster, während ich die Schwachstelle in meiner Theorie aufzudecken versuche. Was hat diese Erinnerungslücke hervorgerufen? Dann höre ich einen Schrei, Klein-Thomas rennt durch den Garten, er hält seine blutende Hand. Er kreischt nach Grey, nach Papa, nach dem Baummädchen – damit muss ich gemeint sein, denke ich –, nach irgendwem, sie sollen schnell kommen.

Papa streckt den Kopf durch die Küchentür. Als er Thomas sieht, wird er grün im Gesicht und wendet sich ab. Augenblicke später kommt Grey aus dem Haus marschiert.

Und ich bin völlig fertig.

Ihn in meiner Erinnerung zu sehen und seine Tagebücher zu lesen war das Eine. Da konnte ich sein Bild wieder und wieder abrufen. Aber hier ist er leibhaftig, ein Grey aus Fleisch und Blut, gegenwärtig und lebendig …

Ich werde mir schmerzlich bewusst, wie sehr ich ihn vermisse.

Halb rennend durchquert er den Garten, einen heulenden Thomas im Schlepptau.

Grey, Grey, lebendig und *gegenwärtig*, und ich bin ebenfalls da, und wenn ich ihm jetzt zum Apfelbaum folgte – er ist schon halb hinterm Gebüsch verschwunden, fast ganz außer Sicht –, wenn ich ihn anspräche … Meine Hand umklammert den Türgriff, ich bin auf dem Sprung, bereit, ein letztes Mal auf ihn zuzurennen.

Wenn ich nur könnte.

Aber ich kann nicht. Es ist die falsche Zeit. Der falsche Ort. Das falsche Ich.

Und überhaupt, Grey taucht jetzt wieder hinter dem Rhododendron auf. Seine Schritte sind vorsichtig, aber entschlossen, er trägt eine andere Gottie auf seinen Armen. Ich bin ja längst bei ihm. Ein anderes Ich, in einer anderen Zeit – ich werde immer bei ihm sein.

Durch die Tränen muss ich über mein jüngeres Gesicht lachen, über dessen sturen, koboldhaften Ausdruck, gemischt mit Schmerz und Verwirrung. Und Stolz! Ich sehe aus, als fühlte ich mich sicher. Sof hat recht – Grey war ein Vater für uns alle. Er war mein Daddy. Und das da in seinen Armen bin ich.

All die Liebe zwischen uns überrollt mich wie eine Woge.

Jetzt höre ich Sirenen, Papa muss den Krankenwagen gerufen haben. Geschrei und Schmerz.

Mein Gott, warum kann ich mich daran nicht erinnern?

Liegt es daran, dass es mich zweimal gibt? Und warum

gab es mich nicht zweimal, als ich in der Küche um eine Woche zurückgegangen bin? Ich hab mir das alles nur ausgedacht, das Universum, das dich in einem winzigen Cannolo versteckt – aber vielleicht stimmt es ja doch, und meine Erinnerung war die ganze Zeit dort versteckt.

Oder vielleicht ist das die Erklärung: Als der Zeitunterschied nur sieben Tage betrug, war ich dieselbe Person. Die Regeln der Kausalität haben verhindert, dass ich meinem vorwöchigen Selbst begegnen konnte. Aber diesmal ist es anders. Das eine Ich ist zwölf, das andere siebzehn – zwischen uns liegt ein Abgrund aus Kummer. Ich habe mich verloren, als Grey starb, kein einziges Teilchen meines alten Selbst ist erhalten geblieben. Ich kann meinem jüngeren Ich begegnen, weil wir nicht mehr dieselbe Person sind. Ich werde niemals wieder dieses Mädchen sein.

Thomas muss laufen, um mit Greys Siebenmeilenschritten mithalten zu können. Ich kneife die Augen zusammen, um zu sehen, was er in der Hand hält. Seine heile Hand ist zur Faust geballt. Sind es die kanadischen Münzen? Sein Mund ist mit Schokoladekuchen verschmiert. Und ich hoffe, in seiner Tasche steckt das Rezept. Er schaut nicht rechts und nicht links und schon gar nicht zu mir in den Wagen: Er rennt hinter Grey her, hinter mir, in die Küche. Und dann sind wir verschwunden.

Zeit, nach Hause zu gehen.

Als ich aus dem Auto steige, hat der Regen nachgelassen. Ich durchquere den Garten und finde unter dem Baum im Gras das weggeworfene Messer. Der Regen hat das Blut abgewaschen. Ich stecke es in meine Tasche und klettere in die Krone hinauf.

Umlaut erwartet mich neben der geöffneten Zeitkapsel. Das Vorhängeschloss liegt daneben. Alles, was ich hineingetan hatte – der Seetang, die Münzen –, ist verschwunden. Wollte ich Thomas allen Ernstes mit einem Paar alter Socken zurückgewinnen?

Ich setze mich auf meinen Lieblingsast, hole den Notizblock aus meiner Schultasche und schreibe:

Das Gottie H.-Oppenheimer-Prinzip, Version 7.0
Eine allgemeine Theorie über gebrochene Herzen, die Liebe und die Bedeutung der Unendlichkeit, oder:
Die Weltschmerz-Ausnahme

Lieber Thomas,
Du hast versprochen, alles zu glauben, was ich dir erzähle. Weißt du noch?
Also: Zeitreisen gibt es wirklich.
Vor fünf Jahren haben du und ich aus Versehen eine paradoxe Zeitschleife erschaffen. Es war Schicksal.
Was ist eine paradoxe Zeitschleife? Okay, du bäckst also einen Cannolo ... Nein, im Ernst. Es ist ein Wurmloch, das existiert, weil es existiert. Erinnerst du dich noch an die Gleichung, die ich auf deiner E-Mail notiert hatte? Meine Physiklehrerin hat mir erklärt, dass sie nur ein Scherz ist. Die Gleichung beschreibt ein Wurmloch, das sich in der Gegenwart öffnet, und zugleich in der Vergangenheit. Unmöglich, stimmt's?

Das sehe ich anders.
Es ist real. Und ich denke, es bezieht seine Kraft aus negativer Energie oder dunkler Materie, die natürlicherweise im Universum existieren.
Ich glaube, es liegt an der Trauer.
Ich hatte schon meine Mum verloren. In meiner Welt gab es also bereits Trauer. Die Voraussetzungen für die Weltschmerz-Ausnahme (dazu später mehr) waren also ideal. Und du warst mehr als mein bester Freund. Wir waren über jeden Zweifel erhaben. Als du weggegangen bist, behielt ich nur eine Narbe, eine Gedächtnislücke* und den Gedanken zurück, dass du mich nicht küssen wolltest. Ich habe dir das Herz gebrochen? Du hast meines zuerst gebrochen. Also sind wir quitt. Deshalb kommt der Loop ausgerechnet an diesem Tag zurück (ich schreibe dies in unserem Baum an dem Tag, als du mir in die Hand geschnitten hast).
Als mein Großvater starb, bin ich implodiert. Mein Herz brach zum zweiten Mal, und das vollendete die Schleife. Hätte ich durch ein Wurmloch zu einem Zeitpunkt fünf Jahre zuvor reisen können, wenn Grey nicht gestorben wäre? Hätte sein Tod mich so mitgenommen, wenn ich nicht zuvor dich verloren hätte? Anders ausgedrückt: Hätte mir dein Verlust so wehgetan, wenn ich nicht in der Zukunft Grey verloren hätte?
Und dann dieser Sommer. In dem du eigentlich gar nicht hier sein solltest. Du bist hier wegen einer E-Mail, die ich dir geschickt habe. Aber ich habe sie nur abgeschickt, weil du bereits hier warst. Als du nach Holksea zurückkamst, ist die Zeit aus den Fugen geraten. Ich vermute, du hast irgendwas ausgelöst.

Was haben wir an jenem Tag im Baum gefunden? Ich kann mich immer noch nicht erinnern, aber ich habe eine Vermutung: Kanadische Münzen, die du mit nach Toronto genommen hast. Hast du dir dafür einen Comic gekauft, den du diesen Sommer im Flugzeug mit zurückbrachtest? Du hast mir diesen Juli ein Rezept für Schokoladenkuchen aufgeschrieben, und hast es vor fünf Jahren entdeckt – möchtest du deshalb Konditor werden? Das Universum hat verzweifelt versucht, all diese Paradoxe zu korrigieren.
Man nennt das die Weltschmerz-Ausnahme.
Die Gesetze der Raumzeit gelten nicht. Als du mir das Herz brachst, ist die Welt in Tausende von Zeitachsen zersplittert. In deiner Version des Universums hast du eine E-Mail von mir erhalten. Willst du wissen, warum ich mich diesen Sommer so merkwürdig verhalten habe? Jedes Mal, wenn du sie erwähnt hast, sind wir auf eine neue Zeitachse gehüpft. Teilchen gelangen an ihren Bestimmungsort, ohne sich dorthin zu bewegen, weißt du noch? So war das auch bei mir. Manchmal hing die Zeit fest, wie ein Knoten in einem Faden. Dann wieder war sie gekrümmt oder gestaucht, so dass ich in einer regnerischen Nacht von meinem Zimmer in eine warme Küche eine Woche zuvor treten konnte. Dort habe ich dich geküsst. (Ein Geheimnis, das ich dir nie erzählt habe!)
Es gab viele Jahre mit Windungen und Wendungen, aber die Welt hat mich immer wieder in den letzten Sommer zurückgeführt, weil das der Punkt war, an dem ich sein musste. Und dafür möchte ich mich bei dir bedanken.

Unauslöschlich Dein,
G. H. Oppenheimer x

PS:* Diese Erinnerung ist ein kleiner Cannolo, verschollen in der Raumzeit. Aber ich brauche sie jetzt nicht mehr.

Ich schreibe das in der Zukunft liegende Datum 22. August darüber, dann packe ich den Brief in die Zeitkapsel, schließe den Deckel und mache das Vorhängeschloss dran.

Die Wirkung setzt unmittelbar ein. Zuerst bricht der Apfelbaum in Blüte aus. Innerhalb von Sekunden fallen die Blütenblätter wie Konfetti. Die Sonne geht auf und unter, auf und unter. Wolken rasen vorbei.

»Ist schon in Ordnung«, flüstere ich Umlaut zu, der in meinen Schoß gesprungen ist. »Wir kehren nach Hause zurück.«

Ich habe keine Angst mehr. Ich sehe jetzt all die Loops und Haken und Knoten, die ich durch die Zeit zurückgelegt habe. Ich kann das ganze Universum auf einmal erfassen.

Die Zeitachsen überlagern sich. Ich sehe ein Dutzend verschiedene Gotties durch den Garten rennen, in immer schnellerer Folge tauchen sie auf und verschwinden wieder. Mathematisch gesprochen wird sich das immer weiter wiederholen, hundert verschiedene Herzen, die auf hundert verschiedene Arten gebrochen werden. Eines davon gehört der Gottie, die zu Beginn des Sommers unter dem Baum erwachen wird, durchnässt von Déjà-vus, traurig und allein.

Ich bedauere sie, aber für mich liegt das endgültig in der Vergangenheit.

Ich bin bereit für das *Jetzt*.

Immer schneller rauschen die Jahre vorbei, Schnee gefolgt von Sonnenschein, gefolgt von Schnee. Der Garten bleibt verschwommen, während der Himmel sich für einen letzten Herbst rüstet, und die Blätter wirbelnd fallen. Mit ihnen fliegt auch ein Stück Papier vorbei. Ich stehe auf und fange es: Es ist eine Seite aus einem Lehrbuch. Die noch zu entwickelnde Gleichung der Weltschmerz-Ausnahme. Darunter sehe ich meinen Namen mit einem Doktortitel davor.

In diesem Moment absoluter Klarheit weiß ich plötzlich: Ich werde mich nicht an all das erinnern können. Ich *soll* mich nicht an all das erinnern. Besonders nicht daran. Deshalb übergebe ich die Seite dem Wind und lasse sie mit den Schneeflocken davonwehen. Sie löst sich in Luft auf. Dieses Geheimnis kann das Universum für sich behalten. Die Sonne kommt hervor, es wird Frühling, dann Sommer. Und ich schließe die Augen und springe aus dem Baum …

Jetzt

Ich lande im Gras, mein Schlafanzug ist noch immer klatschnass.

Benommen setze ich mich auf, sammle die Schultasche ein und blicke mich im Garten um. Der Rasen ist frisch gemäht und riecht nach Gras. Es liegen keine verrotteten Früchte mehr herum. Eine Kaskade gelber Rosen ergießt sich über das Küchenfenster.

Ich drehe den Kopf und betrachte mein Zimmer verkehrt herum. Der Efeu ist zurückgeschnitten, und an den Fenstern sehe ich Vorhänge aufblitzen. Und dahinter schimmern, wider Erwarten, Sterne.

Vorhänge an meinen Fenstern, gelbe Rosen, nicht pfirsichfarbene. Thomas' Sternenhimmel zurück an meiner Decke. Tausend winzige Details, tausend schrittweise Veränderungen. Ich habe das Universum neu erfunden. Habe es besser gemacht. Mein Weltschmerz ist zu Ende.

Aus Neds Fenster dröhnt Black Sabbath in den Garten. Manches bleibt eben immer gleich. Ich sehe Thomas, wie er aus einem belaubten Apfelbaum auf mich herunterblickt. War er es, der meinen Namen gerufen hat, als ich fiel?

»Willkommen zurück«, sagt er. Ein Lächeln zupft an seinem Gesicht.

»Ähm. Hallo.« Ich blicke zu ihm hoch. »Was machst du?«

»Deinen Brief lesen.« Durch die Zweige wedelt er mir mit den Bögen zu. Falls er überrascht ist vom Inhalt meines Briefes, oder von der Tatsache, dass ich an einem heißen, sonnigen Tag im klitschnassen Schlafanzug dasitze, oder dass meine Füße mit Schlamm verschmiert sind, dann lässt er sich das nicht anmerken. Es sei denn … Erinnerungen an den Sommer segeln wie Pusteblumen vorbei.

»Weißt du noch? Der Tag mit der Zeitkapsel. Du hattest kurze Haare damals.«

»Die Zeitkapsel. Vielleicht haben wir sie zu früh geöffnet.«

»Eine Stunde bei 150 Grad backen. Selbst du schaffst das. Glaub mir.«

»Ich meinte, was machst du *hier?*«, sage ich, meine Gedanken zerstreuen sich. Es ist mir egal, wie viel er weiß, oder ob es überhaupt passiert ist. »In meinem Garten? Oben im Baum?«

»Oh, Moment.« Ein Rascheln im Laub, ein Funkeln in der Luft, als ob etwas kleines Silbernes neben mir ins Gras fiele.

Ich hebe es auf. Es ist der Schlüssel zu dem Vorhängeschloss, derselbe, den ich Thomas vor fünf Jahren durch den Regen zugeworfen habe.

»Du hast ihn aufbewahrt?«, frage ich, obwohl ich mir eigentlich denken kann, dass es so war. Wie wäre er sonst an meinen Brief gekommen? Mit der Kettensäge? Thomas ist alles zuzutrauen.

»Gestern nach dem Jahrmarkt hat Nialls Mum mich von ihrem Sofa gescheucht. Beim Packen habe ich ihn in meinem Koffer gefunden. Da musste ich an den Tag denken, als wir die Zeitkapsel geöffnet haben, und dass nichts drin war. Du hast mir eine große Geste versprochen. Und ich dachte, jetzt wäre der richtige Moment dafür.«

Er blickt auf mich herunter. Ich blicke zu ihm hoch. Jeder hat seine Narbe. Wir müssen uns nicht ständig alles erklären.

»Aber in einem irrst du dich«, sagt Thomas. »Es war nicht Juli, sondern April. Deine E-Mail. Ich bin Kanadier. Wir schreiben das Datum andersherum.«

April … Das ist wohl ein Witz, von wegen gelangweilte Physiker! *Das* ist der Multiplikator in dieser paradoxen Zeitschleife, die wir erschaffen haben, um alles wieder ins Lot zu bringen? Umlaut?!

»Tut mir leid«, kommt Thomas' Stimme aus der Baumkrone, ich konzentriere mich wieder auf ihn. »Hier«, er wedelt weiter mit den Seiten aus dem Notizblock, »ich konnte mir nicht sicher sein … Aber es war das ganze Bäckereigeld wert, es herauszufinden. Ich dachte, du und ich, das sei Schicksal. Nicht in Frage zu stellen. Und dann ist dieser Depp mit der Lederjacke aufgetaucht! Ich war eifersüchtig.«

»Und jetzt?«

»Ich saß oben im Baum und habe schon befürchtet, dass du verschwunden seist, ich habe auf dich gewartet. Ich musste an dich und Grey denken, damals an jenem Tag. Wie sehr er dich geliebt hat – er hat mir die Abreibung meines Lebens verpasst wegen der Narbe an deiner Hand. Jeder wäre ausgerastet nach einem solchen Verlust. Aber ich habe deinen Kummer nicht ernst genug genommen. Das, was du durchgemacht hast.«

Meine Augen erforschen sein Gesicht. Aus der Entfernung sind seine Sommersprossen nicht zu erkennen. In einer Woche wird er fort sein. Aber jetzt sind wir hier. Ich total mit Grasschnipseln bedeckt, er versteckt im Baum – und wir sind verrückt genug, dass das mit uns vielleicht doch funktionieren könnte.

»Hey, Thomas!« Ich balle die Faust und strecke ihm den kleinen Finger entgegen. »Ich fordere dich heraus.«

Als er neben mir im Gras landet, rolle ich hinüber und betrachte ihn. Ich nehme nicht seine Hand. Ich beobachte nur. Mein Schlafanzug ist feucht von einem lange zurückliegenden Regen, aber es ist ein angenehmer Geruch. Nicht ganz Petrichor, etwas Neues.

»Meinst du, wir hätten uns das alles ersparen können, wenn wir einander geschrieben hätten, nachdem du fortgegangen bist?«

»Nö«, sagt Thomas und pflückt ein Blütenblatt aus meinem Haar. Stirnrunzelnd betrachtet er es und lässt es dann fallen. »Dann wäre all das nicht passiert. Die Cannoli und alles. Und jetzt frag mich noch mal, warum ich in deinem Garten bin?«

Er presst seine Stirn gegen meine, seine Brille ist im Weg. »Warum?«

»Ich konnte doch nicht nach Manchester fahren, ohne dir vorher zu versprechen, dass ich wiederkomme. Zu Besuch. Dass wir uns schreiben. Mailen. Dass ich ein Vermögen mit meinen glasierten Krapfen verdienen werde und wir uns auf halber Strecke treffen, bevor du an irgendeine Uni zum Studieren gehst und mich vergisst.«

Ich sehe, dass er am liebsten alles mit einem Fledermausfuchteln unterstreichen würde, aber das ist nicht so einfach, wenn man im Gras liegt.

»Lass uns eine neue Zeitkapsel machen«, sage ich, mein Mund nur Augenblicke von seinem entfernt. »Dann hast du einen Grund zurückzukommen. Vielleicht sollten wir Neds Stereoanlage reinpacken.«

Thomas lacht. »Ich kann schon ohne dich leben, Gottie. Aber das Leben *mit* dir ist *so* viel interessanter.«

»Ich vermute«, sage ich und nehme seine Hand, »das war schon immer der Punkt.«

Als wir uns dieses Mal küssen, endet die Welt nicht. Das Universum kommt nicht zum Stillstand. Die Sterne fallen nicht vom Himmel. Es ist ein ganz gewöhnlicher Kuss.

Die Sorte, bei der man das Herz des anderen schlagen hört. Ein Kuss, bei dem man sich neu kennenlernt – Münder, Hände, Gelächter, zum Beispiel, wenn Thomas das Messer in meiner Tasche entdeckt, und ich ihm unbeholfen die Brille abnehme. Die Sorte, die beide atemlos zurücklässt. Voller Grashalme verabschieden wir uns und geben uns ein Versprechen.

Die Sorte Versprechen, die die Zeit anhält.

Eins

Als der Herbst beginnt geben wir Grey seine Wikingerbestattung. Ich sage zu Papa, dass ich vorher noch etwas zu erledigen habe.

Im Antiquariat ist es dunkel, und ich mache kein Licht. Was ich vorhabe, wird nicht lange dauern. Oben im Dachstuhl gibt es eine Nische, in die sich nie jemand verirrt. Dort hole ich Greys Tagebücher aus meiner Schultasche. Ich schlage eines auf, um noch einmal seine gestochene Handschrift zu betrachten, die durch die Tinte lebendig wird: Ich hadere mit dem Universum. Aber Gottie sagt, alles wird gut. Ich bin ein Wikinger.

Diesmal bin ich in keiner Zeitschleife, trotzdem umgibt mich Winter. Ich erinnere mich, wie ich –

– mit dem Rücken zum Herd am Küchentisch sitze und für Englisch pauke. Dabei frage ich mich, wie es sein kann, dass mir $E=MC^2$ völlig klar ist, ich aber das Gerundium nicht kapiere.

Ich schreibe Sof gerade: Ist das eine Hunderasse?, *als Grey hereinkommt, seine Präsenz füllt den Raum. Fröhlich pfeifend marschiert er zum Wasserkocher, dass der Tisch bebt.*

Eine Tasse wird vor mir hingeknallt, dann lässt Grey sich am anderen Tischende nieder, wirft einen Blick auf die Zeitung und lacht in sich hinein. Ich nippe an meinem Tee und fahre erschrocken hoch, als eine Pranke mein Lehrbuch zuklappt.

»Komm schon, Kumpel«, sagt Grey. »Lass uns eine Spritztour machen.«

Ich quieke etwas von einer Klassenarbeit, lasse mich aber trotzdem von ihm in den eiskalten Garten entführen. Ich klammere mich an der Wagentür fest, während er uns holpernd aus Holksea hinauschauffiert. Ich bin froh, der Lernerei entkommen zu sein.

»Das habe ich immer mit dir gemacht, als du noch ein Baby warst. Wir sind zusammen die Küste rauf- und runtergefahren. Du hast aufgehört zu schreien und mich beobachtet. Vermutlich hast du gedacht: ›He, alter Mann, wohin fahren wir?‹ Ned war ganz anders, er hasste Autofahren. Aber du und ich, Kind, wir sind ans Meer gedüst. Manchmal habe ich mit dir geplaudert, als verstündest du alles. Manchmal auch nicht, wir hatten Musik an, oder wir schwiegen einfach, so wie jetzt. Es war egal, Kumpel, verstehst du?«

Er schaut zu mir herüber.

»Willst du damit sagen …«, ich tue so, als überlegte ich. »Du weißt nicht, wohin wir unterwegs sind?«

Grey lacht, ein gewaltiges Schallereignis.

»Metaphorisch gesprochen?«

»Fahrtechnisch gesprochen.«

»Wo möchtest du denn gern hin?«, fragt Grey. »Du hast

die Wahl – ein eintägiger Urlaub von der Realität. Ich bin nur der Chauffeur. Die Welt liegt dir zu Füßen.«

Ich werfe einen Blick auf die Tankanzeige. »Mehr als fünfzehn Meilen sind nicht drin.«

»Dann machen wir das Beste draus.« Er setzt den Blinker.

Wir besorgen uns Pommes, die vor Essig triefen, und essen sie im Auto mit Blick auf die raue See. Der Wind verwandelt das Meer in Schaum.

Als wir wieder zu Hause sind, geht Grey sofort ins Bett, obwohl es erst sechs Uhr ist.

»Das viele Reden«, erklärt er und küsst mein Haar, »hat mich müde gemacht.«

Am nächsten Tag sitze ich wieder am Küchentisch, diesmal kämpfe ich mit den Adjektiven. Grey wuschelt mir jedes Mal, wenn er vorbeigeht, mit seiner Pranke durchs Haar. Er kocht Eintopf, um mir Gesellschaft zu leisten. Wir haben das Radio auf Rauschen gestellt und singen begeistert mit. Wir sind glücklich.

Tick-tick …

Tick.

Tock.

Die Uhr bringt mich ins Antiquariat zurück. Ich lasse es zu. Ich widme dem Andenken meines Großvaters, der mich die Küste rauf- und runterchauffiert hat, ein Lächeln. Von jetzt an höre ich auf, in der Vergangenheit zu leben.

Ich staple die Tagebücher auf einem Regalbrett. Die Bücherscheune ist der rechte Ort für Greys Geheimnisse.

Vielleicht möchte sie eines Tages jemand kaufen. Oder sie werden einfach verschwinden. Während ich sie hinter Taschenbüchern verstecke, meine ich ein Maunzen zu hören. Ist da gerade ein orangefarbener Blitz durchs Universum davongeflitzt?

Ich lasse mir die Zeit durch die Finger rinnen.

Das falsche Datum auf einer E-Mail und ein Kater, der eigentlich nicht existieren dürfte. Eine Zeitkapsel, die wir vor fünf Jahren in einem Baum gefunden haben, und der Junge, der mir einen Sommer geschenkt hat. Ein bester Freund aus den Fünfzigern und ein Bruder aus den Siebzigern. Ein Vater, der mal an-, dann wieder abwesend ist, und eine Mutter, die ich niemals kennen werde.

So ist es, wenn man jemanden liebt. So ist es, wenn man um jemanden trauert. Es ist ein bisschen wie ein Schwarzes Loch.

Ein bisschen wie Unendlichkeit.

Als ich die Treppe herunterkomme, wartet Ned schon auf mich. An den Tisch gelehnt blättert er in einem Buch, sein Fuß klopft einen unsichtbaren Beat. Er blickt auf und fotografiert, wie ich auf ihn zukomme. Sein Gesicht hinter der Kamera besteht nur aus Eyeliner und Nase. Mein verdrehter großer Bruder.

»Yo, Grots. Alle warten draußen auf dich«, sagt er. »Bist du bereit?«

»Komme sofort«, erwidere ich.

Mit wallendem Umhang geht er vor mir zur Tür. Auf der Terrasse bleibe ich kurz stehen, meine Augen müssen sich erst an die Helligkeit gewöhnen. Als ich endlich klar sehe, zwängen sich die anderen bereits durch die eine noch funktionierende Tür in Greys Wagen. Ned krabbelt hinüber auf den Beifahrersitz. Sof, eine Wolke aus funkelnden Pailletten, rutscht hinter ihn, dann Thomas. Er dreht sich um und winkt mir durchs Rückfenster. Wir haben noch einen Tag.

Neben dem Auto wartet Papa geduldig auf mich. Seine Converse-Turnschuhe leuchten heute in Himmelblau.

Ich stehe noch immer an der Treppe, wippe auf den Ballen und betrachte mit angehaltenem Atem, wie sich die Zukunft vor mir entfaltet – an den Strand fahren, die Asche verstreuen, Adieu sagen, Heimgehen, ein Lagerfeuer machen, eine Hausarbeit schreiben –, da streckt Thomas den Kopf aus dem Wagenfenster.

»Gottie!«, ruft er. »Beeil dich – sonst verpasst du alles!«

Er hat recht. Ich werde keine Sekunde mehr warten. Als ich hinaustrete, füllt sich mein Herz mit Gelb, denn alles beginnt –

Jetzt.

∞

Nimm ein Stück Papier und schreibe darauf: »Um zu erfahren, wie ein Perpetuum Mobile funktioniert, bitte wenden.« Dann schreibe auf die andere Seite: »Um zu erfahren, wie ein Perpetuum Mobile funktioniert, bitte wenden.«

Lies, was du gerade geschrieben hast. Folge den Anweisungen. Mach einfach weiter.

Danksagung

Dieser Roman ist meiner Großmutter Eileen Reuter gewidmet. Vor allem ist dieses Buch ein Liebesbrief an meine Familie, die nach der Lektüre sagen wird, »Nun, so ist es aber *wirklich* nicht gewesen«. Ich danke meinen Eltern Mike Hapgood und Penny Reuter, meinen Geschwistern Ellie Reuter und Will Hapgood und, wie beim Kaninchen, allen Freunden und Verwandten (ganz besonders Martha Samphire).

Ein herzliches Dankeschön geht außerdem an:

Meine wundervolle Agentin und Freundin Gemma Cooper von der Bent Agency, die schlicht und ergreifend mein Leben verändert hat. Dank ihrer Anleitung, Einsicht und Begeisterung hat sie mich und mein Schreiben völlig verändert. Die brillanten Kollegen vom Team Cooper. Und die hervorragenden Co-Agenten und Scouts im gesamten Universum (als Nächstes wünsche ich mir eine Mond-Ausgabe …), die sich vorbehaltlos für dieses Buch eingesetzt und mich nur ein ganz kleines bisschen wegen meiner »Internet-Übersetzungen« ins Deutsche gehänselt haben. Ich bin ja so *glücklich*.

Meiner Lektorin Connie Hsu von Roaring Brook Press, die mich großzügig über Britizismen und Kommata klagen ließ, während sie das Manuskript stillschweigend und clever in etwas Kühneres und Strahlenderes verwandelte, als ich es mir jemals vorstellen konnte – danke. Ich danke Elizabeth H. Clark, die auf dem Cover der amerikanischen Ausgabe Gotties Welt so kongenial ins Bild gesetzt hat, und dem ganzen Verlagsteam dafür, dass es »Ja!« gesagt hat zu einem schrulligen kleinen englischen Roman voller Gummistiefel, Dorfanger und Eis am Stiel.

Meiner britischen Lektorin Rachel Petty (wie bei Martinis ist zwei die perfekte Anzahl), die mich mit Judy Blume und Wein lockte, und mich ermutigte, meine Nacktbade-Abenteuer auf Buchseiten zu verewigen. Rachel Vale für das goldene Buchcover der Ausgabe in Großbritannien, und allen bei Macmillan Children's Books für ihre unerschütterliche Begeisterung.

Der Hexenzirkel! Ohne einen solchen sollte man sich nie in Schreibklausur begeben. Jessica Alcott, die mir die längsten E-Mails schreibt (die Löschtaste? Was ist das?), und die sich ständig, aber wirklich *dauernd*, über mich lustig macht. Mhairi McFarlane, die freundlicherweise die ersten drei Kapitel gelesen hat, sie nicht verdammte, und genau im richtigen Moment Batman zitierte. Ich danke Alwyn Hamilton, mit der ich Seite an Seite in den Gräben des Lektorats kämpfte. Und John Warrender, wenn auch widerwillig.

Für schamlosen Namensraub danke ich: Bim Adewunmi, Megumi Yamazaki und Maya Rae Oppenheimer. Für Bücher: Stacey Croft. A.J. Grainger, weil er einfach großartig war, Keris Stainton für Lektionen im Schreiben, Genevieve

Herr dafür, dass sie mich zu Gemma geschickt hat, und Sara O'Connor für den Crashkurs im Erzählen. Für Physik-Nachhilfe in letzter Minute: Georgina Hanratty und Dr. Luke Hanratty – für sämtliche Fehler bin ich natürlich selbst verantwortlich. Ich danke allen bei YALC, Team #UKYA und den Buch-Bloggern. Und ein großes Dankeschön an meinen Kater Stanley dafür, dass er sich bei jeder Gelegenheit auf mein Manuskript setzte.

Und schließlich hätte ich kein Wort zu Papier gebracht ohne meine Freunde. Ich war überrascht und dankbar, dass sie mich wieder im Pub willkommen hießen, nachdem ich sie monatelang zugunsten imaginärer Welten vernachlässigt hatte. Ich danke Catherine Hewitt. Jemma Lloyd-Helliker. Der 5PA: Rachael Gibson, Isabelle O'Carroll, Laura Silver und Emily Wright. Videoclub: Dot Fallon, Anne Murphy, Maya (zum zweiten Mal!) und mehr als allen anderen Elizabeth Bisley – die weltbeste Person und Steuerfrau.